【文学名家作品集】

傅雷精选集

傅雷——著

吉林出版集团股份有限公司
全国百佳图书出版单位

图书在版编目（CIP）数据

傅雷精选集 / 傅雷著. -- 长春 : 吉林出版集团股份有限公司, 2025.1. -- ISBN 978-7-5731-6067-6

Ⅰ. I217.2

中国国家版本馆CIP数据核字第202558ZY41号

傅雷精选集
FU LEI JINGXUANJI

著　　者：	傅　雷
责任编辑：	孙　婷
封面设计：	言　午
出　　版：	吉林出版集团股份有限公司
发　　行：	吉林出版集团青少年书刊发行有限公司
电　　话：	0431-81629808
印　　刷：	德富泰（唐山）印务有限公司
开　　本：	880mm×1230mm　1/32
字　　数：	304千字
印　　张：	9.5
版　　次：	2025年1月第1版
印　　次：	2025年1月第1次印刷
书　　号：	ISBN 978-7-5731-6067-6
定　　价：	39.80元

如发现印装质量问题，影响阅读，请与印刷厂联系调换。022-58708299

出版说明

中国现当代文学的百年长河，承载着民族精神的觉醒、时代风云的激荡与个体生命的沉思。从五四新文化运动破开的思想冰层，到改革开放后多元思潮的奔涌，再到全球化语境下的文化自觉，一代代作家以笔为舟，在浩瀚的汉语中探索人性的深度、丈量社会的广度。他们的文字既是时代的精神切片，也是超越时空的永恒对话。然而，在信息碎片蚕食深度思考、流量算法重塑阅读习惯的今天，经典文学正面临被稀释为文化符号的危机。为此，我们倾力编纂"文学名家作品集"，以系统性、权威性、开放性的编选理念，重新打捞现当代文学星河中的璀璨群星，为当代人构筑一座可触摸、可对话、可传承的精神殿堂。

中国现当代文学的价值，不仅在于记录时代的脉搏，更在于其始终以先锋姿态回应人类生存的根本命题。从启蒙时期对封建桎梏的猛烈批判，到战争年代对人性善恶的深刻拷问，从市场经济浪潮下的欲望书写，到后现代语境中的身份焦虑，作家们以文字为手术刀，解剖社会肌理，也以文学为镜子，映照出每个个体的精神褶皱。在社交媒体制造对立、公共讨论日益极化的当下，现当代文学提供了一种超越非黑即白的"第三种语言"。它用意象容纳矛盾，以复调消解霸权，借荒诞保持清醒。这一系列图书的价值，不仅在于保存文化记忆，更在于为每个困在信息茧房中的现代人，提供破壁的思想工具——当我们重读这些作品，实则是在练习如何用文学的复杂性理解现实的复杂性，用历史的纵深感穿透当下的迷雾。

本系列图书以文学史为经纬，横跨新文学发轫至今的百年历程，汇聚现当代文学史上最具标志性的作家群体。编选作品既注重文学史坐标中的经典地位，亦关注作品穿透时光的艺术生命力——那些在时代浪潮中始终震颤灵魂的语言，那些于个体命运里照见普遍人性的叙事，那些以独特美学重塑汉语表达的创造。每位作家的作品独立成卷，涵盖小说、散文、书信、戏剧等多重文体，既呈现其创作全貌的丰饶，又凸显精神世界的纵深。散文如行云流水，信手拈来，展现作家们对生活的感悟和对人生的思考；小说跌宕起伏，引人入胜，揭示社会现实和人性百态；书信则字里行间流露真情，展现作家们真挚的情感和丰富的内心世界。编纂团队以文献考古的严谨，校勘千万字原始文本，甄选初版本、修订稿、未刊手迹等珍贵材料，辅以创作年表、思想评述、时代语境解析等副文本，构建起立体的阅读生态。在这里，读者不仅能遇见作家最成熟的文学结晶，还能透过书信中的私人絮语、日记里的创作阵痛，触摸文字背后滚烫的生命温度。本系列图书在保留特定时代的语言特色的同时，对入选作品进行现代汉语规范化处理，兼顾历史原貌与当代阅读习惯。中国现代文学处于不断发展变化的动态过程中，新的作家和作品不断涌现。本系列图书将秉持开放包容的态度，不断更新和完善，将更多优秀的作家和作品纳入其中，以展现中国现代文学的整体风貌和发展趋势。

当人工智能开始模拟人类的情感表达，我们更需要确认文学不可替代的真诚与锐利。这并非一次怀旧的文化巡礼，而是一场面向未来的精神播种——让大学生在作家群像中读懂民族心灵的演变，让研究者在多维文献里发现未被言说的历史细节，让普通读者在经典重读中寻获对抗虚无的力量。正如那句箴言所说："所有伟大的文学，都是对'人为何存在'的永恒回答。"我们期待本系列图书能够成为家庭书架的"文学博物馆"，高校图书馆的"纸上文献库"，更希望它成为连接过去与未来的文化桥梁。当翻开泛着墨香的书页，读者或许能重新发现：文学经典从不是博物馆里的青铜器，而是永远跳动着时代脉搏的生命体。

最后，本系列图书的开放性编选理念，本身便是对文学史书写的反思。它拒绝将"经典"视为权威的钦定，而是将其还原为动态的、可争议的、始终向未来敞开的过程。"我们今天选择的每一部作品，既是终点，也是起点——它终结了某种遗忘，开启了无数新的解读可能。"在这个意义上，"文学名家作品集"的出版，不仅是对过去的致敬，更是对未来的邀约：邀请每一位读者，以自己的目光重新定义经典，以当下的问题意识重启对话，让文学永远保持"在场"的锋芒与温度。

扫码了解

一位真正的中国君子

🏠 走进作家世界
了解作者,追忆创作历程。

📇 交流阅读感悟
分享思考,享受思想碰撞。

📖 品读文学名著
提炼精华,体悟文字之美。

目　录

傅雷家书

一九五四 …………………… 003
一九五五 …………………… 029
一九五六 …………………… 067
一九五七 …………………… 078
一九五八 …………………… 082
一九五九 …………………… 085
一九六〇 …………………… 088
一九六一 …………………… 095
一九六二 …………………… 123
一九六三 …………………… 136
一九六四 …………………… 142
一九六五 …………………… 147
一九六六 …………………… 154

傅雷谈艺术

艺术与自然的关系 …………………… 159
波提切利之妩媚 …………………… 170
达·芬奇登峰造极的艺术 …………………… 175
米开朗琪罗的时代思潮 …………………… 182
圣洛伦佐教堂与梅迪契墓 …………………… 192
拉斐尔:《美丽的女园丁》与《西斯廷圣母》… 196
拉斐尔:毡幕图稿 …………………… 204

伦勃朗的"光暗"艺术…… 211
伦勃朗之刻版画…… 221
塞尚：现代艺术之父…… 229
音乐之史的发展…… 235
贝多芬的作品及其精神…… 245
独一无二的艺术家莫扎特…… 259
萧邦的少年时代…… 265
萧邦的壮年时代…… 273
乐曲说明（之一）…… 282
乐曲说明（之二）…… 286
从"工部局中国音乐会"说到中国音乐与戏剧的前途…… 290

傅雷家书

辛酸的眼泪是培养你心灵的酒浆。不经历尖锐痛苦的人，不会有深厚博大的同情心。

——傅雷

一九五四

1月18日晚

聪：车一开动，大家都变了泪人儿，呆呆地直立在月台上，等到冗长的列车全部出了站方始回身。但回家的三轮车上，个个人都止不住流泪。敏一直抽抽噎噎。昨天一夜我们都没睡好，时时刻刻惊醒。今天睡午觉，刚刚蒙眬阖眼，又是心惊肉跳地醒了。昨夜月台上的滋味，多少年来没尝到了，胸口抽痛，胃里难过，只有从前失恋的时候有过这经验。今儿一天好像大病之后，一点儿劲都没有。妈妈随时随地都想哭——眼睛已经肿得不像样了，干得发痛了，还是忍不住要哭。只说了句"一天到晚堆着笑脸"①，她又呜咽不成声了。真的，孩子，你这一次真是"一天到晚堆着笑脸"，教人怎么舍得！老想到五三年正月的事，我良心上的责备简直消释不了。孩子，我虐待了你，我永远对不起你，我永远补赎不了这种罪过！这些念头整整一天没离开过我的头脑，只是不敢向妈妈说。人生做错了一件事，良心就永久不得安宁！真的，巴尔扎克说得好：有些罪过只能补赎，不能洗刷！

---

① 一九五四年傅聪赴波兰参加第五届萧邦国际钢琴比赛并在波兰留学，一九五四年一月十七日全家在上海火车站送傅聪去北京准备出国。

1月19日

昨夜一上床，又把你的童年温了一遍。可怜的孩子，怎么你的童年会跟我的那么相似呢？我也知道你从小受的挫折对于你今日的成就并非没有帮助，但我做爸爸的总是犯了很多很重大的错误。自问一生对朋友对社会没有做什么对不起的事，就是在家里，对你和你妈妈做了不少有亏良心的事①。——这些都是近一年中常常想到的，不过这几天特别在脑海中盘旋不去，像噩梦一般。可怜过了四十五岁，父性才真正觉醒！

今天一天精神仍未恢复。人生的关是过不完的，等到过得差不多的时候，又要离开世界了。分析这两天来精神的波动，大半是因为：我从来没爱你像现在这样爱得深切，而正在这爱的最深切的关头，偏偏来了离别！这一关对我，对你妈妈都是从未有过的考验。别忘了妈妈之于你不仅仅是一般的母爱，而尤其因为她为了你花的心血最多，为你受的委屈——当然是我的过失——最多而且最深最痛苦。园丁以血泪灌溉出来的花果迟早得送到人间去让别人享受，可是在离别的关头怎么免得了割舍不得的情绪呢？

跟着你痛苦的童年一起过去的，是我不懂做爸爸的艺术的壮年。幸亏你得天独厚，任凭如何打击都摧毁不了你，因而减少了我一部分罪过。可是结果是一回事，当年的事实又是一回事：尽管我埋葬了自己的过去，却始终埋葬不了自己的错误。孩子，孩子，孩子，我要怎样地拥抱你才能表示我的悔恨与热爱呢！

---

① 父亲教子极严，有时几乎不近人情。母亲也因此往往在精神上受折磨。

1月30日

亲爱的孩子：你走后第二天，就想写信，怕你嫌烦，也就罢了。可是没一天不想着你，每天清早六七点就醒，翻来覆去地睡不着，也说不出为什么。好像克利斯朵夫的母亲独自守在家里，想起孩子童年一幕幕的形象一样；我和你妈妈老是想着你二三岁到六七岁间的小故事。——这一类的话我们不知有多少可以和你说，可是不敢说，你这个年纪是一切向前往的，不愿意回顾的；我们啰里啰唆地抖出你尿布时代及一把鼻涕一把眼泪时代的往事，会引起你的憎厌。孩子，这些我都很懂得，妈妈也懂得。只是你的一切终身会印在我们脑海中，随时随地会浮起来，像一幅幅的小品图画，使我们又快乐又惆怅。

真的，你这次在家一个半月，是我们一生最愉快的时期；这幸福不知应当向谁感谢，即使我没宗教信仰，至此也不由得要谢谢上帝了！我高兴的是我又多了一个朋友：儿子变了朋友，世界上有什么事可以和这种幸福相比的！尽管将来你我之间离多别少，但我精神上至少是温暖的，不孤独的。我相信我一定会做到不太落伍，不太冬烘，不至于惹你厌烦。也希望你不要以为我在高峰的顶尖上所想的，所见到的，比你们的不真实。年纪大的人总是往更远的前途看，许多事你们一时觉得我看得不对，日子久了，现实却给你证明我并没大错。

孩子，我从你身上得到的教训，恐怕不比你从我这得到的少。尤其是近三年来，你不知使我对人生多增了几许深刻的体验，我从与你相处的过程中学到了忍耐，学到了说话的技巧，学到了把感情升华！

你走后第二天，妈妈哭了，眼睛肿了两天：这叫作悲喜交集的眼泪。我们可以不用怕羞地这样告诉你，也可以不担心你憎厌而这样告诉你。人毕竟是感情的动物。偶然流露也不是可耻的事。何况母亲的眼泪永远是圣洁的，慈爱的！

2月2日大除夕

等了多久,终于等着了你的信。你忙,我们自然想象得到,也自然原谅你写信写得迟。只担心一件事,怕你吃东西不正常不努力,营养不够。希望你为了我们,"努力加餐饭!"我指的特别是肉类,不一定要多吃米饭。

刚才打电话去问中国旅行社,说琴已经装出,在路上了。你可请张宁和代向北京中国旅行社嘱咐一番,琴到时搬运要特别小心。北京坏了琴,没人修;这是一件大事,不用怕麻烦人家,张宁和人如此热情,一定愿意为你照顾这些的。运到团里时,外面包的篓,千万不要自己拆,很容易刺坏手,而你的手,不用说该特别保护!粗绳子也容易伤手。你一定要托工友们代办。以上两点,务望照办为要!

勃隆斯丹夫人有信来,附给你。看过了,仍望寄回。昨晚七时一刻至八时五十分电台广播你在"市三"弹的四曲 *Chopin*(萧邦),外加 encore(加奏)的一支 *Polonaise*(《波洛奈兹》),效果甚好,就是低音部分模糊很多;琴声太扬,像我第一天晚上到小礼堂空屋子里去听的情形。以演奏而论,我觉得大体很好,一气呵成,精神饱满,细腻的地方非常细腻,tone colour(音色)变化的确很多。我们听了都很高兴,很感动。好孩子,我真该夸奖你几句才好。回想五一年四月刚从昆明回沪的时期,你真是从低洼中到了半山腰了。希望你从此注意整个的修养,将来一定能攀登峰顶。从你的录音中清清楚楚感觉到你一切都成熟多了,尤其是我盼望了多少年的——你的意志,终于抬头了。我真高兴,这一点我看得比什么都重。你能掌握整个的乐曲,就是对艺术加增深度,也就是你的艺术灵魂更坚强更广阔,也就是你整个的人格和心胸扩大了。孩子,我要重复 Bronstein(勃隆斯丹)信中的一句话,就是我为了你而感到骄傲!

今天是除夕了,想到你在远方用功,努力,我心里说不尽的欢喜。

别了，孩子，我在心里拥抱你！

2月10日

  屋内要些图片，只能拣几张印刷品。北京风沙大，没有玻璃框子，好一些的东西不能挂；黄宾虹的作品，小幅的也有，尽可给你；只是不装框不行。好在你此次留京时期并不太长，马虎一下再说。Chopin（萧邦）肖像是我二十三岁时在巴黎买的，又是浪漫派大画家Delacroix（德拉克鲁瓦）名作的照相；Mozart（莫扎特）那幅是Paci（百器）的遗物，也是好镂版，都不忍让它们到北京光秃秃的吃灰土，故均不给你。

  读俄文别太快，太快了记不牢，将来又要重头来过，犯不上。一开始必须从容不迫，位与格均须要记忆，像应付考试般临时强记是没用的。现在读俄文只好求一个大概，勿野心太大；主要仍须加功夫在乐理方面，外文总是到国外去念进步更快。目前贪多务得，实际也不会如何得益，切记切记！望主动向老师说明，至少过二三月方可加快速度。Scriabine（斯克里亚宾）的全集待装订后寄你，Cortot（柯尔托）的 *Piano Technic*（《钢琴技巧》）亦然。我当尽力催他们快快装好。

  上海这两天忽然奇暖，东南风加沙土，很像昆明的春天。阿敏和恩德一起跟我念诗，敏说你常常背"朝回日日典春衣，每日江头尽醉归"二句，现在他也背得了。我正在预备一样小小的礼物，将来给你带出国的，预料你一定很喜欢。再过一星期是你妈妈的生日，再过一个月是你生日，想到此不由得悲喜交集。

  这几日开始看服尔德的作品，他的故事性不强，全靠文章内若有若无的讽喻。我看了真是栗栗危惧，觉得没能力表达出来。那种风格最好要必姨、钱伯母那一套。我的文字太死板，太"实"，不够俏皮，不够轻灵。

3月24日上午节选

在公共团体中，赶任务而妨碍正常学习是免不了的，这一点我早料到。一切只有你自己用坚定的意志和立场，向领导婉转而有力地去争取。否则出国的准备又能做到多少呢？特别是乐理方面，我一直放心不下。从今以后，处处都要靠你个人的毅力、信念与意志——实践的意志。我不再和你说教条式的话，去年那三封长信把我所想的话都说尽了；你也已经长大成人，用不着我一再叮嘱。但若你缺少勇气的时候，尽管来信告诉我，我可以替你打气。倘若你心绪不好，也老老实实和我谈谈，我可以安慰安慰你，代你解决一些或大或小的烦恼。关于××的事，你早已跟我表明态度，相信你一定会实际做到。你年事尚少，出国在即；眼光、嗜好、趣味，都还要经过许多变化；即使一切条件都极美满，也不能担保你最近三四年中，双方的观点不会改变，从而也没法保证双方的感情不变。最好能让时间来考验。我二十岁出国，出国前后和你妈妈已经订婚，但出国四年中间，对她的看法三番四次地改变，动摇得很厉害。这个实在的例子很可以作你的参考，使你做事可以比我谨慎，少些痛苦——尤其为了你的学习，你的艺术前途！

另外一点我可以告诉你：就是我一生任何时期，闹恋爱最热烈的时候，也没有忘却对学问的忠诚。学问第一，艺术第一，真理第一，爱情第二，这是我至此为止没有变过的原则。你的情形与我不同：少年得志，更要想到"盛名之下，其实难副"，更要战战兢兢，不负国人对你的期望。你对政府的感激，只有用行动来表现才算是真正的感激！我想你心目中的上帝一定也是 Bach（巴赫）、Beethoven（贝多芬）、Chopin（萧邦）等等第一，爱人第二。既然如此，你目前所能支配的精力与时间，只能贡献给你第一个偶像，还轮不到第二个神明。你说是不是？可惜你没有早学好写作的技术，否则过剩的感情就可用写作（乐曲）来发泄，一个艺术家必须能把自己的感情"升华"，才能于人有益。我绝不是看了来信,夸张你的苦闷,因而着急;但我知道你多少是有苦闷的,我随便和你谈谈,也许能帮助你廓清一些心情。

前信问你要不要再版的《嘉尔曼》送朋友,望来信告知。外边阳光甚好,完全是春天的气息了,可惜我还不能出门去散散步,迎接新到的春光。一切珍重,定下心神学习吧,我祝福你,亲爱的孩子,希望你比我少些烦恼,多些幸福,多有成就给人家幸福!

4月7日

聪儿:记得我从十三岁到十五岁,念过三年法文;老师教的方法既有问题,我也念得很不用功,成绩很糟(十分之九已忘了)。从十六岁到二十岁在大同改念英文,也没念好,只是比法文成绩好一些。二十岁出国时,对法文的知识只会比你现在的俄文程度差。到了法国,半年之间,请私人教师与房东太太双管齐下补习法文,教师管读本与文法,房东太太管会话与发音,整天地改正,不用上课方式,而是随时在谈话中纠正。半年以后,我在法国的知识分子家庭中过生活,已经一切无问题。十个月以后开始能听几门不太难的功课,可见国外学语文,以随时随地应用的关系,比国内的进度不啻一与五六倍之比。这一点你在莫斯科遇到李德伦时也听他谈过。我特意跟你提,为的是要你别把俄文学习弄成"突击式"。一个半月之间念完文法,这是强记,绝不能消化,而且过了一晌大半会忘了的。我认为目前主要是抓住俄文的要点,学得慢一些,但所学的必须牢记,这样才能基础扎实。贪多务得是没用的,反而影响钢琴业务,甚至使你身心困顿,一空下来即昏昏欲睡。这问题希望你自己细细想一想,想通了,就得下决心更改方法,与俄文老师细细商量。一切学问没有速成的,尤其是语言。倘若你目前停止上新课,把已学的从头温一遍,我敢断言,你会发觉有许多已经完全忘了。

你出国去所遭遇的最大困难,大概和我二十六年前的情形差不多,就是对所在国的语言程度太浅。过去我再三再四强调你在京赶学理论，便是为了这个缘故。倘若你对理论有了一个基本概念，那么日后在国外念的时候，不至于语言的困难加上乐理的困难，使你对乐理格外觉得难学。换句话说：理论上先略有门径之后，在国外念起来可以比较方便些。可是你自始至终没有和我提过在京学习理论的情形，连是否已开始亦未提过。我只知道你初到时因罗君①患病而搁置，以后如何，虽经我屡次在信中问你，你也没复过一个字。——现在我再和你说一遍：我的意思最好把俄文学习的时间分出一部分，移作学习乐理之用。

提早出国，我很赞成。你以前觉得俄文程度太差，应多多准备后再走。其实像你这样学俄文，即使用最大的努力，再学一年也未必能说准备充分，——除非你在北京不与中国人来往，而整天生活在俄国人堆里。

自己责备自己而没有行动表现，我是最不赞成的。这是做人的基本作风，不仅对某人某事而已，我以前常和你说的，只有事实才能证明你的心意，只有行动才能表明你的心迹。待朋友不能如此马虎。生性并非"薄情"的人，在行动上做得跟"薄情"一样，是最冤枉的，犯不着的。正如一个并不调皮的人要调皮而结果反吃亏，一个道理。

一切做人的道理，你心里无不明白，吃亏的是没有事实表现；希望你从今以后，一辈子记住这一点。大小事都要对人家有交代！

…………

其次，你对时间的安排，学业的安排，轻重的看法，缓急的分别，还不能有清楚明确的认识与实践。这是我为你最操心的。因为你的生活将来要和我一样忙，也许更忙。不能充分掌握时间与区别事情的缓急先后，你的一切都会打折扣。所以有关这些方面的问题，不但希望你多听听我的意见，更要自己多想想，想过以后立刻想办法实行，应改的应调

---

① 罗君，即我国著名作曲家罗忠镕同志。

整的都应当立刻改，立刻调整，不以任何理由耽搁。

4月20日

孩子：接十七日信，很高兴你又过了一关。人生的苦难，theme（主题）不过是这几个，其余只是variations（变奏曲）而已。爱情的苦汁早尝，壮年中年时代可以比较冷静。古语说得好，塞翁失马，未始非福。你比一般青年经历人事都更早，所以成熟也早。这一回痛苦的经验，大概又使你灵智的长成进了一步。你对艺术的领会又可深入一步。我祝贺你有跟自己斗争的勇气。一个又一个的筋斗栽过去，只要爬得起来，一定会逐渐攀上高峰，超脱在小我之上。辛酸的眼泪是培养你心灵的酒浆。不经历尖锐的痛苦的人，不会有深厚博大的同情心。所以孩子，我很高兴你这种蜕变的过程，但愿你将来比我对人生有更深切的了解，对人类有更热烈的爱，对艺术有更诚挚的信心！孩子，我相信你一定不会辜负我的期望。

我对于你的学习（出国以前的）始终主张减少练琴时间，俄文也勿太紧张；倒是乐理要加紧准备。我预言你出国以后两年之内，一定会深感这方面的欠缺。故出去以前要尽量争取基本常识。

三四月在北京是最美的季节（除了秋天之外）；丁香想已开罢，接着是牡丹盛放。有空不妨上中山公园玩玩。中国的古代文物当然是迷人的，我也常常缅怀古都，不胜留恋呢。

最近正为林伯伯加工修改讨论歌唱的文字；精神仍未完全复原，自己的工作尚未正式开始。

6月24日

亲爱的孩子：终于你的信到了！联络局没早告诉你出国的时期固然可惜，但你迟早要离开我们，大家感情上也迟早要受一番考验；送君千里终须一别，人生不是都要靠隐忍来撑过去吗？你初到的那天，我心里很想要你二十以后再走，但始终守法和未雨绸缪的脾气把我的念头压下去了。在此等待期间，你应当把所有留京的琴谱整理一个彻底，用英文写两份目录，一份寄家里来存查。这种工作也可以帮助你消磨时间，省却烦恼。孩子，你此去前程远大，这几天更应当仔仔细细把过去种种做一个总结，未来种种做一个安排；在心理上精神上多做准备，多多锻炼意志，预备忍受四五年中的寂寞和感情的波动。这才是你目前应做的事。孩子，别烦恼。我前信把心里的话和你说了，精神上如释重负。一个人发泄是要求心理健康，不是使自己越来越苦闷。多听听贝多芬的第五，多念念克利斯朵夫里几段艰苦的事迹（第一册末了，第四册第九卷末了），可以增加你的勇气，使你更镇静。好孩子，安安静静地准备出国罢。一切零星小事都要想周到，别怕天热，贪懒，一切事情都要做得妥帖。行前必须把带去的衣服什物记在"小手册"上，把留京及寄沪的东西写一清账。想念我们的时候，看看照相簿。为什么写信如此简单呢？要是我，一定把到京时罗君来接及到团以后的情形描写一番，即使借此练练文字也是好的。

近来你很多地方像你妈妈，使我很高兴。但是办事认真一点儿，都望你像我。最要紧，不能怕烦！

7月27日

聪：莫斯科的信昨天收到。我们寄波兰的航空信，不知一共要多少日子，下次来信望提一提。近来我忙得不可开交，又恢复了十小时以上的工作。这封信预算也要分几次写成。晚上睡觉不好，十二点多上床，总要一小时以后才入睡。原因是临睡前用脑过度，一时停不下来。

你车上的信写得很有趣，可见只要有实情、实事，不会写不好信。你说到李、杜的分别，的确如此。写实正如其他的宗派一样，有长处也有短处。短处就是雕琢太甚，缺少天然和灵动的韵致。但杜也有极浑成的诗，例如"风急天高猿啸哀，渚清沙白鸟飞回。无边落木萧萧下，不尽长江滚滚来……"这首胸襟意境都与李白相仿佛。还有《梦李白》《天末怀李白》几首，也是缠绵悱恻，至情至性，非常动人的。但比起苏、李的离别诗来，似乎还缺少一些浑厚古朴。这是时代使然，无法可想的。汉魏人的胸怀比较更近原始，味道浓，苍茫一片，千古之下，犹令人缅想不已。杜甫有许多田园诗，虽然受渊明影响，但比较之下，似乎也"隔"（王国维语）了一层。回过来说：写实可学，浪漫底克不可学；故杜可学，李不可学。国人谈诗的尊杜的多于尊李的，也是这个缘故。而且究竟像太白那样的天纵之才不多，共鸣的人也少，所谓曲高和寡也。同时，积雪的高峰也令人有"琼楼玉宇，高处不胜寒"之感，平常人也不敢随便瞻仰。

词人中苏、辛确是宋代两大家，也是我最喜欢的。苏的词颇有些咏田园的，那就比杜的田园诗洒脱自然了。此外，欧阳永叔的温厚蕴藉也极可喜，五代的冯延巳也极多佳句，但因人品关系，我不免对他有些成见。

……在外倘有任何精神苦闷，也切勿隐瞒，别怕受埋怨。一个人有个大二十几岁的人代出主意，绝不会坏事。你务必信任我，也不要怕我说话太严，我平时对老朋友讲话也无顾忌，那是你素知的。并且有些心理波动或是郁闷，写了出来等于有了发泄，自己可痛快些，或许还可免做许多傻事。孩子，我真恨不得天天在你旁边，做个监护的好天使，随时勉励你，安慰你，劝告你，帮你铺平将来的路，准备将来的学业和人格……

8月11日

……你的生活我想象得出，好比一九二九年我在瑞士。但你更幸运，有良师益友为伴，有你的音乐做你崇拜的对象。我二十一岁在瑞士正患着青春期的、浪漫底克的忧郁病，悲观、厌世、彷徨、烦闷、无聊，我在《贝多芬传》译序中说的就是指那个时期。孩子，你比我成熟多了，所有青春期的苦闷，都提前几年，早在国内度过；所以你现在更能够定下心神，发愤为学；不至于像我当年蹉跎岁月，到如今后悔无及。

你的弹琴成绩，叫我们非常高兴。对自己父母，不用怕"自吹自捧"的嫌疑，只要同时分析一下弱点，把别人没说出而自己感觉到的短处也一齐告诉我们。把人家的赞美报告我们，是你对我们最大的安慰；但同时必须深深地检讨自己的缺陷。这样，你写的信就不会显得过火；而且这种自我批判的功夫也好比一面镜子，对你有很大帮助。把自己的思想写下来（不管在信中或是用别的方式），比着光在脑中空想是大不同的。写下来需要正确精密的思想，所以写在纸上的自我检讨，格外深刻，对自己也印象深刻。你觉得我这段话对不对？

我对你这次来信还有一个很深的感想，便是你的感觉性极强、极快。这是你的特长，也是你的缺点。你去年一到波兰，弹Chopin（萧邦）的style（风格）立刻变了；回国后却保持不住；这一回一到波兰又变了。这证明你的感受力快极。但是天下事有利必有弊，有长必有短，往往感受快的，不能沉浸得深，不能保持得久。去年时期短促，固然不足为定论，但你至少得承认，你的不容易"牢固执着"是事实。我现在特别提醒你，希望你时时警惕，对于你新感受的东西不要让它浮在感受的表面；而要仔细分析，究竟新感受的东西和你原来的观念、情绪、表达方式有何不同。这是需要冷静而强有力的智力，才能分析清楚的。希望你常常用这个步骤来"巩固"你很快得来的新东西（不管是技术是表达）。长此做去，不但你的演奏风格可以趋于稳定、成熟（当然所谓稳定不是刻板化、公式化），而且你一般的智力也可大大提高，受到锻炼。孩子！记住这些！深深地记住！还要实地做去！这些话我相信只有我能告诉你。

还要补充几句：弹琴不能徒恃sensation（感觉），sensibility（感受，敏感）。那些心理作用太容易变。从这两方面得来的，必要经过理性的整理、归纳，才能深深地化入自己的心灵，成为你个性的一部分，人格的一部分。当然，你在波兰几年住下来，熏陶的结果，多少也（自然而然地）会把握住精华。但倘若你事前有了思想准备，特别在智力方面多下功夫，那么你将来的收获一定更大更丰富，基础也更稳固。再说得明白些：艺术家天生敏感，换一个地方，换一批群众，换一种精神气氛，不知不觉会改变自己的气质与表达方式。但主要的是你心灵中最优秀最突出的部分，从人家那儿学来的精华，都要紧紧抓住，深深地种在自己性格里，无论何时何地始终不变。这样你才能把独有的特点培养得厚实。

关于这个问题，我想你听了必有所感，不妨跟我多谈谈。

其次，我不得不再提醒你一句：尽量控制你的感情，把它移到艺术中去。你周围美好的天使太多了，我怕你又要把持不住。你别忘了，你自誓要做几年清教徒的，在男女之爱方面要过几年僧侣生活，禁欲生活的！这一点千万要提醒自己！时时刻刻防自己！一切都要醒悟得早。收篷收得早；不要让自己的热情升高之后再去压制，那时痛苦更多，而且收效也少。亲爱的孩子，无论如何你要在这方面听从我的忠告！爸爸妈妈最不放心的不过是这些。

你上课以后，老师如何批评？那时他一定有更切实更具体的指摘，不会光是夸奖了。我们都急于要知道。你对 Chopin（萧邦）的了解，他们认为的长处短处，都望详细报告。technic（技巧）问题也是我最关心的。老师的意见怎样？是否需要从头来起？还是目前只改些小地方，待比赛以后再彻底修改？这些你也不妨请问老师。

....

你记住一句话：青年人最容易给人一个"忘恩负义"的印象。其实他是眼睛望着前面，饥渴一般地忙着吸收新东西，并不一定是"忘恩负义"；但懂得这心理的人很少；你千万不要让人误会。

....

孩子，你真是个艺术家，从来想不起实际问题的。怎么连食宿的费用、平日的零用等，一字不提呢？人是多方面的，做父母的特别关心这些，下次别忘了详细报道。乐谱问题怎样解决？在波兰花一大笔钱买了，会不会影响别的用途？

我要工作了，不再多写。远远地希望你保重，因为你这样快乐，用不着再祝你快乐了！

8月16日晚

我忙得很，只能和你谈几桩重要的事。

你素来有两个习惯：一是到别人家里，进了屋子，脱了大衣，却留着丝围巾；二是常常把手插在上衣口袋里，或是裤袋里。这两件都不合西洋的礼貌。围巾必须和大衣一同脱在衣帽间，不穿大衣时，也要除去围巾。手插在上衣袋里比插在裤袋里更无礼貌，切忌切忌！何况还要使衣服走样，你所来往的圈子特别是有教养的圈子，一举一动务须特别留意。对客气的人，或是师长，或是老年人，说话时手要垂直，人要立直。你这种规矩成了习惯，一辈子都有好处。

在饭桌上，两手不拿刀叉时，也要平放在桌面上，不能放在桌下，搁在自己腿上或膝盖上。你只要留心别的有教养的青年就可知道。刀叉尤其不要掉在盘下，叮叮当当的！

出台行礼或谢幕，面部表情要温和，切勿像过去那样太严肃。这与群众情绪大有关系，应及时注意。只要不急，心里放平静些，表情自然会和缓。

你的老师有多少年纪了？是哪个音乐学院的教授？过去经历如何？面貌怎样的？不妨告诉我们听听。别忘了爸爸有时也像你们一样，喜欢听故事呢。

总而言之，你要学习的不仅仅在音乐，还要在举动、态度、礼貌各方面吸收别人的长处。这些，我在留学的时代是极注意的；否则，我对你们也不会从小就管这管那，在各种 manners（礼节，仪态）方面跟你们烦了。但望你不要嫌我烦琐，而要想到一切都是要使你更完满，更受人欢喜！

9月21日晨

十二日信上所写的是你在国外的第一个低潮。这些味道我都尝过。孩子，耐着性子，消沉的时间，无论谁都不时要遇到，但很快会过去的。游子思乡的味道你以后常常会有呢。

你说起讲英文的人少，不知你跟教授 Drzewiecki（杰维茨基）是讲什么话的？还有这 DRZ 三个开头的字母念成什么音？整个字应如何读？望告知。来信只说学校没开学，却没说起什么时候开学？住在音乐院，吃得如何？病了有人来问没有？看医生没有？平时饮食寒暖务必小心，我们不在你身边，你得多管管自己才好！加衣进食等等，切不能偷懒马虎！我们的心老挂在你身上，每隔十天总等着信了。这一回就是天天等来信，唯恐我们的信才寄就收到来信，错过了头；所以直耽到今日才提笔。其实从十日起就想写了。

(............)

昨天还有一件事，使我去开了一次会：华东美协为黄宾虹办了一个个人展览会，昨日下午举行开幕式，兼带座谈。我去了，画是非常好。一百多件近作，虽然色调浓黑，但是浑厚深沉得很，而且好些作品远看很细致，近看则笔头仍很粗。这种技术才是上品！我被赖少其（美协主席）逼得没法，座谈会上也讲了话。大概是：（1）西画与中画，近代已发展到同一条路上；（2）中画家的技术根基应向西画家学，如写生、写石膏等等；（3）中西画家应互相观摩、学习；（4）任何部门的艺术家都应对旁的艺术感到兴趣。发言的人一大半是颂扬作者，我觉得这不是座谈的意义。颂扬话太多了，听来真讨厌。

开会之前,昨天上午八点半,黄老先生就来我家。昨天在会场中遇见许多国画界的老朋友,如贺天健、刘海粟等,他们都说:黄先生常常向他们提到我,认为我是他平生一大知己。

因为你好久没接到我们的信,所以先把此信急急收场,寄出去。

这几日我又重伤风,不舒服得很。新开始的"巴尔扎克",一天只能译二三页,真是蜗牛爬山!你别把"比赛"太放在心上。得失成败尽量置之度外,只求竭尽所能,无愧于心;效果反而好,精神上平日也可减少负担,上台也不至紧张。千万千万!

另外一点,你的手,特别是左手常常有"塌"下去的倾向,教授纠正没有?他是否特别注意手的姿势好看不好看?你 tone(音质)的问题是否十之八九业已解决?这是恩德打听的。因夏先生极重视手的好看问题,以为弹琴的手应如跳舞的姿势一样。我个人是不赞成此说。所以要得到一些你的学校经验作参考。

另外,夏先生一定要学生的大拇指不用时屈在掌心下,要用到时再伸出来。我觉得这也极不自然。你以为如何?

10月2日

聪,亲爱的孩子:收到九月二十二日晚发的第六信,很高兴。我们并没为你前信感到什么烦恼或是不安。我在第八信中还对你预告,这种精神消沉的情形,以后还是会有的。我是过来人,绝不至于大惊小怪。你也不必为此担心,更不必硬压在肚里不告诉我们。心中的苦闷不在家信中发泄,又哪里去发泄呢?孩子不向父母诉苦向谁诉呢?我们不来安慰你,又该谁来安慰你呢?人一辈子都在高潮和低潮中浮沉,唯有庸碌的人,生活才如死水一般;或者要有极高的修养,方能廓然无累,真正地解脱。只要高潮不过分使你紧张,低潮不过分使你颓废,就好了。太阳太强烈,会把五谷晒焦;雨水太猛,也会淹死庄稼。我们只求心理相当平衡,不至于受伤而已。你也不是栽了筋斗爬不起来的人。我预料国外这几年,对你整个的人也有很大的帮助。这次来信所说的痛苦,我都理会得;我很同情,我愿意尽量安慰你,鼓励你。克利斯朵夫不是经过多少回这种情形吗?他不是一切艺术家的缩影与结晶吗?慢慢地你会养成另外一种心情对付过去的事:就是能够想到而不再惊心动魄,能够从客观的立场分析前因后果,做将来的借鉴,以免重蹈覆辙。一个人唯有敢于正视现实,正视错误,用理智分析,彻底感悟,终不至于被回忆侵蚀。我相信你逐渐会学会这一套,越来越坚强的。我以前在信中和你提过感情的 ruin(创伤,覆灭),就是要你把这些事当作心灵的灰烬看,看的时候当然不免感触万端,但不要刻骨铭心地伤害自己,而要像对着古战场一般地存着凭吊的心怀。倘若你认为这些话是对的,对你有些启发作用,那么将来在遇到因回忆而痛苦的时候(那一定免不了会再来的),拿出这封信来重读几遍。

说到音乐的内容,非大家指导见不到高天厚地的话,我也有另外的感触,就是学生本人先要具备条件:心中没有的人,再经名师指点也是枉然的。

…………

为了你,我前几天已经在《大英百科辞典》上找 Krakow(克拉可夫)那一节看了一遍,知道那是七世纪就有的城市,从十世纪起,城市的历史即很清楚。城中有三十余所教堂。希望你买一些明信片,并成一包,当印刷品(不必航空)寄来,让大家看看喜欢一下。

10月22日晨

昨天尚宗打电话来,约我们到他家去看作品,给他提些意见。话说得相当那个,不好意思拒绝。下午三时便同你妈妈一起去了。他最近参加华东美展落选的油画《洛神》,和以前画的佛像、观音等等是一类东西。面部既没有庄严沉静的表情(《观音》),也没有出尘绝俗的世外之态(《洛神》),而色彩又是既不强烈鲜明,也不深沉含蓄。显得作者的思想只是一些莫名其妙的烟雾,作者的情绪只是浑浑沌沌的一片无名东西。我问:"你是否有宗教情绪,有佛教思想?"他说:"我只喜欢富丽的色彩,至于宗教的精神,我也曾从佛教画中追寻他们的天堂等等的观念。"我说:"他们是先有了佛教思想、佛教情绪,然后求那种色彩来表达他们那种思想与情绪的。你现在却是倒过来。而且你追求的只是色彩,而你的色彩又没有感情的根源。受外来美术的影响是免不了的,但必须与一个人的思想感情结合。否则徒袭形貌,只是作别人的奴隶。佛教画不是不可画,而是要先有强烈、真诚的佛教感情,有佛教人生观与宇宙观。或者是自己有一套人生观宇宙观,觉得佛教美术的构图与色彩恰好表达出自己的观念情绪,借用人家的外形,这当然可以。倘若单从形与色方面去追求,未免舍本逐末,犯了形式主义的大毛病。何况即以现代欧洲画派而论,纯粹感官派的作品是有极强烈的刺激感官的力量的。自己没有强烈的感情,如何教看的人被你的作品引起强烈的感情?自己胸中的境界倘若不美,人家看了你作品怎么会觉得美?你自以为追求富丽,结果画面上根本没有富丽,只有俗气乡气,岂不说明你的情绪就是俗气乡气?(当时我措辞没有如此露骨。)惟其如此,你虽犯了形式主义的毛病,连形式主义的效果也丝毫产生不出来。"

我又说:"神话题材并非不能画,但第一,跟现在的环境距离太远,第二,跟现在的年龄与学习阶段也距离太远。没有认清现实而先钻到神话中去,等于少年人醇酒妇人的自我麻醉,对前途是很危险的。学西洋画的人第一步要训练技巧,要多看外国作品,其次要把外国作品忘得干干净净——这是一件很艰苦的工作——同时再追求自己的民族精神与自己的个性。"

以尚宗的根基来说,至少再要在人体花五年十年功夫才能画理想的题材,而那时是否能成功,还要看他才具而定。后来又谈了许多整个中国绘画的将来问题，不再细述了。总之，我很感慨，学艺术的人完全没有准确的指导。解放以前，上海、杭州、北京三个美术学校的教学各有特殊缺点，一个都没有把艺术教育用心想过、研究过。解放以后，成天闹思想改造，而没有击中思想问题的要害。许多有关根本的技术训练与思想启发，政治以外的思想启发，不要说没人提过，恐怕脑中连影子也没有人有过。

学画的人事实上比你们学音乐的人，在此时此地的环境中更苦闷。先是你们有唱片可听，他们只有些印刷品可看；印刷品与原作的差别，和唱片与原演奏的差别，相去不可以道里计。其次你们是讲解西洋人的著作（以演奏家论），他们是创造中国民族的艺术。你们即使弄作曲，因为音乐在中国是处女地，故可以自由发展；不比绘画有一千多年的传统压在青年们精神上，缚手缚脚。你们不管怎样无好先生指导，至少从小起有科学方法的训练，每天数小时的指法练习给你们打根基；他们画素描先在时间上远不如你们的长，顶用功的学生也不过画一二年基本素描，其次也没有科学方法帮助。出了美术院就得"创作"，不创作就谈不到有表现；而创作是解放以来整个文艺界，连中欧各国在内，都没法找出路（心理状态与情绪尚未成熟，还没到瓜熟蒂落，能自然而然找到适当的形象表现）。

从胡尚宗家回来，就看到你的信与照片，今晨又收到大照片二张。

（............）

你的比赛问题固然是重负，但无论如何要做一番思想准备。只要尽量将得失置之度外，就能心平气和，精神肉体完全放松，只有如此才能希望有好成绩。这种修养趁现在做起还来得及，倘若能常常想到"文章千古事，得失寸心知"的名句，你一定会精神上放松得多。惟如此才能避免过度的劳顿与疲乏的感觉。最磨折人的不是脑力劳动，也不是体力劳动（那种疲乏很容易消除，休息一下就能恢复精力），而是操心（worry）！孩子，千万听我的话。

下功夫叫自己心理上松动，包管你有好成绩。紧张对什么事都有弊无利。从现在起，到比赛，还有三个多月，只要凭"愚公移山"的意志，存着"我尽我心"的观念；一紧张就马上叫自己宽弛，对付你的精神要像对付你的手与指一样，时时刻刻注意放松，我保证你明年会成功。这个心理卫生的功夫对你比练琴更重要，因为练琴的成绩以心理的状态为基础，为主要条件！你要我们少为你操心，也只有尽量叫你放松。这些话你听了一定赞成，也一定早想到的，但要紧的是实地做去，而且也要跟自己斗争；斗争的方式当然不是紧张，而是冲淡，而是多想想人生问题，宇宙问题，把个人看得渺小一些，那么自然会减少患得患失之心，结果身心反而舒泰，工作反而顺利！下次信来，希望你报告我们，在这方面努力的结果如何。

（……）

平日你不能太忙。人家拉你出去，你事后要补足功课，这个对你精力是有妨碍的。还是以练琴的理由，多推辞几次吧。要不紧张，就不宜于太忙；宁可空下来自己静静地想想，念一两首诗玩味一下。切勿一味重情，不好意思。工作时间不跟人出去，做成了习惯，也不会得罪人的。人生精力有限，谁都只有二十四小时；不是安排得严密，像你这样要弄坏身体的，人家技巧不需苦练，比你闲，你得向他们婉转说明。这一点上，你不妨常常想起我的榜样，朋友们也并不怪怨我呀。

大照片中有一张笑的，露出牙齿，中间偏左有一个牙短了一些，不知是何道理？难道摔过跤撞折了一些吗？望来信告知，免我惦念。

我跟妈妈常梦见你回来，清清楚楚知道你只回来一两天，有一次我梦中还问你，能不能把萧邦的 *Fantasy*（《幻想曲》）弹一遍给我听，"一定大不相同"，我说。

没工夫写长信的事，并非不可解决。你看我这封信就是分几次写成的，而我的忙也不下于你，你是知道的。

11月23日节选

你为了俄国钢琴家①,兴奋得一晚睡不着觉;我们也常常为了些特殊的事而睡不着觉。神经锐敏的血统,都是一样的;所以我常常劝你尽量节制。那钢琴家是和你同一种气质的,有些话只能加增你的偏向。比如说每次练琴都要让整个人的感情激动。我承认在某些 romantic(罗曼蒂克)性格,这是无可避免的;但"无可避免"并不一定就是艺术方面的理想;相反,有时反而是一个大累!为了艺术的修养,在 heart(感情)过多的人还需要尽量自制。中国哲学的理想,佛教的理想,都是要能控制感情,而不是让感情控制。假如你能掀动听众的感情,使他们如醉如狂,哭笑无常,而你自己屹如泰山,像调度千军万马的大将军一样不动声色,那才是你最大的成功,才是到了艺术与人生的最高境界。你该记得贝多芬的故事,有一回他弹完了琴,看见听的人都流着泪,他哈哈大笑道:"嘿!你们都是傻子。"艺术是火,艺术家是不哭的。这当然不能一蹴即成,尤其是你,但不能不把这境界作为你终生努力的目标。罗曼·罗兰心目中的大艺术家,也是这一派。

关于这一点,最近几信我常与你提到,你认为怎样?

我前晌对恩德说:"音乐主要是用你的脑子,把你朦朦胧胧的感情(对每一个乐曲,对每一章、每一段的感情)分辨清楚,弄明白你的感觉究竟是怎么一回事;等到你弄明白了,你的境界十分明确了,然后你的 technic(技巧)自会跟踪而来的。"你听听,这话不是和 Richter(李克忒)说的一模一样吗?我很高兴,我从一般艺术上了解的音乐问题,居然与专门音乐家的了解并无分别。

技巧与音乐的宾主关系,你我都是早已肯定了的;本无须逢人请教,再在你我之间讨论不完,只因为你的技巧落后,存了一个自卑感,我连

---

① 指苏联著名钢琴家 Richter(李克忒)。

带也为你操心；再加近两年来国内为什么school（学派），什么派别，闹得惶惶然无所适从，所以不知不觉对这个问题特别重视起来。现在我深信这是一个魔障，凡是一天到晚闹技巧的，就是艺术工匠而不是艺术家。一个人跳不出这一关，一辈子也休想梦见艺术！艺术是目的，技巧是手段；老是只注意手段的人，必然会忘了他的目的。甚至一些有名的virtuoso（演奏家，演奏能手）也犯这个毛病，不过程度高一些而已。

你到处的音乐会，据我推想，大概是各地的音乐团体或是交响乐队来邀请的，因为十一月至明年四五月是欧洲各地的音乐节。你是个中国人，能在Chopin（萧邦）的故国弹好Chopin（萧邦），所以他们更想要你去表演。你说我猜得对不对？

昨晚陪你妈妈去看了昆剧：比从前差多了。好几出戏都被"戏改会"改得俗滥，带着绍兴戏的浅薄的感伤味儿和骗人眼目的花花绿绿的行头。还有是太卖弄技巧（武生）。陈西禾也大为感慨，说这个才是"纯技术观点"。其实这种古董只是音乐博物馆与戏剧博物馆里的东西，非但不能改，而且不需要改。它只能给后人作参考，本身已没有前途，改它干什么？改得好也没意思，何况是改得"点金成铁"！

12月27日节选

一天练出一个concerto（协奏曲）的三个乐章带cadenza（华彩段），你的technic（技巧）和了解，真可以说是惊人。你上台的日子还要练足八小时以上的琴，也叫人佩服你的毅力。孩子，你真有这个劲儿，大家说还是像我，我听了好不flattered（得意）！不过身体还得保重，别为了多争半小时一小时，而弄得筋疲力尽。从现在起，你尤其要保养得好，不能太累，休息要充分，常常保持fresh（饱满）的精神。好比参加世运的选手，离上场的日期愈近，身心愈要调养得健康，精神饱满比什么都重要。所谓The first prize is always "luck"（第一名总是"碰运气的"）这句话，一部分也是这个道理。目前你的比赛节目既然差不多了，technic（技巧）、pedal（踏板）也解决了，那更不必过分拖累身子！再加一个半月的琢磨，自然还会百尺竿头，更进一步；你不用急，不但你有信心，老师也有信心，我们大家都有信心：主要仍在于心理修养，精神修养，存了"得失置之度外""胜败兵家之常"那样无挂无碍的心，包你没有问题的。第一，饮食寒暖要极小心，一点儿差池不得。比赛以前，连小伤风都不让它有，那就行了。

到波兰五个月，有这样的进步，恐怕你自己也有些出乎意外吧。李先生今年一月初说你：gains come with maturity（因日渐成熟而有所进步），真对。勃隆斯丹过去那样赏识你，也大有先见之明。还是我做父亲的比谁都保留，其实我也是 expect the worst, hope for the best（做最坏的打算，抱最高的希望）。我是你的舵工，责任最重大；从你小时候起，我都怕好话把你宠坏了。现在你到了这地步，样样自己都把握得住，我当然不再顾忌，要跟你说：我真高兴，真骄傲！中国人气质，中国人灵魂，在你身上和我一样强，我也大为高兴。

还要打听你一件事：上次匈牙利小提琴家（音乐院院长）演奏，从头至尾都是拿出谱来拉的；我从前在欧洲从未见过，便是学生登台也没有这样的事；不知你在波兰见过这等例子吗？不妨问问人家。我个人总觉得"差些劲"。周伯伯前响谈到朗读诗歌，说有人看了原文念，那是念不好的；一定要背，感情才浑成。我觉得这话很有见地。诗歌朗诵尚且如此，何况弹琴、拉琴！我自己教恩德念诗，也有这经验。凡是空口背而念的，比看着原作念的，精神更一贯，情绪更丰富。

……我们还想另外寄两瓶头发水给你。此外又另寄书一包，计有：（都有注解）《元朝散曲选》二册、《古诗源选读》二册、《唐五代宋词》二册、《世说新语选》一册。

你现在手头没有散文的书（指古文），《世说新语》大可一读。日本人几百年来都把它当作枕中秘宝。我常常缅怀两晋六朝的文采风流，认为是中国文化的一个高峰。

《人间词话》，青年们读得懂的太少了；肚里要不是先有上百首诗，几十首词，读此书也就无用。再说，目前的看法，王国维的美学是"唯心"的；在此俞平伯"大吃生活"之际，王国维也是受批判的对象。其实，唯心唯物不过是一物之两面，何必这样死拘！我个人认为中国有史以来，《人间词话》是最好的文学批评。开发性灵，此书等于一把金钥匙。一个人没有性灵，光谈理论，其不成为现代学究、当世腐儒、八股专家也鲜矣！为学最重要的是"通"，通才能不拘泥，不迂腐，不酸，不八股；"通"才能培养气节、胸襟、目光；"通"才能成为"大"，不大不博，便有坐井观天的危险。我始终认为弄学问也好，弄艺术也好，顶要紧是humain[①]，要把一个"人"尽量发展，没成为某某家某某家以前，先要学做人；否则那种某某家无论如何高明也不会对人类有多大贡献。这套话你从小听腻了，再听一遍恐怕更觉得烦了。

妈妈说你的信好像满纸都是sparkling（光芒四射，耀眼生辉）。当然你浑身都是青春的火花，青春的鲜艳，青春的生命、才华，自然写出来的有那么大的吸引力了。我和妈妈常说，这是你一生之中的黄金时代，希望你好好地享受、体验，给你一辈子做个最精彩的回忆的底子！眼看自己一天天地长大成熟，进步，了解的东西一天天地加多，精神领域一天天地加阔，胸襟一天天地宽大，感情一天天地丰满深刻：这不是人生最美满的幸福是什么！这不是最隽永最迷人的诗歌是什么！孩子，你好福气！

---

① humain，此为法文，即英文的human，意为"人"。

12月31日晚

寄你的书里，《古诗源选》《唐五代宋词选》《元明散曲选》前面都有序文，写得不坏；你可仔细看，而且要多看几遍；隔些日子温温，无形中可以增加文学史及文学体裁的学识，和外国朋友谈天，也多些材料。谈词、谈曲的序文中都提到中国固有音乐在隋唐时已衰敝，宫廷盛行外来音乐；故真正古乐府（指魏晋两汉的）如何唱法在唐时已不可知。这一点不但是历史知识，而且与我们将来创作音乐也有关系。换句话说，非但现时不知唐宋人如何唱诗、唱词，即使知道了也不能说那便是中国本土的唱法。至于龙沐勋氏在序中说"唐宋人唱诗唱词，中间常加'泛音'，这是不应该的"（大意如此）；我认为正是相反；加泛音的唱才有音乐可言。后人把泛音填上实字，反而是音乐的大阻碍。昆曲之所以如此费力、做作，中国音乐被文字束缚到如此地步，都是因为古人太重文字，不大懂音乐；懂音乐的人又不是士大夫，士大夫视音乐为工匠之事，所以弄来弄去，发展不出。汉魏之时有《相和歌》，明明是 duet（二重唱）的雏形，倘能照此路演进，必然早有 polyphonic（复调）的音乐。不料《相和歌》辞不久即失传，故非但无 polyphony（复调音乐），连 harmony（和声）也产生不出。真是太可惜了。

文化部决定要办一声乐研究所，叫林伯伯主持。他来信和我再三商榷，决定暂时回上海跟王鹏万医生加深研究喉科医术，一方面教学生，作实验，待一二年后再办声乐研究所。目前他一个人唱独角戏，如何教得了二三十个以上的学生？他的理论与实验也还不够，多些时间研究，当然可以更成熟；那时再拿出来问世，才有价值。

顾圣婴暑假后已进乐队，三个月后上面忽然说她中学毕业不进音院，思想有问题，不要她了。这也是岂有此理，大概又是人事科搅出来的。

昨晚请唐云来吃夜饭，看看古画，听他谈谈，颇学得一些知识。此人对艺术甚有见地,人亦高雅可喜,为时下国画家中不可多得之才;可惜整天在美协办公、打杂,创作大受影响。艺术家与行政工作,总是不两立的。不多谈了,希望你多多养神,勿太疲劳!

一九五五

1月9日深夜

我忘了和你提，杰老师的信里有一句："倘若他（指你）的演奏能更加朴素更加单纯的话……"，言外之意，似乎他觉得你还过于 romantic（浪漫），抒情太多而不够含蓄。事实上，他是否平日和你也说起这一点？别的教授，如 Hoffmann（霍夫曼），还有你早些说过的什么太太，他们对你的意见如何？是否和杰老师的有出入？还是大致相同？还是倒反赞成你的表达？一般音乐界对你的批评又怎样？与老师的对照，比较起来，你自己的结论怎样？

刚才敏开了一遍《第四钢琴协奏曲》的唱片。想你此刻一定练好了吧？你上月十五日信中说，只练了一天，就弹好三个乐章，连 cadenza（华彩段）在内。这协奏曲一共就是三个乐章，那么你就是一天之内把全个乐曲都练出了，是不是？你话说得蹊跷，我给你愣住了，仿佛那曲子有四个乐章似的。斯曼齐安卡弹的 *Scarlatti*（斯卡拉蒂），把我们迷住了。将来你也许比她弹得更好；至此为止，一共练了几支了？贝多芬第四，你弹谁的 candenza（华彩段）？是 Clara Schumann（克拉拉·舒曼）的，还是 Saint-Saëns（圣-桑）的？

林伯伯昨天从北京回来，刚满三个足月。他兴奋得很，中央很赏识他。初去时，大家对他怀疑。有心把最没希望、预备改行的学生给他，背后说："看他有什么办法！"不料一个月后，居然被他救转来了，像垂危的病人切实转机似的。不但声音变了真声音，而且音质宏亮，好听，音域也跳上三个多音。顶好的成绩，已经有唱到三个音阶之广的。中央文化部已决定把他从师大调出来，任命为专员，留在上海，由北京各机关派八个学生跟他学，薪水照师大的原额。余下时间尽他收私人学生。因为赵枫每周周末都在中央歌舞团，所以李凌的意见随时都可传达到部里去。团里的乐队大有进步，据说有个德国指挥专家来，第一次到团里试验大摇其头，指导了一下，认为无希望。过一星期再去，他大吃一惊，说万万想不到一个乐队的进步有如此快的。简直是第一流乐队的进度。照此下去，二三年后一定可以成为了不起的乐队。于是他两三天就去指导一次。一共有一个半月的工夫。可惜他不能常留。由此可见，乐队队员固然肯拼命，张宁和也大大用功过来的；否则一星期工夫如何能令人刮目相看？

另外乐团盖了一个排练厅，楼下是单身团员的宿舍，楼上是大型的演奏厅。有热水汀。林伯伯就住在新屋内。你们的老房子给有家属的人住；新屋子要绝对保持清洁，不容烧饭煮菜的。据说那附近一带兴建新屋及马路，快得不得了，全像德国式都市。马路比贝当路大上一二倍，中间列树成荫，都是大树移植的。百货公司也开了。到团门口的公共汽车，每五分钟一辆。将来一切政府机关都要设在新市区，老城要变做一个大型博物院，只保持旧都的本地风光而已。

声乐研究所，文化部决定要办。假如林伯伯不愿意去北京，则办在上海也行，只要常常往北京跑，指导那边的人。办的时期当在一二年后，由林伯伯决定。他先要在喉科方面加深研究，一面考虑如何筹备将来的研究所。我主张他第一重点，在一二年内训练出二三个好的助教。据说他离开后，大家都找王福增（？）教了，因为王跟林伯伯时期最早、最久、最用功，音乐天赋差些，但肯下苦功夫；这种人将来当教授是最好的。他现在已经收到每月七万的学费——最高如林伯伯也只收十万。北方的苏石灵派的门徒，如今全部改了信仰。早先怀疑等等的话，也是最近李凌向林伯伯说出来的。

团里对你的情形一无所知，固然你事忙，但究竟不大好。你是他们（名义上）的直属人员，老是没消息，在旁人看，未免忘本。尤其对李凌，礼貌上也应该去一封信。星期日总该抽出半小时三刻钟，把这件事了了。

说起星期天，不知你是否整天完全休息的？你工作时间已那么长，你的个性又是从头至尾感情都高昂的，倘星期日不再彻底休息，我们更要不放心了。

开音乐会的日子，你仍维持八小时工作；你的毅力、精神、意志，固然是惊人，值得佩服，但我们毕竟为你操心。孩子，听我们的话，不要在已经觉得疲倦的时候再force（勉强）自己。多留一分元气，在长里看还是占便宜的。尤其在比赛以前半个月，工作时间要减少一些，最要紧的是保养身心的新鲜，元气充沛，那么你的演奏也一定会更丰满，更fresh（清新）！

1月26日

早预算新年中必可接到你的信，我们都当作等待什么礼物一般地等着。果然昨天早上收到你（波10）来信，而且是多少可喜的消息。孩子！要是我们在会场上，一定会禁不住涕泗横流的。世界上最高的最纯洁的欢乐，莫过于欣赏艺术，更莫过于欣赏自己的孩子的手和心传达出来的艺术！其次，我们也因为你替祖国增光而快乐！更因为你能借音乐而使多少人欢笑而快乐！想到你将来一定有更大的成就，没有止境的进步，为更多的人更广大的群众服务，鼓舞他们的心情，抚慰他们的创痛，我们真是心都要跳出来了！能够把不朽的大师的不朽的作品发扬光大，传布到地球上每一个角落去，真是多神圣、多光荣的使命！孩子，你太幸福了，天待你太厚了。我更高兴的更安慰的是：多少过分的谀词与夸奖，都没有使你丧失自知之明,众人的掌声、拥抱,名流的赞美,都没有减少你对艺术的谦卑!总算我的教育没有白费,你二十年的折磨没有白受!你能坚强(不为胜利冲昏了头脑是坚强的最好的证据),只要你能坚强,我就一辈子放了心!成就的大小、高低,是不在我们掌握之内的,一半靠人力,一半靠天赋,但只要坚强,就不怕失败,不怕挫折,不怕打击——不管是人事上的,生活上的,技术上的,学习上的——打击;从此以后你可以孤军奋斗了。何况事实上有多少良师益友在周围帮助你,扶掖你。还加上古今的名著,时时刻刻给你精神上的养料!孩子,从今以后,你永远不会孤独的了,即使孤独也不怕的了!

赤子之心这句话,我也一直记住的。赤子便是不知道孤独的。赤子孤独了,会创造一个世界,创造许多心灵的朋友!永远保持赤子之心,到老也不会落伍,永远能够与普天下的赤子之心相接相契相抱!你那位朋友说得不错,艺术表现的动人,一定是从心灵的纯洁来的!不是纯洁到像明镜一般,怎能体会到前人的心灵?怎能打动听众的心灵?

斯曼齐安卡说的萧邦协奏曲的话,使我想起前二信你说Richter(李克忒)弹柴可夫斯基的协奏曲的话。一切真实的成就,必有人真正的赏识。

音乐院院长说你的演奏像流水,像河;更令我想到克利斯朵夫的象征。天舅舅说你小时候常以克利斯朵夫自命,而你的个性居然和罗曼·罗兰的理想有些相像了。河,莱茵,江声浩荡……钟声复起,天已黎明……中国正到了"复旦"的黎明时期,但愿你做中国的——新中国的——钟声,响遍世界,响遍每个人的心!滔滔不竭的流水,流到每个人的心坎里去,把大家都带着,跟你一块到无边无岸的音响的海洋中去吧!名闻世界的扬子江与黄河,比莱茵的气势还要大呢!……黄河之水天上来,奔流到海不复回!……无边落木萧萧下,不尽长江滚滚来!……有这种诗人灵魂的传统的民族,应该有气吞牛斗的表现才对。

你说常在矛盾与快乐之中,但我相信艺术家没有矛盾不会进步,不会演变,不会深入。有矛盾正是生机蓬勃的明证。眼前你感到的还不过是技巧与理想的矛盾,将来你还有反复不已更大的矛盾呢:形式与内容的枘凿,自己内心的许许多多不可预料的矛盾,都在前途等着你。别担心,解决一个矛盾,便是前进一步!矛盾是解决不完的,所以艺术没有止境,没有 perfect(完美,十全十美)的一天,人生也没有 perfect(完美,十全十美)的一天!唯其如此,才需要我们日以继夜,终生地追求、苦练;要不然大家做了羲皇上人,垂手而天下治,做人也太腻了!

3月21日

聪,亲爱的孩子!

期待了一个月的结果终于揭晓了,多少夜没有好睡,十九日晚更是神思恍惚,昨(二十日)夜为了喜讯过于兴奋,我们仍没睡着。先是昨晚五点多钟,马太太从北京来长途电话;接着八时许无线电报告(仅至第五名为止),今晨报上又披露了十名的名单。难为你,亲爱的孩子!你没有辜负大家的期望,没有辜负祖国的寄托,没有辜负老师的苦心指导,同时也没辜负波兰师友及广大群众这几个月来对你的鼓励!

也许你觉得应该名次再前一些才好,告诉我,你是不是有"美中不足"之感?可是别忘了,孩子,以你离国前的根基而论,你七个月中已经做了最大的努力,这次比赛也已经 do your best(尽力而为)。不但如此,这七个月的成绩已经近乎奇迹。想不到你有这些才华,想不到你的春天来得这么快,花开得这么美,开到世界的乐坛上放出你的异香。东方升起了一颗星,这么光明,这么纯净,这么深邃;替新中国创造了一个辉煌的世界纪录!我做父亲的一向低估了你,你把我的错误用你的才具与苦功给点破了,我真高兴,我真骄傲,能够有这么一个儿子把我错误的估计全部推翻!妈妈是对的,母性的伟大不在于理智,而在于那种直觉的感情;多少年来,她嘴上不说,心里是一向认为我低估你的能力的；如今她统统向我说明了。我承认自己的错误，但是用多么愉快的心情承认错误：这也算是一个奇迹吧？

回想到一九五三年十二月你从北京回来，我同意你去波学习，但不鼓励你参加比赛，还写信给周巍峙要求不让你参加。虽说我一向低估你，但以你那个时期的学力，我的看法也并不全错。你自己也觉得即使参加，未必有什么把握。想你初到海滨时，也不见得有多大信心吧？可见这七个月的学习，上台的经验，对你的帮助简直无法形容，非但出于我们意料之外，便是你以目前和七个月以前的成绩相比，你自己也要觉得出乎意料之外，是不是？

今天清早柯子歧打电话来，代表他父亲母亲向我们道贺。子歧说：与其你光得第二，宁可你得第三，加上一个玛祖卡奖的。这句话把我们心里的意思完全说中了。你自己有没有这个感想呢？

再想到一九四九年第四届比赛的时期，你流浪在昆明，那时你的生活，你的苦闷，你的渺茫的前途，跟今日之下相比，不像是做梦吧？谁想得到，五一年回上海时只弹 *Pathétique Sonata*（《"悲怆"奏鸣曲》）还没弹好的人，五年以后会在国际乐坛的竞赛中名列第三？多少迂回的路，多少痛苦，多少失意，多少挫折，换来你今日的成功！可见为了获得更大的成功，只有加倍努力，同时也得期待别的迂回，别的挫折。我时时刻刻要提醒你，想着过去的艰难，让你以后遇到困难的时候更有勇气去克服，不至于失掉信心！人生本是没穷尽没终点的马拉松赛跑，你的路程还长得很呢：这不过是一个光辉的开场。

回过来说：我过去对你的低估，在某些方面对你也许有不良的影响，但有一点至少是对你有极大的帮助的。唯其我对你要求严格，终不至于骄纵你，——你该记得罗马尼亚三奖初宣布时你的愤懑心理，可见年轻人往往容易估高自己的力量。我多少年来把你紧紧拉着，至少养成了你对艺术的严肃的观念，即使偶尔忘形，也极易拉回来。我提这些话，不是要为我过去的做法辩护，而是要趁你成功的时候特别让你提高警惕，绝对不让自满和骄傲的情绪抬头。我知道这也用不着多嘱咐,今日之下,你已经过了这一道骄傲自满的关,但我始终是中国儒家的门徒,遇到极盛的事,必定要有"如临深渊,如履薄冰"的格外郑重、危惧、戒备的感觉。

....

说到"不完整",我对自己的翻译也有这样的自我批评。无论译哪一本书,总觉得不能从头至尾都好;可见任何艺术最难的是"完整"!你提到 perfection(完美),其实 perfection(完美)根本不存在的,整个人生、世界、宇宙,都谈不上 perfection(完美)。要就是存在于哲学家的理想和政治家的理想之中。我们一辈子的追求,有史以来多少世代的人的追求,无非是 perfection(完美),但永远是追求不到的,因为人的理想、幻想,永无止境,所以 perfection(完美)像水中月、镜中花,始终可望而不可即。但能在某一个阶段求得总体的"完整"或是比较的"完整",已经很不差了。

....

比赛既然过去了,我们希望你每个月能有两封信来。尤其是我希望多知道:(1)国外音乐界的情形;(2)你自己对某些乐曲的感想和心得。千万抽出些工夫来!以后不必再像过去那样日以继夜地扑在琴上。修养需要多方面的进行,技巧也得长期训练,切勿操之过急。静下来多想想也好,而写信就是强迫你整理思想,也是极好的训练。

乐理方面,你打算何时开始?当然,这与你波兰文程度有关。

3月27日夜

为你参考起见,我特意从一本专论莫扎特的书里译出一段给你。另外还有罗曼·罗兰论莫扎特的文字,来不及译。不知你什么时候学莫扎特?萧邦在写作的 taste(品味,鉴赏力)方面,极注意而且极感染莫扎特的风格。刚弹完萧邦,接着研究莫扎特,我觉得精神血缘上比较相近。不妨和杰老师商量一下,你是否可在贝多芬第四弹好以后,接着上手莫扎特?等你快要动手时,先期来信,我再寄罗曼·罗兰的文字给你。

从我这次给你的译文中,我特别体会到,莫扎特的那种温柔妩媚,所以与浪漫派的温柔妩媚不同,就是在于他像天使一样的纯洁,毫无世俗的感伤或是靡靡的 sweetness(甜腻)。神明的温柔,当然与凡人的不同,就是达·芬奇与拉斐尔的圣母,那种妩媚的笑容决非尘世间所有的。能够把握到什么叫做脱尽人间烟火的温馨甘美,什么叫做天真无邪的爱娇,没有一点儿拽心,没有一点儿情欲的骚乱,那么我想表达莫扎特可以"虽不中,不远矣"。你觉得如何?往往十四五岁到十六七岁的少年,特别适应莫扎特,也是因为他们童心没有受过沾染。

将来你预备弹什么近代作家,望早些安排,早些来信;我也可以供给材料。在精神气氛方面,我还有些地方能帮你忙。

我再要和你说一遍:平日来信多谈谈音乐问题。你必有许多感想和心得,还有老师和别的教授们的意见。这儿的小朋友们一个一个都在觉醒,苦于没材料。他们常来看我,和我谈天;我当然要尽量帮助他们。你身在国外,见闻既广,自己不断地在那里进步,定有不少东西可以告诉我们。同时一个人的思想是一边写一边谈出来的,借此可以刺激头脑的敏捷性,也可以训练写作的能力与速度。此外,也有一个道义的责任,使你要尽量地把国外的思潮向我们报道。一个人对人民的服务不一定要站在大会上演讲或是做什么惊天动地的大事业,随时随地,点点滴滴的把自己知道的、想到的告诉人家,无形中就是替国家播种、施肥、垦植!孩子,你千万记住这些话,多多提笔!

(…………)

黄宾虹先生于本月二十五日在杭患胃癌逝世,享寿九十二岁。以艺术家而论,我们希望他活到一百岁呢。去冬我身体不好,中间摔了一跤,很少和他通信;只是在十一月初到杭州去,连续在他家看了两天画,还替他拍了照，不料竟成永诀。听说他病中还在记挂我，跟不认识我的人提到我。我听了非常难过，得信之日，一晚没睡好。

4月1日晚

……我知道你忙，可是你也知道我未尝不忙，至少也和你一样忙。我近七八个月身体大衰，跌跤后已有两个半月，腿力尚未恢复，腰部酸痛更是厉害。但我仍硬撑着工作，写信，替你译莫扎特，等等，都是拿休息时间，忍着腰痛来做的。孩子，你为什么老叫人牵肠挂肚呢？预算你的信该到的时期，一天不到，我们精神上就一天不得安定。

我把纪念册上的记录做了一个统计：发觉萧邦比赛，历届中进入前五名的，只有波、苏、法、匈、英、中六个国家。德国只有第三届得了一个第六，奥国第二届得了一个第十，意大利第二届得了一个第二十四。可见与萧邦精神最接近的是斯拉夫民族。其次是匈牙利和法国。纯粹日耳曼族或纯粹拉丁族都不行。法国不能算纯粹拉丁族。奇怪的是连修养极高极博的大家如 Busoni（布梭尼）[1] 生平也未尝以弹奏萧邦知名。德国十九世纪末期，出了那么些大钢琴家，也没有一个弹萧邦弹得好的。

但这还不过是个人悬猜，你在这次比赛中实地接触许多国家的选手，也听到各方面的批评，想必有些关于这个问题的看法，可以告诉我。

4月3日

今日接马先生（三十日）来信，说你要转往苏联学习，又说已与文化部谈妥，让你先回国演奏几场；最后又提到预备叫你参加明年二月德

---

[1] 布梭尼（1866—1924），意大利钢琴家和作曲家。

国的 Schumann（舒曼）① 比赛。

我认为回国一行，连同演奏，至少要花两个月；而你还要等波兰的零星音乐会结束以后方能动身。这样，前前后后要费掉三个多月。这在你学习上是极大的浪费。尤其你技巧方面还要加工，倘若再想参加明年的 Schumann（舒曼）比赛，他的技巧比萧邦的更麻烦，你更需要急起直追。

与其让政府花了一笔来回旅费而耽误你几个月学习，不如叫你在波兰灌好唱片（像我前信所说）寄回国内，大家都可以听到，而且是永久性的；同时也不妨碍你的学业。我们做父母的，在感情上极希望见见你，听到你这样成功的演奏，但为了你的学业，我们宁可牺牲这个福气。我已将此意写信告诉马先生，请他与文化部从长考虑。我想你对这个问题也不会不同意吧？

其次，转往苏联学习一节，你从来没和我们谈过。你去波以后我给你二十九封信，信中表现我的态度难道还使你不敢相信，什么事都可以和我细谈、细商吗？你对我一字不提，而托马先生直接向中央提出，老实说，我是很有自卑感的，因为这反映出你对我还是不放心。大概我对你从小的不得当、不合理的教育，后果还没有完全消灭。你比赛以后一直没信来，大概心里又有什么疙瘩吧！马先生回来，你也没托带什么信，因此我精神上的确非常难过，觉得自己功不补过。现在谁都认为（连马先生在内）你今日的成功是我在你小时候打的基础，但事实上，谁都不再对你当前的问题再来征求我一分半分意见；是的，我承认老朽了，不能再帮助你了。

可是我还有几分自大的毛病，自以为看事情还能比你们青年看得远一些，清楚一些。

同时我还有过分强的责任感，这个责任感使我忘记了自己的老朽，忘记了自己帮不了你忙而硬要帮你忙。

---

① 舒曼（1810—1856），德国钢琴家和作曲家。

所以倘使下面的话使你听了不愉快，使你觉得我不了解你，不了解你学习的需要，那么请你想到上面两个理由而原谅我，请你原谅我是人，原谅我抛不开天下父母对子女的心。

一个人要做一件事，事前必须考虑周详。尤其是想改弦易辙，丢开老路，换走新路的时候，一定要把自己的理智做一个天平，把老路与新路放在两个盘里很精密地称过。现在让我来替你做一件工作，帮你把一项项的理由，放在秤盘里：

（甲盘）

（一）杰老师过去对你的帮助是否不够？假如他指导得更好，你的技术是否还可以进步？

（二）六个月在波兰的学习，使你得到这次比赛的成绩，你是否还不满意？

（三）波兰得第一名的，也是杰老师的学生，他得第一的原因何在？

（四）技术训练的方法，波兰派是否有毛病，或是不完全？

（五）技术是否要靠时间慢慢地提高？

（六）除了萧邦以外，对别的作家的了解，波兰的教师是否不大使你佩服？

（七）去年八月周小燕在波兰知道杰老师为了要教你，特意训练他的英语，这点你知道吗？

（乙盘）

（一）苏联的教授法是否一定比杰老师的高明？技术上对你可以有更大的帮助？

（二）假定过去六个月在苏联学，你是否觉得这次的成绩可以更好？名次更前？

（三）苏联得第二名的，为什么只得一个第二？

（四）技术训练的方法，在苏联是否一定胜过任何国家？

（五）苏联是否有比较快的方法提高？

（六）对别的作家的了解，是否苏联比别国也高明得多？

（七）苏联教授是否比杰老师还要热烈？

039

[一般性的]

（八）以你个人而论，是否换一个技术训练的方法，一定还能有更大的进步？所以对第（二）项要特别注意，你是否觉得以你六个月的努力，倘有更好的方法教你，你是否技术上可以和别人并驾齐驱，或是更接近？

（九）以学习Schumann（舒曼）而论，是否苏联也有特殊优越的条件？

（十）过去你盛称杰老师教古典与近代作品教得特别好，你现在是否改变了意见？

（十一）波兰居住七个月来的总结，是不是你的学习环境不大理想？苏联是否在这方面更好？

（十二）波兰各方面对你的关心、指点，是否在苏联同样可以得到？

（十三）波兰方面一般带着西欧气味，你是否觉得对你的学习不大好？

这些问题希望你平心静气，非常客观的逐条衡量，用"民主表决"的方法，自己来一个总结。到那时再做决定。总之，听不听由你，说不说由我。你过去承认我"在高山上看事情"，也许我是近视眼，看出来的形势都不准确。但至少你得用你不近视的眼睛，来检查我看到的是否不准确。果然不准确的话，你当然不用，也不该听我的。

假如你还不以为我顽固落伍，而愿意把我的意见加以考虑的话，那对我真是莫大的"荣幸"了！等到有一天，我发觉你处处比我看得清楚，我第一个会佩服你，非但不来和你"缠夹二"乱提意见，而且还要遇事来请教你呢！目前，第一不要给我们一个闷葫芦！磨难人最厉害的莫如unknown（不知）和uncertain（不定）！对别人同情之前，对父母先同情一下吧！

4月21日节选

孩子：能够起床了，就想到给你写信。

邮局把你比赛后的长信遗失，真是害人不浅。我们心神不安半个多月，都是邮局害的。三月三十日是我的生日，本来预算可以接到你的信了。到四月初，心越来越焦急，越来越迷糊，无论如何也想不通你始终不来信的原因。到四月十日前后，已经根本抛弃希望，似乎永远也接不到你的家信了。

四月十日上午九时半至十一时，听北京电台广播你弹的 Berceuse（《摇篮曲》）和一支 Mazurka（《玛祖卡》），一边听，一边说不出有多少感触。耳朵里听的是你弹的音乐，可是心里已经没有把握孩子对我们的感情怎样——否则怎么会没有信呢？——真的，孩子，你万万想不到我跟你妈妈这一个月来的精神上的波动，除非你将来也有了孩子，而且也是一个像你这样的孩子！马先生三月三十日就从北京寄信来，说起你的情形，可见你那时身体是好的，那么迟迟不写家信更叫我们惶惑"不知所措"了。何况你对文化部提了要求，对我连一个字也没有：难道又不信任爸爸了吗？这个疑问给了我最大的痛苦，又使我想到舒曼痛惜他父亲早死的事，又想到莫扎特写给他父亲的那些亲切的信：其中有一封信，是莫扎特离开了 Salzburg（萨尔茨堡）大主教，受到父亲责难，莫扎特回信说：

"是的，这是一封父亲的信，可不是我的父亲的信！"

聪，你想，我这些联想对我是怎样的一种滋味！四月三日（第30号）的信，我写的时候不知怀着怎样痛苦、绝望的心情，我是永远忘不了的。妈妈说的："大概我们一切都太顺利了，太幸福了，天也嫉妒我们，所以要给我们受这些挫折！"要不这样说，怎么能解释邮局会丢失这么一封要紧的信呢？

你那封信在我们是有历史意义的，在我替你编录的"学习经过"和

"国外音乐报道"(这是我把你的信分成的类别,用两本簿子抄下来的),是极重要的材料。我早已决定,我和你见了面,每次长谈过后,我一定要把你谈话的要点记下来。为了青年朋友们的学习,为了中国这么一个处在音乐萌芽时代的国家,我做这些笔记是有很大的意义的。所以这次你长信的失落,逼得我留下一大段空白,怎么办呢?

可是事情不是没有挽回的。我们为了丢失的那封信,二十多天的精神痛苦,不能不算是付了很大的代价;现在可不可以要求你也付些代价呢?只要你每天花一小时的工夫,连续三四天,补写一封长信给我们,事情就给补救了。而且你离开比赛时间久一些,也许你一切的观感倒反客观一些。我们极需要知道你对自己的演出的评价,对别人的评价,——尤其是对于前四五名的。我一向希望你多发表些艺术感想,甚至对你弹的 Chopin(萧邦)某几个曲子的感想。我每次信里都谈些艺术问题,或是报告你国内乐坛消息,无非想引起你的回响,同时也使你经常了解国内的情形。

....

你说要回来,马先生信中说文化部同意(三月三十日信)你回来一次表演几场;但你这次(四月九日)的信和马先生的信,都叫人看不出究竟是你要求的呢,还是文化部主动的?我认为以你的学习而论,回来是大大的浪费。但若你需要休息,同时你绝对有把握耽搁三四个月不会影响你的学习,那么你可以相信,我和你妈妈没有不欢迎的!在感情的自私上,我们最好每年能见你一面呢!

至于学习问题,我并非根本不赞成你去苏联;只是觉得你在波兰还可以待二三年,从波兰转苏联,极方便;再要从苏联转波兰,就不容易了!这是你应当考虑的。但若你认为在波兰学习环境不好,或者杰老师对你不相宜,那么我没有话说,你自己决定就是了。但决定以前,必须极郑重、极冷静,从多方面、从远处大处想周到。

你去年十一月中还说:"希望比赛快快过去,好专攻古典和近代作品。

杰老师教出来的古典真叫人佩服。"难道这几个月内你这方面的意见完全改变了吗？

倘说技巧问题，我敢担保，以你的根基而论，从去年八月到今年二月的成就，无论你跟世界上哪一位大师哪一个学派学习，都不可能超出这次比赛的成绩！你的才具，你的苦功，这一次都已发挥到最高度，老师教你也施展出他所有的本领和耐性！你可曾研究过 program（节目单）上人家的学历吗？我是都仔细看过了的；我敢说所有参加比赛的人，除了非洲来的以外，没有一个人的学历像你这样可怜的，——换句话说，跟到名师只有六七个月的竞选人，你是独一无二的例外！所以我在三月二十一日（第28号）信上就说拿你的根基来说，你的第三名实际是远超过了第三名。说得再明白些，你想：Harasiewicz（哈拉谢维兹）[1]，Askenasi（阿希肯纳齐）[2]，Ringeissen（林格森）[3] 这几位，假如过去学琴的情形和你一样，只有十至十二岁半的时候，跟到一个 Paci（百器），十七至十八岁跟到一个 Bronstein（勃隆斯丹），再到比赛前七个月跟到一个杰维茨基，你敢说：他们能获得第三名和 Mazurka（玛祖卡）奖吗？

我说这样的话，绝对不是鼓励你自高自大，而是提醒你过去六七个月，你已经尽了最大的努力，杰老师也尽了最大的努力。假如你以为换一个 school（学派），你六七个月的成就可以更好，那就太不自量，以为自己有超人的天才了。一个人太容易满足固然不行，太不知足而引起许多不现实的幻想也不是健全的！这一点，我想也只有我一个人会替你指出来。假如我把你的意思误会了（因为你的长信失落了，也许其中有许多理由，关于这方面的），那么你不妨把我的话当作"有则改之，无则加勉"。爸爸一千句、一万句，无非是为你好，为你个人好，也就是为我们

---

[1] 哈拉谢维兹，参加第五届国际萧邦钢琴比赛的波兰选手。
[2] 阿希肯纳齐，参赛的苏联选手。
[3] 林格森，参赛的法国选手。

的音乐界好，也就是为我们的祖国、人民以及全世界的人类好！

我知道克利斯朵夫（晚年的）和乔治之间的距离，在一个动荡的时代是免不了的。但我还不甘落后，还想事事处处追上你们，了解你们，从你们那儿汲取新生命、新血液、新空气，同时也想竭力把我们的经验和冷静的理智，献给你们，做你们一根忠实的手杖！万一有一天，你们觉得我这根手杖是个累赘的时候，我会感觉到，我会销声匿迹，绝不来绊你们的脚！

你有一点也许还不大知道。我一生遇到重大的问题，很少不是找几个内行的、有经验的朋友商量的；反之，朋友有重大的事也很少不来找我商量的。我希望和你始终能保持这样互相帮助的关系。

杰维茨基教授四月五日来信说："聪很少和我谈到将来的学习计划。我只知道他与苏联青年来往甚密，他似乎很向往于他们的学派。但若聪愿意，我仍是很高兴再指导他相当时期。他今后不但要在技巧方面加工，还得在情绪（emotion）和感情（sentimento）的平衡方面多下克制功夫（这都是我近二三年来和你常说的）；我预备教他一些 less romantic（较不浪漫）的东西，即巴赫、莫扎特、斯卡拉蒂、初期的贝多芬等等。"

他也提到你初赛的 tempo（速度）拉得太慢，后来由马先生帮着劝你，复赛效果居然改得多等等。你过去说杰老师很 cold（冷漠），据他给我的信，字里行间都流露出热情，对你的热情。我猜想他有些像我的性格，不愿意多在口头奖励青年。你觉得怎么样？

四月十日播音中，你只有两支。其余有 Askenasi（阿希肯纳齐）的，Harasiewicz（哈拉谢维兹）的，田中清子的，Lidia Grych（丽迪亚·格莱奇）的，Ringeissen（林格森）的。李翠贞先生和恩德都很欣赏 Ringeissen（林格森）。Askenasi（阿希肯纳齐）的 Valse（华尔兹）我特别觉得呆板。杰老师信中也提到苏联 group（那一群）整个都是第一流的 technic（技巧），但音乐表达很少个性。不知你感觉如何？波兰同学及年长的音乐家们的观感如何？

说起 Berceuse（《摇篮曲》），大家都觉得你变了很多，认不得了；但你的 Mazurka（《玛祖卡》），大家又认出你的面目了！是不是现在的 style（风格）都如此？所谓自然、简单、朴实，是否可以此曲（照你比赛时弹的）为例？我特别觉得开头的 theme（主题）非常单调，太少起伏，是不是我的 taste（品味，鉴赏力）已经过时了呢？

你去年盛称 Richter（李克忒），阿敏二月中在国际书店买了他弹的 Schumann（舒曼）：The Evening（《晚上》），平淡得很；又买了他弹的 Schubert（舒伯特）①：Moment Musicaux（《瞬间音乐》），那我可以肯定完全不行，笨重得难以形容，一点儿 Vienna（维也纳）风的轻灵、清秀、柔媚都没有。舒曼的我还不敢确定，他弹的舒伯特，则我断定不是舒伯特。可见一个大家要样样合格真不容易。

你是否已决定明年五月参加舒曼比赛，会不会妨碍你的正规学习呢？是否同时可以弄古典呢？你的古典功夫一年又一年地耽下去，我实在不放心。尤其你的 mentality（心态），需要早早借古典作品的熏陶来维持它的平衡。我们学古典作品，当然不仅仅是为古典而古典，而尤其是为了整个人格的修养，尤其是为了感情太丰富的人的修养！

所以，我希望你和杰老师谈谈，同时自己也细细思忖一番，是否准备 Schumann（舒曼）和研究古典作品可以同时并进？这些地方你必须紧紧抓住自己。我很怕你从此过的多半是选手生涯。选手生涯往往会限制大才的发展，影响一生的基础！

不知你究竟回国不回国？假如不回国，应及早对外声明，你代表中国参加比赛的身份已经告终；此后是纯粹的留学生了。用这个理由可以推却许多邀请和群众的热情的（但是妨碍你学业的）表示。做一个名人也是有很大的危险的，孩子，可怕的敌人不一定是面目狰狞的，和颜悦色、一腔热爱的友情，有时也会耽误你许许多多宝贵的光阴。孩子，你

---

① 舒伯特（1797—1828），奥地利作曲家。

在这方面极需要拿出勇气来！

我坐不住了，腰里疼痛难忍，只希望你来封长信安慰安慰我们。

5月8日—9日

（此信应有四页，现仅存第一和第四页。）

昨晚有匈牙利的flutist（长笛演奏家）和pianist（钢琴家）的演奏会，作协送来一张票子，我腰酸不能久坐，让给阿敏去了。他回来说pianist弹得不错，就是身体摇摆得太厉害。因而我又想起了Richter（李克忒）在银幕扮演李斯特的情形。我以前跟你提过，不知李赫特平时在台上是否也摆动很厉害？这问题，正如多多少少其他的问题一样，你没有答复我。记得马先生二月十七日从波兰写信给王棣华，提到你在琴上"表情十足"。不明白他这句话是指你的手下表达出来的"表情十足"呢，还是指你身体的动作。因为你很钦佩Richter（李赫特），所以我才怀疑你从前身体多摇动的习惯，不知不觉地又恢复过来，而且加强了。这个问题，我记得在第二十六（或二十七）信内和你提过，但你也至今不答复。

说到"不答复"，我又有了很多感慨。我自问：长篇累牍地给你写信，不是空唠叨，不是莫名其妙的gossip（说长道短），而是有好几种作用的。第一，我的确把你当作一个讨论艺术、讨论音乐的对手；第二，极想激出你一些青年人的感想，让我做父亲的得些新鲜养料，同时也可以间接传布给别的青年；第三，借通信训练你的——不但是文笔，而尤其是你的思想；第四，我想时时刻刻，随处给你做个警钟，做面"忠实的镜子"，不论在做人方面，在生活细节方面，在艺术修养方面，在演奏姿态方面。我做父亲的只想做你的影子，既要随时随地帮助你、保护你，又要不让你对这个影子觉得厌烦。但我这许多心愿，尽管我在过去的三十多封信中说了又说，你都似乎没有深刻的体会，因为你并没有适当的反应，就是说：尽量给我写信，"被动的"对我说的话或是表示赞成，或是表示异议，也很少"主动的"发表你的主张或感想——特别是从十二月以后。

你不是一个作家，从单纯的职业观点来看，固无须训练你的文笔。但除了多写之外，以你现在的环境，怎么能训练你的思想、你的理智、你的 intellect（才智）呢？而一个人思想、理智、intellect（才智）的训练，总不能说不重要吧？多少读者来信，希望我多跟他们通信；可惜他们的程度与我相差太远，使我爱莫能助。你既然具备了足够的条件，可以和我谈各式各种的问题，也碰到我极热烈地渴望和你谈这些问题，而你偏偏很少利用！孩子，一个人往往对有在手头的东西（或是机会，或是环境，或是任何可贵的东西）不知珍惜，直到要失去了的时候再去后悔！这是人之常情，但我们不能因为是人之常情而宽恕我们自己的这种愚蠢，不想法去改正。

你不是抱着一腔热情，想为祖国、为人民服务吗？而为祖国、为人民服务是多方面的，并不限于在国外为祖国争光，也不限于用音乐去安慰人家——虽然这是你最主要的任务。我们的艺术家还需要把自己的感想、心得，时时刻刻传达给别人，让别人去作为参考的或者是批判的资料。你的将来，不光是一个演奏家，同时必须兼做教育家；所以你的思想、你的理智，更其需要训练，需要长时期的训练。我这个可怜的父亲，就在处处替你作这方面的准备，而且与其说是为你作准备，还不如说为中国音乐界作准备更贴切。孩子，一个人空有爱同胞的热情是没用的，必须用事实来使别人受到我的实质的帮助，这才是真正的道德实践。别以为我们要求你多写信是为了父母感情上的自私——其中自然也有一些，但决不是主要的。你很知道你一生受人家的帮助是应当用行动来报答的，而从多方面去锻炼自己就是为报答人家作基本准备。

（…………）

关于杰老师，希望你将来离开他以后，一直跟他保持良好的师生关系。关于他的人品，也要长时期从多方面观察。艺术界内幕复杂，外国人更难尽悉底蕴，不能听信一面之言。至少他对你个人是极好的。这次比赛，他不承认是你的老师，以便可以在评判会上打你的分数，否则自己的老师对学生是要回避，不给分的（分数单上看得清清楚楚）。而倘若杰老师不给分，你的最后总分一定要受影响。可见他是竭力想帮助你成功。

至于霍夫曼本人的人品，你日常当然知道很多；以后对别人就得防一着，别再那样天真，老是"以君子之心度小人之腹"。以前我常常劝你勿太轻信，你总以为年轻人是纯洁的，如今你该明白了，年轻人不比中年人纯洁多少，一切都要慢慢地观察，"日久见人心"，"知人知面不知心"，这几句老话真有道理！

我还有两个关于艺术的问题，下回和你讨论。希望你来信再谈谈米开兰琪利的艺术表演！

勃隆斯丹太太来信，要我祝贺你，她说："我从未怀疑过，哪怕是一分钟，在这次比赛中他会获得多个第一名中的一个。聪真棒！由于他的勤奋不已（这是与坚强的意志不可分的）和巨大的才能（正如上帝赋予的那样），在相当短的时期内，几乎创造了奇迹！我真诚地希望聪认识到他即将进入伟大艺术家生涯的大门，获得精神上的无限喜悦，同样也充满了荆棘和艰辛。主要的不光是他个人获得了成功，而在于他给予别人精神上巨大的振奋和无限的欢乐。"

和你的话是谈不完的，信已经太长，妈妈怕你看得头昏脑涨，劝我结束。她觉得你不能回来一次，很遗憾。我们真是多么想念你啊！你放心，爸爸是相信你一切都很客观，冷静，对人的批评并非意气用事；但是一个有些成就的人，即使事实上不骄傲，也很容易被人认为骄傲的，（一个有些名和地位的人，就是这样的难做人！）所以在外千万谨慎，说话处处保留些。尤其双方都用一种非祖国的语言，意义轻重更易引起误会。

5月11日

　　……孩子，别担心，你四月二十九、三十两信写得非常彻底，你的情形都报告明白了，我们绝无误会。过去接不到你的信固然是痛苦，可一旦有了你的长信，明白了底细，我们哪里还会对你有什么不快，只有同情你，可怜你补写长信，又开了通宵的"夜车"，使我们心里老大的不忍。你出国七八个月，写回来的信并没什么过火之处，偶尔有些过于相信人或是怀疑人的话，我也看得出来，也会打些小折扣。一个热情的人，尤其是青年，过火是免不了的；只要心地善良、正直，胸襟宽，能及时改正自己的判断，不固执己见，那就很好了。你不必多责备自己，只要以后多写信，让我们多了解你的情况，随时给你提提意见，那就比空自内疚、后悔挽救不了的"以往"，有意思多了。你说写信退步，我们都觉得你是进步。你分析能力比以前强多了，态度也和平得很。爸爸看文字多么严格，从文字上挑剔思想又多么认真，不会随便夸奖你的。

　　你回来一次的问题，我看事实上有困难。即使大使馆愿意再向国内请示，公文或电报往返，也需很长的时日，因为文化部外交部决定你的事也要做多方面的考虑。耽搁日子是不可避免的。而等到决定的时候，离联欢节已经很近，恐怕他们不大肯让你不在联欢节上参加表演，再说，便是让你回来，至早也要到六月底、七月初才能到家。而那时代表团已经快要出发，又要催你上道了。

　　以实际来说，你倘若为了要说明情形而回国，则大可不必，因为我已经完全明白，必要时可以向文化部说明。倘若为了要和杰老师分手而离开一下波兰，那也并无作用。既然仍要回波学习，则调换老师是早晚的事，而早晚都得找一个说得过去的理由向杰老师做交代；换言之，你回国以后再去，仍要有个充分的借口方能离开杰老师。若这个借口，目前就想出来，则不回国也是一样。

　　以我们的感情来说，你一定懂得我们想见见你的心，不下于你想见见我们的心；尤其我恨不得和你长谈数日夜。可是我们不能只顾感情，我们不能不硬压着个人的愿望，而为你更远大的问题打算。

转苏学习一点，目前的确不很相宜。政府最先要考虑到邦交，你是波政府邀请去学习的，我政府正式接受之后，不上一年就调到别国，对波政府的确有不大好的印象。你是否觉得跟斯东加学technic（技巧）还是不大可靠？我的意思，倘若technic（技巧）基本上有了method（方法），彻底改过了，就是已经上了正轨，以后的technic（技巧）却是看自己长时期的努力了。我想经过三四年的苦功，你的technic（技巧）不见得比苏联的一般水准（不说最特出的）差到哪里。即如H.和Smangianka（斯曼齐安卡），前者你也说他技巧很好，后者我们亲自领教过了，的确不错。像Askenasi（阿希肯纳齐）——这等人，天生在technic（技巧）方面有特殊才能，不能作为一般的水准。所以你的症结是先要有一个好的方法，有了方法，以后靠你的聪明与努力，不必愁在这方面落后，即使不能希望和Horowitz（霍洛维茨）那样高明。因为以你的个性及长处，本来不是virtuoso（以技巧精湛著称的演奏家）的一型。总结起来，你现在的确非立刻彻底改technic（技巧）不可，但不一定非上苏联不可。将来倒是为了音乐，需要在苏逗留一个时期。再者，人事问题到处都有，无论哪个国家，哪个名教授，到了一个时期，你也会觉得需要更换，更换的时节一定也有许多人事上及感情上的难处。

假定杰老师下学期调华沙是绝对肯定的，那么你调换老师很容易解决。我可以写信给他，说"我的意思你留在克拉可夫环境比较安静，在华沙因为中国代表团来往很多，其他方面应酬也多，对学习不大相宜，所以总不能跟你转往华沙，觉得很遗憾，但对你过去的苦心指导，我和聪都是十二分感激"等等。（目前我听你的话，绝不写信给他，你放心。）

假定杰老师调任华沙的事，可能不十分肯定，那么要知道杰老师和Sztomka（斯东加）感情如何。若他们不像Levy（莱维）与Long（朗）那样的对立，那么你可否很坦白、很诚恳地，直接向杰老师说明，大意如下：

"您过去对我的帮助，我终生不能忘记。您对古典及近代作品的理解，我尤其佩服得不得了。本来我很想跟您在这方面多多学习，无奈我在长时期地、一再地反省之下，觉得目前最急切的是要彻底地改一改我的 technic（技巧），我的手始终没有放松；而我深切地体会到方法不改将来很难有真正的进步；而我的年龄已经在音乐技巧上到了一个 critical age（要紧关头），再不打好基础，就要来不及了，所以我想暂时跟斯东加先生把手的问题彻底解决。希望老师谅解，我绝不是忘恩负义（ungrateful）；我的确很真诚地感谢您，以后还要回到您那儿请您指导的。"我认为一个人只要真诚，总能打动人的；即使人家一时不了解，日后仍会了解的。我这个提议，你觉得如何？因为我一生做事，总是第一坦白，第二坦白，第三还是坦白。绕圈子，躲躲闪闪，反易叫人疑心；你要手段，倒不如光明正大，实话实说，只要态度诚恳、谦卑、恭敬，无论如何人家不会对你怎么的。我的经验，和一个爱弄手段的人打交道，永远以自己的本来面目对付，他也不会用手段对付你，倒反看重你的。你不要害怕，不要羞怯，不要不好意思，但话一定要说得真诚老实。既然这是你一生的关键，就得拿出勇气来面对事实，用最光明正大的态度来应付，无须那些不必要的顾虑，而不说真话！就是在实际做的时候，要注意措辞及步骤。只要你的感情是真实的，别人一定会感觉到，不会误解的。你当然应该向杰老师表示你的确很留恋他，而且有"鱼与熊掌不可得而兼"的遗憾。即使杰老师下期一定调任，最好你也现在就和他说明；因为至少六月份一个月你还可以和斯东加学 technic（技巧），一个月，在你是有很大出入的！

以上的话，希望你静静地想一想，多想几回。

另外你也可向 Ewa（埃娃）太太讨主意，你把实在的苦衷跟她谈一谈，征求她的意见，把你直接向杰老师说明的办法问问她。

最后，倘若你仔细考虑之后，觉得非转苏学习不能解决问题，那么只要我们的政府答应（只要政府认为在中波邦交上无影响），我也并不反对。

你考虑这许多细节的时候，必须心平气和，精神上很镇静，切勿烦躁，也切勿焦急。有问题终得想法解决，不要怕用脑筋。我历次给你写信，总是非常冷静、非常客观的。唯有冷静与客观，终能想出最好的办法。

对外国朋友固然要客气，也要阔气，但必须有分寸。像西卜太太之流，到处都有，你得提防。巴尔扎克小说中人物，不是虚造的。人的心理是：难得收到的礼，是看重的，常常得到的不但不看重，反而认为是应享的权利，临了非但不感激，倒容易生怨望。所以我特别要嘱咐你"有分寸"！

以下要谈两件艺术的技术问题：

恩德又跟了李先生学，李先生指出她不但身体动作太多，手的动作也太多，浪费精力之外，还影响到她的 technic（技巧）、speed（速度）和 tone（音质）的深度。记得裘伯伯也有这个毛病，一双手老是扭来扭去。我顺便和你提一提，你不妨检查一下自己。关于身体摇摆的问题，我已经和你谈过好多次，你都没答复，下次来信务必告诉我。

其次是，有一晚我要恩德随便弹一支 Brahms（勃拉姆斯）的 Intermezzo（《间奏曲》），一开场 tempo（节奏）就太慢，她一边哼唱一边坚持说不慢。后来我要她停止哼唱，只弹音乐，她弹了二句，马上笑了笑，把 tempo（节奏）加快了。由此证明，哼唱有个大缺点，容易使 tempo（节奏）不准确。哼唱是个极随意的行为，快些，慢些，吟哦起来都很有味道；弹的人一边哼一边弹，往往只听见自己哼的调子，觉得很自然很舒服，而没有留神听弹出来的音乐。我特别报告你这件小事，因为你很喜欢哼的。我的意思，看谱的时候不妨多哼，弹的时候尽量少哼，尤其在后来，一个曲子相当熟的时候，只宜于"默唱"，暗中在脑筋里哼。

此外，我也跟恩德提了以下的意见：

自己弹的曲子，不宜尽弹，而常常要停下来想想，想曲子的 picture

（意境，境界），追问自己究竟要求的是怎样一个境界，这是使你明白what you want（你所要的是什么），而且先在脑子里推敲曲子的结构、章法、起伏、高潮、低潮等等。尽弹而不想，近乎improvise（即兴表演），弹到哪里算哪里，往往一个曲子练了二三个星期，自己还说不出哪一种弹法（interpretation）最满意，或者是有过一次最满意的interpretation，而以后再也找不回来（这是恩德常犯的毛病）。假如照我的办法做，一定可能帮助自己的感情更明确而且稳定！

其次，到先生那儿上过课以后，不宜回来马上在琴上照先生改的就弹，而先要从头至尾细细看谱，把改的地方从整个曲子上去体会，得到一个新的picture（境界），再在琴上试弹，弹了二三遍，停下来再想再看谱，把老师改过以后的曲子的表达，求得一个明确的picture（境界）。然后再在脑子里把自己原来的picture（境界）与老师改过以后的picture（境界）做个比较，然后再在琴上把两种不同的境界试弹，细细听，细细辨，究竟哪个更好，还是部分接受老师的，还是全盘接受，还是全盘不接受。不这样做，很容易"只见其小，不见其大"，光照了老师的一字一句修改，可能通篇不连贯，失去脉络，弄得支离破碎，非驴非马，既不像自己，又不像老师，把一个曲子搅得一团糟。

我曾经把上述两点问李先生觉得如何，她认为是很内行的意见，不知你觉得怎样？

你二十九信上说Michelangeli（弥盖朗琪利）的演奏，至少在"身如rock（磐石）"一点上使我很向往。这是我对你的期望——最殷切的期望之一！唯其你有着狂热的感情，无穷的变化，我更希望你做到身如rock（磐石），像统率三军的主帅一样。这用不着老师讲，只消自己注意，特别在心理上，精神上，多多修养，做到能入能出的程度。你早已是"能入"了，现在需要努力的是"能出"！那我保证你对古典及近代作品的风格与精神，都能掌握得很好。

你来信批评别人弹的萧邦，常说他们cold（冷漠）。我因此又想起了以前的念头：欧洲自从十九世纪，浪漫主义在文学艺术各方面到了高潮以后，先来一个写实主义与自然主义的反动（光指文学与造型艺术言），接着在二十世纪前后更来了一个普遍的反浪漫底克思潮。这个思潮有两个表现：一是非常重感官（sensual），在音乐上的代表是 R. Strauss（理查·施特劳斯），在绘画上是玛蒂斯；一是非常的 intellectual（理智），近代的许多作曲家都如此。绘画上的 Picasso（毕加索）亦可归入此类。近代与现代的人一反十九世纪的思潮，另走极端，从过多的感情走到过多的 mind（理智）的路上去了。演奏家自亦不能例外。萧邦是个半古典半浪漫底克的人，所以现代青年都弹不好。反之，我们中国人既没有上一世纪像欧洲那样的浪漫底克狂潮，民族性又是颇有 olympic（奥林匹克）（希腊艺术的最高理想）精神，同时又有不太过分的浪漫底克精神，如汉魏的诗人，如李白，如杜甫〔李后主算是最 romantic（浪漫底克）的一个，但比起西洋人，还是极含蓄而讲究 taste（品味，鉴赏力）的〕，所以我们先天的具备表达萧邦相当优越的条件。

我这个分析，你认为如何？

反过来讲，我们和欧洲真正的古典，有时倒反隔离得远一些。真正的古典是讲雍容华贵，讲 graceful（雍容），elegant（典雅），moderate（中庸）。但我们也极懂得 discreet（含蓄），也极讲中庸之道，一般青年人和传统不亲切，或许不能抓握这些，照理你是不难体会得深刻的。有一点也许你没有十分注意，就是欧洲的古典还多少带些宫廷气味，路易十四式的那种宫廷气味。

对近代作品，我们很难和欧洲人一样浸入机械文明，也许不容易欣赏那种钢铁般的纯粹机械的美，那种"寒光闪闪"的 brightness（光芒），那是纯理智、纯 mind（智性）的东西。

....

环境安静对你的精神最要紧。做事要科学化，要彻底！我恨不得在你身边，帮你解决并安排一切物质生活，让你安心学习，节省你的精力与时间，使你在外能够事半功倍，多学些东西，多把心思花在艺术的推敲与思索上去。一个艺术家若能很科学地处理日常生活，他对他人的贡献一定更大！

五月二日来信使我很难受。好孩子，不用焦心，我绝不会怨你的，要说你不配做我的儿子，那我更不配做你父亲了。只要我能帮助你一些，我就得了最大的酬报。我真是要拿我所有的知识、经验、心血，尽量给你做养料，只要你把我每封信多看几遍，好好地思索几回，竭力吸收，"身体力行"地实践，我就快乐得难以形容了。

我又细细想了想杰老师的问题，觉得无论如何，还是你自己和他谈为妙。他年纪这么大，人生经验这么丰富，一定会谅解你的。倒是绕圈子，不坦白，反而令人不快。西洋人一般的都喜欢直爽。但你一定要切实表示对他的感激，并且声明以后还是要回去向他学习的。

这件事望随时来信商讨，能早一天解决，你的技巧就可早一天彻底改造。关于一面改技巧、一面练曲子的冲突，你想过没有？如何解决？恐怕也得向 Sztomka（斯东加）先生请教请教，先做准备为妥。

5月16日

（此信应有三页，现仅存第二页。）

……你现在对杰老师的看法也很对。"做人"是另外一个问题，与教学无关。对谁也不能苛求。你能继续跟杰老师上课，我很赞成，千万不要驼子摔跤，两头不着。有个博学的老师指点，总比自己摸索好，尽管他有些见解与你不同。但你还年轻，musical literature（音乐文献）的接触真是太有限了，乐理与曲体的知识又是几乎等于零，更需要虚心一些，多听听年长的，尤其是一个 scholarship（学术成就，学问修养）很高的人的意见。

有一点，你得时时刻刻记住：你对音乐的理解，十分之九是凭你的审美直觉；虽则靠了你的天赋与民族传统，这直觉大半是准确的，但究竟那是西洋的东西，除了直觉以外，仍需要理论方面的、逻辑方面的、史的发展方面的知识来充实；即使是你的直觉，也还要那些学识来加以证实，自己才能放心。所以便是以口味而论觉得格格不入的说法，也得采取保留态度，细细想一想，多辨别几时，再做断语。这不但对音乐为然，治一切学问都要有这个态度。所谓冷静、客观、谦虚，就是指这种实际的态度。

来信说学习主要靠mind（头脑）、ear（听力）及敏感，老师的帮助是有限的。这是因为你的理解力强的缘故，一般弹琴的，十分之六七以上都是要靠老师的。这一点，你在波兰同学中想必也看得很清楚。但一个有才的人也有另外一个危机，就是容易自以为是地钻牛角尖。所以才气越高，越要提防，用solid（扎扎实实）的学识来充实，用冷静与客观的批评精神，持续不断地检查自己。唯有真正能做到这一步，而且终身地做下去，才能成为一个真正的艺术家。

一扯到艺术，一扯到做学问，我的话就没有完，只怕我写得太多，你一下子来不及咂摸。

来信提到Chopin（萧邦）的 *Berceuse*（《摇篮曲》）的表达，很有意思。以后能多写这一类的材料，最欢迎。

还要说两句有关学习的话，就是我老跟恩德说的："要有耐性，不要操之过急。越是心平气和，越有成绩。时时刻刻要承认自己是笨伯，不怕做笨功夫，那就不会期待太切，稍不进步就慌乱了。"对你，第一要紧是安排时间，多多腾出无谓的"消费时间"，我相信假如你在波兰能像在家一样，百事不打扰，每天都有七八小时在琴上，你的进步一定更快！

我译的莫扎特的论文，有些地方措辞不大妥当，望切勿"以辞害意"。尤其是说到"肉感"，实际应该这样了解："使感官觉得愉快的。"原文是等于英文的sensual（感官上的）。

"毛选"中的《实践论》及《矛盾论》，可多看看，这是一切理论的根底。此次寄你的书中，一部分是纯理论，可以帮助你对马列主义及辩证法有深切了解。为了加强你的理智和分析能力，帮助你头脑冷静，彻底搞通马列及辩证法是一条极好的路。我本来富于科学精神，看这一类书觉得很容易体会，也很有兴趣，因为事实上我做人的作风一向就是如此的。你感情重，理智弱，意志尤其弱，亟须从这方面多下功夫。否则你将来回国以后，什么事都要格外赶不上的。

12月11日

　　住屋及钢琴两事现已圆满解决，理应定下心来工作。倘使仍觉得心绪不宁，必定另有原因，索性花半天工夫仔细检查一下，病根何在？查清楚了才好对症下药，廓清思想。老是蒙着自己，不正视现实，不正视自己的病根，而拖泥带水，不晴不雨地糊下去，只有给你精神上更大的害处。该拿出勇气来，彻底清算一下。

　　廓清思想，心绪平定以后，接着就该周密考虑你的学习计划：把正规的学习和明春的灌片及南斯拉夫的演奏好好结合起来，事先多问问老师意见，不要匆促决定。决定后勿轻易更动。同时望随时来信告知这方面的情况。前信（51号）要你谈谈技巧与指法手法，与你今后的学习很有帮助：我们不是常常对自己的工作（思想方面亦然如此）需要来个"小结"吗？你给我们谈技巧，就等于你自己做小结。千万别懒洋洋地拖延！我等着。同时不要一次写完，一次写必有遗漏，一定要分几次写才写得完全；写得完全是表示你考虑得完全，回忆得清楚，思考也细致深入。你务必听我的话，照此办法做。这也是一般工作方法的极重要的一个原则。

　　……你始终太容易信任人。我素来不轻信人言，等到我告诉你什么话，必有相当根据，而你还是不大重视，轻描淡写。这样的不知警惕，对你将来是危险的!一个人妨碍别人,不一定是因为本性坏,往往是因为头脑不清,不知利害轻重。所以你在这些方面没有认清一个人的时候,切忌随口吐露心腹。一则太不考虑和你说话的对象,二则太不考虑事情所牵涉的另外一个人。(还不止一个呢!)来信提到这种事,老是含混得很。去夏你出国后,我为另一件事写信给你,要你检讨,你以心绪恶劣推掉了。其实这种作风,这种逃避现实的心理是懦夫的行为,绝不是新中国的青年所应有的。你要革除小布尔乔亚根性,就要从这等地方开始革除!

别怕我责备!(这也是小布尔乔亚的懦怯。)也别怕引起我心烦,爸爸不为儿子烦心,为谁烦心?爸爸不帮助孩子,谁帮助孩子?儿子苦闷不向爸爸求救,向谁求救?你这种顾虑也是一种短视的温情主义,要不得!怯懦也罢,温情主义也罢,总之是反科学,反马列主义。为什么一个人不能反科学、反马列主义?因为要生活得好,对社会尽贡献,就需要把大大小小的事,从日常生活、感情问题,一直到学习、工作、国家大事,一贯的用科学方法、马列主义的方法,去分析,去处理。批评与自我批评所以能成为有力的武器,也就在于它能培养冷静的科学头脑,对己、对人、对事,都一视同仁,做不偏不倚的检讨。而批评与自我批评最需要的是勇气,只要存着一丝一毫懦怯的心理,批评与自我批评便永远不能做得彻底。我并非说有了自我批评(即挖自己的根),一个人就可以没有烦恼。不是的,烦恼是永久免不了的,就等于矛盾是永远消灭不了的一样。但是不能因为眼前的矛盾消灭了将来照样有新矛盾,就此不把眼前的矛盾消灭。挖了根,至少可以消灭眼前的烦恼。将来新烦恼来的时候,再去消灭新烦恼。挖一次根,至少可以减轻烦恼的严重性,减少它危害身心的可能;不挖根,老是有些思想的、意识的、感情的渣滓积在心里,久而久之,成为一个沉重的大包袱,慢慢地使你心理不健全,头脑不冷静,胸襟不开朗,创造更多的新烦恼的因素。这一点不但与马列主义的理论相合,便是与近代心理分析和精神病治疗的研究结果也相合。

至于过去的感情纠纷，时时刻刻来打扰你的缘故，也就由于你没仔细挖根。我相信你不是爱情至上主义者，而是真理至上主义者；那么你就该用这个立场去分析你的对象（不论是初恋的还是以后的），你跟她（不管是谁）在思想认识上，真理的执着上，是否一致或至少相去不远？从这个角度上去把事情解剖清楚，许多烦恼自然迎刃而解。你也该想到，热情是一朵美丽的火花，美则美矣，无奈不能持久。希望热情能永久持续，简直是愚妄；不考虑性情、品德、品格、思想等等，而单单执着于当年一段美妙的梦境，希望这梦境将来会成为现实，那么我警告你，你可能遇到悲剧的！世界上很少如火如荼的情人能成为美满的、白头偕老的夫妇的；传奇式的故事，如但丁之于裴阿脱里克斯，所以成为可歌可泣的千古艳事，就因为他们没有结合；但丁只见过几面（似乎只有一面）裴阿脱里克斯。歌德的太太克里斯丁纳是个极庸俗的女子，但歌德的艺术成就，是靠了和平宁静的夫妇生活促成的。过去的罗曼史，让它成为我们一个美丽的回忆，作为一个终生怀念的梦，我认为是最明哲的办法。老是自苦是只有消耗自己的精力，对谁都没有裨益的。孩子，以后随时来信，把苦闷告诉我，我相信还能凭一些经验安慰你呢。爸爸受的痛苦不能为儿女减除一些危险，那么爸爸的痛苦也是白受了。但希望你把苦闷的缘由写得详细些（就是要你自己先分析一个透彻），免得我空发议论，无关痛痒地对你没有帮助。好了，再见吧，多多来信，来信分析你自己就是一种发泄，而且是有益于心理卫生的发泄。爸爸还有足够的勇气担受你的苦闷，相信我吧！你也有足够的力量摆脱烦恼，有足够的勇气正视你的过去，我也相信你！

12月21日晨

今年暑天，因为身体不好而停工，顺便看了不少理论书；这一回替你买理论书，我也买了许多，这几天已陆续看了三本小册子：关于辩证唯物主义的一些基本知识，批评与自我批评是苏维埃社会发展的动力，社会主义基本经济规律。感想很多，预备跟你随便谈谈。

第一个最重要的感想是：理论与实践绝对不可分离，学习必须与现实生活结合；马列主义不是抽象的哲学，而是极现实极具体的哲学；它不但是社会革命的指导理论，同时亦是人生哲学的基础。解放六年来的社会，固然有极大的进步，但还存在着不少缺点，特别在各级干部的办事方面。我常常有这个印象，就是一般人的政治学习，完全是为学习而学习，不是为了生活而学习，不是为了应付实际斗争而学习。所以谈起理论来头头是道，什么唯物主义、什么辩证法、什么批评与自我批评等等，都能长篇大论发挥一大套；一遇到实际事情，一坐到办公桌前面，或是到了工厂里、农村里，就把一切理论忘得干干净净。学校里亦然如此；据在大学里念书的人告诉我，他们的政治讨论非常热烈，有些同学提问题提得极好，也能作出很精辟的结论；但他们对付同学，对付师长，对付学校的领导，仍是顾虑重重，一派的世故，一派的自私自利。这种学习态度，我觉得根本就是反马列主义的；为什么把最实际的科学——唯物辩证法，当作标榜的门面话和口头禅呢？为什么不能把嘴上说得天花乱坠的道理化到自己身上去，贯彻到自己的行为中、作风中去呢？

因此我的第二个感想以及以下的许多感想，都是想把马列主义的理论结合到个人修养上来。首先是马克思主义的世界观，应该使我们有极大的、百折不回的积极性与乐天精神。比如说："存在决定意识，但并不是说意识便成为可有可无的了。恰恰相反，一定的思想意识，对客观事物的发展会起很大的作用。"换句话说，就是"主观能动作用"。这便是鼓励我们对样样事情有信心的话，也就是中国人的"人定胜天"的意思。既然客观的自然规律、社会的发展规律，都可能受到人的意识的影响，为什么我们要灰心、要气馁呢？不是一切都是"事在人为"吗？一个人发觉自己有缺点，分析之下，可以归纳到遗传的根性，过去旧社会遗留下来的坏影响，潜伏在心底里的资产阶级意识、阶级本能等等；但我们因此就可以听任自己这样下去吗？若果如此，这个人不是机械唯物论者，便是个自甘堕落的没出息的东西。

第三个感想也是属于加强人的积极性的。一切事物的发展，包括自然现象在内，都是由于内在的矛盾，由于旧的腐朽的东西与新的健全的东西作斗争。这个理论可以帮助我们摆脱许多不必要的烦恼，特别是留恋过去的烦恼，与追悔以往的错误的烦恼。陶渊明就说过："觉今是而昨非"，还有一句老话，叫做："过去种种譬如昨日死，现在种种譬如今日生。"对于个人的私事与感情的波动来说，都是相近似的教训。既然一切都在变，不变就是停顿，停顿就是死亡，那么为什么老是恋念过去，自伤不已，把好好的眼前的光阴也毒害了呢？认识到世界是不断变化的，就该体会到人生亦是不断变化的，就该懂得生活应该是向前看，而不是往后看。这样，你的心胸不是廓然了吗？思想不是明朗了吗？态度不是积极了吗？

第四个感想是单纯的乐观是有害的，一味的向前看也是有危险的。古人说"鉴往而知来"，便是教我们检查过去，为的是要以后生活得更好。否则为什么大家要作小结，作总结，左一个检查，右一个检查呢？假如不需要检讨过去，就能从今以后不重犯过去的错误，那么"我们的理性认识，通过实践加以检验与发展"这样的原则，还有什么意思？把理论到实践中去对证，去检视，再把实践提到理性认识上来与理论复核，这不就是需要分析过去吗？我前二信中提到一个人对以往的错误要作冷静的、客观的解剖，归纳出几个原则来，也就是这个道理。

第五个感想是"从感性认识到理性认识"这个原理，你这几年在音乐学习上已经体会到了。一九五一至一九五三年间，你自己摸索的时代，对音乐的理解多半是感性认识，直到后来，经过杰老师的指导，你才一步一步走上了理性认识的阶段。而你在去罗马尼亚以前的彷徨与缺乏自信，原因就在于你已经感觉到仅仅靠感性认识去理解乐曲，是不够全面的，也不够深刻的；不过那时你不得其门而入，不知道怎样才能达到理性认识,所以你苦闷。你不妨回想一下,我这个分析与事实符合不符合?所谓理性认识是"通过人的头脑,运用分析、综合、对比等等的方法,把观察到的(我再加上一句:感觉到的)现象加以研究,抛开事物的虚假现象,及其他种种非本质现象,抽出事物的本质,找出事物的来龙去脉,即事物发展的规律"这几句,倘若能到处运用,不但对学术研究有极大的帮助,而且对做人处世,也是一生受用不尽。因为这就是科学方法。而我一向主张不但做学问、弄艺术要有科学方法,做人更其需要有科学方法。因为这缘故,我更主张把科学的辩证唯物论应用到实际生活上来。毛主席在《实践论》中说:"我们的实践证明:感觉到了的东西,我们不能立刻理解它,只有理解了的东西才能更深刻地感觉它。"你是弄音乐的人,当然更能深切的体会这话。

第六个感想是辩证唯物论中有许多原则,你特别容易和实际结合起来体会,因为这几年你在音乐方面很用脑子,而在任何学科方面多用头脑思索的人,都特别容易把辩证唯物论的原则与实际联系。比如"事物的相互联系与相互限制""原因和结果有时也会相互转化,相互发生作用",不论拿来观察你的人事关系,还是考察你的业务学习,分析你的感情问题,还是检讨你的起居生活,随时随地都会得到鲜明生动的实证。我尤其想到"从量变到质变"一点,与你的音乐技术与领悟的关系非常适合。你老是抱怨技巧不够,不能表达你心中所感到的音乐;但你一朝获得你眼前所追求的技巧之后,你的音乐理解一定又会跟着起变化,从而要更新更高的技术。说得浅近些,比如你练萧邦的练习曲或诙谐曲中某些快速的段落,常嫌速度不够。但等到你速度够了,你的音乐表现也决不是像你现在所追求的那一种了。假如我这个猜测不错,那就说明了量变可以促成质变的道理。

以上所说,在某些人看来,也许是把马克思主义庸俗化了;我却认为不是庸俗化,而是把它真正结合到现实生活中去。一个人年轻的时候,当学生的时候,倘若不把马克思主义"身体力行",在大大小小的事情上实地运用，那么一朝到社会上去，遇到无论怎么微小的事，也运用不了一分一毫的马克思主义。所谓辩证法，所谓准确的世界观，必须到处用得烂熟，成为思想的习惯，才可以说是真正受到马克思主义的锻炼。否则我是我，主义是主义，方法是方法，始终合不到一处，学习一辈子也没用。从这个角度上看，马列主义绝对不枯索，而是非常生动、活泼、有趣的，并且能时时刻刻帮助我们解决或大或小的问题的——从身边琐事到做学问，从日常生活到分析国家大事，没有一处地方用不到。至于批评与自我批评，我前两信已说得很多，不再多谈。只要你记住两点：必须有不怕看自己丑脸的勇气，同时又要有冷静的科学家头脑，与实验室工作的态度。唯有用这两种心情，才不至于被虚伪的自尊心所蒙蔽而变成懦怯，也不至于为了以往的错误而过分灰心，消灭了痛改前非的勇气，更不至于茫然于过去错误的原因而将来重蹈覆辙。子路"闻过则喜"，曾子的"吾日三省吾身"，都是自我批评与接受批评的最好的格言。

从有关五年计划的各种文件上，我特别替你指出下面几个全国上下共同努力的目标：增加生产，厉行节约，反对分散使用资金，坚决贯彻重点建设的方针。

你在国外求学，"厉行节约"四字也应该竭力做到。我们的家用，从上月起开始每周做决算，拿来与预算核对，看看有否超过？若有，要研究原因，下周内就得设法防止。希望你也努力，因为你音乐会收入多，花钱更容易不假思索，满不在乎。至于后两条，我建议为了你，改成这样的口号：反对分散使用精力，坚决贯彻重点学习的方针。今夏你来信说，暂时不学理论课程，专攻钢琴，以免分散精力，这是很对的。但我更希望你把这个原则再推进一步，再扩大，在生活细节方面都应用到。而在乐曲方面，尤其要时时注意。首先要集中几个作家。作家的选择事先可郑重考虑；决定以后切勿随便更改，切勿看见新的东西而手痒心痒——至多只宜作辅助性质的附带研究，而不能喧宾夺主。其次是练习的时候要安排恰当，务以最小限度的精力与时间，获得最大限度的成绩为原则。和避免分散精力连带的就是重点学习。选择作家就是重点学习的第一个步骤；第二个步骤是在选定的作家中再挑出几个最有特色的乐曲。譬如巴赫，你一定要选出几个典型的作品，代表他键盘乐曲的各个不同的面目的。这样，你以后对于每一类的曲子，可以举一反三，自动的找出路子来了。这些道理，你都和我一样的明白。我所以不惮烦琐的和你一再提及，因为我觉得你许多事都是知道了不做。学习计划，你从来没和我细谈，虽然我有好几封信问你。从现在起到明年（一九五六）暑假，你究竟决定了哪些作家，哪些作品？哪些作品作为主要的学习，哪些作为次要与辅助性质的？理由何在？这种种，无论如何希望你来信详细讨论。我屡次告诉你：多写信多讨论问题，就是多些整理思想的机会，许多感性认识可以变做理性认识。这样重要的训练，你是不能漠视的。只消你看我的信就可知道。至于你忙，我也知道；但我每个月平均写三封长信，每封平均有三千字，而你只有一封，只及我的三分之一：莫非你忙的程度，比我超过百分之二百吗？问题还在于你的心情：心情不稳定，就懒得动笔。所以我这几封信，接连地和你谈思想问题，急于要使你感情平静下来。做爸爸的不要求你什么，只要求你多写信，多写有内容有思想实质的信；为了你对爸爸的爱，难道办不到吗？我也再三告诉过你，你一边写信整理思想，一边就会发现自己有很多新观念；无论对人生，对音乐，对钢琴技巧，一定随时有新的启发，可以帮助你今后的学习。这样一举数得的事，怎么没勇气干呢？尤其你这人是缺少计划性的，多写信等于多检查自己，可以纠正你的缺点。当然，要做到"不分散精力""重点学习""多写信，多发表感想，多报告计划"，最基本的是要能抓紧时间。你该记得我的生活习惯吧？早上一起来，洗脸，吃点心，穿衣服，没一件事不是用最快的速度赶着做的；而平日工作的时间，尽量不接见客人，不出门；万一有了杂务打岔，就在晚上或星期日休息时间补足错失的工作。这些都值得你模仿。要不然，怎么能抓紧时间呢？怎么能不浪费光阴呢？如今你住的地方幽静，和克拉可夫音乐院宿舍相比，有天渊之别,你更不能辜负这个清静的环境。每天的工作与休息时间都要安排妥当,避免一切突击性的工作。你在国外,究竟不比国内常常有政治性的任务。临时性质的演奏也不会太多,而且宜尽量推辞。正式的音乐会,应该在一个月以前决定,自己早些安排练节目的日程,切勿在期前三四天内日夜不停的"赶任务",赶出来的东西总是不够稳,不够成熟的;并且还要妨碍正规学习;事后又要筋疲力尽,仿佛人要瘫下来似的。

我说了那么多,又是你心里都有数的话,真怕你听腻了,但也真怕你不肯下决心实行。孩子,告诉我,你已经开始在这方面努力了,那我们就安慰了,高兴了。

哥伦比亚的样片,昨天寄到;但要付海关税,要免税必须正式申请。所以当时没有领到。现在托上海市人民委员会文艺办公室出证明书。你在波兰收到样片时,可曾付税?

前信(五十三号)问你对《幻想曲》和《摇篮曲》的意见,务必来信告知。还有你对《玛祖卡》的演奏,希望能清清楚楚说出哪几支你觉得顶好,哪几支较差。《玛祖卡》灌片的成绩,比你比赛时怎样?还有《摇篮曲》与《幻想曲》,和比赛时比较又怎样?千万不要三言两语,说得越详细越好。

倘若样片能在四五天内取出,上海人民电台预备借一份去,排入新年节目内。当然,若《协奏曲》灌音不好,我不会给他们的;只给几只solo(独奏)的乐曲,也足够四十五分钟的广播了。

你住的地方,生炉子还是水汀?华沙是否比克拉可夫冷一些?吃饭情形如何?零用花得多吗?别忘了"厉行节约"!

假如心烦而坐不下来写信,可不可以想到为安慰爸爸妈妈起见而勉强写?开头是为了我们而勉强写,但写到三四页以上,我相信你的心情就会静下来,而变得很自然很高兴的,自动地想写下去了。我告诉你这个方法,不但可逼你多写信,同时也可以消除一时的烦闷。人总得常常强迫自己，不强迫就解决不了问题。

　　别忘了，我每次提的问题，都有存底；你一次信内不答复，下回我要追问的。

一九五六

1月22日晚

今日星期，花了六小时给你弄了一些关于萧邦与德彪西的材料，关于temporubato（速度的伸缩处理）的部分，你早已心领神会，不过看了这些文字更多一些引证罢了。他的piano method（钢琴手法），似乎与你小时候从Paci（百器）那儿学的一套很像，恐怕是李斯特从Chopin（萧邦）那儿学来，传给学生，再传到Paci（百器）的。是否与你有帮助，不得而知。

前天早上听了电台放的Rubinstein（鲁宾斯坦）弹的e Min. Concerto（《e小调协奏曲》）（当然是老灌音），觉得你的批评一点儿不错。他的rubato（音的长短顿挫）很不自然；第三乐章的两段［比较慢的，出现过两次，每次都有三四句，后又转到minor（小调）的］，更糟不可言。转minor（小调）的二小句也牵强生硬。第二乐章全无singing（抒情流畅之感）。第一乐章纯是炫耀技巧。听了他的，才知道你弹的尽管simple（简单），music（音乐感）却是非常丰富的。孩子，你真行！怪不得斯曼齐安卡前年冬天在克拉可夫就说："想不到这支Concerto（《协奏曲》）会有这许多music（音乐）!"

今天寄你的文字中，提到萧邦的音乐有"非人世的"气息，想必你早体会到；所以太沉着不行，太轻灵而客观也不行。我觉得这一点近于李白，李白尽管飘飘欲仙，却不是德彪西那一派纯粹造型与讲气氛的。

2月13日

亲爱的孩子：上海政协开了四天会，我第一次代表小组发言，第二次个人补充发言，附上稿子两份，给你看看。十日平信寄你一包报纸及剪报，内有周总理的政治报告，关于知识分子问题的报告，及全国政协大会的发言选辑，并用红笔勾出，使你看的时候可集中要点，节约时间。另有一本《农业发展纲要》小册子。预料那包东西在三月初可以到你手里；假使你没空，可以在去南途中翻阅。从全国政协的发言中，可看出我国各方面的情况，各阶层的意见，各方面的人才。

上海政协此次会议与去年五月大会情形大不相同。出席人员不但情绪高涨，而且讲话都富有内容，问题提得很多，很具体（上次大会歌功颂德的空话占十分之七八）。杨伯伯代表音乐小组发言，有声有色，精彩之至。他说明了音乐家的业务进修需要怎么多的时间，现在各人的忙乱，业务水平天天在后退；他不但说得形象化，而且音响化。休息时间我遇到《文汇报》社长徐铸成，他说："我今天上了一课（音乐常识）。"对社会人士解释音乐家的劳动性质，是非常必要的。只有在广大人民认识了这特殊的劳动性质，才能成为一种舆论，督促当局对音乐界的情况慢慢地改善。

大会发言，我的特点是全体发言中套头语最少，时间最短的。第一次发言不过十一分钟，第二次不过六分钟。人家有长到二十五分钟的，而且拖拖拉拉，重复的句子占了一半以上。

林伯伯由周伯伯（煦良，他是上海政协九个副秘书长之一，专门负责文化事业）推荐，作为社会人士，到北京去列席全国政协大会。从一月三十日起到二月七日为止，他在北京开会。行前我替他预备了发言稿，说了一些学校医学卫生（他是华东师大校医）和他的歌唱理论，也大概说了些音乐界的情形。结果他在小组上讲了，效果很好。他到京后自己又加了一段检讨自己的话，大致是："我个人受了宗派主义的压迫，不免抱着报复的心思,埋头教学生,以为有了好的歌唱人才出来,自然你们这些不正派的人会垮台。我这个思想其实就是造成宗派主义思想,把自己的一套建立成另外一个宗派;而且我掉进了宗派主义而不自知。"你看,这段话说得好不好?

他一向比较偏,只注意歌唱,只注意音质;对音乐界一般情况不关心,对音乐以外的事更不必说。这一回去北京,总算扩大了他的心胸与视野。毛主席请客,他也有份,碰杯也有份。许多科学家和他谈得很投机。中央统战部部长李维汉也和他谈了"歌唱法",打电话给文化部丁副部长燮林(是老辈科学家),丁又约了林谈了二十分钟。大概在这提倡科学研究的运动中,林伯伯的研究可以得到政府的实力支持。——这一切将来使我连带也要忙一些。因为林伯伯什么事都要和我商量:订计划等等,文字上的修改,思想方面的补充,都需要我参加。

孩子,你一定很高兴,大家都在前进,而且是脚踏实地地前进,绝不是喊口号式的。我们的国家虽则在科学成就上还谈不到"原子能时代",但整个社会形势进展的速度,的确是到了"原子能时代"了。大家都觉得跟不上客观形势。单说我自己吧,尽管时间充裕,但各式各样的新闻报道、学习文件、报纸、杂志、小册子,多得你顾了这,顾不了那,真是着急。本门工作又那么费时间,和你练琴差不多。一天八九小时,只能译一二千字;改的时候,这一二千字又要花一天时间,进步之慢有如蜗牛。而且技术苦闷也和你一样,随处都是问题,了解的能力至少四五倍于表达的能力……你想不是和你相仿吗?

一般小朋友,在家自学的都犯一个大毛病:太不关心大局,对社会主义的改造事业很冷淡。我和名强、酉三、子歧都说过几回,不发生作用。他们只知道练琴。这样下去,少年变了老年。与社会脱节,真正要不得。我说少年变了老年,还侮辱了老年人呢!今日多少的老年人都很积极,头脑开通。便是宋家婆婆也是脑子清楚得很。那般小朋友的病根,还是在于家庭教育。家长们只看见你以前关门练琴,可万万想不到你同样关心琴以外的学问和时局;也万万想不到我们家里的空气绝对不是单纯的、一味的音乐,音乐,音乐的!当然,小朋友们自己的聪明和感受也大有关系;否则,为什么许多保守顽固的家庭里照样会有精神蓬勃的子弟呢?

我虽然对谁都尽力帮助(在思想上),但要看对象的。给了,不能接受,也当然白给。恩德的毛病和他们不同:她思想快,感受强,胸襟宽大,只是没有决心实行。知道的多,做到的微乎其微。真的,看看周围的青年,很少真有希望的。我说"希望",不是指"专业"方面的造就,而是指人格的发展。所以我越来越觉得青年全面发展的重要。

假如你看了我的信,我的发言,和周总理的报告等等有感触的话,只希望你把热情化为力量,把惭愧化为决心。你最要紧的是抓紧时间,生活纪律化、科学化;休息时间也不能浪费!还有学习的计划务必严格执行,切勿随意更改!

虽是新年,人来人往,也忙得很,抽空写这封信给你。

祝你录音成功,去南表演成功!

2月29日

亲爱的孩子:昨天整理你的信,又有些感想。

关于莫扎特的话,例如说他天真、可爱、清新等,似乎很多人懂得;但弹起来还是没有那天真、可爱、清新的味儿。这道理,我觉得是"理性认识"与"感情深入"的分别。感性认识固然是初步印象,是大概的认识;理性认识是深入一步,了解到本质。但是艺术的领会,还不能以此为限。必须再深入进去,把理性所认识的,用心灵去体会,才能使原作者的悲欢喜怒化为你自己的悲欢喜怒,使原作者每一根神经的震颤都在你的神经上引起反响。否则即使道理说了一大堆,仍然是隔了一层。一般艺术家的偏于 intellectual(理智),偏于 cold(冷静),就因为他们停留在理性认识的阶段上。

比如你自己，过去你未尝不知道莫扎特的特色，但你对他并没发生真正的共鸣；感之不深，自然爱之不切了；爱之不切，弹出来当然也不够味儿；而越是不够味儿，越是引不起你兴趣。如此循环下去，你对一个作家当然无从深入。

这一回可不然，你的确和莫扎特起了共鸣，你的脉搏跟他的脉搏一致了，你的心跳和他的同一节奏了；你活在他的身上，他也活在你身上；你自己与他的共同点被你找出来了，抓住了，所以你才会这样欣赏他，理解他。

由此得到一个结论：艺术不但不能限于感性认识，还不能限于理性认识，必须进行第三步的感情深入。换言之，艺术家最需要的，除了理智以外，还有一个"爱"字！所谓赤子之心，不但指纯洁无邪，指清新，而且还指爱！法文里有句话叫作"伟大的心"，意思就是"爱"。这"伟大的心"几个字，真有意义。而且这个爱绝不是庸俗的、婆婆妈妈的感情，而是热烈的、真诚的、洁白的、高尚的、如火如荼的、忘我的爱。

从这个理论出发，许多人弹不好东西的原因都可以明白了。光有理性而没有感情，固然不能表达音乐；有了一般的感情而不是那种火热的同时又是高尚、精练的感情，还是要流于庸俗；所谓 sentimental（滥情，伤感），我觉得就是指的这种庸俗的感情。

一切伟大的艺术家（不论是作曲家，是文学家，是画家……）必然兼有独特的个性与普遍的人间性。我们只要能发掘自己心中的人间性，就找到了与艺术家沟通的桥梁。再若能细心揣摩，把他独特的个性也体味出来，那就能把一件艺术品整个儿了解了。——当然不可能和原作者的理解与感受完全一样，了解的多少、深浅、广狭，还是大有出入；而我们自己的个性也在中间发生不小的作用。

大多数从事艺术的人，缺少真诚。因为不够真诚，一切都在嘴里随便说说，当作唬人的幌子，装自己的门面，实际只是拾人牙慧，并非真有所感。所以他们对作家绝不能深入体会,先是对自己就没有深入分析过。这个意思,克利斯朵夫(在第二册内)也好像说过的。

真诚是第一把艺术的钥匙。知之为知之,不知为不知。真诚的"不懂",比不真诚的"懂",还叫人好受些。最可厌的莫如自以为是,自作解人。有了真诚,才会有虚心,有了虚心,才肯丢开自己去了解别人,也才能放下虚伪的自尊心去了解自己。建筑在了解自己了解别人上面的爱,才不是盲目的爱。

而真诚是需要长时期从小培养的。社会上,家庭里,太多的教训使我们不敢真诚,真诚是需要很大的勇气做后盾的。所以做艺术家先要学做人。艺术家一定要比别人更真诚,更敏感,更虚心,更勇敢,更坚忍,总而言之,要比任何人都 less imperfect(较少不完美之处)!

好像世界上公认有个现象:一个音乐家(指演奏家)大多只能限于演奏某几个作曲家的作品。其实这种人只能称为演奏家而不是艺术家。因为他们的胸襟不够宽广,容受不了广大的艺术天地,接受不了变化无穷的形与色。假如一个人永远能开垦自己心中的园地,了解任何艺术品都不应该有问题的。

有件小事要和你谈谈。你写信封为什么老是这么不 neat(干净)?日常琐事要做得 neat(干净),等于弹琴要讲究干净是一样的。我始终认为做人的作风应当是一致的,否则就是不调和;而从事艺术的人应当最恨不调和。我这回附上一小方纸,还比你用的信封小一些,照样能写得很宽绰。你能不能注意一下呢?以此类推,一切小事养成这种 neat(干净)的习惯,对你的艺术无形中也有好处。因为无论如何细小不足道的事,都反映出一个人的意识与性情。修改小习惯,就等于修改自己的意识与性情。所谓学习,不一定限于书本或是某种技术;否则随时随地都该学习这句话,又怎么讲呢?我想你每次接到我的信,连寄书谱的大包,总该有个印象,觉得我的字都写得整整齐齐、清楚明白吧!

6月14日下午

　　我六月二日去安徽参观了淮南煤矿、佛子岭水库、梅山水库，到十二日方回上海。此次去的人是上海各界代表性人士，由市政协组织的，有政协委员、人民代表，也有非委员代表。看的东西很多，日程排得很紧，整天忙得不可开交。我又和邹韬奋太太（沈粹缜）两人当了第一组的小组长，事情更忙。一回来还得写小组的总结，今晚，后天，下周初，还有三个会要开，才能把参观的事结束。祖国的建设，安徽人民那种急起直追的勇猛精神，叫人真兴奋。各级领导多半是转业的解放军，平易近人，朴素老实，个个亲切可爱。佛子岭的工程全部是自己设计、自己建造的，不但我们看了觉得骄傲，恐怕世界各国都要为之震惊的。科技落后这句话，已经被雄伟的连拱坝打得粉碎了。淮南煤矿的新式设备，应有尽有；地下三百三十公尺深的隧道，跟国外地道车的隧道相仿，升降有电梯，隧道内有电车，有通风机，有抽水机，开采的煤用皮带拖到井上，直接装火车。原始、落后、手工业式的矿场，在解放以后的六七年中，一变而为赶上世界水平的现代化矿场，怎能不叫人说是奇迹呢？详细的情形没工夫和你细谈，以后我可把小组总结抄一份给你。

　　五月三十一日寄给你夏衍先生的信，想必收到了吧？他说的话的确值得你深思。一个人太顺利，很容易于不知不觉间忘形的。我自己这次出门，因为被称为模范组长，心中常常浮起一种得意的感觉，猛然发觉了，便立刻压下去。但这样的情形出现过不止一次。可见一个人与自己的斗争是一刻也放松不得的。至于报道国外政治情况等等，你不必顾虑。那是夏先生过于小心。《波兰新闻》（波大使馆每周寄我的）上把最近他们领导人物的调动及为何调动的理由都说明了。可见这不是秘密。

（………）

　　看到内地的建设突飞猛进，自己更觉得惭愧，总嫌花的力量比不上他们，贡献也比不上他们，只有抓紧时间拼下去。从黄山回来以后，每天都能七时余起床,晚上依旧十一时后睡觉。这样可以腾出更多的时间。因为出门了一次,上床不必一小时、半小时的睡不着,所以既能起早,也能睡晚,我很高兴。

你有许多毛病像我,比如急躁情绪,我至今不能改掉多少;我真着急,把这个不易革除的脾气传染给了你。你得常常想到我在家里的"自我批评",也许可以帮助你提高警惕。

10月3日

亲爱的孩子:你回来了,又走了;许多新的工作、新的忙碌、新的变化等着你,你是不会感到寂寞的;我们却是静下来,慢慢地回复我们单调的生活,和才过去的欢会与忙乱对比之下,不免一片空虚,——昨儿整整一天若有所失。孩子,你一天天地在进步,在发展:这两年来你对人生和艺术的理解又跨了一大步。我愈来愈爱你了,除了因为你是我们身上的血肉所化出来的而爱你以外,还因为你有如此焕发的才华而爱你:正因为我爱一切的才华,爱一切的艺术品,所以我也把你当作一般的才华(离开骨肉关系),当作一件珍贵的艺术品而爱你。你得千万爱护自己,爱护我们所珍视的艺术品!遇到任何一件出入重大的事,你得想到我们——连你自己在内——对艺术的爱!不是说你应当时时刻刻想到自己了不起,而是说你应当从客观的角度重视自己:你的将来对中国音乐的前途有那么重大的关系,你每走一步,无形中都对整个民族艺术的发展有影响,所以你更应当战战兢兢,郑重其事!随时随地要准备牺牲目前的感情,为了更大的感情——对艺术对祖国的感情。你用在理解乐曲方面的理智,希望能普遍地应用到一切方面,特别是用在个人的感情方面。我的园丁工作已经做了一大半,还有一大半要你自己来做的了。爸爸已经进入人生的秋季,许多地方都要逐渐落在你们年轻人的后面,能够帮你的忙将会越来越少;一切要靠你自己努力,靠你自己警惕,自己鞭策。

你说到技巧要理论与实践结合,但愿你能把这句话用在人生的实践上去;那么你这朵花一定能开得更美,更丰满,更有力,更长久!

谈了一个多月的话,好像只跟你谈了一个开场白。我跟你是永远谈不完的,正如一个人对自己的独白是终身不会完的。你跟我两人的思想和感情,不正是我自己的思想和感情吗?清清楚楚的,我跟你的讨论与争辩,常常就是我跟自己的讨论与争辩。父子之间能有这种境界,也是人生莫大的幸福。除了外界的原因没有能使你把假期过得像个假期以外,连我也给你一些小小的不愉快,破坏了你回家前的对家庭的期望。我心中始终对你抱着歉意。但愿你这次给我的教育(就是说从和你相处而反映出我的缺点)能对我今后发生作用,把我自己继续改造。尽管人生那么无情,我们本人还是应当把自己尽量改好,少给人一些痛苦,多给人一些快乐。说来说去,我仍抱着"宁天下人负我,毋我负天下人"的心愿。我相信你也是这样的。

10月10日深夜

这两天开始恢复工作;一面也补看文件,读完了刘少奇同志在"八大"的报告,颇有些感想,觉得你跟我有些地方还是不够顾到群众,不会用适当的方法去接近、去启发群众。希望你静下来把这次回来的经过细想一想,可以得出许多有益的结论。尤其是我急躁的脾气,应当作为一面镜子,随时使你警惕。感情问题,务必要自己把握住,要坚定,要从大处远处着眼,要顾全局,不要单纯地逞一时之情,要极冷静,要顾到几个人的幸福,短视的软心往往会对人对己造成长时期的不必要的痛苦!孩子,这些话千万记住。爸爸妈妈最不放心的就是这些。

学习方面,我还要重复一遍:重点计划必不可少。平日生活要过得有规律一些,晚上睡觉切勿太迟。你走了,仍有多方面的人反映,关心你的健康。睡眠太迟与健康最有影响。这些你都得深自克制!

10月11日下午

今日上午收到来信。你这样忙，怎么还去录音？身体既吃不消，效果也不一定会好。

谢谢你好意，想送我《苏加诺藏画集》。可是孩子，我在沪也见到了，觉得花一百五十元太不值得。真正的好画，真正的好印刷（三十年代只有德、荷、比三国的美术印刷是世界水平，英、法的都不行。二次大战以后，一般德国犹太人亡命去美，一九四七年时看到的美国名画印刷才像样），你没见过，便以为那画册是好极了。上海旧书店西欧印的好画册也常有，因价贵，都舍不得买。你辛辛苦苦，身体吃了很多亏挣来的钱，我不能让你这样花。所以除了你自己的一部以外，我已写信托马先生退掉一部。省下的钱，慢慢替你买书买谱，用途多得很，不会嫌钱太多的。这几年我版税收入少，要买东西全靠你这次回来挣的一笔款子了。（……）

说到骄傲，我细细分析之下，觉得你对人不够圆通固然是一个原因，人家见了你有自卑感也是一个原因，而你有时说话太直更是一个主要原因。例如你初见恩德，听了她弹琴，你说她简直不知所云。这说话方式当然有问题。倘能细细分析她的毛病，而不先用大帽子当头一压，听的人不是更好受些吗？有一夜快十点多了，你还要练琴，她劝你明天再练，你回答说：像你那样，我还会有成绩吗？对待人家的好意，用反批评的办法，自然不行。妈妈要你加衣，要你吃肉，你也常用这一类口吻。你惯了，不觉得；但恩德究不是亲姐妹，便是亲姐妹，有时也吃不消。这些毛病，我自己也常犯，但愿与你共勉之！从这些小事情上推而广之，你我无意之间伤害人的事一定不少，也难怪别人都说我们骄傲了。我平心静气思索以后，有此感想，不知你以为如何？

留波学习问题，且待过了明年再商量。那时以前我一定会去北京，和首长们当面协商。主要是你能把理论课早日赶完，跟杰老师多学些东西。照我前一晌提议的，每个作家挑一二代表作，彻底研究，排好日程，这一二年内非完成不可。

平日仍望坚持牛奶、鸡子、牛油。无论如何，营养第一，休息睡眠第一。为了艺术，样样要多克制自己！再过二年的使徒生活，战战兢兢地应付一切。人越有名，不骄傲别人也会有骄傲之感：这也是常情；故我们自己更要谦和有礼！

一九五七

3月18日深夜于北京

昨天寄了一信,附传达报告七页。兹又寄上传达报告四页。还有别的材料,回沪整理后再寄。在京实在抽不出时间来,东奔西跑,即使有车,也很累。这两次的信都硬撑着写的。

毛主席的讲话,那种口吻、音调,特别亲切平易,极富于幽默感,而且没有教训口气,速度恰当,间以适当的 pause(停顿),笔记无法传达。他的马克思主义是到了化境的,随手拈来,都成妙谛,出之以极自然的态度,无形中渗透听众的心。讲话的逻辑都是隐而不露,真是艺术高手。沪上文艺界半年来有些苦闷,地方领导抓得紧,仿佛一批评机关缺点,便会煽动群众;报纸上越来越强调"肯定",老谈一套"成绩是主要的,缺点是次要的"等等。(这话并不错,可是老挂在嘴上,就成了八股。)毛主席大概早已嗅到这股味儿,所以从一月十八日至二十七日就在全国省市委书记大会上提到百家争鸣问题,二月底的最高国务会议更明确地提出,这次三月十二日对我们的讲话,更为具体,可见他的思考也在逐渐往深处发展。他再三说人民内部矛盾如何处理对党也是一个新问题,需要与党外人士共同研究;党内党外合在一起谈,有好处;今后三五年内,每年要举行一次。他又嘱咐各省市委也要召集党外人士共同商量党内的事。他的胸襟宽大,思想自由,和我们旧知识分子没有分别,加上极灵活地运用辩证法,当然国家大事掌握得好了。毛主席是真正把古今中外的哲理融会贯通了的人。

我的感觉是百花齐放、百家争鸣确是数十年的教育事业，我们既要耐性等待，又要友好斗争；自己也要时时刻刻求进步——所谓自我改造。教条主义、官僚主义，我认为主要有下列几个原因：一是阶级斗争太剧烈了，老干部经过了数十年残酷内战与革命，到今日已是中年以上，生理上即已到了衰退阶段；再加多数人身上带着病，精神更不充沛，求知与学习的劲头自然不足了。二是阶级斗争时敌人就在面前，不积极学习战斗就得送命，个人与集体的安全利害紧接在一起；革命成功，敌人远了，美帝与原子弹等等，近乎抽象的威胁，故不大肯积极学习社会主义建设的门道。三是革命成功，多少给老干部一些自满情绪，自命为劳苦功高，对新事物当然不大愿意屈尊去体会。四是社会发展得快，每天有多少事需要立刻决定，既没有好好学习，只有简单化，以教条主义官僚主义应付。这四点是造成官僚、主观、教条的重要因素。否则，毛主席说过"我们搞阶级斗争，并没先学好一套再来，而是边学边斗争的"；为什么建设社会主义就不能边学边建设呢？反过来，我亲眼见过中级干部从解放军复员而做园艺工作，四年工夫已成了出色的专家。佛子岭水库的总指挥也是复员军人出身，遇到工程师们各执一见、相持不下时，他出来凭马列主义和他专业的学习，下的结论，每次都很正确。可见只要年富力强，只要有自信，有毅力，死不服气地去学技术，外行变为内行也不是太难的。党内要是这样的人再多一些，官僚主义等等自会逐步减少。

毛主席的话和这次会议给我的启发很多，下次再和你谈。

从马先生处知道你近来情绪不大好，你看了上面这些话，或许会好一些。千万别忘了我们处在大变动时代，我国如此，别国也如此。毛主席只有一个，别国没有，弯路不免多走一些，知识分子不免多一些苦闷，这是势所必然，不足为怪的。苏联的失败经验省了我们许多力气，中欧各国将来也会参照我们的做法慢慢地好转。在一国留学，只能集中精力学其所长；对所在国的情形不要太忧虑，自己更不要因之而沮丧。我常常感到，真正积极、真正热情、肯为社会主义事业努力的朋友太少了，但我还是替他们打气，自己还是努力斗争。到北京来我给楼伯伯、庞伯伯、马先生打气。

　　自己先要锻炼得坚强，才不会被环境中的消极因素往下拖，才有剩余的精力对朋友们喊"加油加油"！你目前的学习环境真是很理想了，尽量钻研吧。室外的低气压，不去管它。你是波兰的朋友，波兰的儿子，但赤手空拳，也不能在他们的建设中帮一手。唯一报答她的办法是好好学习，把波兰老师的本领，把波兰音乐界给你的鼓励与启发带回到祖国来，在中国播一些真正对波兰友好的种子。他们的知识分子彷徨，你可不必彷徨。伟大的毛主席远远地发出万丈光芒，照着你的前路，你得不辜负他老人家的领导才好。

　　我也和马先生、庞伯伯细细商量过，假如改往苏联学习，一般文化界的空气也许要健全些，对你有好处；但也有一些教条主义味儿，你不一定吃得消；日子长了，你也要叫苦。他们的音乐界，一般比较属于 cold（冷静）型，什么时候能找到一个老师对你能相忍相让，容许你充分自由发展的，很难有把握。马先生认为苏联的学派与教法与你不大相合，我也同意此点。最后，改往苏联，又得在语言文字方面重起炉灶，而你现在是经不起耽搁的。周扬先生听我说了杰老师的学问，说："多学几年就多学几年吧。"（几个月前，夏部长有信给我，怕波兰动荡的环境，想让你早些回国。现在他看法又不同了。）你该记得，胜利以前的一年，我在上海集合十二三个朋友（内有宋伯伯、姜椿芳、两个裘伯伯等等），每两周聚会一次，由一个人作一个小小学术讲话；然后吃吃茶点，谈谈时局，交换消息。那个时期是我们最苦闷的时期，但我们并不消沉，而是纠集了一些朋友自己造一个健康的小天地，暂时躲一下。你现在的处境和我们那时大不相同，更无须情绪低落。我的性格的坚韧，还是值得你学习的。我的脆弱是在生活细节方面，可不在大问题上。希望你坚强，想想过去大师们的艰苦奋斗,想想克利斯朵夫那样的人物,想想莫扎特、贝多芬;挺起腰来,不随便受环境影响!别人家的垃圾,何必多看?更不必多烦心。作客应当多注意主人家的美的地方;你该像一只久饥的蜜蜂,尽量吮吸鲜花的甘露,酿成你自己的佳蜜。何况你既要学piano(钢琴),又要学理论,又要弄通文字,整天在艺术、学术的空气中,忙还忙不过来,怎会有时间多想邻人的家务事呢?

亲爱的孩子,听我的话吧,爸爸的一颗赤诚的心,忙着为周围的几个朋友打气,忙着管闲事,为社会主义事业尽一分极小的力,也忙着为本门的业务加工,但求自己能有寸进;当然更要为你这儿子作园丁与警卫的工作:这是我的责任,也是我的乐趣。多多休息,吃得好,睡得好,练琴时少发泄感情,(谁也不是铁打的!)生活有规律些,自然身体会强壮,精神会饱满,一切会乐观。万一有什么低潮来,想想你的爸爸举着他一双瘦长的手臂远远地在支撑你;更想想有这样坚强的党、政府与毛主席,时时刻刻作出许多伟大的事业,发出许多伟大的言论,无形中但是有效地在鼓励你前进!平衡身心,平衡理智与感情,节制肉欲,节制感情,节制思想,对像你这样的青年是有好处的。修养是整个的、全面的;不仅在于音乐,特别在于做人——不是狭义的做人,而是包括对世界,对政局的看法与态度。二十世纪的人,生在社会主义国家之内,更需要冷静的理智,唯有经过铁一般的理智控制的感情才是健康的,才能对艺术有真正的贡献。孩子,我千言万语也说不完,我相信你一切都懂,问题只在于实践!我腰酸背疼,两眼昏花,写不下去了。我祝福你,我爱你,希望你强,更强,永远做一个强者,有一颗慈悲的心的强者!

一九五八

3月17日晚

二月二十八日来信直花了十七天才到，真奇怪。来信谈及几点，兹分别就我的看法说明如下：

一、资本主义国家与我们尚未建立外交关系（便是英国与我们，虽互派代办，关系仍很微妙），向例双方文化艺术使节来往，都是由本国的民间团体出面相互邀请的。比国直接向波兰学校提出，在国际惯例上也是相当突兀的。因为你不是波兰人，而你去他国演出，究竟要由本国政府同意。去年春天法国有文化团体来沪，其中一位代表来看过我，我曾与他谈及你去法演出问题，应由他们以法中友协一类的名义，向我们对外文协或音协等提出。便是来看我的那位代表所隶属的来华文化团，也是由我们对外文协以民间团体名义请他们，而非由政府出面的。便是五六年冬法国前总理富尔来访问，也是应我国人民外交协会之邀。故文化部回示使馆的话，完全正确。你不妨向杰老师说明情况，最好由杰老师私人告诉比国，请他们以民间文艺团体名义，写信给中国对外文协或音协。

二、新民主主义国家的情形当然不同，他们是可以向当地我们的使馆提出的。倘提了几次无回音，你不妨向他们说："也许贵国的驻华使馆可以向我们外交部提出。"我觉得以你的地位这样答复人家，不至于犯什么错误。当然你也应同时说明，这是你个人的意思，究竟如何还得由他们自己考虑。这一段话你也不妨告诉杰老师,倘由杰老师方便时对保、南等国的音乐团体说明,比你自己说明更妥当。

三、苏联乐队来华访问,约你合作一事,值得仔细考虑。第一,这一下跟着他们跑,要费很多时间;中央是否允许你从头至尾和他们到处演出,临时仍会有变化。倘若回来好几个月,而只有极少时间是和苏联乐队合作,那就得事先想想清楚。第二,你的乐理、和声、波兰文的学习还落后很多,急须赶上去,没有时间可浪费。第三,即使假期内老师出门,你在波兰练曲子恐怕仍比国内快一些,集中一些;而在你目前,最主要的是争取时间多学东西,因为不管你留波时间还有多少,原则上总是所剩有限了。第四,你今年究竟算学完不学完?学校方面的理论课来得及来不及考完?——(这些总不能半途而废吧?)——倘使五月中回国了,还要赶回波兰去应考,则对你准备考试有妨碍,对试前的学习也有妨碍。

基于以上理由,我觉得你需要郑重考虑。即使中央主动要你回来一次,你也得从全面学习及来回时间等等方面想周到,向中央说明才对。末了,以后你再不能自费航空来回;为国家着想,航空票开支也太大,而火车来回对你的学习时间又有妨碍。总而言之,希望你全面想问题,要分出你目前的任务何者主要、何者次要;不要单从一个角度看问题。

我也奇怪你和杨部长谈话时,怎么没提到学习期限问题?你学习到了什么阶段,预料什么时候可以结束,理论课何时可以考完,等等,你是否都向杨部长报告?是否今年回来?倘回来,学业是否能正式结束?不结束而回国,对祖国、对波兰,总交代不过去。倘来不及结束,则杨部长是否同意延长学习期限?——这些都是与你切身关系最重大的事,来信为何只字未提?我既不明了你的实际情况,便是想向夏部长写信也无从写起。

孩子,千万记住,留学的日子无论如何是一天天地少下去了,要争取一切机会加紧学习。既然要加政治学习,平日要分去一部分时间,假期中更应利用时间钻研业务。每年回国一次，在体力、时间、金钱、学习各方面都太浪费。希望多考虑。

眼前国内形势一日千里，变化之快之大，非你意料所及；政治思想非要赶上前来不可，一落后，你将来就要吃亏的，尤其你在国外时间耽久的人，更要在思想上与国内形势密切联系。——音乐学生下乡情况，不知道。不过我觉得主要是训练培养与劳动人民的息息相关的思想感情，不在乎你能否挑多少斤泥。而且各人情况不同，政府安排也不同，你不必事先多空想。——上海乐队最近下厂下乡演出，照样 encore（加奏）。我们倘以为工农大众不欢迎西洋音乐，非但是主观，也是一种保守思想，说得重一些，也是脱离群众的思想。你别嫌我说话处处带政治性，这是为了你将来容易适应环境，为你在社会主义制度下过得心情愉快作准备。

我左说右说，要你加紧学波兰文，至少要能看书、写信；但你从未报告过具体进度，我很着急。这与国家派你出去的整个期望有关。当然学音乐的人不比学文学的；但若以后你不能用波兰文与老师同学通信，岂不同时使波兰朋友失望，且不说丢了国家的面子！

我身体仍未恢复，主要是神经衰弱。几个月来还是第一次写这样长的信呢。

在莫斯科录音一事，你应深深吸取教训。做人总要谦虚，成绩是大家促成的，不是你一个人的力量。思想上通了，说话态度自然少出毛病。杨部长对你的批评是极中肯的；你早一天醒悟（还要实际上改正），你的前途才早一天更有希望。

另外需出学习小册。

一切珍重，望来信报告得详细些——特别是学习期限及现状。

一九五九

10月1日

孩子，十个月来我的心绪你该想象得到；我也不想千言万语多说，以免增加你的负担。你既没有忘怀祖国，祖国也没有忘了你，始终给你留着余地，等你醒悟。我相信：祖国的大门是永远向你开着的。

好多话，妈妈已说了，我不想再重复。但我还得强调一点，就是：适量的音乐会能刺激你的艺术，提高你的水平；过多的音乐会只能麻痹你的感觉，使你的表演缺少生气与新鲜感，从而损害你的艺术。你既把艺术看得比生命还重，就该忠于艺术，尽一切可能为保持艺术的完整而奋斗。这个奋斗中目前最重要的一个项目就是：不能只考虑需要出台的一切理由，而要多考虑不宜于多出台的一切理由。其次，千万别做经理人的摇钱树！他们的一千零一个劝你出台的理由，无非是趁艺术家走红的时期多赚几文，哪里是为真正的艺术着想！一个月七八次乃至八九次音乐会实在太多了，大大的太多了！长此以往，大有成为钢琴匠，甚至奏琴的机器的危险！你的节目存底很快要告罄的，细水长流才是办法。若是在如此繁忙的出台以外，同时补充新节目，则人非钢铁，不消数月，会整个身体垮下来的。没有了青山，哪还有柴烧？何况身心过于劳累就会影响到心情，影响到对艺术的感受。这许多道理想你并非不知道，为什么不挣扎起来，跟经理人商量——必要时还得坚持——减少一半乃至一半以上的音乐会呢？我猜你会回答我：目前都已答应下来，不能取消，取消了要赔人损失等等。可是你能否把已定的音乐会一律推迟一些,中间多一些空隙呢?否则,万一临时病倒,还不是照样得取消音乐会?难道捐税和经理人的佣金真是奇重,你每次所得极微,所以非开这么多音乐会就活不了吗?来信既说已经站稳脚跟,那么一个月只登台一两次(至多三次)也不用怕你的名字冷下去。决定性的仗打过了,多打零星的不精彩的仗,除了浪费精力,报效经理人以外,毫无用处,不但毫无用处,还会因表演得不够理想而损害听众对你的印象。你如今每次登台都与国家面子有关;个人的荣辱得失事小,国家的荣辱得失事大!你既热爱祖国,这一点尤其不能忘了。为了身体,为了精神,为了艺术,为了国家的荣誉,你都不能不大大减少你的演出。为这件事,我从接信以来未能安睡,往往为此一夜数惊!

还有你的感情问题怎样了?来信一字未提,我们却一日未尝去心。我知道你的性格,也想象得到你的环境;你一向滥于用情;而即使不采主动,被人追求时也免不了虚荣心感到得意:这是人之常情,于艺术家为尤甚,因此更需警惕。你成年已久,到了二十五岁也该理性坚强一些了,单凭一时冲动的行为也该能多克制一些了。不知事实上是否如此?要找永久的伴侣,也得多用理智考虑,勿被感情蒙蔽!情人的眼光一结婚就会变,变得你自己都不相信:事先要不想到这一着,必招后来的无穷痛苦。除了艺术以外,你在外做人方面就是这一点使我们操心。因为这一点也间接影响到国家民族的荣誉,英国人对男女问题的看法始终清教徒气息很重,想你也有所发觉,知道如何自爱了;自爱即所以报答父母,报答国家。

真正的艺术家,名副其实的艺术家,多半是在回想中和想象中过他的感情生活的。唯其能把感情生活升华才给人类留下这许多杰作。反复不已的、有始无终的,没有结果也不可能有结果的恋爱,只会使人变成唐·璜,使人变得轻薄,使人——至少——对爱情感觉麻痹,无形中流于玩世不恭;而你知道,玩世不恭的祸害,不说别的,先就使你的艺术颓废；假如每次都是真刀真枪，那么精力消耗太大，人寿几何，全部贡献给艺术还不够，怎容你如此浪费！歌德的《少年维特之烦恼》的故事，你总该记得吧。要是歌德没有这大智大勇，历史上也就没有歌德了。你把十五岁到现在的感情经历回想一遍，也会惘然若失了吧？也该从此换一副眼光、换一种态度、换一种心情来看待恋爱了吧？——总之，你无论在订演出合同方面，在感情方面，在政治行动方面，主要得避免"身不由主"，这是你最大的弱点。——在此举国欢腾，庆祝十年建国十年建设十年成就的时节，我写这封信的心情尤其感触万端，非笔墨所能形容。孩子，珍重，各方面珍重，千万珍重，千万自爱！

一九六〇

1月10日

看到国外对你的评论很高兴。你的好几个特点已获得一致的承认和赞许，例如你的 tone（音质）、你的 touch（触键）、你对细节的认真与对完美的追求、你的理解与风格，都已受到注意。有人说莫扎特《第二十七钢琴协奏曲》（K595）（作品五九五号）第一乐章是 healthy（健康）、extrovert allegro（外向快板），似乎与你的看法不同，说那一乐章健康，当然没问题，说"外向"（extrovert）恐怕未必。另一批评认为你对 K595（作品五九五号）第三乐章的表达"His（指你）sensibility is more passive than creative（敏感性是被动的，而非创造的）"，与我对你的看法也不一样。还有人说你弹萧邦的 *Ballades*（《叙事曲》）和 *Scherzo*（《诙谐曲》）中某些快的段落太快了，以致妨碍了作品的明确性。这位批评家对你三月和十月的两次萧邦都有这个说法，不知实际情形如何？从节目单的乐曲说明和一般的评论看，好像英国人对莫扎特并无特别精到的见解，也许有这种学者或艺术家而并没写文章。

以三十年前的法国情况作比，英国的音乐空气要普遍得多。固然，普遍不一定就是水平高，但质究竟是从量开始的。法国一离开巴黎就显得闭塞，空无所有；不像英国许多二等城市还有许多文化艺术活动。不过这是从表面看；实际上群众的水平、反应如何，要问你实地接触的人了。望来信告知大概。你在西欧住了一年，也跑了一年，对各国音乐界多少有些观感，我也想知道。便是演奏场子吧，也不妨略叙一叙。例如以音响效果出名的 Festival Hall（节日厅），究竟有什么特点等等。

结合听众的要求和你自己的学习，以后你的节目打算向哪些方面发展？是不是觉得舒伯特和莫扎特目前都未受到应有的重视，加上你特别有心得，所以着重表演他们两个？你的普罗科菲耶夫和萧斯塔科维奇的奏鸣曲，都还没出过台，是否一般英国听众不大爱听现代作品？你早先练好的巴托克协奏曲是第几支？听说他的协奏曲以第三最时行。你练了贝多芬第一，是否还想练第三？弹过勃拉姆斯的大作品后，你对浪漫派是否感觉有所改变？对舒曼和弗兰克是否又恢复了一些好感？当然，终身从事音乐的人对那些大师可能一辈子翻来覆去要改变好多次态度，我这些问题只是想知道你现阶段的看法。

近来又随便看了些音乐书。有些文章写得很扎实，很客观。一个英国作家说到李斯特，有这么一段："我们不大肯相信，一个涂脂抹粉、带点儿俗气的姑娘会跟一个朴实无华的不漂亮的姊妹人品一样好；同样，我们也不容易承认李斯特的光华灿烂的钢琴奏鸣曲会跟舒曼或勃拉姆斯的棕色的和灰不溜秋的奏鸣曲一样精彩。"〔见 *Heritage of Music-2nd Series*（《音乐的遗产》第二集）p.196〕接下去他断言那是英国人的清教徒气息作怪。他又说大家常弹的李斯特都是他早年的炫耀技巧的作品，给人一种条件反射，听见李斯特的名字就觉得俗不可耐；其实他的奏鸣曲是 pure gold（纯金），而后期的作品有些更是严峻到极点。——这些话我觉得颇有道理。一个作家很容易被流俗歪曲，被几十年以至上百年的偏见埋没。那部 *Heritage of Music*（《音乐的遗产》）我有三集，值得一读，论萧邦的一篇也不错，论比才的更精彩，执笔的 Martin Cooper（马丁·库珀）在二月九日《每日电讯》上写过批评你的文章。"集"中文字深浅不一，需要细看，多翻字典，注意句法。

有几个人评论你的演奏都提到你身体瘦弱。由此可见你自己该如何保养身体，充分休息。今年夏天务必抽出一个时期去过暑假！来信说不能减少演出的理由,我很懂得,但除非为了生活所迫,下一届订合同务必比这一届合理减少一些演出。要打天下也不能急,要往长里看。养精蓄锐、精神饱满地打决定性的仗比零碎仗更有效。何况你还得学习,补充节目,注意其他方面的修养;除此之外,还要有充分的休息!

你不依靠任何政治经济背景,单凭艺术立足,这也是你对己对人对祖国的最起码而最主要的责任!当然极好,但望永远坚持下去,我相信你会坚持,不过考验你的日子还未来到。至此为止你尚未遇到逆境。真要过了贫贱日子才真正显出"贫贱不能移"!居安思危,多多锻炼你的意志吧。

8月29日

亲爱的孩子,八月二十日报告的喜讯使我们心中说不出的欢喜和兴奋。你在人生的旅途中踏上一个新的阶段,开始负起新的责任来,我们要祝贺你、祝福你、鼓励你。希望你拿出像对待音乐艺术一样的毅力、信心、虔诚,来学习人生艺术中最高深的一课。但愿你将来在这一门艺术中得到像你在音乐艺术中一样的成功!发生什么疑难或苦闷,随时向一二个正直而有经验的中、老年人讨教,(你在伦敦已有一年八个月,也该有这样的老成的朋友吧?)深思熟虑,然后决定,切勿单凭一时冲动:只要你能做到这几点,我们也就放心了。

对终身伴侣的要求,正如对人生一切的要求一样不能太苛刻。事情总有正反两面:追得你太迫切了,你觉得负担重;追得不紧了,又觉得不够热烈。温柔的人有时会显得懦弱,刚强的又近乎专制。幻想多了未免不切实际,能干的管家太太又觉得俗气。只有长处没有短处的人在哪儿呢?世界上究竟有没有十全十美的人或事物呢?抚躬自问,自己又完美到什么程度呢?这一类的问题想必你考虑过不止一次。我觉得最主要的还是本质的善良、天性的温厚、开阔的胸襟。有了这三样,其他都可以逐渐培养；而且有了这三样，将来即使遇到大大小小的风波也不致变成悲剧。做艺术家的妻子比做任何人的妻子都难；你要不预先明白这一点，即使你知道"责人太严，责己太宽"，也不容易学会明哲、体贴、容忍。只要能代你解决生活琐事，同时对你的事业感兴趣就行，对学问的钻研等等暂时不必期望过奢，还得看你们婚后的生活如何。眼前双方先学习相互的尊重、谅解、宽容。

对方把你作为她整个的世界固然很危险，但也很宝贵！你既已发觉，一定会慢慢点醒她；最好旁敲侧击而勿正面提出，还要使她感到那是为了维护她的人格独立，扩大她的世界观。倘若你已经想到奥里维的故事，不妨就把那部书叫她细读一二遍，特别要她注意那一段插曲。像雅葛丽纳那样只知道 love、love、love（爱、爱、爱）的人只是童话中的人物，在现实世界中非但得不到 love，连日子都会过不下去，因为她除了 love 一无所知、一无所有、一无所爱。这样狭窄的天地哪像一个天地！这样片面的人生观哪会得到幸福！无论男女，只有把兴趣集中在事业上、学问上、艺术上，尽量抛开渺小的自我（ego），才有快活的可能，才觉得活得有意义。未经世事的少女往往会存一个荒诞的梦想，以为恋爱时期的感情的高潮也能在婚后维持下去。这是违反自然规律的妄想。古语说，"君子之交淡如水"；又有一句话说，"夫妇相敬如宾"。可见只有平静、含蓄、温和的感情方能持久；另外一句的意思是说，夫妇到后来完全是一种知己朋友的关系，也是我们所谓的终身伴侣。未婚之前双方能深切领会到这一点，就为将来打定了最可靠的基础，免除了多少不必要的误会与痛苦。

你是以艺术为生命的人，也是把真理、正义、人格等等看作高于一切的人，也是以工作为乐的人；我用不着唠叨，想你早已把这些信念表白过，而且竭力灌输给对方的了。我只想提醒你几点：第一，世界上最有力的论证莫如实际行动，最有效的教育莫如以身作则；自己做不到的事千万勿要求别人；自己也要犯的毛病先批评自己，先改自己的。第二，永远不要忘了我教育你的时候犯的许多过严的毛病。我过去的错误要是能使你避免同样的错误，我的罪过也可以减轻几分；你受过的痛苦不再施之于他人，你也不算白白吃苦。总的来说，尽管指点别人，可不要给人"好为人师"的感觉。奥诺丽纳（你还记得巴尔扎克那个中篇吗？）的不幸一大半是咎由自取，一小部分也因为丈夫教育她的态度伤了她的自尊心。凡是童年不快乐的人都特别脆弱（也有训练得格外坚强的，但只是少数），特别敏感，你回想一下自己，就会知道对待你的爱人要如何delicate（温柔），如何discreet（谨慎）了。

我相信你对爱情问题看得比以前更郑重、更严肃了；就在这考验时期，希望你更加用严肃的态度对待一切，尤其要对婚后的责任先培养一种忠诚、庄严、虔敬的心情！

12月2日

亲爱的孩子：因为闹关节炎，本来这回不想写信，让妈妈单独执笔；但接到你去维也纳途中的信，有些艺术问题非由我亲自谈不可，只能撑起来再写。知道你平日细看批评，觉得总能得到一些好处，真是太高兴了。有自信同时又能保持自我批评精神，的确如你所说，是一切艺术家必须具备的重要条件。你对批评界的总的看法，我完全同意；而且是古往今来真正的艺术家一致的意见。所谓"文章千古事，得失寸心知"！往往自己认为的缺陷，批评家并不能指出，他们指出的倒是反映批评家本人的理解不够或者纯属个人的好恶，或者是时下的风气和流俗的趣味。从巴尔扎克到罗曼·罗兰，都一再说过这一类的话。因为批评家也受他气质与修养的限制（单从好的方面看），艺术家胸中的境界没有完美表现出来时，批评家可能完全捉摸不到，而只感到与习惯的世界抵触；便是艺术家的理想真正完美地表现出来了，批评家囿于成见，也未必马上能发生共鸣。例如雨果早期的戏剧、皮才的《卡门》、德彪西的《贝莱阿斯与梅利桑特》。但即使批评家说得不完全对头或竟完全不对头,也会有一言半语引起我们的反省,给我们一种 inspiration(灵感),使我们发现真正的缺点,或者另外一个新的角落让我们去追求,再不然是使我们联想到一些小枝节可以补充、修正或改善。——这便是批评家之言不可尽信,亦不可忽视的辩证关系。

来信提到批评家音乐听得太多而麻痹,确实体会到他们的苦处。同时我也联想到演奏家太多沉浸在音乐中和过度的工作或许也有害处。追求完美的意识太强太清楚了,会造成紧张与疲劳,反而妨害原有的成绩。你灌唱片特别紧张,就因为求全之心太切。所以我常常劝你劳逸要有恰当的安排,最要紧维持心理的健康和精神的平衡。一切做到问心无愧,成败置之度外,才能临场指挥若定、操纵自如。也切勿刻意求工,以免画蛇添足,丧失了 spontaneity(真趣);理想的艺术总是如行云流水一般自然,即使是慷慨激昂也像夏日的疾风猛雨,好像是天地中必然有的也是势所必然的境界。一露出雕琢和斧凿的痕迹,就变为庸俗的工艺品而不是出于肺腑、发自内心的艺术了。我觉得你在放松精神一点上还大有可为。不妨减少一些工作,增加一些深思默想,看看效果如何。别老说时间不够,首先要从日常生活的琐碎事情上——特别是梳洗穿衣等等,那是我几年来常嘱咐你的——节约时间,挤出时间来!要不工作,就痛快休息,切勿拖拖拉拉在日常猥琐之事上浪费光阴。不妨多到郊外森林中去散步,或者上博物馆欣赏名画,从造型艺术中去求恬静闲适。你实在太劳累了!……你知道我说的休息绝不是懒散,而是调节你的身心,尤其是神经(我一向认为音乐家的神经比别的艺术家更需要保护:这也是有科学与历史根据的),目的仍在于促进你的艺术,不过用的方法比一味苦干更合理更科学而已!

你的中文并不见得如何退步,你不必有自卑感。自卑感反会阻止你表达的流畅。Do take it easy!(放松些,慢慢来!)主要是你目前的环境多半要你用外文来思想,也因为很少有机会用中文讨论文艺、思想等问题。稍缓我当寄一些旧书给你，让你温习温习词汇和句法的变化。我译的旧作中，《嘉尔曼》和服尔德的文字比较洗练简洁，可供学习。新译不知何时印，印了当然马上寄。但我们纸张不足，对十九世纪的西方作品又经过批判与重新估价，故译作究竟哪时会发排，完全无法预料。

其实多读外文书（写得好的），也一样能加强表达思想的能力。我始终觉得一个人有了充实丰富的思想，不怕表达不出。Arthur Hedley（阿瑟·赫德利）写的 *Chopin*（《萧邦传》）[在 *master musician*（音乐大师）丛书内] 内容甚好，文字也不太难。第十章提到 Chopin（萧邦）的演奏，有些字句和一般人对你的评论很相近。

…………

去波兰前我为你手抄的旧诗选还在吗？

Taine（丹纳）：*philosophie de l'art*（《艺术哲学》）的英译本，不妨买来先读，要读得慢一些。要等我的译本到你手中，实在是时间太尢把握了。丹纳论希腊及意大利文艺复兴真是好极。

一九六一

1月5日

  亲爱的聪，我们很高兴得知你对这一次的录音感到满意，并且将于七月份在维也纳灌录一张唱片。你在马耳他用一架走调的钢琴演奏必定很滑稽，可是我相信听众的掌声是发自内心的。你的信写得不长，也许是因为患了重伤风的缘故。信中对马耳他废墟只字未提，可见你对古代史一无所知；可是关于婚礼也略而不述却使我十分挂念，这一点证明你对现实毫不在意。你变得这么像哲学家，这么脱离世俗了吗？或者更坦白地说，你难道干脆就把这些事当作无关紧要的事吗？但是无足轻重的小事从某一观点以及从精神上来讲就毫不琐屑了。生活中崇高的事物，一旦出自庸人之口，也可变得伧俗不堪的。你知道得很清楚，我也不太看重物质生活，不太自我中心，我也热爱艺术，喜欢遐想；但是艺术若是最美的花朵，生活就是开花的树木。生活中物质的一面不见得比精神的一面次要及乏味，对一个艺术家而言，尤其如此。你有点儿过分偏重知识与感情了，凡事太理想化，因而忽略或罔顾生活中正当健康的乐趣。

  不错，你现在生活的世界并非万事顺遂，甚至是十分丑恶的；可是你的目标，诚如你时常跟我说起的，是抗御一切诱惑，不论是政治上或经济上的诱惑，为你的艺术与独立而勇敢斗争，这一切已足够耗尽你的思想与精力了。为什么还要为自己无法控制的事情与情况而忧虑？注意社会问题与世间艰苦，为人类社会中丑恶的事情而悲痛是磊落的行为。

故此，以一个敏感的年轻人来说，对人类命运的不公与悲苦感到愤慨是理所当然的，但是为此而郁郁不乐却愚不可及，无此必要。

你说过很多次，你欣赏希腊精神，那么为什么不培养一下恬静与智慧？你在生活中的成就老是远远不及你在艺术上的成就。我经常劝你不时接近大自然及造型艺术，你试过没有？音乐太刺激神经，需要其他较为静态（或如你时常所说的较为"客观"）的艺术如绘画、建筑、文学等等来平衡，在十一月十三日的信里，我引了一小段 Fritz Busch（弗里茨·布施）的对话，他说的这番话在另外一方面看来对你很有益处，那就是你要使自己的思想松弛平静下来，并且大量减少内心的冲突。

记得一九五六至一九五七年间，你跟我促膝谈心时，原是十分健谈的，当时说了很多有趣可笑的故事，使我大乐；相反的，写起信来，你就越来越简短，而且集中在知识的问题上，表示你对现实漠不关心，一九五七年以来，你难道变了这么多吗？或者你只是懒惰而已？我猜想最可能是因为时常郁郁寡欢的缘故。为了抵制这种倾向，你最好少沉浸在自己内心的理想及幻想中，多生活在外在的世界里。

2月5日上午

上月二十四日宋家婆婆突然病故，卧床不过五日。初时只寻常小恙，到最后十二小时才急转直下。人生脆弱一至于此！我和你妈妈为之四五天不能入睡，伤感难言。古人云秋冬之际，尤难为怀；人过中年也是到了秋冬之交，加以体弱多病，益有草木零落、兔死狐悲之感。但西方人年近八旬尚在孜孜矻矻，穷究学术，不知老之"已"至：究竟是民族年轻，生命力特别旺盛，不若数千年一脉相承之中华民族容易衰老欤？抑是我个人未老先衰，生意索然欤？想到你们年富力强，蓓蕾初放，艺术天地正是柳暗花明，窥得无穷妙境之时，私心艳羡，岂笔墨所能尽宣！

因你屡屡提及艺术方面的希腊精神（Hellenism），特意抄出丹纳《艺术哲学》中第四编"希腊的雕塑"译稿六万余字,订成一本。原书虽有英译本,但其中神话、史迹、掌故太多,倘无详注,你读来不免一知半解;我译稿均另加笺注,对你方便不少。我每天抄录一段,前后将近一月方始抄完第四编。奈海关对寄外文稿检查甚严,送去十余日尚无音信,不知何时方能寄出,亦不知果能寄出否。思之怅怅。此书原系一九五七年"人文"向我特约,还是王任叔来沪到我家当面说定,我在一九五八至一九五九年间译完,已搁置一年八个月。目前纸张奇紧,一时决无付印之望。

在一切艺术中,音乐的流动性最为凸出,一则是时间的艺术,二则是刺激感官与情绪最剧烈的艺术,故与个人的 mood（情绪）关系特别密切。对乐曲的了解与感受,演奏者不但因时因地因当时情绪而异,即一曲开始之后,情绪仍在不断波动,临时对细节、层次、强弱、快慢、抑扬顿挫,仍可有无穷变化。听众对某一作品平日皆有一根据素所习惯与听熟的印象构成的"成见",而听众情绪之波动,亦复与演奏者无异:听音乐当天之心情固对其音乐感受大有影响,即乐曲开始之后,亦仍随最初乐句所引起之反应而连续发生种种情绪。此种变化与演奏者之心情变化皆非事先所能预料,亦非临时能由意识控制。可见演奏者每次表现之有所出入,听众之印象每次不同,皆系自然之理。演奏家所以需要高度的客观控制,以尽量减少一时情绪的影响;听众之需要高度的冷静的领会;对批评家之言之不可不信亦不能尽信,都是从上面几点分析中引申出来的结论。音乐既是时间的艺术,一句弹完,印象即难以复按;事后批评,其正确性大有问题;又因为是时间的艺术,故批评家固有之（对某一作品）成见,其正确性又大有问题。况执著旧事物、旧观念、旧形象,排斥新事物、新观念、新印象,原系一般心理,故演奏家与批评家之距离特别大。不若造型艺术,如绘画、雕塑、建筑,形体完全固定,作者自己可在不同时间不同心情之下再三复按,观众与批评家亦可同样复按,重加审查,修正原有印象与过去见解。

按诸上述种种，似乎演奏与批评都无标准可言。但又并不如此。演奏家对某一作品演奏至数十百次以后，无形中形成一比较固定的轮廓，大大地减少了流动性。听众对某一作品听了数十遍以后，也有一个比较稳定的印象——尤其以唱片论，听了数十百次必然会得出一个接近事实的结论。各种不同的心情经过数十次的中和、修正，各个极端相互抵消以后，对某一固定乐曲（既是唱片，则演奏是固定的了，不是每次不同的了，而且可以尽量复按复查）的感受与批评可以说有了平均的、比较客观的价值。个别的听众与批评家，当然仍有个别的心理上精神上气质上的因素，使其平均印象尚不能称为如何客观；但无数"个别的"听众与批评家的感受与印象，再经过相当时期的大交流（由于报章杂志的评论，平日交际场中的谈话，半学术性的讨论争辩而形成的大交流）之后，就可得出一个 average（平均）的总和。这个总印象总意见，对某一演奏家的某一作品的成绩来说，大概是公平或近于公平的了——这是我对群众与批评家的意见肯定其客观价值的看法，也是无意中与你妈妈谈话时谈出来的，不知你觉得怎样？——我经常与妈妈谈天说地，对人生、政治、艺术等各种问题发表各种感想，往往使我不知不觉中把自己的思想整理出一个小小的头绪来。单就这一点来说，你妈妈对我确是大有帮助，虽然不是出于她主动。——可见终身伴侣的相互帮助有许多完全是不知不觉的。相信你与弥拉之间一定也常有此感。

2月6日上午

昨天敏自京回沪度寒假，马先生交其带来不少唱片借听。昨晚听了维瓦尔第的两支协奏曲，显然是斯卡拉蒂一类的风格，敏说"非常接近大自然"，倒也说得中肯。情调的愉快、开朗、活泼、轻松，风格之典雅、妩媚，意境之纯净、健康，气息之乐观、天真，和声的柔和、堂皇，甜而不俗：处处显出南国风光与意大利民族的特性，令我回想到罗马的天色之蓝，空气之清洌，阳光的灿烂，更进一步追怀二千年前希腊的风土人情，美丽的地中海与柔媚的山脉以及当时又文明又自然、又典雅又朴素的风流文采，正如丹纳书中所描写的那些境界。听了这种音乐不禁联想到韩德尔，他倒是北欧人而追求文艺复兴的理想的人，也是北欧人而憧憬南国的快乐气氛的作曲家。你说他 humain（有人情味）是不错的，因为他更本色，更多保留人的原有的性格，所以更健康。他有的是异教气息，不像巴赫被基督教精神束缚，常常匍匐在神的脚下呼号，忏悔，诚惶诚恐的祈求。基督教本是历史上某一特殊时代，地理上某一特殊民族，经济政治某一特殊类型所综合产生的东西；时代变了，特殊的政治经济状况也早已变了，民族也大不相同了，不幸旧文化、旧宗教遗留下来，始终统治着二千年来几乎所有的西方民族，造成了西方人至今为止的那种矛盾、畸形，与十九、二十世纪极不调和的精神状态，处处同文艺复兴以来的主要思潮抵触。在我们中国人眼中，基督教思想尤其显得病态。一方面，文艺复兴以后的人是站起来了，到处肯定自己的独立，发展到十八世纪的百科全书派，十九世纪的自然科学进步以及政治经济方面的革命，显然人类的前途、进步、能力都是无限的；同时却仍然奉一个无所不能无所不在的神为主宰，好像人永远逃不出他的掌心，再加上原始罪恶与天堂地狱的恐怖与期望，使近代人的精神永远处于支离破碎、纠结复杂、矛盾百出的状态中，这个情形反映在文化的各个方面、学术的各个部门，使他们（西方人）格外心情复杂，难以理解。我总觉得从异教变到基督教，就是人从健康变到病态的主要表现与主要关键。比起近代的西方人来，我们中华民族更接近古代的希腊人，因此更自然、更健康。我们的哲学、文学即使是悲观的部分也不是基督教式的一味投降，或者用现代语说，一味的"失败主义"；而是人类一般对生老病死、春花秋月的慨叹，如古乐府及我们全部诗词中提到人生如朝露一类的作品；或者是愤激与反抗的表现，如老子的《道德经》——就因为此，我们对西方艺术中最喜爱的还是希腊的雕塑、文艺复兴的绘画、十九世纪的风景画——总而言之是非宗教性、非说教类的作品——猜想你近年来愈来愈喜欢莫扎特、斯卡拉蒂、韩德尔，大概也是由于中华民族的特殊气质。在精神发展的方向上，我认为你这条路线是正常的、健全的——你的酷好舒伯特，恐怕也反映你爱好中国文艺中的某一类型。亲切、熨帖、温厚、惆怅、凄凉，而又对人生常带哲学意味极浓的深思默想；爱人生，恋念人生而又随时准备飘然远行，高蹈、洒脱、遗世独立，解脱一切等等的表现，岂不是我们汉晋六朝唐宋以来的文学中屡见不鲜的吗？而这些因素是不是在舒伯特的作品中也具备的呢？——关于上述各点，我很想听听你的意见。而你我之间思想交流、精神默契未尝有丝毫间隔，也就象征你这个远方游子永远和产生你的民族、抚养你的祖国、灌溉你的文化血肉相连、息息相通。

2月7日

从文艺复兴以来，各种古代文化，各种不同民族，各种不同的思想感情大接触之下，造成了近代人的极度复杂的头脑与心情；加上政治经济和社会的急剧变化（如法国大革命、十九世纪的工业革命、封建社会与资本主义社会的交替等等），人的精神状态愈加充满了矛盾。这个矛盾中最尖锐的部分仍然是基督教思想与个人主义的自由独立与自我扩张的对立。凡是非基督徒的矛盾，仅仅反映经济方面的苦闷，其程度绝没有那么强烈。——在艺术上表现这种矛盾特别显著的，恐怕要算贝多芬了。以贝多芬与歌德做比较研究，大概更可证实我的假定。贝多芬乐曲中两个主题的对立，绝不仅仅从技术要求出发，而主要是反映他内心的双重性。否则，一切 sonata form（奏鸣曲式）都以两个对立的 motifs（主题）为基础，为何独独在贝多芬的作品中，两个不同的主题会从头至尾斗争得那么厉害、那么凶猛呢？他的两个主题，一个往往代表意志、代表力，或者说代表一种自我扩张的个人主义（绝对不是自私自利的庸俗的个人主义或侵犯别人的自我扩张，想你不致误会）；另外一个往往代表狂野的暴力，或者说是命运，或者说是神，都无不可。虽则贝多芬本人绝不同意把命运与神混为一谈，但客观分析起来，两者实在是一个东西。斗争的结果总是意志得胜，人得胜。但胜利并不持久，所以每写一个曲子就得重新挣扎一次、斗争一次。到晚年的四重奏中，斗争仍然不断发生，可是结论不是谁胜谁败，而是个人的隐忍与舍弃；这个境界在作者说来，可以美其名曰皈依，曰觉悟，曰解脱，其实是放弃斗争，放弃挣扎，以换取精神上的和平宁静，即所谓幸福，所谓极乐。挣扎了一辈子以后再放弃挣扎，当然比一开场就奴颜婢膝的屈服高明得多，也就是说"自我"的确已经大大地扩张了；同时却又证明"自我"不能无限制地扩张下去，而且最后承认"自我"仍然是渺小的，斗争的结果还是一场空，真正得到的只是一个觉悟，觉悟斗争之无益，不如与命运、与神，言归于好，求妥协。当然我把贝多芬的斗争说得简单化了一些，但大致并不错。此处不能做专题研究，有的地方只能笼统说说——你以前信中屡次说到贝多芬最后的解脱仍是不彻底的，是否就是我以上说的那个意思呢？——我相信，要不是基督教思想统治了一千三四百年（从高卢人信奉基督教算起）的西方民族，现代欧洲人的精神状态绝不会复杂到这步田地，即使复杂，也将是另外一种性质。比如我们中华民族，尽管近半个世纪以来也因为与西方文化接触之后而心情变得一天天复杂，尽管对人生的无常从古至今感慨伤叹，但我们的内心矛盾，绝不能与宗教信仰与现代精神（自我扩张）的矛盾相比。我们心目中的生死感慨，从无仰慕天堂的极其烦躁的期待与追求，也从无对永堕地狱的恐怖忧虑；所以我们的哀伤只是出于生物的本能，而不是由发热的头脑造出许多极乐与极可怖的幻象来一方面诱惑自己一方面威吓自己。同一苦闷，程度强弱之大有差别，健康与病态的分别，大概就取决于这个因素。

中华民族从古以来不追求自我扩张，从来不把人看作高于一切，在哲学文艺方面的表现都反映出人在自然界中与万物占着一个比例较为恰当的地位，而非绝对统治万物、奴役万物的主宰。因此我们的苦闷，基本上比西方人为少为小；因为苦闷的强弱原是随欲望与野心的大小而转移的。农业社会的人比工业社会的人享受差得多，因此欲望也小得多。况中国古代素来以不滞于物、不为物役为最主要的人生哲学。并非我们没有守财奴，但比起莫里哀与巴尔扎克笔下的守财奴与野心家来，就小巫见大巫了。中华民族多数是性情中正和平，淡泊，朴实，比西方人容易满足。——另一方面，佛教影响虽然很大，但天堂地狱之说只是佛教中的小乘（净土宗）的说法，专为知识较低的大众而设的。真正的佛教教理并不相信真有天堂地狱；而是从理智上求觉悟，求超渡，觉悟是悟人世的虚幻，超渡是超脱痛苦与烦恼。尽管是出世思想，却不予人以热烈追求幸福的鼓动，或急于逃避地狱的恐怖；主要是劝导人求智慧。佛教的智慧正好与基督教的信仰成为鲜明的对比。智慧使人自然而然地醒悟，信仰反易使人入于偏执与热狂之途。　　我们的民族本来提倡智慧[中国人的理想是追求智慧而不是追求信仰。我们只看见古人提到彻悟，从未以信仰坚定为人生乐事（这恰恰是西方人心目中的幸福）。你认为亨德尔比巴赫为高，你说前者是智慧的结晶，后者是信仰的结晶：这个思想根源也反映出我们的民族性。]故知识分子受到佛教影响并无恶果。即使南北朝时期佛教在中国极盛，愚夫愚妇的迷信亦未尝在吾国文化史上遗留什么毒素，知识分子亦从未陷于虚无主义（即使有过一个短时期，但在历史上并无大害）。相反，在两汉以儒家为唯一正统，罢黜百家，思想入于停滞状态之后，佛教思想的输入倒是给我们精神上的一种刺激，令人从麻痹中觉醒过来，从狭隘的一家一派的束缚中解放出来。在纪元二三世纪的思想情况之下这是一个可喜的现象。——对中国知识分子拘束最大的倒是僵死的礼教，从南宋的理学（程子朱子）起一直到清朝末年，养成了规行矩步、整天反省、唯恐悖礼越矩的迂腐头脑，也养成了口是心非的假道学、伪君子。其次是明清两代的科举制度，不仅束缚性灵，也使一部分有心胸有能力的人徘徊于功名利禄与真正修心养性、致知格物的矛盾中（反映于《儒林外史》中）。——然而这一类的矛盾也绝不像近代西方人的矛盾那么有害身心。我们的社会进步迟缓，资本主义制度发展若断若续，封建时代的经济基础始终存在，封建时代的道德观、人生观、宇宙观以及一切上层建筑，到近百年中还有很大势力，使我们的精神状态、思想情形不致如资本主义高度发展的国家的人那样混乱、复杂、病态；我们比起欧美人来一方面是落后，一方面也单纯，就是说更健全一些。——从民族特性、传统思想以及经济制度等等各个方面看，我们和西方人比较之下都有这个双重性。——五四以来，情形急转直下，西方文化的输入使我们的头脑受到极大的骚动，正如"帝国主义的资本主义"的侵入促成我们半封建半资本主义社会的崩溃一样。我们开始感染到近代西方人的烦恼，幸而时期不久，并且宗教影响在我们思想上并无重大作用（西方宗教只影响到买办阶级以及一部分比较落后地区的农民，而且也并不深刻），故虽有现代式的苦闷，并不太尖锐。我们还是有我们老一套的东方思想与东方哲学，作为批判西方文化的尺度。当然以上所说特别是限于解放以前为止的时期。解放以后情形大不相同，暇时再谈。但既是解放以前我们一代人的思想情况，你也承受下来了，感染得相当深了。我想你对西方艺术、西方思想、西方社会的反应和批评，骨子里都有我们一代（比你早一代）的思想根源，再加上解放以后新社会给你的理想，使你对西欧的旧社会更有另外一种看法、另外一种感觉。——倘能从我这一大段历史分析（不管如何片面如何不正确）来分析你目前的思想感情，也许能大大减少你内心苦闷的尖锐程度，使你的矛盾不致影响你身心的健康与平衡，你说是不是？

2月7日晚

人没有苦闷，没有矛盾，就不会进步。有矛盾才会逼你解决矛盾，解决一次矛盾即往前迈进一步。到晚年矛盾减少，即是生命将要告终的表现。没有矛盾的一片恬静只是一个崇高的理想，真正实现的话并不是一个好现象。——凭了修养的功夫所能达到的平和恬静只是极短暂的，比如浪潮的尖峰，一刹那就要过去的。或者理想的平和恬静乃是微波荡漾，有矛盾而不太尖锐，而且随时能解决的那种精神修养，可绝非一泓死水：一泓死水有什么可羡呢？我觉得倘若苦闷而不致陷入悲观厌世，有矛盾而能解决（至少在理论上认识上得到一个总结），那么苦闷与矛盾并不可怕。所要避免的乃是因苦闷而导致身心失常，或者玩世不恭，变做游戏人生的态度。从另一角度看，最伤人的（对己对人，对小我与集体都有害的）乃是由 passion（激情）出发的苦闷与矛盾，例如热衷名利而得不到名利的人，怀着野心而明明不能实现的人，经常忌妒别人、仇恨别人的人，那一类苦闷便是于己于人都有大害的。凡是从自卑感自溺狂等等来的苦闷对社会都是不利的，对自己也是致命伤。反之，倘是忧时忧国，不是为小我打算而是为了社会福利、人类前途而感到的苦闷，因为出发点是正义，是理想，是热爱，所以即有矛盾，对己对人都无害处，倒反能逼自己做出一些小小的贡献来。但此种苦闷也须用智慧来解决，至少在苦闷的时间不能忘了明哲的教训，才不至于转到悲观绝望、用灰色眼镜看事物，才能保持健康的心情继续在人生中奋斗，——而唯有如此，自己的小我苦闷才能转化为一种活泼泼的力量，而不仅仅成为愤世嫉俗的消极因素；因为愤世嫉俗并不能解决矛盾，也就不能使自己往前迈进一步。由此得出一个结论，我们不怕经常苦闷，经常矛盾，但必须不让这苦闷与矛盾妨碍我们愉快的心情。

2月8日晨

记得你在波兰时期，来信说过艺术家需要有 single-mindedness（一心一意），分出一部分时间关心别的东西，追求艺术就短少了这部分时间。当时你的话是特别针对某个问题而说的。我很了解（根据切身经验），严格钻研一门学术必须整个儿投身进去。艺术——尤其音乐，反映现实是非常间接的，思想感情必须转化为emotion（感情）才能在声音中表达，而这一段酝酿过程，时间就很长；一受外界打扰，酝酿过程即会延长，或竟中断。音乐家特别需要集中［即所谓single-mindedness（一心一意）］，原因即在于此。因为音乐是时间的艺术，表达的又是流动性最大的emotion（感情），往往稍纵即逝——不幸，生在二十世纪的人，头脑装满了多多少少的东西，世界上又有多多少少东西时时刻刻逼你注意；人究竟是社会的动物，不能完全与世隔绝；与世隔绝的任何一种艺术家都不会有生命，不能引起群众的共鸣。经常与社会接触而仍然能保持头脑冷静，心情和平，同时能保持对艺术的新鲜感与专一的注意，的确是极不容易的事。你大概久已感觉到这一点。可是过去你似乎纯用排斥外界的办法（事实上你也做不到，因为你对人生对世界的感触与苦闷还是很多很强烈），而没头没脑地沉浸在艺术里，这不是很健康的做法。我屡屡提醒你，单靠音乐来培养音乐是有很大弊害的。以你的气质而论，我觉得你需要多多跑到大自然中去，也需要不时欣赏造型艺术来调剂。假定你每个月郊游一次，上美术馆一次，恐怕你不仅精神更愉快、更平衡，便是你的音乐表达也会更丰富、更有生命力、更有新面目出现。亲爱的孩子，你无论如何应该试试看！

如今你有弥拉代为料理日常琐事，该是很幸福了。但不管你什么理由，某些道义上的责任是脱卸不了的，不能由弥拉代庖。希望能尽量挤出时间，不时给两位以前的老师写几行，短一些无妨，但决不可几月几年的沉默下去！你在本门艺术中意志很强，为何在道义上不同样拿出意志来节约时间，履行你的义务呢？——孩子，你真不知道我多么希望你在人生各方面都有进步！倘你在尊师方面有行动表现，你真是给你爸爸最大的快乐。你要以与亲友通信作为精神上的调剂，就不会视执笔为畏途了。心理一改变，事情就会轻松，试过几回即会明白。

一月九日与林先生的画同时寄出的一包书，多半为温习你中文着眼，故特别挑选文笔最好的书——至于艺术与音乐方面的书，英文中有不少扎实的作品。暑中音乐会较少的期间，也该尽量阅读。

5月1日

聪：四月十七、二十、二十四，三封信（二十日是妈妈写的）都该收到了吧？三月十五寄你评论摘要一小本（非航空），由妈妈打字装订，是否亦早到了？我们花过一番心血的工作，不管大小，总得知道没有遗失才放心。四月二十六日寄出汉石刻画像拓片四张，二十九日又寄《李白集》十册、《十八家诗钞》二函，合成一包；又一月二十日交与海关检查，到最近发还的丹纳:《艺术哲学·第四编（论希腊雕塑）》手抄译稿一册，亦于四月二十九日寄你。以上都非航空，只是挂号。日后收到望一一来信告知。

中国诗词最好是木刻本，古色古香，特别可爱。可惜不准出口，不得已而求其次，就挑商务影印本给你。以后还会陆续寄，想你一定喜欢。《论希腊雕塑》一编六万余字，是我去冬花了几星期工夫抄的，也算是我的手泽，特别给你作纪念。内容值得细读，也非单看一遍所能完全体会。便是弥拉读法文原著，也得用功研究，且原著对神话及古代史部分没有注解。她看起来还不及你读译文易懂。为她今后阅读方便，应当买几部英文及法文的比较完整的字典才好。我会另外写信给她提到。

一月九日寄你的一包书内有老舍及钱伯母的作品，都是你旧时读过的。不过内容及文笔，我对老舍的早年作品看法已大大不同。从前觉得了不起的那篇《微神》，如今认为太雕琢，过分刻画，变得纤巧，反而贫弱了。一切艺术品都忌做作，最美的字句都要出之自然，好像天衣无缝，才经得起时间考验而能传世久远。比如"山高月小，水落石出"不但写长江中赤壁的夜景，历历在目，而且也写尽了一切兼有幽远、崇高与寒意的夜景；同时两句话说得多么平易，真叫作"天籁"！老舍的《柳家大院》还是有血有肉，活得很。——为温习文字，不妨随时看几段。没人讲中国话，只好用读书代替，免得词汇字句愈来愈遗忘。——最近两封英文信，又长又详尽，我们很高兴，但为了你的中文，仍望不时用中文写，这是你唯一用到中文的机会了。写错字无妨，正好让我提醒你。不知五月中是否演出较少，能抽空写信来？

……其次能多少客观一些，精神上倒是真正获得松弛与休息，也是好事。人总是人，不是机器，不可能二十四小时只做一种活动。生理上即使你不能不饮食睡眠，推而广之，精神上也有各种不同的活动。便是目不识丁的农夫也有出神的经验，虽时间不过一刹那，其实即是无我或物我两忘的心境。艺术家表现出那种境界来未必会使人意志颓废。例如念了"寒波淡淡起，白鸟悠悠下"两句诗，哪有一星半点儿不健全的感觉？假定如此，自然界的良辰美景岂不成年累月摆在人面前，人如何不消沉至于不可救药的呢？——相反，我认为生活越紧张越需要这一类的调剂，多亲近大自然倒是维持身心平衡最好的办法。近代人的大病即在于拼命损害了一种机能（或一切机能）去发展某一种机能，造成许多畸形与病态。我不断劝你去郊外散步，也是此意。幸而你在东西奔走的路上还能常常接触高山峻岭、海洋流水、日出日落、月色星光，无形中更新你的感觉，解除你的疲劳。

另一方面，终日在琐碎家务与世俗应对中过生活的人，也该时时到野外去洗掉一些尘俗气，别让这尘俗气积聚日久成为宿垢。弥拉接到我黄山照片后来信说，从未想到山水之美有如此者。可知她虽家居瑞士，只是偶尔在山脚下小住，根本不曾登高临远，见到神奇的景色。在这方面你得随时培养她。此外我也希望她每天挤出时间，哪怕半小时吧，作为阅读之用。而阅读也不宜老拣轻松的东西当作消遣，应当每年选定一两部名著用功细读。比如丹纳的《艺术哲学》之类，若能彻底消化，做人方面、气度方面、理解与领会方面都有进步，不仅仅是增加知识而已。巴尔扎克的小说也不是只供消闲的。像你们目前的生活，要经常不断地阅读正经书不是件容易的事，需要很强的意志与纪律才行。望时常与她提及你老师勃隆斯丹近七八年来的生活，除了做饭、洗衣、照管丈夫孩子以外，居然坚持练琴，每日一小时至一小时半，到今日每月有四五次演出。这种精神值得弥拉学习。

你岳父灌的唱片，十之八九已听过，觉得以贝多芬的协奏曲与巴赫的 *Solo Sonata*（《独奏奏鸣曲》）为最好。Bartok（巴托克）不容易领会，Bach（巴赫）的协奏曲不及 piano（钢琴）的协奏曲动人。不知怎么，polyphonic（复调）音乐对我终觉太抽象。便是巴赫的 *Cantata*（《清唱剧》）听来也不觉感动。一则我领会音乐的限度已到了尽头，二则一般中国人的气质和那种宗教音乐距离太远。——语言的隔阂在歌唱中也是一个大阻碍。（勃拉姆斯的小提琴协奏曲似乎不及钢琴协奏曲美，是不是我程度太低呢？）

Louis Kentner（路易斯·坎特讷）似乎并不高明，不知是与你岳父合作得不大好，还是本来演奏不过尔尔？他的 Franck（弗兰克）奏鸣曲远不及 Menuhin（梅纽因）的 violin part（小提琴部分）。"Kreutzer"（"克罗采"）更差，2nd movement（第二乐章）的变奏曲部分 weak（弱）之至〔老是躲躲缩缩，退在后面，便是 piano（钢琴）为主的段落亦然如此〕。你大概听过他独奏，不知你的看法如何？是不是我了解他不够或竟了解差了？

你往海外预备拿什么节目出去？协奏曲是哪几支？恐怕 Van Wyck（范怀克）首先要考虑那边群众的好恶；我觉得考虑是应当的，但也不宜太迁就。最好还是挑自己最有把握的东西。真有吸引力的还是一个人的本色，而保持本色最多的当然是你理解最深的作品。在英国少有表演机会的 Bartok、Prokofiev（巴托克、普罗科菲耶夫）等现代乐曲，是否上那边去演出呢？前信提及 Cuba（古巴）演出可能，还须郑重考虑，我觉得应推迟一二年再说！暑假中最好结合工作与休息，不去远地登台，一方面你们俩都需要放松，一方面你也好集中准备海外节目。——七月中去不去维也纳灌贝多芬第一、四？——问你的话望当场记在小本子上，或要弥拉写下，待写信时答复我们。举手之劳，我们的问题即有着落。

6月26日节选

亲爱的孩子：六月十八日信（邮戳十九）今晨收到。虽然花了很多钟点，信写得很好。多写几回就会感到更容易更省力。最高兴的是你的民族性格和特征保持得那么完整，居然还不忘记："一箪食（读如"嗣"）一瓢饮，回也不改其乐。"唯有如此，才不致被西方的物质文明湮没。你屡次来信说我们的信给你看到和回想到另外一个世界，理想气息那么浓的、豪迈的、真诚的、光明正大的、慈悲的、无我的（即你此次信中说的 idealistic、generous、devoted、kind、selfless）世界。我知道东方西方之间的鸿沟，只有豪杰之士，领悟颖异、感觉敏锐而深刻的极少数人方能体会。换句话说，东方人要理解西方人及其文化和西方人理解东方人及其文化同样不容易。即使理解了，实际生活中也未必真能接受。这是近代人的苦闷：既不能闭关自守，东方与西方各管各的生活，各管各的思想，又不能避免两种精神、两种文化、两种哲学的冲突和矛盾。当然，除了冲突与矛盾，两种文化也彼此吸引，相互之间有特殊的魅力使人神往。东方的智慧、明哲、超脱，要是能与西方的活力、热情、大无畏的精神融合起来，人类可能看到另一种新文化出现。西方人那种孜孜矻矻、白首穷经、只知为学、不问成败的精神还是存在（现在和克利斯朵夫的时代一样存在），值得我们学习。你我都不是大国主义者，也深恶痛绝大国主义，但你我的民族自觉、民族自豪和爱国热忱并无一星半点儿的排外意味。相反，这是一个有根有蒂的人应有的感觉与感情。每次看到你有这种表现，我都快活得心儿直跳，觉得你不愧为中华民族的儿子！妈妈也为之自豪，对你特别高兴，特别满意。

分析你岳父的一段大有见地，但愿作为你的鉴戒。你的两点结论，不幸的婚姻和太多与太早的成功是艺术家最大的敌人，说得太中肯了。我过去为你的婚姻问题操心，多半也是从这一点出发。如今弥拉不是有野心的女孩子，至少不会把你拉上热衷名利的路，让你能始终维持艺术的尊严，维持你严肃朴素的人生观，已经是你的大幸。还有你淡于名利的胸怀，与我一样的自我批评精神，对你的艺术都是一种保障。但愿十年二十年之后，我不在人世的时候，你永远能坚持这两点。恬淡的胸怀，在西方世界中特别少见，希望你能树立一个榜样！

说到弥拉，你是否仍和去年八月初订婚时来信说的一样预备培养她？不是说培养她成一个什么专门人才，而是带她走上严肃、正直、坦白、爱美、爱善、爱真理的路。希望你以身作则，鼓励她多多读书，有计划有系统地正规地读书，不是消闲趋时的读书。你也该培养她的意志：便是有规律有系统地处理家务、掌握家庭开支、经常读书等等，都是训练意志的具体机会。不随便向自己的 fancy（幻想，一时的爱好）让步，也不随便向你的 fancy 让步，也是锻炼意志的机会。孩子气是可贵的，但绝不能损害 taste（品味，鉴赏力），更不能影响家庭生活、起居饮食的规律。有些脾气也许一辈子也改不了，但主观上改，总比听其自然或是放纵（即所谓 indulging）好，你说对吗？弥拉与我们通信近来少得多，我们不怪她，但那也是她道义上感情上的一种责任。我们原谅她是一回事，你不从旁提醒她可就不合理，不尽你督促之责了。做人是整体的，给我们经常写信也表示她对人生对家庭的态度。你别误会，我再说一遍，别误会我们嗔怪她，而是为了她太年轻，需要养成一个好作风、处理实际事务的严格的态度；以上的话主要是为她好，而不是仅仅为我们多得一些你们消息的快乐。可是千万注意，和她提到给我们写信的时候，说话要和软，否则反而会影响她与我们的感情。翁姑与媳妇的关系和父母子女的关系大不相同，你慢慢会咂摸到，所以处理要非常细致。

最近几次来信，你对我们托办的事多半有交代，我很高兴。你终于在实际生活方面也成熟起来了，表示你有头有尾、责任感更强了。你的录音机迄未置办，我很诧异；照理你布置新居时，应与床铺在预算表上占同样重要的地位。在我想来，少一两条地毯倒没关系，少一部好的录音机却太不明智。足见你们俩仍太年轻，分不出轻重缓急。但愿你去美洲回来就有能力置办！

....

我早料到你读了《论希腊雕塑》以后的兴奋。那样的时代是一去不复返的了，正如一个人从童年到少年那个天真可爱的阶段一样，也如同我们的先秦时代、两晋六朝一样。近来常翻阅《世说新语》（正在寻一部铅印而篇幅不太笨重的预备寄你），觉得那时的风流文采既有点儿近古希腊，也有点儿像文艺复兴时期的意大利；但那种高远、恬淡、素雅的意味仍然不同于西方文化史上的任何一个时期。人真是奇怪的动物，文明的时候会那么文明，谈玄说理会那么隽永，野蛮的时候又同野兽毫无分别，甚至更残酷。奇怪的是这两个极端就表现在同一批人同一时代的人身上。两晋六朝多少野心家，想夺天下、称孤道寡的人，坐下来清谈竟是深通老庄与佛教哲学的哲人！

亨德尔的神剧固然追求异教精神，但他毕竟不是纪元前四五世纪的希腊人，他的作品只是十八世纪一个意大利化的日耳曼人向往古希腊文化的表现。便是《赛米里》吧，口吻仍不免带点儿浮夸（pompous）。这不是亨德尔个人之过，而是民族与时代之不同，绝对勉强不来的。将来你有空闲的时候（我想再过三五年，你的音乐会一定可大大减少，多一些从各方面进修的时间），读几部英译的柏拉图、塞诺封一类的作品，你对希腊文化可有更多更深的体会。再不然你一朝去雅典，尽管山陵剥落（如丹纳书中所说）面目全非，但是那种天光水色（我只能从亲自见过的罗马和那不勒斯的天光水色去想象）以及巴台农神庙的废墟，一定会给你强烈的激动、狂喜，非言语所能形容，好比四五十年以前邓肯在巴台农废墟上光着脚不由自主地跳起舞来［《邓肯（Duncun）自传》］倘在旧书店中看到，可买来一读）。真正体会古文化，除了从小"泡"过来之外，只有接触那古文化的遗物。我所以不断寄吾匡的艺术复制品给你，一方面是满足你思念故国、缅怀我们古老文化的饥渴，一方面也想用具体事物来影响弥拉。从文化上、艺术上认识而爱好异国，才是真正认识和爱好一个异国；而且我认为也是加强你们俩精神契合的最可靠的链锁。

石刻画你喜欢吗？是否感觉到那是真正汉族的艺术品，不像敦煌壁画云冈石刻有外来因素。我觉得光是那种宽袍大袖、简洁有力的线条，浑合的轮廓、古朴的屋宇车辆、强劲雄壮的马匹，已使我看了怦然心动，神游于二千年以前的天地中去了（装了框子看更有效果）。

十八家诗钞以外，李白诗文集想也收到了吧？给你的两把扇子你觉得怎样？最好平日张开着放在玻璃柜内欣赏。给弥拉的檀香扇，买不到更好的。且檀香女扇一向没有画得好的。从这个小包看，东西毕竟是从苏联转的，否则五月十二日寄的包不可能在六月十八日前收到。

几个月来做翻译巴尔扎克《幻灭》二部曲的准备工作，七百五十余页原文，共有一千一百余生字。发个狠每天温三百至四百生字，大有好处。正如你后悔不早开始把萧邦 *Etudes*（《练习曲》）作为每天的日课，我也后悔不早开始记生字的苦功。否则这部书的生字至多只有二三百。倘有钱伯伯那种记忆力，生字可减至数十。天资不足，只能用苦功补足。我虽到了这年纪，身体挺坏，这种苦功还是愿意下的。

你对 Michelangeli（弥盖朗琪利）的观感大有不同，足见你六年来的进步与成熟。同时，"曾经沧海难为水"，"登东山而小鲁，登泰山而小天下"，也是你意见大变的原因。伦敦毕竟是国际性的乐坛，你这两年半的逗留不是没有收获的。

最近在美国的《旅行家杂志》（*National Geographic*）上读到一篇英国人写的爱尔兰游记，文字很长，图片很多。他是三十年中第二次去周游全岛，结论是：什么是爱尔兰最有意思的东西？——是爱尔兰人。"这句话与你在都柏林匆匆一过的印象完全相同。

7月8日上午

……在过去的农业社会里,人的生活比较闲散,周围没有紧张的空气,随遇而安、得过且过的生活方式还能对付。现在时代大变,尤其在西方世界,整天整月整年社会像一个瞬息不停的万花筒,生存竞争的剧烈,想你完全体会到了。最好做事要有计划,至少一个季度事先要有打算,定下的程序非万不得已切勿临时打乱。你是一个经常出台的演奏家,与教授、学者等等不同:生活忙乱得多,不容易控制。但愈忙乱愈需要有全面计划,我总觉得你太被动,常常 be carried away(失去自制力),被环境和大大小小的事故带着走,从长远看,不是好办法。过去我一再问及你经济情况,主要是为了解你的物质基础,想推测一下再要多少时期可以减少演出,加强学习——不仅仅音乐方面的学习。我很明白在西方社会中物质生活无保障,任何高远的理想都谈不上。但所谓物质保障首先要看你的生活水准,其次要看你会不会安排收支,保持平衡,经常有规律地储蓄。生活水准本身就是可上可下,好坏程度、高低等级多至不可胜计的;究竟自己预备以哪一种水准为准,需要想个清楚,弄个彻底,然后用坚强的意志去贯彻。唯有如此,方谈得到安排收支等等的理财之道。孩子,光是瞧不起金钱不解决问题;相反,正因为瞧不起金钱而不加控制,不会处理,临了竟会吃金钱的亏,做物质的奴役。单身汉还可用颜回的刻苦办法应急,有了家室就不行,你若希望弥拉也会甘于素衣淡食就要求太苛,不合实际了。为了避免落到这一步,倒是应当及早定出一个中等的生活水准使弥拉能同意,能实践,帮助你订计划执行。越是轻视物质越需要控制物质。你既要保持你艺术的尊严、人格的独立,控制物质更成为最迫切最重要的先决条件。孩子,假如你相信我这个论点,就得及早行动。

经济有了计划,就可按照目前的实际情况订一个音乐活动的计划。比如下一季度是你最忙,但也是收入最多的季度;那笔收入应该事先做好预算；切勿钱在手头，散漫使花，而是要作为今后减少演出的基础——说明白些就是基金。你常说音乐世界是茫茫大海，但音乐还不过是艺术中的一支，学问中的一门。望洋兴叹是无济于事的，要钻研仍然要订计划——这又跟你的演出的多少、物质生活的基础有密切关系。你结了婚，不久家累会更重；你已站定脚跟，但最要防止将来为了家累，为了物质基础不稳固，不知不觉地把演出、音乐为你一家数口服务。古往今来——尤其近代，多少艺术家（包括各个部门的）到中年以后走下坡路，难道真是他们愿意的吗？多半是为家庭拖下水的，而且拖下水的经过完全出于不知不觉。孩子，我为了你的前途不能不长篇累牍地告诫。现在正是设计你下一阶段生活的时候，应当振作精神，面对当前，眼望将来，从长考虑。何况我相信三五年到十年之内，会有一个你觉得非退隐一年二年不可的时期。一切真有成就的演奏家都逃不过这一关。你得及早准备。

最近二个月，你每个月都有一封长信，使我们好像和你对面谈天一样；这是你所能给我和你妈妈的最大安慰。父母老了，精神上不免一天天地感到寂寞。唯有万里外的游子归鸿使我们生活中还有一些光彩和生气。希望以后的信中，除了艺术，也谈谈实际问题。你当然领会到我做爸爸的只想竭尽所能帮助你进步，增进你的幸福，想必不致嫌我烦琐吧？

8月1日

亲爱的孩子：二十四日接弥拉十六日长信，快慰之至。几个月不见她手迹着实令人挂心，不知怎么，我们真当她亲生女儿一般疼她；从未见过一面，却像久已认识的人那样亲切。读她的信，神情笑貌跃然纸上。口吻那么天真那么朴素，taste（品味）很好，真叫人喜欢。成功的婚姻不仅对当事人是莫大的幸福，而且温暖的光和无穷的诗意会一直照射到、渗透入双方的家庭。敏读了弥拉的信也非常欣赏她的人品。

弥拉报告中有一件事教我们特别高兴：你居然去找过了那位匈牙利太太！（姓名弥拉写得不清楚，望告知！）多少个月来（在杰老师心中已是一年多了），我们盼望你做这一件事，一旦实现，不能不为你的音乐前途庆幸。——写到此，又接你明信片；那么原来希望本月四日左右接你长信，又得推迟十天了。但愿你把技巧改进的经过与实际谈得详细些，让我转告李先生，好慢慢帮助国内的音乐青年，想必也是你极愿意做的事。本月十二至二十七日间，九月二十三日以前，你都有空闲的时间，除了出门休息（想你们一定会出门吧）以外，尽量再去拜访那位老太太，向她请教。尤其维也纳派（莫扎特、贝多芬、舒伯特），那种所谓 repose（和谐恬静）的风味必须彻底体会。好些评论对你这方面的欠缺都一再提及。——至于追求细节太过，以致妨碍音乐的朴素与乐曲的总的轮廓，批评家也说过很多次。据我的推想，你很可能犯了这些毛病。往往你会追求一个目的，忘了其他，不知不觉钻入牛角尖（今后望深自警惕）。可是深信你一朝醒悟，信从了高明的指点，你回头是岸，纠正起来是极快的，只是别矫枉过正，往另一极端摇摆过去就好了。

像你这样的年龄与经验，随时随地吸收别人的意见非常重要。经常请教前辈更是必需。你敏感得很，准会很快领会到那位前辈的特色与专长，尽量汲取——不到汲取完了绝不轻易调换老师。

上面说到维也纳派的。repose（和谐恬静），推想当是一种闲适恬淡而又富于旷达胸怀的境界，有点儿像陶靖节、杜甫（某一部分田园写景）、苏东坡、辛稼轩（也是田园曲与牧歌式的词）。但我还捉摸不到真正维也纳派的所谓 repose（和谐恬静），不知你的体会是怎么回事？

近代有名的悲剧演员可分两派：一派是浑身投入，忘其所以，观众好像看到真正的剧中人在面前歌哭；情绪的激动、呼吸的起伏，竟会把人从火热的浪潮中卷走，Sarah Bernhardt（莎拉·伯恩哈特）即是此派代表（巴黎有她的纪念剧院）。一派刻画人物惟妙惟肖，也有大起大落的激情，同时又处处有一个恰如其分的节度，从来不流于"狂易"之境。心理学家说这等演员似乎有双重人格：既是演员，同时又是观众。演员使他与剧中人物合一，观众使他一切演技不会过火（即是能入能出的那句老话）。因为他随时随地站在圈子以外冷眼观察自己，故即使到了猛烈的高潮峰顶仍然能控制自己。以艺术而论，我想第二种演员应当是更高级。观众除了与剧中人发生共鸣，亲身经受强烈的情感以外，还感到理性节制的伟大，人不被自己情欲完全支配的伟大。这伟大也就是一种美。感情的美近于火焰的美、浪涛的美、疾风暴雨之美，或是风和日暖、鸟语花香的美；理性的美却近于钻石的闪光、星星的闪光，近于雕刻精工的美、完满无疵的美，也就是智慧之美！情感与理性平衡所以最美，因为是最上乘的人生哲学、生活艺术。

记得好多年前我已与你谈起这一类话。现在经过千百次实际登台的阅历，大概更能体会到上述的分析可应用于音乐了吧？去冬你岳父来信说，你弹两支莫扎特协奏曲，能把强烈的感情纳入古典的形式之内，他意思即是指感情与理性的平衡。但你还年轻，出台太多，往往体力不济，或技巧不够放松，难免临场紧张，或是情不由己，be carried a way（难以自抑）。并且你整个品性的涵养也还没到此地步。不过早晚你会在这方面成功的，尤其技巧有了大改进以后。

国内形势八个月来逐渐改变，最近周总理关于文艺工作十大问题的报告长达八小时，内容非常精彩。唯尚未公布，只是京中极高级的少数人听到，我们更只知道一鳞半爪，不敢轻易传达。总的倾向是由紧张趋向缓和，由急进趋向循序渐进。也许再过一些日子会有更明朗的轮廓出现。

访美演出节目望郑重考虑，事先多与有经验的人商量，勿主观太强。再者美国记者讲话尖得很，提起问题来往往很"促狭"。望特别留意，别说溜了口。宁可装傻一些，对政治最好绝口不提，有问也坚决不答。我这样提早告诉你，要你印象深一些，多有思想准备。

8月31日夜节选

　　据来信，似乎你说的relax（放松）不是五六年以前谈的纯粹技巧上的relax（放松），而主要是精神、感情、情绪、思想上的一种安详、闲适、淡泊、超逸的意境，即使牵涉到技术，也是表现上述意境的一种相应的手法、音色与temporubato（弹性速度）等等。假如我这样体会你的意思并不错，那我就觉得你过去并非完全不能表达relax（放松）的境界，只是你没有认识到某些作品、某些作家确有那种relax（放松）的精神。一年多以来，英国批评家有些说你的贝多芬（当然指后期的奏鸣曲）缺少那种Viennese repose（维也纳式闲适），恐怕即是指某种特殊的安闲、恬淡、宁静之境，贝多芬在早年、中年剧烈挣扎与苦斗之后，到晚年达到的一个peaceful mind（精神上清明恬静之境），也就是一种特殊的serenity（安详）[是一种resignation（隐忍恬淡，心平气和）产生的serenity（安详）]。但精神上的清明恬静之境也因人而异，贝多芬的清明恬静既不同于莫扎特的，也不同于舒伯特的。稍一混淆，在水平较高的批评家、音乐家以及听众耳中就会感到气息不对，风格不合，口吻不真。我是用这种看法来说明你为何在弹斯卡拉蒂和莫扎特时能完全relax，而遇到贝多芬与舒伯特就成问题。另外两点，你自己已分析得很清楚：一是看到太多的drama（跌宕起伏，戏剧成分），把主观的情感加诸原作；二是你的个性与气质使你不容易relax（放松），除非遇到斯卡拉蒂与莫扎特，只有轻灵、松动、活泼、幽默、妩媚、温婉而没法找出一点儿借口可以装进你自己的drama（跌宕起伏；戏剧成分）。因为莫扎特的drama（跌宕起伏；戏剧成分）不是十九世纪drama（跌宕起伏；戏剧成分），不是英雄式的斗争、波涛汹涌的感情激动、如醉若狂的fanaticism（狂热激情），你身上所有的近代人的drama（跌宕起伏；戏剧成分）气息绝对应用不到莫扎特作品中去；反之，那种十八世纪式的flirting（风情）和诙谐、俏皮、讥讽等等，你倒也很能体会，所以能把莫扎特表达得恰如其分。还有一个原因，凡作品整体都是 relax 的，在你不难掌握；其中有激烈的波动又有苍茫惆怅的那种 relax 的作品，如萧邦，因为与你气味相投，故成绩也较有把握。但若既有激情又有隐忍恬淡，如贝多芬晚年之作，你即不免抓握不准。你目前的发展阶段，已经到了理性的控制力相当强，手指神经很驯服地能听从头脑的指挥，故一朝悟出了关键所在的作品精神，领会到某个作家的 relax 该是何种境界何种情调时，即不难在短时期内改变面目，而技巧也跟着适应要求，像你所说"有些东西一下子显得容易了"。旧习未除，亦非短期所能根绝，你也分析得很彻底：悟是一回事，养成新习惯来体现你的"悟"是另一回事。

以色列—伊斯坦布尔—雅典的演出能延迟到明年六月，倒是大好事，你在访美以前正可把新收获加以"巩固"。

最后你提到你与我气质相同的问题，确是非常中肯。你我秉性都过敏，容易紧张。而且凡是热情的人多半流于执著，有 fanatic（狂热）倾向。你的观察与分析一点儿不错。我也常说应该学学周伯伯那种潇洒、超脱、随意游戏的艺术风格，冲淡一下太多的主观与肯定，所谓 positivism（自信独断）。无奈向往是一事，能否做到是另一事。有时个性竟是顽强到底，什么都扭它不过。幸而你还年轻，不像我业已定型；也许随着阅历与修养，加上你在音乐中的熏陶，早晚能获致一个既有热情又能冷静、能入能出的境界。总之，今年你请教 Kabos（卡波斯）太太后，所有的进步是我与杰老师久已期待的；我早料到你并不需要到四十左右才悟到某些淡泊、朴素、闲适之美——像去年四月《泰晤士报》评论你两次萧邦音乐会所说的。附带又想起批评界常说你追求细节太过，我相信事实确是如此，你专追一门的劲也是 fanatic（狂热）得厉害，比我还要执著。或许近两个月以来，在这方面你也有所改变了吧？注意局部而忽视整体，雕琢细节而动摇大的轮廓固谈不上艺术；即使不妨碍完整，雕琢也要无斧凿痕，明明是人工，听来却宛如天成，才算得艺术之上乘。这些常识你早已知道，问题在于某一时期目光太集中在某一方面，以致耳不聪、目不明，或如孟子所说"明察秋毫而不见舆薪"。一旦醒悟，回头一看，自己就会大吃一惊，正如一九五五年时你何等欣赏米开兰琪利，最近却弄不明白当年为何如此着迷。

10月5日深夜

亲爱的孩子：等了好久，昨晚才收到弥拉的信。没料到航空寄的画竟和信一样快。我挑选的作品你们俩都喜爱，可见我与你们的眼光与口味完全一致，也叫我非常高兴。弥拉没提到周文中的评论材料，也没说起四包乐谱是否收到，令人悬悬。下次来信务必交代清楚！

说起周文中，据陈伯伯（又新）说，原是上海音乐馆 [上海音专（陈又新和丁善德合办的学校）的前身] 学生，跟陈伯伯学过多年小提琴，大约与张国灵同时。胜利后出国。陈伯伯解放初年留英期间，周还与他通信。据说小提琴拉得不差呢。

八九两月你统共只有三次演出，但似乎你一次也没去郊外或博物馆。我知道你因技术与表达都有大改变，需要持续加工和巩固；访美的节目也得加紧准备；可是两个月内毫不松散也不是办法。两年来我不知说了多少次，劝你到森林和博物馆走走，你始终不能接受。孩子，我多担心你身心的健康和平衡；一切都得未雨绸缪，切勿到后来悔之无及。单说技巧吧，有时硬是别扭，倘若丢开一个下午，往大自然中跑跑，或许下一天就能顺利解决。人的心理活动总需要一个酝酿的时期，不成熟时硬要克服难关，只能弄得心烦意躁，浪费精力。音乐理解亦然如此。我始终觉得你犯了一个毛病，太偏重以音乐本身去领会音乐。你的思想与信念并不如此狭窄，很会海阔天空地用想象力；但与音乐以外的别的艺术，尤其大自然，实际上接触太少。整天看谱、练琴、听唱片……久而久之会减少艺术的新鲜气息，趋于抽象、闭塞，缺少生命的活跃与搏击飞纵的气势。我常常为你预感到这样一个危机，不能不舌敝唇焦，及早提醒，要你及早防止。你的专业与我的大不同。我是不需要多大创新的,我也不是有创新才具的人:长年关在家里不致在业务上有什么坏影响。你的艺术需要时时刻刻地创造,便是领会原作的精神也得从多方面(音乐以外的感受)去探讨:正因为过去的大师就是从大自然,从人生各方面的材料中"泡"出来的,把一切现实升华为emotion(感情)与sentiment(情操),所以表达他们的作品也得走同样的路。这些理论你未始不知道,但似乎并未深信到身体力行的程度。另外我很奇怪:你年纪还轻,应该比我爱活动;你也强烈地爱好自然,怎么实际生活中反而不想去亲近自然呢。我记得很清楚,我二十二三岁在巴黎、瑞士、意大利以及法国乡间,常常在月光星光之下,独自在林中水边踏着绿茵,呼吸浓烈的草香与泥土味、水味,或是借此舒散苦闷,或是沉思默想。便是三十多岁在上海,一逛公园就觉得心平气和,精神健康多了。太多与刺激感官的东西(音乐便是刺激感官最强烈的)接触,会不知不觉失去身心平衡。你既憧憬希腊精神,为何不学学古希腊人的榜样呢?你既热爱陶潜、李白,为什么不试试去体会"采菊东篱下,悠然见南山"的境界(实地体会)呢?你既从小熟读克利斯朵夫,总不致忘了克利斯朵夫与大自然的关系吧?还有造型艺术,别以家中挂的一些为满足:干吗不上大不列颠博物馆去流连一下呢?大概你会回答我说没有时间:做了这样就得放弃那样。可是暑假中比较空闲,难道去一两次郊外与美术馆也抽不出时间吗?只要你有兴致,便是不在假中,也可能特意上美术馆,在心爱的一两幅画前面待上一刻钟半小时。不必多,每次只消集中一两幅,来回统共也花不了一个半小时;无形中积累起来的收获可是不小呢!你说我信中的话,你"没有一句是过耳不入"的;好吧,那么在这方面希望你思想上慢慢酝酿,考虑我的建议,有机会随时试一试,怎么样?行不行呢?我一生为你的苦心,你近年来都体会到了。可是我未老先衰,常有为日无多之感,总想尽我仅有的一些力量,在我眼光所能见到的范围以内帮助你、指导你,特别是早早指出你身心与艺术方面可能发生的危机,使你能预先避免。"语重心长"这四个字形容我对你的态度是再贴切没有了。只要你真正爱你的爸爸、爱你自己、爱你的艺术,一定会郑重考虑我的劝告,接受我数十年如一日的这股赤诚的心意!

你也很明白,钢琴上要求放松先要精神上放松:过度的室内生活与书斋生活恰恰是造成现代知识分子神经紧张与病态的主要原因;而萧然意远,旷达恬静,不滞于物,不凝于心的境界只有从自然界中获得,你总不能否认吧?

还有很重要的一点:弥拉比你小五岁,应该是喜欢活动的年纪。你要是闭户家居,岂不连带她感到岑寂枯索?而看她的气质,倒也很爱艺术与大自然,那就更应该同去欣赏,对彼此都有好处。只有不断与森林、小溪、花木、鸟兽、虫鱼和美术馆中的杰作亲炙的人,才会永远保持童心、纯洁与美好的理想。培养一个人,空有志愿有什么用?主要从行动着手!无论多么优秀的种子,没有适当的环境、水土、养分,也难以开花结果,说不定还会中途变质或夭折。弥拉的妈妈诺拉本性何尝不好、不纯洁,就是与伊虚提之间缺少一个共同的信仰与热爱,缺少共同的 devotion(努力目标),才会如此下场。即使有了共同的理想与努力的目标,仍然需要年纪较长的伙伴给她熨帖的指点,带上健全的路,帮助她发展,给她可能发展的环境和条件。你切不可只顾着你的艺术,也得分神顾到你一生的伴侣。二十世纪登台演出的人更非上一世纪的演奏家可比,他要紧张得多,工作繁重得多,生活忙乱得多,更有赖于一个贤内助。所以分些精神顾到弥拉(修养、休息、文娱活动……),实际上仍是为了你的艺术;虽然是间接的,影响与后果之大却非你意想所及。你首先不能不以你爸爸的缺点——脾气暴躁为深戒,其次不能期待弥拉也像你妈妈一样和顺。在西方女子中,我与你妈妈都深切感到弥拉已是很好的好脾气了,你该知足,该约制自己。天下父母的心总希望子女活得比自己更幸福;只要我一旦离开世界的时候,对你们俩的结合能有确切不移的信心,也是我一生极大的酬报了!

十一月至明春二月是你去英后最忙的时期，也是出入重大的关头；旅途辛苦，演出劳累，难免神经脆弱，希望以最大的忍耐控制一切，处处为了此行的使命与祖国荣辱攸关着想。但愿你明年三月能够以演出与性情脾气双重的成功报告我们，那我们真要快乐到心花怒放了！——放松，放松！精神上彻底的轻松愉快，无挂无碍，将是你此次双重胜利的秘诀！

另一问题始终说服不了你，但为你的长久利益与未来的幸福不得不再和你唠叨。你历来厌恶物质，避而不谈；殊不知避而不谈并不解决问题，要不受物质之累，只有克服物质、控制物质，把收支情况让我们知道一个大概，帮你出主意妥善安排。唯有妥善安排才能不受物质奴役。凡不长于理财的人少有不吃银钱之苦的。我和你妈妈在这方面自问还有相当经验可给你做参考。你怕烦，不妨要弥拉在信中告诉我们。她年少不更事，只要你从旁怂恿一下，她未始不愿向我们学学理财的方法。你们早晚要有儿女，如不及早准备，临时又得你增加演出来弥补，对你的艺术却无裨益。其次要弥拉进修、多用些书本功夫也该给她时间；目前只有一个每周来两次的 maid（女用人），可见弥拉平日处理家务还很忙。最好先逐步争取，经济上能雇一个每日来帮半天的女佣。每年暑假至少要出门完全休息两星期。这种种都得在家庭收支上调度得法，订好计划，方能于半年或一年之后实现。当然主要在于实际执行而不仅仅是一纸空文的预算和计划。唱片购买也以随时克制为宜，勿见新即买。我一向主张多读谱，少听唱片，对一个像你这样的艺术家帮助更大。读谱好比弹琴用 urtext。听唱片近乎用某人某人 edit（编）的谱。何况我知道你十年二十年后不一定永远当演奏家；假定还可能向别的方面发展，长时期读谱也是极好的准备。我一心一意为你打算，不论为目前或将来，尤其为将来。你忙，没空闲来静静地分析，考虑；倘我能代你筹划筹划，使我身后你还能得到我一些好处——及时播种的好处，那我真是太高兴了。

一九六二

1月21日下午

斐济岛来信，信封上写明挂号，事实并没有挂号，想必交旅馆寄，他们马虎过去了。以后别忘了托人代送邮局的信，一定要追讨收条。你该记得一九五五年波兰失落一长信，害得我们几个星期心绪不宁。十一月到十二月间，敏有二十六天没家信，打了两个电报去也不复，我们也为之寝食不安；谁知中间失落了两封信，而他又功课忙，不即回电，累我们急得要命。

读来信，感触万端。年轻的民族活力固然旺盛，幼稚的性情脾气少接触还觉天真可爱，相处久了恐怕也要吃不消的。我们中国人总爱静穆，沉着，含蓄，讲 taste（品味，鉴赏力），遇到 silly（愚蠢，糊涂）的表现往往会作恶。生命力旺盛也会带咄咄逼人的意味，令人难堪。我们朋友中即有此等性格的，我常有此感觉。也许我自己的 dogmatic（固执，武断）气味，人家背后已在怨受不了呢。我往往想，像美国人这样来源复杂的民族究竟什么是他的定型，什么时候才算成熟。他们二百年前的祖先不是在欧洲被迫出亡的宗教难民（新旧教都有，看欧洲哪个国家而定；大多数是新教徒——来自英法。旧教徒则来自荷兰及北欧），便是在事业上栽了筋斗的人，不是年轻的淘金者便是真正的强盗和杀人犯。这些人的后代，反抗与斗争性特别强是不足为奇的，但传统文化的熏陶欠缺，甚至于绝无仅有也是想象得到的。只顾往前直冲，不问成败，什么都可以孤注一掷，一切只问眼前，冒起危险来绝不考虑值不值得，不管什么场合都不难视生命如鸿毛：这一等民族能创业，能革新，但缺乏远见和明智，难于守成，也不容易成熟；自信太强，不免流于骄傲，看事太轻易，未免幼稚狂妄。难怪资本主义到了他们手里会发展得这样快，畸形得这样厉害。我觉得他们的社会好像长着一个癌：少数细胞无限制地扩张，把其他千千万万的细胞吞掉了；而千千万万的细胞在未被完全吞掉以前，还自以为健康得很，"自由""民主"得很呢！

可是社会的发展毕竟太复杂了，变化太多了，不能凭任何理论"一以蔽之"的推断。比如说，关于美国钢琴的问题，在我们爱好音乐的人听来竟可说是象征音乐文化在美国的低落；但好些乐队水准比西欧高，又怎么解释呢？经理人及其他音乐界的不合理的事实，垄断、压制、扼杀个性等等令人为之发指；可是有才能的艺术家在青年中还是连续不断地冒出来：难道就是新生的与落后的斗争吗？还是新生力量也已到了强弩之末呢？美国音乐创作究竟是在健康的路上前进呢，还是总的说来是趋向于消沉，以至于腐烂呢？人民到处是善良正直的，分得出是非美丑的，反动统治到处都是牛鬼蛇神；但在无线电、TV（电视）、报刊等等的麻痹宣传之下，大多数人民的头脑能保得住清醒多久呢？我没领教过极端的物质文明，但三十年前已开始关心这个问题。欧洲文化界从第一次大战以后曾经几次三番讨论过这个问题，可是真正的答案只有未来的历史。是不是不穷不白就闹不起革命呢，还是有家私的国家闹出革命来永远不会彻底？就是彻底了，穷与白的病症又要多少时间治好呢？有时我也像服尔德小说中写的一样，假想自己在另一个星球上，是另一种比人更高等的动物，来看这个星球上的一切，那时不仅要失笑，也要感到茫茫然一片，连生死问题都不知该不该肯定了。当然，我不过告诉你不时有这种空想，事实上我受着"人"的生理限制，不会真的虚无寂灭到那个田地的，而痛苦烦恼也就不可能摆脱干净，只有靠工作来麻醉自己了。

辛辛那提、纽约、旧金山三处的批评都看到了一些样品，都不大高明（除了一份），有的还相当"小儿科"。至于弥拉讲的《纽约时报》的那位仁兄，简直叫人发笑。而《纽约时报》和《先驱论坛报》还算美国最大的两张日报呢！关于批评家的问题以及你信中谈到的其他问题，使我不单单想起《约翰·克利斯朵夫》中的"节场"（卷五），更想起巴尔扎克在《幻灭》（我正在译）第二部中描写一百三十年前巴黎的文坛、报界、戏院的内幕。巴尔扎克不愧为现实派的大师，他的手笔完全有血有肉，个个人物历历如在目前，决不像罗曼·罗兰那样只有意识形态而近于抽象的漫画。学艺术的人，不管绘画、雕塑、音乐，学不成都可以改行；画家可以画画插图、广告等等，雕塑家不妨改做室内装饰或手工业艺术品。钢琴家提琴家可以收门徒。专搞批评的人倘使低能，就没有别的行业可改，只能一辈子做个蹩脚批评家，或竟受人雇用，专做捧角的啦啦队或者打手。不但如此，各行各业的文化人和知识分子，一朝没有出路，自己一门毫无成就、无法立足时，都可以转业为批评家；于是批评界很容易成为垃圾堆。高明、严肃、有良心、有真知灼见的批评家所以比真正的艺术家少得多，恐怕就由于这些原因，你以为怎样？

Paul Paray（保罗·巴雷）一段写得很动人——不，其实是事情很动人。所谓天涯无处无知己，不独于萧邦为然，于你亦然，对每个人都一样！这种接触对一个青年艺术家就是一种教育。你岳父的传记中不少此类故事。惟其东零西碎还有如此可爱的艺术家，在举世拜金潮的时代还能保持一部分干净的园地，鼓舞某些纯洁的后辈前进。但愿你建议与Max Rudolf（马克斯·鲁道夫）合作，灌片公司肯接受。

3月8日，给傅敏

亲爱的孩子：……对恋爱的经验和文学艺术的研究，朋友中数十年悲欢离合的事迹和平时的观察思考，使我们在儿女的终身大事上能比别的父母更有参加意见的条件。……

首先态度和心情都要尽可能的冷静，否则观察不会准确。初期交往容易感情冲动，单凭印象，只看见对方的优点，看不出缺点，甚至夸大优点，美化缺点。便是与同性朋友相交也不免如此，对异性更是常有的事。许多青年男女婚前极好，而婚后逐渐相左，甚至反目，往往是这个原因。感情激动时期不仅会耳不聪，目不明，看不清对方，自己也会无意识地只表现好的方面，把缺点隐藏起来。保持冷静还有一个好处，就是不至于为了谈恋爱而荒废正业，或是影响功课或是浪费时间或是损害健康，或是遇到或大或小的波折时扰乱心情。

所谓冷静，不但是表面的行动，尤其内心和思想都要做到。当然这一点是很难。人总是人，感情上来，不容易控制，年轻人没有恋爱经验更难维持身心的平衡，同时与各人的气质有关。我生平总不能临事沉着，极容易激动，这是我的大缺点。幸而事后还能客观分析，周密思考，才不至于使当场的意气继续发展，闹得不可收拾。我告诉你这一点，让你知道如临时不能克制，过后必须由理智来控制大局：该纠正的就纠正，该向人道歉的就道歉，该收篷时就收篷，总而言之，以上两点归纳起来只是：感情必须由理智控制。要做到，必须下一番苦功在实际生活中长期锻炼。

我一生从来不曾有过"恋爱至上"的看法。"真理至上""道德至上""正义至上"这种种都应当作为立身的原则。恋爱不论在如何狂热的高潮阶段也不能侵犯这些原则。朋友也好，妻子也好，爱人也好，一遇到重大关头，与真理、道德、正义等等有关的问题，绝不让步。

其次，人是最复杂的动物，观察绝不可简单化，而要耐心、细致、深入，经过相当的时间，各种不同的事故和场合，处处要把科学的客观精神和大慈大悲的同情心结合起来。对方的优点，要认清是不是真实可靠的，是不是你自己想象出来的，或者是夸大的。对方的缺点，要分出是否与本质有关。与本质有关的缺点，不能因为其他次要的优点而加以忽视。次要的缺点也得辨别是否能改,是否发展下去会影响品性或日常生活。人人都有缺点,谈恋爱的男女双方都是如此。问题不在于找一个全无缺点的对象,而是要找一个双方缺点都能各自认识,各自承认,愿意逐渐改,同时能彼此容忍的伴侣(此点很重要。有些缺点双方都能容忍;有些则不能容忍,日子一久即造成裂痕)。最好双方尽量自然,不要做作,各人都拿出真面目来,优缺点一齐让对方看到。必须彼此看到了优点,也看到了缺点,觉得都可以相忍相让,不会影响大局的时候,才谈得上进一步的了解;否则只能做一个普通的朋友。可是要完全看出彼此的优缺点,需要相当时间,也需要各种大大小小的事故来考验;绝对急不来!更不能轻易下结论(不论是好的结论或坏的结论)!唯有极坦白,才能暴露自己;而暴露自己的缺点总是越早越好,越晚越糟!为了求恋爱成功而尽量隐藏自己的缺点的人其实是愚蠢的。当然,在恋爱中不知不觉表现出自己的光明面,不知不觉隐藏自己的缺点,不在此例。因为这是人的本能,而且也证明爱情能促使我们进步,往善与美的方向发展。这正是爱情的伟大之处,也是古往今来的诗人歌颂爱情的主要原因。小说家常常提到,我们在生活中也一再经历:恋爱中的男女往往比平时聪明;读起书来也理解得快;心地也往往格外善良,为了自己幸福而也想使别人幸福,或者减少别人的苦难;同情心扩大就是爱情可贵的具体表现。

事情主观上固盼望必成,客观方面仍须有万一不成的思想准备。为了避免失恋等等的痛苦,这一点"明智"我觉得一开头就应当充分掌握。最好勿把对方做过于肯定的想法,一切听凭自然演变。

总之,一切不能急,越是事关重要,越要心平气和,态度安详,从长考虑,细细观察,力求客观!感情冲上高峰很容易,无奈任何事物的高峰(或高潮)都只能维持一个短时间,要久而弥笃的维持长久的友谊可很难了。……

除了优缺点,俩人性格脾气是否相投也是重要因素。刚柔、软硬、缓急的差别要能相互适应调剂。还有许多表现在举动、态度、言笑、声音……之间说不出也数不清的小习惯，在男女之间也有很大作用，要弄清这些就得冷眼旁观慢慢咂摸。所谓经得起考验乃是指有形无形的许许多多批评与自我批评（对人家一举一动所引起的反应即是无形的批评）。诗人常说爱情是盲目的，但不盲目的爱毕竟更健全更可靠。

　　人生观、世界观问题你都知道，不用我谈了。人的雅俗和胸襟气量倒是要非常注意的。据我的经验：雅俗与胸襟往往带先天性的，后天改造很少能把低的往高的水平上提；故交往期间应该注意对方是否有胜于自己的地方，将来可帮助我进步，而不至于反过来使我往后退。你自幼看惯家里的作风，想必不会忍受量窄心浅的性格。

　　以上谈的全是笼笼统统的原则问题。……

　　长相身材虽不是主要考虑点，但在一个爱美的人也不能过于忽视。

　　交友期间，尽量少送礼物，少花钱：一方面表明你的恋爱观念与物质关系极少牵连；另一方面也是考验对方。

4月1日

　　以上二十五日写，搁了一星期没写下去，在我也是破天荒。近来身体疲劳，除了每天工作以外，简直没精神再做旁的事，走一小段路也累得很。眼睛经常流泪，眼科医生检查，认为并非眼睛本身有毛病，而是一般性疲劳；三月初休息过半个月，并未好转。从六一年起饮食已大改进，现在的精力不济，大概是本身衰老；或者五九、六〇年两年的营养不足，始终弥补不来。总而言之，疲劳是实，原因弄不清。

　　来信说到中国人弄西洋音乐比日本人更有前途，因为他们虽用苦功而不能化。化固不易，用苦功而得其法也不多见。以整个民族性来说，日华两族确有这点儿分别。可是我们能化的人也是凤毛麟角，原因是接触外界太少，吸收太少。近几年营养差，也影响脑力活动。我自己深深感到比从前笨得多。在翻译工作上也苦于化得太少,化得不够,化得不妙。艺术创造与再创造的要求,不论哪一门都性质相仿。音乐因为抽象,恐怕更难。理会的东西表达不出,或是不能恰到好处;跟自己理想的境界不能完全符合,不多不少。心、脑、手的神经联系,或许在音乐表演比别的艺术更微妙,不容易掌握到成为 automatic(得心应手,收放自如)的程度。一般青年对任何学科很少能做独立思考,不仅缺乏自信,便是给了他们方向,也不会自己摸索。原因极多,不能怪他们。十余年来的教育方法大概有些缺陷。青年人不会触类旁通,研究哪一门学问都难有成就。思想统一固然有统一的好处;但到了后来,念头只会望一个方向转,只会走直线,眼睛只看到一条路,也会陷于单调,贫乏,停滞。望一个方向钻并非坏事,可惜没钻得深。

月初看了盖叫天口述、由别人笔录的《粉墨春秋》,倒是解放以来谈艺术最好的书。人生—教育—伦理—艺术,再没有结合得更完满的了。从头至尾都有实例,绝不是枯燥的理论。关于学习,他提出,"慢就是快",说明根基不打好,一切都筑在沙上,永久爬不上去。我觉得这一点特别值得我们深思。倘若一开始就猛冲,只求速成,临了非但一无结果,还造成不踏实的坏风气。德国人要不在整个十九世纪的前半期埋头苦干,在每一项学问中用死功夫,哪会在十九世纪末一直到今天,能在科学、考据、文学各方面放异彩?盖叫天对艺术更有深刻的体会。他说学戏必须经过一番"默"的功夫。学会了唱、念、做,不算数;还得坐下来叫自己"魂灵出窍",就是自己分身出去,把一出戏默默地做一遍、唱一遍;同时自己细细观察,有什么缺点该怎样改,然后站起身来再做、再唱、再念。那时定会发觉刚才思想上修整很好的东西又跑了,做起来同想的完全走了样。那就得再练,再下苦功,再"默",再做。如此反复做去,一出戏才算真正学会了,拿稳了。——你看,这段话说得多透彻,把自我批评贯彻得多好!老艺人的自我批评绝不放在嘴边,而是在业务中不断实践。其次,经过一再"默"练,作品必然深深地打进我们心里,与我们的思想感情完全化为一片。此外，盖叫天现身说法，谈了不少艺术家的品德、操守、做人，必须与艺术一致的话。我觉得这部书值得写一长篇书评：不仅学艺术的青年、中年、老年人，不论学的哪一门，应当列为必读书，便是从上到下一切的文艺领导干部也该细读几遍；做教育工作的人读了也有好处。不久我就把这书寄给你，你一定喜欢，看了也一定无限兴奋。

8月12日

很少这么久不给你写信的。从七月初起你忽而维也纳，忽而南美，行踪飘忽，恐去信落空。弥拉又说南美各处邮政很不可靠，故虽给了我许多通讯处，也不想寄往那儿。七月二十九日用七张风景片写成的信已于八月九日收到。委内瑞拉的城街、智利的河山，前年曾在外国杂志上见过彩色照相，来信所云，颇能想象一二。现代国家的发展太畸形了，尤其像南美那些落后的国家。一方面人民生活穷困，一方面物质的设备享用应有尽有。照我们的理想，当然先得消灭不平等，再来逐步提高。无奈现代史实告诉我们，革命比建设容易，消灭少数人所垄断的享受并不太难，提高多数人的生活却非三五年、八九年所能见效。尤其是精神文明，总是普及易，提高难；而在普及的阶段中往往降低原有的水准，连保持过去的高峰都难以办到。再加老年、中年、青年三代脱节，缺乏接班人，国内外沟通交流几乎停止，恐怕下一辈连什么叫标准、前人达到过怎样的高峰、眼前别人又到了怎样的高峰，都不大能知道；再要迎头赶上也就更谈不到了。这是前途的隐忧。过去十一二年中所造成的偏差与副作用，最近一年正想竭力扭转；可是十年种的果，已有积重难返之势；而中老年知识分子的意气消沉的情形，尚无改变迹象——当然不是从他们口头上，而是从实际行动上观察。人究竟是唯物的，没有相当的客观条件，单单指望知识界凭热情苦干，而且干出成绩来，也是不现实的。我所以能坚守阵地,耕种自己的小园子,也有我特殊优越的条件,不能责望于每个人。何况就以我来说,体力精力的衰退,已经给了我很大的限制,老是感到心有余而力不足!

前信你提到灌唱片问题,认为太机械。那是因为你习惯于流动性特大的艺术(音乐)之故,也是因为你的气质特别容易变化,情绪容易波动的缘故。文艺作品一朝完成,总是固定的东西:一幅画、一首诗、一部小说,哪有像音乐演奏那样能够每次予人以不同的感受?观众对绘画,读者对作品,固然每次可有不同的印象,那是在于作品的暗示与含蓄非一时一次所能体会,也在于观众与读者自身情绪的变化波动。唱片即使开十次二十次,听的人感觉也不会千篇一律,除非演奏太差太呆板;因为音乐的流动性那么强,所以听的人也不容易感到多听了会变成机械。何况唱片不仅有普及的效用,对演奏家自身的学习改进也有很大帮助。我认为主要是克服你在 microphone(麦克风)前面的紧张,使你在灌片室中跟在台上的心情没有太大差别。再经过几次实习,相信你是做得到的。至于完美与生动的冲突,有时几乎不可避免;记得有些批评家就说过,perfection(完美)往往要牺牲一部分 life(生动)。但这个弊病恐怕也在于演奏家属 cold(冷静)型。热烈的演奏往往难以 perfect(完美),万一 perfect 的时候,那就是 incomparable(无与伦比)了!

说起唱片,你的莫扎特迄未寄到。真怪,你灌的片子总是不容易到我们手里。我译的书是千呼万唤印不出,你的唱片是千呼万唤寄不来。印不出,出乎个人能力之外;寄不出却在个人能力之内。以后你千万得想办法解决:出了新片务必航空寄来,同时写明是你寄的!

(⋯⋯⋯⋯)

你说节目单不易收全,那也罢了。可是全年演出日程的总表总该写得出。我四月一日寄你一份,要你校订后寄回;望回英后抽暇将此事办了,并补上六月以后原来表未写上的各场(连同南美各地)。演出地点日期总该有个记录,我替你打了草稿,只要你花半小时核对修正,封在信内寄出，还不够简单吗？

殷承宗在沪举行音乐会（……）看他在台上的举动很神经质，身子摇摆得很厉害，因而想起你也犯同样的毛病。固然，演奏家是要人听的，不是要人看的；但太多的摇摆容易分散听众的注意力；而且艺术是整体，弹琴的人的姿势也得讲究，给人一个和谐的印象。国外的批评曾屡次提到你的摇摆，希望能多多克制。如果自己不注意，只会越摇越厉害，浪费体力也无必要。最好在台上给人的印象限于思想情绪的活动，而不是靠肉体帮助你的音乐。手之舞之，足之蹈之，只适用于通俗音乐。古典音乐全靠内在的心灵的表现，竭力避免外在的过火的动作，应当属于艺术修养范围之内，望深长思之。

敏回家度假，分配工作要九月中方见分晓。他只想回原校（外交学院）做助教，一则有进修机会，二则有假期。他也有了一个女友，外语学院大二修毕，常来我家玩儿，大家叫她小蓉。身量比妈妈略高小许，二十一岁，很天真朴实，读书也聪明，肯用功，家里人都喜欢她。

此信预备寄往瑞士，由弥拉保存，到伦敦面交给你。过几天再写。

9月23日节选

南美人的性格真是不可思议，如此自由散漫的无政府状态，居然还能立国，社会不至于大乱，可谓奇迹。经历了这些怪事，今后无论何处遇到什么荒唐事儿都将见怪不怪，不以为奇了。也可见要人类合理的发展，社会一切上轨道，不知还得等几百年，甚至上千年呢。

还有，在那么美丽的自然环境中，人民也那么天真可爱，就是不能适应二十世纪的生活。究竟是这些人不宜于过现代生活呢，还是现代生活不适于他们？换句话说：人应当任情适性地过日子呢，还是要削足适履，迁就客观现实？有一点可以肯定：就是人在世界上活了几千年，还仍然没法按照自己的本性去设计一个社会。世界大同看来永远是个美丽的空想：既然不能在精神生活物质生活方面五大洲的人用同一步伐同一速度向前，那么先进与落后的冲突永远没法避免。试想二千三百年以前的希腊人如果生在今日，岂不一样搅得一团糟，哪儿还能创造出雅典那样的城市和雅典文明？反过来，假定今日的巴西人和其他的南美民族，生在文艺复兴前后，至少是生在闭关自守，没有被近代的工业革命侵入之前，安知他们不会创造出一种和他们的民族性同样天真可爱，与他们优美的自然界调和的文化？

巴尔扎克说过："现在的政府，缺点是过分要人去适应社会，而不想叫社会去适应人。"这句话值得一切抱救世渡人的理想的人深思！

弥拉把下期的日程单寄来了，快慰之至。十月初至十月十六日你去的那些地方，大半在地图和辞典上找不到，是否都在瑞典呢？奇怪，芬兰倒从来没邀请过你。还有，明年二月至三月的北美巡回演出，二月十四日是Winnipeg（温尼伯）；那么是不是包括加拿大别的城市呢？大概你与勃隆斯丹太太重逢是定局的了。纽约"卡内奇"音乐厅有没有recital（独奏会）？以后知道了更详细的北美日程，希望弥拉补充一个单子来——这些材料对我们多么可贵，恐怕你未必想象得到。尤其是我三天两头拿出你的日程来查看——唯有这样，我好像精神上始终和你在一起。

前信已和你建议找个时期休息一下，无论在身心健康或艺术方面都有必要。你与我缺点相同：能张不能弛，能劳不能逸。可是你的艺术生活不比我的闲散，整月整年，天南地北地奔波，一方面体力精力消耗多，一方面所见所闻也需要静下来消化吸收——而这两者又都与你的艺术密切相关。何况你条件比我好，音乐会虽多，也有空隙可利用；随便哪个乡村待上三天五天也有莫大好处。听说你岳父岳母正在筹备于年底年初到巴伐里亚区阿尔卑斯山中休养，照样可以练琴。我觉得对你再好没有：去北美之前正该养精蓄锐。山中去住两三星期一涤尘秽，便是寻常人也会得益。狄阿娜来信常常表示关心你，看来也是出于真情。岳父母想约你一同去山中的好意千万勿辜负了。望勿多所顾虑，早日打定主意，让我们和弥拉一起高兴高兴。真的，我体会得很清楚：不管你怎么说，弥拉始终十二分关怀你的健康和艺术。而我为了休息问题也不知向你提过多少回了，如果是口头说的话，早已舌敝唇焦了。你该知道我这个爸爸不仅是爱孩子，而且热爱艺术；爱你也就是为爱艺术，爱艺术也是为爱你！你千万别学我的样，你我年龄不同，在你的年纪，我也不像你现在足不出户。便是今日，只要物质条件可能，每逢春秋佳日，还是极喜欢徜徉于山巅水涯呢！

10月20日

亲爱的孩子：十四日信发出后第二天即接瑞典来信，看了又高兴又激动，本想即复，因日常工作不便打断，延到今天方始提笔。这一回你答复了许多问题，尤其对舒曼的表达解除了我们的疑团。我既没亲耳听你演奏，即使听了也够不上判别是非好坏，只有从评论上略窥一二；评论正确与否完全不知道，便是怀疑人家说得不可靠，也没有别的方法得到真实报导。可见我不是把评论太当真，而是无法可想。现在听你自己分析，当然一切都弄明白了。以后还是跟我们多谈谈这一类的问题，让我们经常对你的艺术有所了解。

文章千古事，得失寸心知，哪一门艺术不如此！真懂是非，识得美丑的，普天之下能有几个？你对艺术上的客观真理很执着，对自己的成绩也能冷静检查，批评精神很强，我早已放心你不会误入歧途；可是单知道这些原则并不能了解你对个别作品的表达，我要多多探听这方面的情形：一方面是关切你，一方面也是关切整个音乐艺术，渴欲知道外面的趋向与潮流。

你常常梦见回来，我和你妈妈也常常有这种梦。除了骨肉的感情，跟乡土的千丝万缕，割不断的关系，纯粹出于人类的本能之外，还有一点是真正的知识分子所独有的，就是对祖国文化的热爱。不单是风俗习惯、文学艺术，使我们离不开祖国，便是对大大小小的事情的看法和反应，也随时使身处异乡的人有孤独寂寞之感。但愿早晚能看到你在我们身边！你心情的复杂矛盾，我敢说都体会到，可是一时也无法帮你解决。原则和具体的矛盾，理想和实际的矛盾，生活环境和艺术前途的矛盾，东方人和西方人根本气质的矛盾，还有我们自己内心的许许多多矛盾……如何统一起来呢？何况旧矛盾解决了，又有新矛盾，循环不已，短短一生就在这过程中消磨！幸而你我都有工作寄托，工作上的无数的小矛盾，往往把人生中的大矛盾暂时遮盖了，使我们还有喘息的机会。至于"认真"受人尊重或被人讪笑的问题，事实上并不像你说的那么简单。一切要靠资历与工作成绩的积累。即使在你认为更合理的社会中，认真而受到重视的实例也很少；反之在乌烟瘴气的场合，正义与真理得胜的事情也未始没有。你该记得五六至五七年间毛主席说过党员若欲坚持真理，必须准备经受折磨等等的话，可见他把事情看得多透彻多深刻。再回想一下罗曼•罗兰写的《名人传》和《约翰•克利斯朵夫》，执着真理一方面要看客观的环境，一方面更在于主观的斗争精神。客观环境较好，个人为斗争付出的代价就比较小，并非完全不要付代价。以我而论，侥幸的是青壮年时代还在五四运动的精神没有消亡，而另一股更进步的力量正在兴起的时期，并且我国解放前的文艺界和出版界还没有被资本主义腐蚀到不可救药的地步。反过来，一百三十年前的法国文坛、报界、出版界，早已腐败得出于我们意想之外；但法国学术至今尚未完全死亡，至今还有一些认真严肃的学者在钻研：这岂不证明便是在恶劣的形势之下，有骨头、有勇气、能坚持的人，仍旧能撑持下来吗？

一九六三

3月17日

  两个多月没给你提笔了,知道你行踪无定,东奔西走,我们的信未必收到,收到也无心细看。去纽约途中以及在新墨西哥发的信均先后接读;你那股理想主义的热情着实可惊,相形之下,我真是老朽了。一年来心如死水,只有对自己的工作还是一个劲儿死干;对文学艺术的热爱并未稍减,只是常有一种"废然而返""怅然若失"的心情。也许是中国人气质太重,尤其是所谓"洒脱"与"超然物外"的消极精神影响了我,也许是童年的阴影与家庭历史的惨痛经验无形中在我心坎里扎了根,年纪越大越容易人格分化,好像不时会置身于另外一个星球来看尘世,也好像自己随时随地会失去知觉,化为物质的元素。天文与地质的宇宙观常常盘踞在我脑子里,像服尔德某些短篇所写的那种境界,使我对现实多多少少带着 detached(超然)的态度。可是在工作上、日常生活上,斤斤较量的认真还是老样子,正好和上述的心情相反——可以说人格分化;说不定习惯成了天性,而自己的天性又本来和我理智冲突。intellectually(理智上)我是纯粹东方人,emotionally &instinctively(感情上及天性方面)又是极像西方人。其实也仍然是我们固有的两种人生观:一种是四大皆空的看法,一种是知其不可为而为之的精神。或许人从青少年到壮年到老年,基本上就是从积极到消极的一个过程,只是有的人表现得明显一些,有的人不明显一些。自然界的生物也逃不出这个规律。你将近三十,正是年富力强的时候,好比暮春时节,自应蓬蓬勃勃往发荣滋长的路上趱奔。最近两信的乐观与积极气息,多少也给我一些刺激,接信当天着实兴奋了一下。你的中国人的自豪感使我为你自豪,你善于赏识别的民族与广大人民的优点使我感到宽慰。唯有民族自豪与赏识别人两者结合起来,才不致沦为狭窄的沙文主义,在个人也不致陷于自大狂自溺狂,而且这是爱国主义与国际主义真正的交融。我们的领导对国际形势是看得很清楚的,从未说过美国有爆发国内革命的可能性的话,你前信所云或许是外国记者的揣测和不正确的引申。我们的问题,我觉得主要在于如何建设社会主义,如何在生产关系改变之后发挥个人的积极性,如何从实践上、物质成就上显示我们制度的优越性,如何使口头上的"红"化为事业上的"红",如何防止集体主义被官僚主义拖后腿,如何提高上上下下干部的领导水平,如何做到实事求是,如何普及文化而不是降低,如何培养与爱护下一代……

述及与你岳父及 Goldberg(戈尔德贝格)合作的经过,我们看了非常高兴。肯学会学的人到处都有学习的机会,否则"学到老"这句话如何兑现呢?……

你的信——尤其最近一次——除了议论(当然也十分欢迎),事实竟没有一言半语。究竟此次巡回是否比原定的多了几场音乐会呢?一共又是几场呢?看来新墨西哥即不在原订日程之内。物质收获是否比上次略胜?至少旅费开支是省了一半。在 Winnipeg(温尼伯)与勃隆斯丹重逢,只有"太动人了"四个字,具体情形一点儿都不提。别忘了做父母的对这些都很关心啊!

4月26日

亲爱的孩子:刚从扬州回来,见到弥拉的信。她的病似乎是肋炎症,要非常小心治疗,特别是彻底休息;万一肋膜内有了水就很麻烦;

痊愈后也要大伤元气。我们为之都很担心。你在外跑了近两月，疲劳过度，也该安排一下，到乡间去住个三五天。几年来为这件事我不知和你说过多少回，你总不肯接受我们的意见。人生是多方面的，艺术也得从多方面培养，劳逸调剂得恰当，对艺术只有好处。三天不弹琴，绝不损害你的技术；你应该有这点儿自信。况且所谓 relax（放松）也不能仅仅在 technique（技巧）上求，也不能单独地抽象地追求心情的 relax（放松，宽舒）。长年不离琴绝不可能有真正的 relax（松弛）；唯有经常与大自然亲近，放下一切，才能有 relax（舒畅）的心情，有了这心情，艺术上的 relax（舒畅自如）可不求而自得。我也犯了过于紧张的毛病，可是近两年来总还春秋两季抽空出门几天。回来后精神的确感到新鲜，工作效率反而可以提高。Kabos（卡波斯）太太批评你不能竭尽可能的 relax（放松），我认为基本原因就在于生活太紧张。平时老是提足精神，能张不能弛！你又很固执，多少爱你的人连弥拉和我们在内，都没法说服你每年抽空出去一下，至少给自己放三五天假。这是我们常常想起了要喟然长叹的，觉得你始终不体谅我们爱护你的热忱，尤其我们、你岳父、弥拉都是深切领会艺术的人，劝你休息的话绝不会妨碍你的艺术！

你太片面强调艺术，对艺术也是危险的：你要不听从我们的忠告，三五年七八年之后定会后悔。孩子，你就是不够 wise（明智），还有，弥拉身体并不十分强壮，你也得为她着想，不能把人生百分之百地献给艺术。勃隆斯丹太太也没有为了艺术疏忽了家庭。你能一年往外散心一两次，哪怕每次三天，对弥拉也有好处，对艺术也没有害处，为什么你不肯试验一下看看结果呢？

扬州是五代六朝隋唐以来的古城，可惜屡经战祸，甲于天下的园林大半荡然，可是最近也修复了一部分。瘦西湖风景大有江南境界。我们玩了五天，半休息半游玩，住的是招待所，一切供应都很好。慢慢寄照片给你。

11月3日

　　亲爱的孩子：最近一信使我看了多么兴奋，不知你是否想象得到？真诚而努力的艺术家每隔几年必然会经过一次脱胎换骨，达到一个新的高峰。能够从纯粹的感觉（sensation）转化到观念（idea）当然是迈进一大步，这一步也不是每个艺术家所能办到的，因为同各人的性情气质有关。不过到了观念世界也该提防一个 pitfall（陷阱）：在精神上能跟踪你的人越来越少的时候，难免钻牛角尖，走上太抽象的路，和群众脱离。哗众取宠（就是一味用新奇唬人）和取媚庸俗固然都要不得，太沉醉于自己的理想也有它的危险。我这话不大说得清楚，只是具体的例子也可以作为我们的警戒。李赫特某些演奏某些理解很能说明问题。归根结底，仍然是"出"和"入"的老话。高远绝俗而不失人间性人情味，才不会叫人感到 cold（冷漠）。像你说的"一切都远了，同时一切也都近了"，正是莫扎特晚年和舒伯特的作品达到的境界。古往今来的最优秀的中国人多半是这个气息，尽管 sublime（崇高），可不是 mystic（神秘）（西方式的）；尽管超脱，仍是 warm、intimate、human（温馨，亲切，有人情味）到极点！你不但深切了解这些，你的性格也有这种倾向，那就是你的艺术的 safeguard（保障）。基本上我对你的信心始终如一，以上有些话不过是随便提到，作为"闻者足戒"的提示罢了。

　　我和妈妈特别高兴的是你身体居然不摇摆了：这不仅是给听众的印象问题，也是一个对待艺术的态度，掌握自己的感情，控制表现，能入能出的问题，也具体证明你能化为一个 idea（意念），而超过了被音乐带着跑，变得不由自主的阶段。只有感情净化，人格升华，从 dramatic（起伏激越）进到 contemplative（凝神沉思）的时候，才能做到。可见这样一个细节也不是单靠注意所能解决的，修养到家了，自会迎刃而解。（胸中的感受不能完全在手上表达出来，自然会身体摇摆，好像无意识地要

"手舞足蹈"地帮助表达。我这个分析你说对不对？）

相形之下，我却是愈来愈不行了。也说不出是退步呢，还是本来能力有限，以前对自己的缺点不像现在这样感觉清楚。越是对原作体会深刻，越是欣赏原文的美妙，越觉得心长力绌，越觉得译文远远地传达不出原作的神韵。返工的次数愈来愈多，时间也花得愈来愈多，结果却总是不满意。时时刻刻看到自己的 limit（局限），运用脑子的 limit（局限），措辞造句的 limit（局限），先天的 limit（局限）——例如句子的转弯抹角太生硬，色彩单调，说理强而描绘弱，处处都和我性格的缺陷与偏差有关。自然，我并不因此灰心，照样"知其不可为而为之"，不过要心情愉快也很难了。工作有成绩才是最大的快乐：这一点你我都一样。

另外有一点是肯定的，就是西方人的思想方式同我们距离太大了。不做翻译工作的人恐怕不会体会到这么深切。他们刻画心理和描写感情的时候，有些曲折和细腻的地方，复杂烦琐，简直与我们格格不入。我们对人生琐事往往有许多是认为不值一提而省略的，有许多只是罗列事实而不加分析的；如果要写情就用诗人的态度来写；西方作家却多半用科学家的态度、历史学家的态度（特别巴尔扎克），像解剖昆虫一般。译的人固然懂得了，也感觉到它的特色、妙处，可是要叫思想方式完全不一样的读者领会就难了。思想方式反映整个的人生观、宇宙观和几千年文化的发展，怎能一下子就和另一民族的思想沟通呢？你很幸运，音乐不像语言的局限性那么大，你还是用音符表达前人的音符，不是用另一种语言文字、另一种逻辑。

真了解西方的东方人，真了解东方的西方人，不是没有，只是稀如星凤。对自己的文化遗产彻底消化的人，文化遗产绝不会变成包袱，反而养成一种无所不包的胸襟，既明白本民族的长处短处，也明白别的民族的长处短处，进一步会截长补短，吸收新鲜的养料。任何孤独都不怕，只怕文化的孤独、精神思想的孤独。你前信所谓孤独，大概也是指这一点吧？

　　尽管我们隔得这么远，彼此的心始终在一起，我从来不觉得和你有什么精神上的隔阂。父子两代之间能如此也不容易：我为此很快慰。

一九六四

3月1日

亲爱的孩子：弥拉的信比你从加拿大发的早到四天。我们听到喜讯，都说不出的快乐，妈妈更是坐也不是，立也不是，兴奋几日。她母性强，抱孙心切，已经盼望很久了，常说：怎么聪还没有孩子呢？每次长时期不接弥拉来信，总疑心她有了喜不舒服。我却是担心加重你的负担，也怕你们俩不得自由：总之，同样的爱儿女，不过看问题的角度不同而已。有责任感的人遇到这等大事都不免一则以喜，一则以忧。可是结婚的时候早知道有这么一天，也不必临时慌张。回想三十年前你初出世的一刹那，在医院的产妇科外听见你妈妈呻吟，有一种说不出的"肃然"的感觉，仿佛从那时起才真正体会到做母亲的艰苦与伟大，同时感到自己在人生中又迈了一大步。一个人的成长往往是不自觉的，但你母亲生你的时节，我对自己的长成却是清清楚楚意识到的，至今忘不了。相信你和弥拉到时也都会有类似的经验。

有了孩子，父母双方为了爱孩子，难免不生出许多零星琐碎的争执，应当事先彼此谈谈，让你们俩都有个思想准备：既不要在小地方固执，也不必为了难免的小争执而闹脾气。还有母性特强的妻子，往往会引起丈夫的妒忌，似乎一有孩子，自己在妻子心中的地位缩小了很多。——这一点不能不先提醒你。因为大多数的西方女子，母性比东方女子表现得更强。——我说"表现"，因为东方人的母爱，正如别的感情一样，不像西方女子那么显著地形之于外。但过分地形诸于外，就容易惹动丈夫的妒意。

在经济方面，与其为了孩子将临而忧虑，不如切实想办法，好好安排一下。衣、食、住、行的固定开支，每月要多少，零用要多少，以量入为出的原则全面做一个计划，然后严格执行。大多数人的经验，总是零用不易掌握，最需要克制功夫。遇到每一笔非生活必需开支，都得冷静地想一想，是否确实必不可少。我平时看到书画、文物、小玩艺儿（连价钱稍昂的图书在内），从不敢当场就买，总是左思右想，横考虑竖考虑，还要和妈妈商量再决定；很多就此打消了。凡是小玩艺儿一类，过了十天八天，欲望自然会淡下来的。即使与你研究学问有关的东西，也得考虑一下是否必需，例如唱片，少买几张也未必妨碍你艺术上的进步。只有每一次掏出钱去的时候，都经过一番客观的思索，才能贯彻预算，做到收支平衡而还能有些小小的储蓄。我们在最困难的时候，曾经把每月的每一笔开支，分别装在信封内，写明"伙食""水电""图书"等等；一个信封内的钱用完了，绝不挪用别的信封内的钱，更不提前用下个月的钱。现在查看账目，便是那几年花费最少。我们此刻还经常检查账目，看上个月哪几样用途是可用不可用的，使我们在本月和以后的几个月内注意节约。我不是要你如法炮制，而是举实例给你看，我们是用什么方法控制开销的。

"理财"，若作为"生财"解，固是一件难事，作为"不亏空而略有储蓄"解，却也容易做到。只要有意志，有决心，不跟自己妥协，有狠心压制自己的 fancy（一时的爱好）！老话说得好：开源不如节流。我们的欲望无穷，所谓"欲壑难填"，若一手来一手去，有多少用多少，即使日进斗金也不会觉得宽裕的。既然要保持清白，保持人格独立，又要养家糊口，防旦夕祸福，更只有自己紧缩，将"出口"的关口牢牢把住。"入口"操在人家手中，你不能也不愿奴颜婢膝地乞求；"出口"却完全操诸我手，由我做主。你该记得中国古代的所谓清流，有傲骨的人，都是自甘淡泊的清贫之士。清贫二字为何连在一起，值得我们深思。我的理解是，清则贫，亦唯贫而后能清！我不是要你"贫"，仅仅是约制自己的欲望，做到量入为出，不能说要求太高吧！这些道理你全明白，无须我啰唆，问题是在于实践。你在艺术上想得到，做得到，所以成功；倘在人生大小事务上也能说能行，只要及到你艺术方面的一半，你的生活烦虑也就十分中去了八分。古往今来，艺术家多半不会生活，这不是他们的光荣，而是他们的失败。失败的原因并非真的对现实生活太笨拙，而是不去注意，不下决心。因为我所谓"会生活"不是指发财、剥削人或是啬刻、做守财奴，而是指生活有条理，收支相抵而略有剩余。要做到这两点，只消把对付艺术的注意力和决心拿出一小部分来应用一下就绰绰有余了！

我们朋友中颇有收入很少而生活并不太坏的，对外也不显得鄙吝或寒酸：你周围想必也有这种人，你观察观察学学他们，岂不是好？而且他们除了处处多讲理性、善于克制以外，也并无别的诀窍。

……像我们这种人，从来不以恋爱为至上，不以家庭为至上，而是把艺术、学问放在第一位、作为人生目标的人，对物质方面的烦恼还是容易摆脱的，可是为了免得后顾之忧，更好地从事艺术与学问，也不能不好好地安排物质生活；光是瞧不起金钱，一切取消极态度，早晚要影响你的人生最高目标——艺术的！希望克日下决心，在这方面采取行动！一切保重！

"战战兢兢"勿写作"競"，"非同小可"勿写作"岂同小可"。

4月24日

……孤独的感觉，彼此差不多，只是程度不同，次数多少有异而已。我们并未离乡背井，生活也稳定，比绝大多数人都过得好；无奈人总是思想太多，不免常受空虚感的侵袭。唯一的安慰是骨肉之间推心置腹，所以不论你来信多么稀少，我总尽量多给你写信，但愿能消解一些你的苦闷与寂寞。只是心愿是一件事，写信的心情是另一件事：往往极想提笔而精神不平静，提不起笔来；或是勉强写了，写得十分枯燥，好像说话的声音口吻僵得很，自己听了也不痛快。

一方面狂热、执着，一方面洒脱、旷达、怀疑，甚至于消极：这个性格大概是我遗传给你的。妈妈没有这种矛盾。她从来不这么极端。弥拉常说你跟我真像，可见你在她面前提到我的次数不可胜计，所以她虽未见过我一面，也像多年相识一样。

你们夫妇关系，我们从来不真正担心过。你的精神波动，我们知之有素，千句并一句，只要基本信心不动摇，任何小争执大争执都会跟着时间淡忘的。我三月二日（No. 59）信中的结论就是这话。人生的每个阶段都是一边学一边过的，从来没有一个人具备了所有的（理论上的）条件才结婚，才生儿育女的。你为了孩子而惶惶然，表示你对人生态度严肃，却也不必想得太多。一点儿不想是不负责任，当然不好；想得过分也徒然自苦，问题是彻底考虑一番，下决心把每个阶段的事情做好，想好办法实行就是了。

人不知而不愠是人生最高修养，自非一时所能达到。对批评家的话我过去并非不加保留，只是增加了我的警惕。即是人言藉藉，自当格外反躬自省，多征求真正内行而善意的师友的意见。你的自我批评精神，我完全信得过；可是艺术家有时会钻牛角尖而自以为走的是独创而正确的路。要避免这一点，需要经常保持冷静和客观的态度。所谓艺术上的illusion（幻觉），有时会蒙蔽一个人到几年之久的。至于批评界的黑幕，我近三年译巴尔扎克的《幻灭》，得到不少知识。一世纪前尚且如此，何况今日！二月号《音乐与音乐家》杂志上有一篇Karayan（卡拉扬）的访问记，说他对于批评只认为是某先生的意见，如此而已。他对所钦佩的学者，则自会倾听，或者竟自动去请教。这个态度大致与你相仿。

…………

认真的人很少会满意自己的成绩，我的主要苦闷即在于此。所不同的，你是天天在变，能变出新体会、新境界、新表演，我则是眼光不断提高而能力始终停滞在老地方。每次听你的唱片总心上想：不知他现在弹这个曲子又是怎么一个样子了。

....

旧金山评论中说你的萧邦太extrovert（外在，外向），李先生说奇怪，你的演奏正是introvert（内在，内向）一路，怎么批评家会如此说。我说大概他们听惯老一派的Chopin（萧邦），软绵绵的，听到不sentimental（伤感）的Chopin（萧邦）就以为不够内在了，你觉得我猜得对不对？

一九六五

1月28日

亲爱的孩子：将近六个月没有你的消息，我甚至要怀疑十月三十一日发的信你是否收到。上月二十日左右，几乎想打电报：如今跟以往更是不同，除了你们两人以外，又多了一个娃娃增加我们的忧虑。大人怎么样呢？孩子怎么样呢？是不是有谁闹病了？……毕竟你妈妈会体贴，说你长期的沉默恐怕不仅为了忙，主要还是心绪。对啦，她一定猜准了。你生活方面、思想方面的烦恼，虽然我们不知道具体内容，总还想象得出一个大概。总而言之，以你的气质，任何环境都不会使你快乐的。你自己也知道。既然如此，还不如对人生多放弃一些理想；理想只能在你的艺术领域中去追求，那当然也永远追求不到，至少能逐渐接近，并且学术方面的苦闷也不致损害我们的心理健康。即使在排遣不开的时候，也希望你的心绪不要太影响家庭生活。归根到底，你现在不是单身汉，而是负着三口之家的责任。用老话来说，你和弥拉要相依为命。外面的不如意事固然无法避免，家庭的小风波总还可以由自己掌握。客观的困难已经够多了，何必再加上主观的困难呢？当然这需要双方共同的努力，但自己总该竭尽所能的做去。处处克制些，冷静些，多些宽恕，少些苛求，多想自己的缺点，多想别人的长处。生活——尤其夫妇生活——之难，在于同弹琴一样，要时时刻刻警惕，才能不出乱子，或少出乱子。总要存着风雨同舟的思想，求一个和睦相处相忍相让的局面，挨过人生这个艰难困苦的关。这是我们做父母的愿望。能同艺术家做伴而日子过得和平顺适的女子，古往今来都寥寥无几。千句并一句，尽量缩小一个我字，也许是解除烦闷、减少纠纷的唯一的秘诀。久久得不到你们俩的信，我们总要担心你们俩的感情，当然也担心你们俩的健康，但对你们的感情更关切，因为你们找不到一个医生来治这种病。而且这是骨肉之间出于本能的忧虑。就算你把恶劣的心情瞒着也没用。我们不但同样焦急，还因为不知底细而胡乱猜测，急这个，急那个，弄得寝食不安。假如以上劝告你认为毫无根据，那更证明长期的沉默，会引起我们焦急到什么程度；你也不能忘记，你爸爸所以在这些事情上经常和你唠叨，因为他是过来人，不愿意上一代犯的错误在下一代身上重演。我和你说这一类的话永远抱着自责的沉痛的心情！

…………

说到我断断续续的小毛病，不必絮烦，只要不躺在床上打断工作，就很高兴了。睡眠老是很坏，脑子停不下来，说不上是神经衰弱还是什么。幸而妈妈身体健旺，样样都能照顾。我脑子一年不如一年，不用说每天七八百字的译文苦不堪言，要换二三道稿子，便是给你写信也非常吃力。只怕身体再坏下去，变为真正的老弱残兵。眼前还是能整天整年——除了闹病——地干，除了翻书，同时也做些研究工作，多亏巴黎不断有材料寄来。最苦的是我不会休息，睡时脑子停不下来，醒时更停不住了。失眠的主要的原因大概就在于此。

2月20日

亲爱的孩子：半年来你唯一的一封信不知给我们多少快慰。看了日程表，照例跟着你天南地北地神游了一趟，做了半天白日梦。人就有这点儿奇妙，足不出户，身不离斗室，照样能把万里外的世界、各地的风光、听众的反应、游子的情怀，一样一样地体验过来。你说在南美仿佛回到了波兰和苏联,单凭这句话,我就咂摸到你当时的喜悦和激动;拉丁民族和斯拉夫民族的热情奔放的表现也历历如在目前。

照片则是给我们另一种兴奋,虎着脸的神气最像你。大概照相机离得太近了,孩子看见那怪东西对准着他,不免有些惊恐,有些提防。可惜带笑的两张都模糊了(神态也最不像你),下回拍动作,光圈要放大到F.2或F.3.5,时间用1/100或1/150秒。若用闪光(即flash)则用F.11,时间用1/100或1/150秒。望着你弹琴的一张最好玩,最美;应当把你们俩作为特写放大,左手的空白完全不要;放大要五或六英寸才看得清,因原片实在太小了。另外一张不知坐的是椅子是车子?地下一张装中国画(谁的?)的玻璃框,我们猜来猜去猜不出是怎么回事,望说明!

你父性特别强是像你妈,不过还是得节制些,第一勿妨碍你的日常工作,第二勿宠坏了凌霄。——小孩儿经常有人跟他玩,成了习惯,就非时时刻刻抓住你不可,不但苦了弥拉,而且对孩子也不好。耐得住寂寞是人生一大武器,而耐寂寞也要自幼训练的!疼孩子固然要紧,养成纪律同样要紧;几个月大的时候不注意,到两三岁时再收紧,大人小儿都要痛苦的。你的心绪我完全能体会。你说得不错,知子莫若父,因为父母子女的性情脾气总很相像,我不是常说你是我的一面镜子吗?且不说你我的感觉一样敏锐,便是变化无常的情绪,忽而高潮忽而低潮,忽而兴奋若狂,忽而消沉丧气等等的艺术家气质,你我也相差无几。不幸这些遗传(或者说后天的感染)对你的实际生活弊多利少。凡是有利于艺术的,往往不利于生活;因为艺术家两脚踏在地下,头脑却在天上,这种姿态当然不适应现实的世界。我们常常觉得弥拉总算不容易了,你切勿用你妈的性情脾气去衡量弥拉。你得随时提醒自己,你的苦闷没有理由发泄在第三者身上。况且她的童年也并不幸福,你们俩正该同病相怜才对。我一辈子没有做到克己的功夫,你要能比我成绩强、收效早,那我和妈妈不知要多么快活呢!

149

要说exile（放逐），从古到今多少大人物都受过这苦难，但丁便是其中的一个；我辈区区小子又何足道哉！据说《神曲》是受了exile（放逐）的感应和刺激而写的，我们倒是应当以此为榜样，把exile（放逐）的痛苦升华到艺术中去。以上的话，我知道不可能消除你的悲伤愁苦，但至少能供给你一些解脱的理由，使你在愤懑郁闷中有以自拔。做一个艺术家，要不带点儿宗教家的心肠，会变成追求纯技术或纯粹抽象观念的virtuoso（演奏能手），或者像所谓抽象主义者一类的狂人；要不带点儿哲学家的看法，又会自苦苦人（苦了你身边的伴侣），永远不能超脱。最后还有一个实际的论点：以你对音乐的热爱和理解，也许不能不在你厌恶的社会中挣扎下去。你自己说到处都是outcast（逐客），不就是这个意思吗？艺术也是一个tyrant（暴君），因为做他奴隶的都心甘情愿，所以这个tyrant（暴君）尤其可怕。你既然认了艺术做主子，一切的辛酸苦楚便是你向他的纳贡，你信了他的宗教，怎么能不把少牢太牢去做牺牲呢？每一行有每一行的humiliation（屈辱）和misery（辛酸），能够resign（心平气和，隐忍）就是少痛苦的不二法门。你可曾想过，萧邦为什么后半世自愿流亡异国呢？他的Op.25（作品第25号）以后的作品付的是什么代价呢？

任何艺术品都有一部分含蓄的东西，在文学上叫作言有尽而意无穷，西方人所谓between lines（弦外之音）。作者不可能把心中的感受写尽，他给人的启示往往有些还出乎他自己的意想之外。绘画、雕塑、戏剧等等，都有此潜在的境界。不过音乐所表现的最是飘忽、最是空灵、最难捉摸、最难肯定，弦外之音似乎比别的艺术更丰富、更神秘，因此一般人也就懒于探索，甚至根本感觉不到有什么弦外之音。其实真正的演奏家应当努力去体会这个潜在的境界（即《淮南子》所谓"听无音之音者聪"，无音之音不是指这个潜藏的意境又是指什么呢？）而把它表现出来，虽然他的体会不一定都正确。能否体会与民族性无关。从哪一角度去体会，能体会作品中哪一些隐藏的东西，则多半取决于各个民族的性格及其文化传统。甲民族所体会的和乙民族所体会的，既有正确不正确的分别，也有种类的不同、程度深浅的不同。我猜想你和岳父的默契在于彼此都是东方人，感受事物的方式不无共同之处，看待事物的角度也往往相似。你和董氏兄弟初次合作就觉得心心相印，也是这个缘故。大家都是中国人，感情方面的共同点自然更多了。

....

你的中文还是比英文强，别灰心，多写信，多看中文书，就不会失去用中文思考的习惯。你的英文基础不够，看书太少，句型未免单调。

6月14日

亲爱的孩子：这一回一天两场的演出，我很替你担心，好姆妈说你事后喊手筋痛，不知是否马上就过去？到伦敦后在巴斯登台是否跟平时一样？那么重的节目，舒曼的 *Toccata*（《托卡塔》）和 *Kreisleriana*（《克莱斯勒偶记》）都相当别扭，最容易使手指疲劳；每次听见国内弹琴的人坏了手，都暗暗为你发愁。当然主要是方法问题，但过度疲劳也有关系，望千万注意！你从新西兰最后阶段起，前后紧张了一星期，回家后可曾完全松下来，恢复正常？可惜你的神经质也太像我们了！看书兴奋了睡不好，听音乐兴奋了睡不好，想着一星半点儿的事也睡不好……简直跟你爸爸妈妈一模一样！但愿你每年暑期都能彻底 relax（放松，休憩），下月去德国就希望能好好休息。年轻力壮的时候不要太逞强，过了四十五岁样样要走下坡路：最要紧及早留些余地，精力、体力、感情，要想法做到细水长流！孩子，千万记住这话：你干的这一行最伤人，做父母的时时刻刻挂念你的健康，——不仅眼前的健康，而且是十年二十年后的健康！你在立身处世方面能够洁身自爱，我们完全放心；在节约精力、护养神经方面也要能自爱才好！

你此次两过香港，想必对于我六一年春天竭力劝你取消在港的约会的理由,了解得更清楚了,沈先生也来了信,有些情形和我预料的差不多。幸亏他和好姆妈事事谨慎,处处小心,总算平安度过,总的客观反应,目前还不得而知。明年的事第一要看东南亚大局,如越南战事扩大,一切都谈不到。目前对此不能存奢望。你岳父想来也会周密考虑的。

此外,你这一回最大的收获恐怕还是在感情方面,和我们三次通话,美中不足的是五月四日、六月五日早上两次电话中你没有叫我,大概你太紧张,当然不是争规矩,而是少听见一声"爸爸"好像大有损失。妈妈听你每次叫她,才高兴呢!好姆妈和好好爹爹那份慈母般的爱护与深情,多少消解了你思乡怀国的饥渴。昨天同时收到他们俩的长信,妈妈一面念信一面止不住流泪。这样的热情、激动,真是人生最宝贵的东西。我们有这样的朋友(李先生六月四日从下午六时起到晚上九时,心里就想着你的演出。上月二十三日就得到朋友报告,知道你大概的节目),你有这样的亲长(十多年来天舅舅一直关心你,好姆妈五月底以前的几封信,他都看了,看得眼睛也湿了,你知道天舅舅从不大流露感情的),把你当作自己的孩子一般,也够幸福了。他们把你四十多小时的生活行动描写得详详细细,自从你一九五三年离家以后,你的实际生活我们从来没有知道得这么多的。他们的信,二十四小时内,我们已看了四遍,每看一遍都好像和你团聚一回。可是孩子,你回英后可曾去信向他们道谢?当然他们会原谅你忙乱,也不计较礼数,只是你不能不表示你的心意。信短一些不要紧,却绝对不能杳无消息。人家给了你那么多,怎么能不回报一星半点儿呢?何况你只消抽出半小时的时间写几行字,人家就够快慰了!刘抗和陈人浩伯伯处唱片一定要送,张数不拘,也是心意为重。此事本月底以前一定要办,否则一出门,一拖就是几个月。

…………

你新西兰信中提到 horizontal [横(水平式)的] 与 vertical [纵(垂直式)的] 两个字,不知是不是近来西方知识界流行的用语?还是你自己创造的?据我的理解,你说的水平的(或平面的,水平式的),是指从平等地位出发，不像垂直的是自上而下的；换言之，"水平的"是取的渗透的方式，不知不觉流入人的心坎里；垂直的是带强制性质的灌输方式，硬要人家接受。以客观的效果来说，前者是潜移默化，后者是被动地（或是被迫地）接受。不知我这个解释对不对？一个民族的文化假如取的渗透方式，它的力量就大而持久。个人对待新事物或外来的文化艺术采取"化"的态度，才可以达到融会贯通、彼为我用的境界，而不至于生搬硬套，削足适履。受也罢，与也罢，从"化"字出发（我消化人家的，让人家消化我的），方始有真正的新文化。"化"不是没有斗争，不过并非表面化的短时期的猛烈的斗争，而是潜在的长期的比较缓和的斗争。谁能说"化"不包括"批判的接受"呢？

你六三年十月二十三日来信提到你在北欧和维也纳演出时，你的 playing（演奏）与理解又迈了一大步；从那时到现在，是否那一大步更巩固了？有没有新的进展、新的发现？——不消说，进展必然有，我要知道的是比较重要而具体的进展！身子是否仍能不摇摆（或者极少摇摆）？

六三年十二月二十一日来信说在"重练莫扎特的 *Rondo in a min.*（《a 小调回旋曲》），K.511（作品五一一号）和 *Adagio in b min.*（《b 小调柔板》）"，认为是莫扎特钢琴独奏曲中最好的作品。记得五三年以前你在家时，我曾告诉你，罗曼·罗兰最推重这两支曲子。现在你一定练出来了吧？有没有拿去上过台？还有舒伯特的 *Landler*（《兰德莱尔》）？——这个类型的小品是否只宜于做 encore piece（加奏乐曲）？我简直毫无观念。莫扎特以上两支曲子，几时要能灌成唱片才好！否则我恐怕一辈子听不到的了。

一九六六

9月2日夜

（此系傅雷夫妇之遗书）

人秀：

尽管所谓反党罪证（一面小镜子和一张褪色的旧画报）是在我们家里搜出的，百口莫辩的，可是我们至死也不承认是我们自己的东西（实系寄存箱内理出之物）。我们纵有千万罪行，却从来不曾有过变天思想。我们也知道搜出的罪证虽然有口难辩，在英明的共产党领导和伟大的毛主席领导之下的中华人民共和国，决不至因之而判重刑。只是含冤不白，无法洗刷的日子比坐牢还要难过。何况光是教育出一个叛徒傅聪来，在人民面前已经死有余辜了！更何况像我们这种来自旧社会的渣滓早应该自动退出历史舞台了！

因为你是梅馥的胞兄，因为我们别无至亲骨肉，善后事只能委托你了。如你以立场关系不便接受，则请向上级或法院请示后再行处理。

委托数事如下：

一、代付九月份房租55.29元（附现款）。

二、武康大楼（淮海路底）606室沈仲章托代修奥米茄自动男手表一只，请交还。

三、故老母余剩遗款，由人秀处理。

四、旧挂表（钢）一只，旧小女表一只，赠保姆周菊娣。

五、六百元存单一纸给周菊娣，作过渡时期生活费。她是劳动人民，一生孤苦，我们不愿她无故受累。

六、姑母傅仪寄存我家存单一纸六百元，请交还。

七、姑母傅仪寄存之联义山庄墓地收据一纸，此次经过红卫兵搜查后遍觅不得，很抱歉。

八、姑母傅仪寄存我们家之饰物，与我们自有的同时被红卫兵取去没收，只能以存单三纸（共370元）又小额储蓄三张，作为赔偿。

九、三姐朱纯寄存我们家之饰物，亦被一并充公，请代道歉。她寄存衣箱贰只（三楼）暂时被封，瓷器木箱壹只，将来待公家启封后由你代领。尚有家具数件，问周菊娣便知。

十、旧自用奥米茄自动男手表一只，又旧男手表一只，本拟给敏儿与魏惜蓉，但恐妨碍他们的政治立场，故请人秀自由处理。

十一、现钞53.30元，作为我们火葬费。

十二、楼上宋家借用之家具，由陈叔陶按单收回。

十三、自有家具，由你处理。图书字画听候公家决定。

使你为我们受累，实在不安，但也别无他人可托，谅之谅之！

傅雷
梅馥

傅雷谈艺术

人类有史以来,
理想主义者永远属于少数,
也永远不会真正快乐。
艺术家固然可怜,
但没有他们的努力和痛苦,
人类也许会变得更渺小可悲。

——傅雷

艺术与自然的关系

本篇为拙著《中国画论的美学检讨》一文中之第一节，立论大体以法国现代美学家查尔斯·拉罗（Charles Lalo）之说为主。拉氏之美学主张与晚近德意诸学派皆不同，另创技术中心论，力主美的价值不应受道德、政治、宗教诸观念支配；但既非单纯的形式主义，亦非十九世纪末叶之唯美主义，不失为一较为完满之现代美学观，可作为衡量中国艺术论之标准。

一、自然主义学说概述

美发源于自然——艺术为自然之再现——自然美强于艺术美——大同小异的学说——绝对的自然主义：自然皆美——理想的自然主义——自然有美丑——自然的美丑即艺术的美丑

美感的来源有二：自然与艺术。无论何派的自然主义美学者，都同意这原则。艺术的美被认为从自然的美衍化出来。当你鉴赏人造的东西，听一曲交响乐，看一出戏剧时，或鉴赏自然的现象、产物，仰望一角美丽的天空，俯视一头美丽的动物时，不问外表如何歧异，种类如何繁多，它们美总是一样的，引起的心理活动总是相同的。自然的存在在先，艺术的发生在后；所以艺术美是自然美的反映，艺术是自然的再现。

洛兰或透讷所描绘的落日，和自然界中的落日，其动人的性质初无二致；可是以变化、富丽而论，自然界的落日，比之画上的不知要强过多少倍。拉斐尔的圣母，固是举世闻名的杰作，但比起翡冷翠当地活泼泼的少女来，却又逊色得多了。故自然的美强于艺术的美。进一步的结论，便是：艺术只有在准确地模仿自然的时候才美；离开了自然，艺术便失掉了目的。这是从亚里士多德到近代，一向为多数的艺术家、批评家、美学家所奉为金科玉律的。但在同一大前提下还有许多歧异的学说和解释。

先是写实派和理想派的对立。粗疏地说，写实派认为外界事物，毋须丝毫增损；理想派则认为需要加以润色。其实，在真正的艺术家中，不分派别，没有一个真能严格地模仿自然。写实派的说法："若把一个人的气质当作一幅帷幕，那末一件作品是从这帷幕中透过来的自然的一角"（根据左拉）。可知他也承认绝对地再现自然为不可能，个人的气质，自然的一角，都是选择并改变对象的意思。理想派的说法："唯有自然与真理指出对象的缺陷时，我才假艺术之功去修改对象。"（画家勒勃朗语）他为了拥护自然的尊严起见，把假助于艺术这回事，推给自然本身去负责。所以这两派骨子里并没有不可调和的异点。

其次是玄学（形而上学）家们的观点：所谓美，是对于一种观念或一种高兴的和谐的直觉，对于一种在感官世界的帷幕中透露出来的卓越的意义（仿佛我们所说的"道"），加以直觉的体验。不问这透露是自然所自发的，抑为人类有意唤起的，其透露的要素总是相同。至多是把自然美称作"纯粹感觉的美"，把艺术的美称作"更敏锐的感觉的美"。两者只有程度之美，并无本质之异。

其次是经验派与享乐派的论调：美感是一种快感，任何种的叹赏都予人以同样的快感。一张俊俏的脸，一帧美丽的肖像，所引起的叹赏，不过是程度的强弱，并非本质的差别。并且快感的优越性，还显然属诸生动的脸，而非属诸呆板的肖像。"随便哪个希腊女神的美，都抵不上一个纯血统的英国少女的一半"，这是罗斯金的话。

和这派相近的是折衷派的主张：外界事物之美，以吾人所得印象之丰富程度为比例。我们所要求于艺术品的，和要求于自然的，都是这印象的丰富，并且我们鉴赏者的想象力自会把形式的美推进为生动的美。

从这个观点更进一步，便是感伤派，在一般群众和批评家艺术家中最占势力。他们以为事物之美，由于我们把自己的情感移入事物之内，情感的种类则被对象的特质所限制。故对象的生命是主观（我）与客观（物）的共同的结晶。这是德国极流行的"感情移入"说，观照的人与被观照的物，融合一致，而后观照的人有美的体验。

综合起来，以上各派都可归在自然美一元论这个大系统之内，因为他们都认为艺术的美只是表白自然的美。

然而细细分析起来，这些表面上虽是大同小异的主张，可以抽绎出显然分歧的两大原则，近代美学者称之为绝对的自然主义和理想的自然主义。

一、绝对的自然主义——为神秘主义者、写实主义者、浪漫主义者所拥护。他们以为自然中一切皆美。神秘主义者说，"只要有直觉，随时随地可在深邃的、灵的生命中窥见美"；写实主义者说，"即在一切事物的外貌上面，或竟特别在最物质的方面，都有美存在"。意思是，提到艺术时才有美丑之分，提到自然时便什么都不容区别，连正常反常、健全病态都不该分。一切都站着同等的地位，因为一切都生存着；而生命本身，一旦感知之后，即是美的。哪怕是丑的事物，一当它表白某种深刻的情绪时，就成为美的了。德国美学家苏兹说，"最强烈的审美快感，是'自由的自然'给予的欢乐"；罗斯金说，"艺术家应当说出真相。全部的真相，任何选择都是亵渎……完满的艺术，感知到并反映出自然的全部。不完满的艺术才傲慢，才有所舍弃，有所偏爱"。

总之，这一派的特点是：（一）自然皆美；（二）自然给予人的生命感即是美感；（三）艺术必再现自然，方有美之可言。

二、理想的自然主义者——艺术家中的古典派，理论家中的理想派，都奉此说。他们承认自然之中有美也有丑。两只燕子，飞得最快而姿态最轻盈的一只是美的。许多耕牛中，最强壮耐劳的是美的。一个少女和一个老妇，前者是美的。两个青年，一个气色红润，一个贫血早衰，壮健的是美的。总之，在生物中间，正常的和典型的为美；完满表现种族特征的为美；发展和谐健全的为美；机能旺盛，精神饱满的为美。在无生物或自然景色中间，予人以伟大、强烈、繁荣之感的为美。反之，自然的丑是，不合于种族特征的，非典型的，畸形的，早衰的，病弱的。在精神生活方面，反乎一切正常性格的是丑的，例如卑鄙，怯懦，强暴，欺诈，淫乱。艺术既是自然的再现，凡是自然的美丑，当然就是艺术的美丑了。

二、自然主义学说批判（上）

绝对派的批判：自然皆美即否定美——自然的生命感非美感——艺术为自然再现说之不成立——自然的美假助于艺术——史的考察——原始时代及其他时代的自然感——艺术与自然的分别

我们先把绝对的自然主义，就其重要的特征来逐条检讨。

一、自然的一切皆美——这是不容许程度等级的差别羼入自然里去，即不容许有价值问题。可是美既非实物，亦非事实；而是对价值的判断，个人对某物某现象加以肯定的一种行为：故取消价值即取消美。说自然一切皆美，无异说自然一切皆高，一切皆高，即无相对的价值——低；没有低，还会有什么高？所以说自然皆美，即是说自然无所谓美。

二、自然所予人的生命感即是美感——这是感觉到混淆，对真实的风景感到精神爽朗，意态安闲，呼吸畅适，消化顺利，当然是很愉快而有益身心的。但这些感觉和情绪，无所谓美或丑，根本与美无关。常人往往把爱情和情人的美感混为一谈，不知美丑在爱情内并不占据主要的地位：由于其他条件的混合，多少丑的人比美的人更能获得爱；而他的更能获得爱，并不能使他的丑变为不丑。美学家把自然的生命感当作美感，即像获得爱情的人以为是自己生得美。我们对自然所感到的声气相通的情绪，乃是人类固有的一种泛神观念，一种同情心的泛滥，本能地需要在自己和世界万物之间，树立一密切的连带关系，这种心理活动绝非美的体验。

三、艺术应当再现自然——乃是根据上面两个前提所产生的错误。自然既无美丑，以美为目标的艺术，自无须再现自然，艺术之中的音乐与建筑，岂非绝未再现什么自然？即以模仿性最重的绘画与文学来说，模仿也绝非绝对的。

倘本色的自然有时会蒙上真正的美（即并非以自然的生命感误认的美），也是艺术美的反映，是拟人性质的语言的假借。我们肯定艺术的美与一般所谓自然的美，只在字面上相同，本质是大相径庭的。说一颗石子是美的，乃是用艺术眼光把它看作了画上的石子。艺术家和鉴赏家，把自然看作一件可能的艺术品，所以这种自然美仍是艺术美（二者之不同，待下文详及）。

倘艺术品予人的感觉，有时和自然予人的生命感相同，则纯是偶合而非必然。艺术的存在，并不依存于"和自然的生命感一致"的那个条件。两者相遇的原因，一方面是个人的倾向，一方面是社会的潮流。关于这一点，可用史的考察来说明。

在某些时代，人们很能够单为了自然本身而爱自然，无须把它与美感相混；以人的资格而非以艺术家的态度去爱自然；为了自然供给我们以平和安乐之感而爱自然，非为了自然令人叹赏之故。

把本色的自然，把不经人工点缀的自然认为美这回事，只在极文明——或过于文明，即颓废——的时代才发生。野蛮人的歌曲，荷马的史诗，所颂赞的草原河流，英雄战士，多半是为了他们对社会有益。动植物在埃及人和叙利亚人的原始装饰上常有出现，但特别为了礼拜仪式的关系，为了信仰，为了和他们的生存有直接利害之故，却不是为了动植物之美；它们是神圣之物，非美丽的模型。它们的作者是，祭司的气息远过于艺术家的气息。到古典时代（古希腊和法国十七世纪）、文艺复兴时代，便只有自然中正常的典型被认为美。但到浪漫时代，又不承认正常之美享有美的特权了，又把自然一视同仁地看待了。

艺术和自然的关系，在历史上是浮动不定的。在本质上，艺术与自然并不如自然主义者所云，有何从属主奴的必然性，它们是属于两个不同的领域的。本色的自然，是镜子里的形象。艺术是拉斐尔的画或伦勃朗的木刻。镜子所显示的形象既不美，亦不丑，只问真实不真实，是机械的问题；艺术品非美即丑，是技术的问题。

三、自然主义学说批判（下）

理想派的批判：自然美的标准为实用主义的标准——自然的美不一定是艺术的美——自然的丑可成为艺术的美，举例——自然中无技术——艺术美为表现之美——理想派自然美之由来——自然美之借重于艺术美："江山如画"——自然美与艺术美为语言之混淆

理想派的自然主义者，只认自然中正常的事物与现象为美——这已经容许了价值问题，和绝对派的出发点大不相同了。但他们所定的正常反常的标准，恰是日常生活的标准，绝非艺术上美丑的标准。凡有利于人类的安宁福利、繁殖健全的典型，不论是实物或现象，都名之为正常，理想派的自然主义者更名之美。其实所谓正常是生理的、道德的、社会的价值，以人类为中心的功利观念；而艺术对这些价值和观念是完全漠然的。

自然的美丑和艺术的美丑一致——这个论见是更易被事实推翻了。一个面目俊秀的男子，尽可在社交场中获得成功，在情人眼中成为

极美的对象，但在美学的见地上是平庸的，无意义的。一匹强壮的马，通常被称为"好马""美马"，然而画家并不一定挑选这种美马做模型。纵使他采取美女或好马为题材，也纯是从技术的发展上着眼，而非受世俗所谓美好的影响——这是说明自然的美（即正常的美，健康的美）并不一定为艺术美。

近代风景画，往往以猥琐的村落街道做对象；小说家又以日常所见所闻、无人注意的事物现象做题材。可知在自然中无所谓美丑的、中性的材料，倒反可成为艺术美。唯有寻常的群众，才爱看吉庆终场的戏剧、年轻美貌的人的肖像，爱听柔媚的靡靡之音，因为他们的智力只能限于实用世界，只能欣赏以生理、道德标准为基础的自然美。

牟利罗画上的捉虱化子、委拉斯开兹的残废者、荷兰画家的吸烟室，夏尔丹的厨房用具、米勒的农夫，都是我们赞赏的。但你散步的时候，遇到一个容貌怪异的人而回顾，却绝非为了纯美的欣赏。农夫到处皆是，厨房用具家家具备，却只在米勒与夏丹的画上才美。在自然中，绝没有人说一个残废的乞丐跟一个少妇或一抹蓝天同美；但在画面上，三个对象是同样的美——这是说自然的丑可成为艺术的美。康德说："艺术的特长，是能把自然中可憎厌的东西变美。"

自然的丑可成为艺术的美，但艺术的丑却永远是丑。在乐曲中，可用不协和音来强调协和音的价值，却不能用错误的音来发生任何作用。在一首诗里羼入平板无味的段落，也不能烘托什么美妙的意境。

以上所云，尽够说明自然的美丑与艺术的美丑完全是两个标准。但还可加以申说。

美的艺术品可能是写实的；但那实景在自然中无所谓美，或竟是老老实实的丑。你要享受美感时，会去观赏米勒的乡土画，或读左拉的小说；可决不会去寻找那些艺术品的模型，以便在自然中去欣赏它们。因为在自然中，它们并不值得欣赏。模型的确存在于自然里面；不在自然里的，是表现艺术。所以康德说："自然的美，是一件美丽之物；艺术的美,是一物的美的表现。"我们不妨补充说:所表现之物,在自然中是无美丑可言的,或竟是丑的。

我们对一件作品所欣赏的,是线条的、空间的(我们称之为虚实)、色彩的美,统称为技术的美;至于作品上的物象,和美的体验完全不涉。

即或自然美在历史上曾和艺术美一致,也不是为了美的缘故。如前所述,原始艺术的动机,并非为了艺术的纯美。原始人类为了宗教、政治、军事上的需要,才把崇拜的或夸耀的对象,跟纯美的作用相混。实际作用与纯美作用的分离,乃是文化史上极其晚近的事。过去那些"非美的"自然品性(例如体格的壮健,原野的富饶,春夏的繁荣等等),到了宗教性淡薄,个人主义占优势的近代人的口里,就称为"自然的美"。但所谓自然美,依旧是以实际生活为准的估价,不过加上一个美的名字,实非以技术表现为准的纯美。因为艺术史上颇多"自然美"和"艺术美"一致的例证,愈益令人误会自然美即艺术美。古希腊,文艺复兴期三大家,以及一切古典时代的作者,几乎全都表现愉快的、健全的、卓越的对象,表现大众在自然中认为美的事物。反之,和"自然美"背驰的例证,在艺术史上同样屡见不鲜。中世纪的雕塑,文艺复兴初期、浪漫派、写实派的绘画,都是不关心自然有何美丑的,反而常常表现在自然中被认为丑的东西。

周期性的历史循环,只能证明时代心理的动荡,不能摇撼客观的真理。自然无美丑,正如自然无善恶。古人形容美丽的风景时会说:"江山如画",这才是真悟艺术与自然的关系的卓识,这也真正说明自然美之借光于艺术美。具有世界艺术常识的人常常会说"好一幅提香!"来形容自然界富丽的风光,或者说"好一幅达·芬奇的肖像!"来赞赏一个女子。没有艺术,我们就不知有自然的美。自然界给人以纯洁、健康、伟大、和谐的印象时,我们指这些印象为美;欣赏名作时,我们也指为美:实际上两种美是两回事。我们既无法使美之一字让艺术专用,便只有尽力防止语言的混淆,诱使我们发生错误的认识。

四、自然与艺术的真正关系

批判的结论——艺术美之来源为技术——艺术借助于自然：素材与暗示——技术是人为的、个人的、同时集体的；举例——技术在风格上的作用——自然为艺术的动力而非法则——自然的素材与暗示不影响艺术品的价值

以上两节的批评，归纳起来是：

（一）自然予人的生命感非美感；（二）自然皆美说不成立；（三）艺术再现自然说不成立；（四）自然美非艺术美；（五）自然无艺术上之美丑，正如自然无道德上之善恶；（六）所谓自然美是：A.与美丑无关之实用价值，B.从艺术假借得来的价值；（七）自然美与艺术美之一致为偶合而非艺术的条件；（八）艺术美的来源是技术。

自然和艺术真正的关系，可比之于资源与运用的关系。艺术向自然借取的，是物质的素材与感觉的暗示；那是人类任何活动所离不开的。就因为此，自然的材料与暗示，绝非艺术的特征。艺术活动本身是一种技术，是和谐化，风格化，装饰化，理想化……这些都是技术的同义字，而意义的广狭不尽适合。人类凭了技术，才能用创造的精神，把淡漠的生命中一切的内容变为美。

技术包括些什么？很难用公式来确定。它永远在演化的长流中动荡。它内在的特殊的元素，在"美"的发展过程中，常和外界的、非美的条件融合在一起。一方面，技术是过去的成就与遗产，一方面又多少是个人的发明，创造的、天才的发明。

倘若把一本古书上的插图跟教堂里的一幅壁画相比，或同一幅小型的油画相比，你是否把它们最特殊的差别归之于画中的物象？归之于画家的个性？若果如此，你只能解释若干极其皮表的外貌。因为确定它们各个的特点的，有（一）应用的材料不同：水彩，金碧，油色，羊皮纸，

墙壁，粗麻布；（二）用途之各殊：书籍、建筑物、教堂、宫殿、私宅；（三）制作的物质条件有异：中古僧侣的惨淡经营，迅速的壁画手法，屡次修改的油画技巧；（四）作品产生的时代各别：原始时代，古典时代，浪漫时代，文艺复兴前期、盛期、后期。这还不过是略举技术元素中之一小部；但对于作品的技术，和画上的物象相比时，岂非显得后者的作用渺乎其小吗？

这些人为的技术条件，可以说明不同风格的产生。例如在各式各样的穹窿形中，为何希腊人采取直线的平面的天顶，为何罗马人采取圆满中空的一种，为何哥特派偏爱切碎的交错的一种，为何文艺复兴以后又倾向更复杂的曲线，所有这些曲线，在自然里毫无等差地存着，而在艺术品的每种风格里，却各各占领着领导地位。而且这运用又是集体的，因为每一种的风格，见之于某一整个的时代，某一整体的民族。作风不同的最大因素，依然是技术。

一件艺术品，去掉了技术部分，所剩下的还有什么？准确地抄袭自然的形象，和实物相比，只是一件可怜的复制品，连自然美的再现都谈不到，遑论艺术美了。可知艺术的美绝不依存于自然，因为它不依存于表现的物象。没有技术，才会没有艺术。没有自然，照样可有艺术，例如音乐。

那末自然就和艺术不产生关系了吗？并不。上文说过，艺术向自然汲取暗示，借用素材。但这些都不是艺术活动的法则，而不过是动力。动机并不能支配活动，只能产生活动。除了自然，其他的感觉，情操，本能，或任何种的力，都能产生活动，而都不能支配活动。"暗示艺术家做技术活动的是什么"这问题，与艺术品的价值根本无关；正像电力电光的价值，与发电马达之为何（利用水力还是蒸汽）不生干系一样。

我们加之于自然的种种价值，原非自然所固有，乃具备于我们自身。自然之不理会美不美，正如它不理会道德不道德、逻辑不逻辑。自然不能把技术授予艺术家，因为它不能把自己所没有的东西授人。当然，自然之于艺术，是暗示的源泉，动机的贮藏库。但自然所暗示给艺术家的内容，不是自然的特色，而是艺术的特色。所以自然不能因有所暗示而即支配艺术。艺术家需要学习的是技术而非自然；向自然，他只须觅取暗示——或者说觅取刺激，觅取灵感，来唤起他的想象力。

（原载《新语》半月刊一九四二年十二月第五期）

波提切利之妩媚

一切伟大的艺术家，往往会予我们以一组形象的联想。例如米开朗琪罗的痛苦悲壮的人物，伦勃朗（Rembrandt，1606—1669）的深沉幽怨的脸容，华托（Watteau，1684—1721）的绮丽风流的景色等等，都是和作者的名字同时在我们脑海中浮现的。波提切利亦是属于这一类的画家。他有独特的作风与面貌，他的维纳斯，他的圣母与耶稣，在一切维纳斯、圣母、耶稣像中占着一个特殊的地位。他的人物特具一副妩媚（grace 可译为妩媚、温雅、风流、娇丽、婀娜等义。在神话上亦可译为"散花天女"）与神秘的面貌，即世称为"波提切利的妩媚"，至于这妩媚的秘密，且待以后再行论及。

波氏最著名的作品，首推《春》与《维纳斯之诞生》二画。

《春》这名字，据说是瓦萨里（Vasari，1511—1574，意大利画家、建筑家兼博学家，为米开朗琪罗之信徒，著有《名画家、名雕家、名建筑家传略》）起的，原作是否标着此题，实一疑问：德国史家对于此点，尤表异议，但此非本文所欲涉及，姑置勿论，兹且就原作精神略加研究。

据希腊人的传说与信仰，自然界中住着无数的神明：农牧之神（Faun，法乌恩），半人半马神（Satyrus，萨堤罗斯），山林女神（Dryads，德律阿得斯），水泽女神（Naiads，那伊阿得斯）等。拉丁诗人贺拉斯曾谓：春天来了，女神们在月光下回旋着跳舞。卢克莱修亦说：维纳斯慢步走着，如皇后般庄严，她往过的路上，万物都萌芽滋长起来。

波提切利的《春》，正是描绘这样轻灵幽美的一幕。春的女神抱着鲜花前行，轻盈的衣褶中散满着花朵。她后面，跟着花神（Flora，佛罗拉）与微风之神（Zephyrus，仄费洛斯）。更远处，三女神手牵手在跳舞。正中，是一个高贵的女神维纳斯。原来维纳斯所代表的意义就有两种：一是美丽和享乐的象征，是拉丁诗人贺拉斯、卡图卢斯（Catullus，约前87—约前54）、提布卢斯（Tibullus，前55—前19）等所描写的维纳斯；一是世界上一切生命之源的代表，是卢克莱修诗中的维纳斯。波提切利的这个翡冷翠型的女子，当然是代表后一种女神了。至于三女神后面的那个人物，即是雄辩之神（Mercury，墨丘利）在采撷果实。天空还有一个爱神在散放几支爱箭。

草地上、树枝上、春神衣裾上、花神口唇上，到处是美丽的鲜花，整个世界布满着春的气象。

然而，这幅《春》的构图，并没像古典作品那般谨严，它并无主要人物为全画之主脑，也没有巧妙地安排了的次要人物作为衬托。在图中的许多女神之中，很难指出哪一个是主角；是维纳斯？是春之女神？还是三女神？雄辩之神那种旋转着背的神情，又与其余女神有何关系？

这也许是波氏的弱点；但在拉丁诗人贺拉斯的作品中，也有很著名的一首歌曲，由许多小曲连缀而成的：但这许多小曲中间毫无相互连带的关系，只是好几首歌咏自然的独立的诗。由此观之，波提切利也许运用着同样的方法。我们可以说他只把若干轻灵美妙的故事并列在一起，他并不费心去整理一束花，他只着眼于每朵花。

画题与内容之受古代思想影响既甚明显，而其表现的方法，也与拉丁诗人的手段相似；那么，在当时，这确是一件大胆而新颖的创作。迄波氏止，绘画素有为宗教做宣传之嫌，并有宗教专利品之目，然而时代的转移，已是异教思想和享乐主义渐渐复活的时候了。

现在试将《春》的各组人物加以分别的研究：第一是三女神，这是一组包围在烟雾似的氛围中的仙女，她们的清新飘逸的丰姿，在林木的绿翳中显露出来。我们只要把她们和拉斐尔、鲁本斯（Peter Paul Rubens，1577—1640）以至十八世纪法国画家们所描绘的"三女神"作一比较，即可见波氏之作，更近于古代的、幻忽超越的、非物质的精神。她们的婀娜多姿的妩媚，在高举的手臂、伸张的手指、微倾的头颅中格外明显地表露出来。

可是在大体上，"三女神"并无拉斐尔的富丽与柔和，线条也许太生硬了些，左方的两个女神的姿势太相像。然这些稚拙反给予画面以清新的、天真的情趣，为在更成熟的作品中所找不到的。

春神，抱着鲜花，婀娜的姿态与轻盈的步履，很可以用"步步莲花"的古典去形容她。脸上的微笑表示欢乐，但欢乐中含着悯然的哀情，这已是达·芬奇的微笑了。笑容中藏着庄重、严肃、悲愁的情调，这正是希腊哲人伊壁鸠鲁的精神。在春之女神中，应当注意的还有两点：

一、女神的脸庞是不规则的椭圆形的，额角很高，睫毛稀少，下巴微突；这是翡冷翠美女的典型，更由波氏赋予细腻的、严肃的、灵的神采。

二、波氏在这副优美的面貌上的成功，并不是特殊的施色，而是纯熟的素描与巧妙的线条。女神的眼睛、微笑，以至她的姿态、步履、鲜花，都是由线条表现的。

维纳斯微俯的头，举着的右手，衣服的褶痕，都构成一片严肃、温婉、母性的和谐。母性的，因为波提切利所代表的维纳斯，是司长万物之生命的女神。

至于雄辩之神面部的表情，那是更严重、更悲哀了，有人说他像朱利安·梅迪契（Julian Medici, 1453—1478，洛伦佐的兄弟，1478年被刺殒命），但这个悲哀的情调还是波提切利一切人像中所共有的，是他个人的心灵的反映，也许是一种哲学思想之征象，如上面所说的伊壁鸠鲁派的精神。他的时代原来有伊壁鸠鲁哲学复兴的潮流，故对于享乐的鄙弃与对于虚荣的厌恶，自然会趋向于悲哀了。

波提切利所绘的一切圣母尤富悲愁的表情。

圣母是耶稣的母亲，也是神的母亲。她的儿子注定须受人间最惨酷的极刑。耶稣是儿子，也是神，他知道自己未来的运命。因此，这个圣母与耶稣的题目，永远给予艺术家以最崇高、最悲苦的情操：慈爱、痛苦、尊严、牺牲、忍受，交错地混合在一起。

在《圣母像》（Madone du Magnificat）一画中，圣母抱着小耶稣，天使们围绕着，其中两个捧着皇后的冠冕。一道金光从上面洒射在全部人物头上。另外两个天使拿着墨水瓶与笔。背景是平静的田野。

全画的线条汇成一片和谐。全部的脸容也充满着波氏特有的"妩媚"，可是小耶稣的手势、脸色，都很严肃，天使们没有微笑，圣母更显得怨哀：她心底明白她的儿子将来要受世间最残酷的折磨与苦刑。

圣母的忧戚到《格林纳达圣母像》（Madone de la Grenade）一画中，尤显得悲怆。构图愈趋单纯：圣母在正中抱着耶稣，给一群天使围着；她的大氅从身体两旁垂下，衣褶很简单；自上而下的金光，在人物的脸容上也没有引起丝毫反光。全部作品既没有特别刺激的处所，我们的注意力自然要集中到人物的表情方面去了。这里，还是和其他的圣母像一样，是表现哀痛欲绝的情绪。

现在，我得解释"波提切利之妩媚"的意义和来源。

第一，所谓妩媚并非是心灵的表象，而是形式的感觉。波提切利的春神、花神、维纳斯、圣母、天使，在形体上是妩媚的，但精神上却蒙着一层惘然的哀愁。

第二，妩媚是由线条构成的和谐所产生的美感。这种美感是属于触觉的，它靠了圆味即立体感与动作来刺激我们的视觉，宛如音乐靠了旋律来刺激我们的听觉一样。因此，妩媚本身就成为一种艺术，可与题材不相关联；亦犹音乐对于言语固是独立的一般。

波氏构图中的人物缺乏谨严的关联，就因为他在注意每个形象之线条的和谐，而并未用心去表现主题。在《维纳斯之诞生》中，女神的长发在微风中飘拂，天使的衣裙在空中飞舞，而涟波荡漾，更完成了全画的和谐，这已是全靠音的建筑来构成的交响乐情调，是触觉的、动的艺术，在我们的心灵上引起陶醉的快感。

达·芬奇登峰造极的艺术

法国十六世纪有一个大文学家,叫作拉伯雷(Francois Rabelais),在他的名著《伽尔刚蒂亚与邦太葛吕哀》(*Gargantua et Pantagruel*,又译《巨人传》)中,描写邦太葛吕哀所受的理想教育,在量和质上都是浩博得令人吃惊,使近世教育家听了都要攻击,说这种教育把青年人的脑力消耗过度,有害他们精神上的健康。拉伯雷要教他画中的主人知道一切所可能知道的事情,而他的记忆能自动地应付并解答随时发生的问题。邦太葛吕哀的智识领域,可以用中国旧小说上几句老话来形容:上知天文,下知地理,无所不晓,靡所不通。而且他还有不醉之量,抱着伊壁鸠鲁派的乐天主义,杯酒消愁;高兴的时候,更能竞走击剑,有古希腊士风:那简直是个文武全才的英雄好汉了。

其实,怀抱这种理想的,不特在近世文明发轫的十六世纪有拉伯雷这样的人,即在十八世纪,亦有卢梭的《爱弥儿》,在二十世纪,亦有罗曼·罗兰的《约翰·克利斯朵夫》的典型的表现。自然,后者的学说及其实施方法较之十六世纪是大不相同了,在科学的观点上,也可说是进步了;但其出于造成"完人"的热诚的理想,则大家原无二致。

他们——这许多理想家——所祈望的人物,实际上有没有出现过呢?

如果是有的,那么,一定要推莱奥纳多·达·芬奇为最完全的代表了。

一四八六年,拉伯雷还在摇篮里的时光,达·芬奇已经三十多岁了。那时代的有名学者皮克·特·拉·米兰多拉(Pic de la Mirandola,1462—

1491）曾列举一切学问范围以内的问题九百个，征求全世界学者的答案。这个故事不禁令人想起一件更古的传说。据柏拉图记载，希腊诡辩学者希庇亚斯，在奥林匹克大祭的集会中，向着世界各地的代表力举他的才能；他朗诵他的史诗、悲剧、抒情诗。他的靴子、刀、水瓶，都是他自己制的。的确，他并没有以获得什么竞走、角力等等的锦标自豪，不像拉伯雷的邦太葛吕哀，除了在文艺与科学方面是一个博学者外，还是一个善于骑马、赛跑、击剑的运动家。

上面说过，在拉伯雷之外，还有卢梭、罗曼·罗兰等都曾抱过这种创造"完人"的理想，就是说每个时代的人类都曾做过这美妙的梦。无疑的，意大利民族，在文艺复兴时，尤其梦想一个各种官能全都完满地发展的人。他们并主张第一还要有"和谐"来主持，方能使一个人的身体的发展与精神的发展两不妨害而相得益彰。

在文艺复兴时期。身心和谐、各种官能达到均衡的发展的人群中，莱奥纳多尤其是一个惊人的代表。

达·芬奇于一四五二年生于翡冷翠附近的一个小城中，那个城的名字就是他的姓——芬奇（Vinci）。他的父亲是城中的画吏。莱奥纳多最初进当时的名雕刻家韦罗基奥的工作室。

迄一四八三年他三十一岁时为止，达·芬奇一直住在翡冷翠。以后他到米兰大公府中服务，直到一四九九年方才他去。这十六年是达·芬奇一生创作最丰富的时代。

从此以后他到处漂流。一五〇一年他到威尼斯，一五〇七年又回米兰，一五一三年去罗马，依教皇利奥十世，一五一五年以后，他离开意大利赴巴黎。法王弗朗西斯一世款以上宾之礼。一五一九年，芬奇即逝世于客地。据传说所云，他临死时，法王亲自来向他告别。

这种流浪生涯是当时许多艺术家所共有的。他们忍受一种高贵的劳役生活。凡·艾克（Van Eyck）在勃艮第诸侯那里，鲁本斯在公乐葛宫中都是如此。可是最有度量的保护人也不过当他们是稀有的工人，似乎只有弗朗西斯一世之于芬奇，是抱着特别敬爱之情。

史家兼艺术家瓦萨里，在芬奇死后半世纪左右写他的传记，它的开始是这样虔诚的词句："有时候，上帝赋人以最美妙的天资，而且是毫无限制地集美丽、妩媚、才能于一身。这样的人无论做什么事情，他的行为总是值得人家的赞赏，人家很觉得这是上帝在他灵魂中活动，他的艺术已不是人间的艺术了。莱奥纳多正是这样的一个人。"

瓦萨里认识不少自身亲见莱奥纳多的人，他从他们那里采集得人家称颂莱奥纳多的许多特点："他把马蹄钉或钟锤在掌中捏成一块铝片——邦太葛吕哀不能比他更优胜了——他的光辉四射的美貌，生气勃勃的仪表，使最抑郁的人见了会恢复宁静；他的谈吐会说服最倔强的人；他的力量能够控制最强烈的愤怒。"

莱奥纳多还是一个动人的歌者。他到米兰时，在大公卢多维克·斯福查（Ludowic sforza）宫中，用一种自己发明的乐器——形如马首一般的古琴参加某次音乐竞赛。他又表现他歌唱的才能，尤其是随时即兴的本领，使大公卢多维克·斯福查立刻宠视他。

他的服饰为当时的服装的模型。米兰、翡冷翠、巴黎，举行什么庆祝节会的时候，总要请他主持布置的事情。

他是画家，历史上有数的天才画家。他是《瑶公特》《最后之晚餐》《施洗者圣约翰》《圣安妮》等名画的作者。他是雕刻家，他为斯福查大公所造的一座骑像，当时公认为神品。他是建筑家、工程师。他为各地制定引水灌溉的计划。总而言之，他是一个第一流的学者。

一四八三年，莱奥纳多决意离开翡冷翠去依附米兰大公，先写了一封奇特的信给大公。在这封信里（此信至今保存着），他像商人一般，天真地描写他所能做的一切；他说他可以教大公知道只有他个人所知道的一切秘密；他有方法造最轻便的桥可以追逐敌军；也有方法造最坚固的桥不怕敌人轰炸；他会在围攻城市时使河水干涸；他有毁坏炮台基础的秘法；他能造放射燃烧物的大炮；他会造架载大炮的铁甲车，可以冲入敌阵，破坏最坚固的阵线，使后队的步兵得以易于前进。

如果是海战，他还可以造能抵御最猛烈的炮火的战舰，以及在当时不知名字的新武器。

在太平的时代，他将成为一个举世无双的建筑家，他会开掘运河，把这一省的水引到别一省去。

他在那封信里也讲起他的绘画与雕塑的才能，但他只用轻描淡写的口气叙述，似乎他专门注重他的工程师的能力。

这封毛遂自荐的信不是令人以为是在听希庇亚斯在奥林匹克场中的演说吗？不是令人疑惑它是上文所述的皮克·特·拉·米兰多拉所出的九百问题的回声吗？

芬奇真是一个怪才。他是一个"知道许多秘密的人"。这句话在他那封信中重复说过好几次。他保藏他的秘密，唯恐有人偷窃，所以他有许多手写的稿本是反写的。从右面到左面，必得用了镜子反映出来才能读。这些手迹在巴黎、伦敦，以及私人图书馆中都还保存着。他曾说他用这种方法写的书有一百二十部之多。

十五世纪，还是没有进入近代科学境域的时代。那时正在慢慢地摆脱盲目的信仰与神迹的显灵。米兰大公夫人的医生，仍想用讲述某种神奇的故事来医治她的病。所以，如果莱奥纳多的思想中存留着若干迷信的观念，亦是毫不足怪的。但他究竟是当时的先驱者，他已经具有毫无利害观念的好奇心。对于他，一切都值得加以研究。他的心且随时可以受到感动。瓦萨里叙述他在翡冷翠时，常到市集去购买整笼的鸟放生。他放生的情景是非常有趣的：他仔仔细细地观察鸟的飞翔的组织，这是使他极感兴味的问题；他又鉴赏在日光中映耀着的羽毛的复杂的色彩；末了，他看到小鸟们振翼飞去重获自由的情景，心里感到无名的幸福。从这个小小的故事中，可以看出莱奥纳多为人的几方面：他是精细的科学家，是爱美的艺术家，又是温婉慈祥、热爱生物的诗人。

邦太葛吕哀所学习的，只是立刻可以见到功效的事物。苏格拉底所懂得的美，只是有用处的：他以为最美的眼睛是视觉最敏锐的。希腊人具有科学的好奇心，只以满足自己为其唯一的目标的时间，还是后来的事。莱奥纳多·达·芬奇是大艺术家了——在这个字的最高贵的意义上——他的目光与观念要远大得多。他在那部名著《绘画论》(Traite de Peinture）中写道："你有没有在阴晦的黄昏，观察过男人和女人们的脸？在没有太阳的微光中，它们显得何等柔和！在这种时间，当你回到家里，趁你保有这印象的时候，赶快把它们描绘下来罢。"芬奇相信美的目标、美的终极就在"美"本身，正如科学家对于一件学问的兴趣即在这学问本身一般。

这个爱美的梦想者、慈祥的诗人，同时又有一个十分科学的头脑。他永远想使他的观察更为深刻，更为透彻，并在纷繁的宇宙中，寻出若干律令。在这一点上，他远离了中世纪而开近世科学的晨光熹微的局面。

他的思想的普遍性在历史上是极少见的。博学者的分析力与艺术家的易感性是如何难得融洽在一起！莱奥纳多的极少数的作品，应当视作联合几种官能的结晶品，这几种官能便是：观察的器官，善感的心灵，创造的想象力。世界所存留的芬奇的真迹不到十件，而几乎完全是小幅的。有几幅还是未完之作。

莱奥纳多作《最后之晚餐》一画，已费了四年的光阴，没有一个人物不是经过他长久而仔细的研究的。米开朗琪罗在五年之中把西斯廷礼拜堂的整个天顶都画好了；拉斐尔，在三十七岁上夭折的时候，已经完成了无数的杰作。从这个比较上可知拉斐尔只是一个画家，谁也不会说他除了绘画之外赋有如何卓越奇特的智慧。米开朗琪罗是一个大诗人、大思想家，但他除了西斯廷礼拜堂的天顶画与壁画以外，也只留存下多少未完成的作品。莱奥纳多，是大艺术家，同时是渊博的学者，只成功了极少数的画。由此我们可以得到一个超乎绘画领域以外的重要结论：一个伟大的艺人，当他的作品是大得无名（引用里尔克形容罗丹的话）的时候，他好像在表露他一种盲目的如莱奥纳多在《绘画论》中写着:"当作品超越判断的时候,表示判断是何等薄弱。作品超越了判断,那是更糟。判断超越了作品才是完满的。如果一个青年觉得有这种情形,无疑地他是一个出色的艺术家。他的作品不会多。但饱含着优点。"这几句就在说他自己。他对于他的由想象孕育成的境界,有明白清楚的了解,"理想"与他说的话,如是热烈,如是确切,使他觉得老是无法实现。他的判断永远超过作品。

而且,他的艺术家的意识又是如何坚强,对于他的荣誉与尊严的顾虑又是如何深切,他毫不惋惜地毁坏一切他所认为不完美的作品。"由你的判断或别人的判断,使你发现你的作品中有何缺点,你应当改正,而不应当把这样一件作品陈列在公众面前。你绝不要想在别件作品中再行改正而宽恕了自己。绘画并不像音乐般会隐灭。你的画将永远在那里证明你的愚昧。"

他的作品稀少的另一个原因是:他的科学精神只想发现一种定律而不大顾虑到实施。目标本身较之追求目标更引起他的兴味。他如那些穷得饿死的发明家一样,并不想去利用他自己的发明。他的《安加利之战》那张壁画,因为他要试验一种新的外层油,就此丢了。他连这张画的稿样都不愿保存。教皇利奥十世委他作另一幅画时,他就去采集野草、蒸馏草露,以备再做一种新的外层油。因此,教皇对人说:"这个人不会有何成就,既然他没有开始已经想到结尾。"(按:外层油乃一画完工后涂在表面的油。)

他的书,他的手写的稿本,上面都涂满各色各种的素描,足见他的心灵永远在清醒的境地之中。这些素描中有习作,有图样,有草案,一切占据他思念的事物。

在他的广博的学问、理想和感情平均地发展到顶点的一点上,莱奥纳多·达·芬奇确是文艺复兴的最完全的一个代表。

有时候,科学的兴味浓厚到使他不愿提笔,但绘画究竟是他最爱好的事业。他也像在研究别的学问时一样,想努力把绘画造成一种科学。

那时米兰有一个绘画学院，达·芬奇在那里实现了他的理想之一部分。他除了教学生实习外，更替他们写了许多专论，《绘画论》即是其中最著名的一部。全书共分十九章，包括远近、透视、素描、模塑、解剖，以及当时艺术上的全部问题。这本书对于我们有两重意味：第一教我们明了绘画上的许多实际问题，第二使我们懂得芬奇对于艺术的观念。

他以为依据了眼睛的判断而工作的画家，如果不经过理性的推敲，那么他所观察到的世界，无异于一面镜子，虽能映出最极端的色相而不明白它们的要素。因此他主张对于一切艺术，个人的观照必须扩张到理性的境界内。假如一种研究，不是把教学的抽象的论理当作根据的，便算不得科学。这种思想确已经超越了他的时代。

在荷兰风景画家前一百五十年，在大家对于风景视作无关重要的装饰的时候，莱奥纳多已感到大自然的动人的魔力。《瑶公特》的背景，不是一幅可以独立的风景画吗？在这一点上，他亦是时代的先驱者。

他的时代，原来是一般画家致全力于技巧，要求明暗、透视、解剖都有完满的表现的时代；他自己又是对于这些技术有独到的研究的人；然而他把艺术之鹄放在这一切技巧之外，他要艺术成为人类热情的唯一的表白。各种技术的智识不过是最有力的工具而已。

这样，十五世纪的清明的理智、美的爱好、温婉的心情，由莱奥纳多·达·芬奇达到登峰造极的表现。

米开朗琪罗的时代思潮

西斯廷礼拜堂（Chapelle Sistine）是教皇的梵蒂冈宫（Palais duvatican）所特有的小礼拜堂，附建在圣彼得大教堂（Bassilique St. Pierre）左侧。在这礼拜堂里举行选举新任教皇的大典，陈列每个教皇薨逝后的遗骸。每逢特别的节日，教皇亦在这里主持弥撒。圣彼得大教堂是整个基督教的教堂，西斯廷礼拜堂则是教皇个人的祈祷之所。

教皇西克斯图斯四世（Sixtus IV）——他是德拉·洛韦拉族（Della Rovera）中的第一个圣父——于一四八〇年敕建这所教堂，名为西斯廷，亦纪念创建者之意。所谓 Chapelle（礼拜堂）原系面积狭小的教堂，是中古时代的诸侯贵族的爵邸中作为祭神之所的一间厅堂；但西斯廷礼拜堂因为是造作教皇御用的缘故，所以特别高大，计长四十公尺、宽十三公尺，穹隆形的屋顶的面积共达八百方尺。

堂内没有圆柱，没有方柱，屋顶下面也没有弓形的支柱。两旁墙壁的高处，各有六扇弓形的窗子。余下的宽广的墙壁似乎预备人家把绘画去装饰的。实际上，历代教皇也就是请画家来担任这部分的工作。西斯廷礼拜堂教皇的后任亚历山大六世（Alexandre VI Borgia），在翡冷翠招了许多画家去把窗下的墙壁安置上十二幅壁画；这些作品也是名家之作，如平图里乔、吉兰达约、波提切利等都曾参加这组工作。但是西斯廷礼拜堂之成为西斯廷礼拜堂，只因为有了米开朗琪罗的天顶画及神龛后面的大壁画之故。只有研究过美术史的人，才知道在西斯廷礼拜堂内，除了米氏的大作之外，尚有其他名家的遗迹。

米开朗琪罗的一生，全是许多苦恼的故事织成的，而这些壁画的历史，尤其是他全部痛苦的故事中最痛苦的。

米开朗琪罗到罗马的时候，才满三十岁，正当一五○五年。雄才大略的教皇尤里乌斯二世（Julius Ⅱ）就委托他建筑他自己的坟墓。这件大事业正合米氏的脾胃，他立刻画好了图样进呈御览，也就得到了他的同意。他们两个人，可以说一见即互相了解的，他们同样爱好"伟大"，同样固执，同样暴躁，新计划与新事业同样引起他们的热情。他们的脾气，也是一样乖僻暴戾。这个教皇是历史上仅见的野心家与政治家，这个艺术家是雄心勃勃的旷世怪杰；两雄相遇，当然是心契神合；然而他们过分相同的性情脾气，究竟不免屡次发生龃龉与冲突。

白石从出产地卡拉拉（Carrara）运来了，堆在圣彼得广场上。数量之多，面积之大，令人吃惊。教皇是那样高兴，甚至特地造了一条甬道，从教皇宫直达米氏的工作场，使他可以随时到艺术家那里去参观工作。

突然，建造坟墓的计划放弃了，教皇只想着重建圣彼得大教堂的问题。他要把它造成世界上最大的教堂，一个配得矗立在永久之城（罗马之别名）里的大教堂。这件事情的发端，原来是有内幕的。米开朗琪罗的敌人，拉斐尔、布拉曼特（Bramante，名建筑家）辈看见米氏在于那样伟大的事业，自然不胜嫉妒；而且米氏又常常傲慢地指责他们的作品，当下就在教皇面前游说，说圣父丰功伟业，永垂千古而不朽，但在生前建造坟墓未免不祥，远不如把圣彼得大教堂重建一下，更可使圣父的功业锦上添花；尤里乌斯二世本来是意气用事、喜怒无常的一个专制王，又加还有些迷信的观念，益发相信了布拉曼特的话，决定命令他主持这个新事业。至于米开朗琪罗，教皇则教他放下刀笔，丢开白石，去为西斯廷礼拜堂的天顶画十二个使徒像。绘画这勾当原是米氏从未学过而且瞧不起的，这个新使命显然是敌人们拨弄出来作难他的。

他求见教皇，教皇不见。他愈加恐惧了，以为是敌人们在联合着谋害他。他逃了，一直逃回故乡——翡冷翠。

然而，逃回之后，他又恐怖起来：因为在离开罗马后不久，就有教皇派着五个骑兵来追他，递到教皇的敕令，说如果他不立刻回去，就要永远失宠。虽然安安宁宁地在翡冷翠，不用再怕布拉曼特要派刺客来行刺他，但他还是忐忑危惧，唯恐真的失宠之后，他一生的事业就要完全失望。

他想回罗马。正当教皇战胜了博洛尼亚（Bologna）驻节城内的时候，米开朗琪罗怀着翡冷翠大公梅迪契的乞情信去见教皇。教皇盛怒之下，毕竟宽恕了米氏。他们讲和之后第一件工作是替尤里乌斯二世做一座巨大的雕像。据当时目击的人说这像是非凡美妙的，但不久即被毁坏，我们在今日连它的遗迹也看不见。以后就是要实地去开始西斯廷礼拜堂的装饰画了。米氏虽然再三抗议，教皇的意志不能摇动分毫。

一五〇八年五月十日，米氏第一天爬上台架，一直度过了五年的光阴。天顶画的题目，最初是十二使徒；但是以这样一个大师，其不能惬意于这类薄弱狭小的题材，自是意料中事。天顶的面积是那般广大，他的智慧与欲望尤其使他梦想巨大无边的工作；而且教皇也赞同他的意见。因之十二使徒的计划不久即被放弃，而代以创世记、预言家、女先知者等广博的题材。

题目大，困难也大了：米开朗琪罗古怪的性情，永远不能获得满足；他不懂得绘画，尤其不懂需要特殊技巧、特殊素材的壁画。他从翡冷翠招来几个助手，但不到几天，就给打发走了。建筑家布拉曼特替他构造的台架，他亦不满意，重新依了自己的办法造过。教皇的脾气又是急躁非凡，些微的事情，会使他震怒得暴跳起来。他到台架下面去找米开朗琪罗，隔着十公尺的高度，两个人热烈地开始辩论。老是那套刺激与激烈的话，而米氏也一些不退让："你什么时候完工？""——等我能够的时候！"一天，又去问他，他还是照样地回答"当我能够的时候"，教皇怒极了，要把手杖去打他，一面再三地说："等我能够的时候——等我能够的时候！"米开朗琪罗爬下台架，赶回寓处去收拾行李。教皇知道他当真要走了，立刻派秘书送了五百个杜格（意大利古币名）去，米氏怒气平了，重新回去工作。每天是这些喜剧。

终于，一五一二年十月三十一日，教堂开放了。教皇要亲自来举行弥撒，向米开朗琪罗吆喝道："你竟要我把你从台架上翻下来吗？"没有办法，米开朗琪罗只得下来，其实，这件旷世的杰作也已经完成了。

五年中间，米开朗琪罗天天仰卧在十公尺高的台架上，蜷着背，头与脚跷起着。他的健康大受影响，只要读他那首著名的自咏诗就可窥见一斑：

> 我的胡子向着天，
> 我的头颅弯向着肩，
> 胸部像头枭。
> 画笔上滴下的颜色
> 在我脸上形成富丽的图案。
> 腰缩向腹部的地位，
> 臀部变成秤星，压平我全身的重量。
> 我再也看不清楚了，
> 走路也徒然摸索几步。
> 我的皮肉，在前身拉长了，
> 在后背缩短了，
> 仿佛是一张叙利亚的弓。

西斯廷的工程完工之后几个月内，米开朗琪罗的眼睛不能平视，即读一封信亦必须把它拿起仰视，因为他五年中仰卧着作画，以致视觉也有了特别的习惯。

然而，西斯廷天顶画之成功，还是尤里乌斯二世的力量。只有他能够降服这倔强、桀骜、无常的艺术家，也只有他能自始至终维持他的工作上必需的金钱与环境。否则，这件杰作也许要和米氏其他的许多作品一样只是开了端而永远没有完成。

一五〇八年米开朗琪罗开始动手的时候，有八百方尺的面积要用色彩去涂满，这天顶面积之广大一定是使他决计放弃十二使徒的主要原因。他此刻要把创世记的故事去代替，十二个使徒要代以三百五十左右的人物。第一他先把这么众多的人物，寻出一种有节奏的排列。这是必不可少的准备。天顶的面积既那般广，全画人物的分配当然要令观众能够感到全体的造型上的统一。因此，米氏把整个天顶在建筑上分成两部：一是墙壁与屋顶交接的弓形部分，一是穹隆的屋顶中间低平部分。这样，第二部分就成为整个教堂中最正式最重要的一部，因为它是占据堂中最高而最中央的地位。接着再用若干弓形支柱分隔出三角形的均等的地位，并用以接连中间低平部分和墙壁与穹隆交接的部分。

屋顶正中的部分，作者分配"创世记"重要的各幕。在旁边不规则三角形内分配女先知及预言者像。墙壁与穹隆交接部分之三角形内，绘耶稣祖先像。但这三大部分的每幅画所占据的地位是各各不同的，这并非欲以各部面积之大小以示图像之重要次要的分别，米氏不过要使许多画像中间多一些变化而不致单调。天顶正中创世记的表现共分九景，我们可以把它分成三组如下：

一、神的寂寞

A. 神分出光明与黑暗

B. 神创造太阳与月亮

C. 神分出水与陆

二、创造人类

A. 创造亚当

B. 创造夏娃

C. 原始罪恶

三、洪水

A. 洪水

B. 诺亚的献祭

C. 诺亚醉酒

这些景色中间，画着许多奴隶把它们连接起来，这对于题目是毫无关系的，单是为了装饰的需要。

第二部不规则的三角形，正为下面窗子形成分界线，内面画着与世界隔离了的男女先知。最下一部，是基督的祖先，色彩较为灰暗，显然是次要的附属装饰。因之，我们的目光从天顶正中渐渐移向墙壁与地面的时候，清楚地感到各部分在大体上是具有宾主的关系与阶段。

此刻我们已经对于这个巨大的作品有了一个鸟瞰，可以下一番精密的考察了。

第一引起我们注意的是没有一件对象足以使观众的目光获得休息。风景、树木、动物，全然没有。在创世记的表现中，竟没有"自然"的地位。甚至一般装饰上最普通的树叶、鲜花、鬼怪之类也找不到。这里只有耶和华、人类、创造物。到处有空隙，似乎缺少什么装饰。人体的配置形成了纵横交错的线条、对照（contraste）、对称（symetrique）。在这幅严肃的画前，我们的精神老是紧张着。

米开朗琪罗的时代是一般人提倡古学极盛的时代。他们每天有古代作品的新发现和新发掘。这种风尚使当时的艺术家或人文主义者相信人体是最好的艺术材料，一切的美都含蓄在内。诗人们也以为只有人的热情才值得歌唱。几世纪中，"自然"几乎完全被逐在艺术国土之外。十八世纪时，要进画院（Academic de Peinture）还是应当先成为历史画家。

米开朗琪罗把这种理论推到极端，以致在《比萨之役》（*Bataille de Pise*）中画着在洗澡的兵士；在西斯廷天顶上，找不到一头动物和一株植物——连肖像都没有一个。这似乎很奇特，因为这时候，肖像画是那

187

样流行。拉斐尔在装饰教皇宫的壁画中，就引进了一大组肖像。但是米开朗琪罗一生痛恶肖像，他装饰梅迪契纪念堂时，有人以其所代表的人像与纪念堂的主人全不相像为怪，他就回答道："千百年后还有谁知道像不像？"

他认为一切忠顺地表现"现实的形象"的艺术是下品的艺术。在翡冷翠时，米氏常和当地的名士到梅迪契主办的"柏拉图学园"去听讲，很折服这种哲学。他念到柏拉图著作中说美是不存在于尘世的，只有在理想的世界中才可找到，而且也只有艺术家与哲学家才能认识那段话时，他个人的气禀突然觉醒了。在一首著名的诗中他写道："我的眼睛看不见昙花般的事物！"在信札中，米氏亦屡屡引用柏拉图的名句。这大概便是他在绘画上不愿意加入风景与肖像的一个理由吧。

而且，在达到这"理想美"一点上，雕刻对于他显得比绘画有力多了。他说："没有一种心灵的意境为杰出的艺术家不能在白石中表白的。"实在，雕刻的工具较之绘画的要简单得多，那最能动人的工具——色彩，它就没有；因之，雕刻家必得要运用综合（synthese），超越现实而入于想象的领域。

"雕刻是绘画的火焰，"米氏又说，"它们的不同有如太阳与受太阳照射的月亮之不同。"因此，他的画永远像一组雕像。

我们此刻正到了十五世纪末期，那个著名的 quattrocento 的终局。二百年来意大利全体的学者与艺术家，发现了绘画［乔托以前只有枯索呆滞的宝石镶嵌马赛克（Mosaique），而希腊时代的庞贝的画派早已绝迹了千余年］，发现了素描，以及一切艺术上的法则以后，已经获得一个结论——艺术的最高目标并不是艺术本身，而是表现或心灵的意境，或伟大的思想，或人类的热情的使命。所以，米开朗琪罗不能再以巧妙、天真的装饰自满，而欲搬出整部的《圣经》来做他的中心思想了。他要使他的作品与伟大的创世记的叙述相并，显示耶和华在混沌中飞驰，在六日中创造天与地、光与暗、太阳与月亮、水与陆、人与万物……

我们看《神分出水与陆》的那幕。耶和华占据了整个画幅。他的姿态，他的动作，他的全身的线条，已够表显这一幕的伟大……在太空中，耶和华被一阵狂飙般的暴风疾卷着向我们前来。脸转向着海。口张开着在发施号令，举起着的左手正在指挥。裹在身上的大衣胀饱着如扯足了的篷，天使们在旁边牵着衣褶。耶和华及其天使们是横的倾向，画成正面。全部没有一些省略（raccourci），也没有一些枝节不加增全画的精神。

水面上的光把天际推远以至无穷尽。近景故意夸张，头和手画得异常大。衣服的飘扬，藏着耶和华身体的阴暗部分，似乎伸到画幅外的右手，都是表出全体人物是平视的，并予人以一种无名的强力，从辽远的天际飞来渐渐迫近观众的印象。枝节的省略，风景的简朴，尤其使我们的想象，能够在无垠无际的空中自由翱翔。

就在梵蒂冈宫中，在称为 loges 的廊内，拉斐尔也画过同样的题材。把它来和米开朗琪罗的一比，不禁要令人微笑。这样的题材与拉斐尔轻巧幽美的风格是不能调和的。

《神创造亚当》是九幕中比较被人知的一幕。亚当慵倦地斜卧在一个山坡下，他成熟的健美的体格，在深沉的土色中显露出来，充满着少年人的力与柔和。胸部像白石般美。右臂依在山坡上，右腿伸长着摆在那里，左腿自然地曲着。头，悲愁地微俯。左臂依在左膝上伸向耶和华。

耶和华来了，老是那创造六日中飞腾的姿势，左臂亲狎地围着几个小天使。他的脸色不再是发施命令时的威严的神气，而是又悲哀又和善的情态。他的目光注视着亚当，我们懂得他是第一个创造物。伸长的手指示亚当以神明的智慧。在耶和华臂抱中的一个美丽的少女温柔地凝视亚当。

这幕中的悲愁的气氛又是什么？这是伟大的心灵的、大艺术家的、大诗人的、圣者的悲愁，是波提切利的圣母脸上的，是米开朗琪罗自己的其他作品中的悲愁。《圣经》的题材在一切时代中原是最丰富的热情的诗。"神的热情"（passion de Dien）曾经感应了多少历史上伟大的杰作！

每一组人物都像用白石雕成的一般。亚当是一座美妙的雕像。暴风般飞卷而来的耶和华，也和扶持他的天使们形成一组具有对称、均衡、稳定各种条件的雕塑。

至于男女先知，我们在上面讲过，是受了最初的"十二使徒"的题材的感应。使徒的出身都是些平民、农夫，他们到民间去宣布耶稣的言语，他们只是些富有信仰的好人，不比男女先知是受了神的启示，具有神灵的精神与思想，全部《圣经》写满了他们的热烈的诗句，更能满足米开朗琪罗爱好崇高与伟大的愿望。自然，男女先知的表现，在米氏时代并非是新的艺术材料，但多数艺术家不过把他们作为虔诚的象征，而没有如米氏般真切地体味到全部《圣经》的力量与先知们超人的表白。

这些男女先知像中最动人的，要算是约拿像了。狂乱的姿势，脸向着天，全身的线条亦是一片紧张与强烈的对照。右臂完全用省略隐去，两腿的伸长使他的身躯不致整个地往后仰侧：这显然又是一座雕像的结构。右侧的天使，腿上的盔帽都是维持全体的均衡与重心的穿插。

其他如女先知库迈、耶利米、以赛亚的头仿佛都是在整块白石上雕成的。而耶利米的表情，尤富深思与悲戚的神气，似乎是五百年后罗丹的《思想者》的先声。

在创世记九景周围的二十个人物（奴隶），只是为创世记各幕做一种穿插，使其在装饰上更显富丽罢了。

最后一部的基督的祖先像，其精神与前二部的完全不同。在这里，没有紧张的情调，而是家庭中柔和的空气，坚强的人体易以慈祥的父母子女。在这里，是人间的家庭，在创世记与先知像中，是天地的开辟与神灵的世界。这部的色调很灰暗，大概是米开朗琪罗把它当作比较次要的缘故，然而他在这些画面上找到他生平稀有的亲密生活之表白，却是无可怀疑的事实。

裸体，在西方艺术上——尤其在古典艺术上——是代表宇宙间最理想的美。它的肌肉，它的动作，它的坚强与伟大，它的外形下面蕴藏着的心灵的力量与伟大，予人以世界上最完美的象征。希腊艺术的精神是如此，因为希腊的宇宙观是人的中心的宇宙观；文艺复兴最高峰的精神是如此，因为自但丁至米开朗琪罗，整个的时代思潮往回复古代人生观、自我发现、人的自觉的路上去。米氏以前的艺术家，只是努力表白宗教的神秘与虔敬；在思想上，那时的艺术还没有完全摆脱出世精神的束缚；到了米开朗琪罗，才使宗教题材变成人的热情的激发。在这一点上，米开朗琪罗把整个的时代思潮具体地表现了。

圣洛伦佐教堂与梅迪契墓

在翡冷翠的圣洛伦佐（San Lorenzo）教堂中，有两座祭司更衣所（Sacristies，一译圣器室），是由当地的诸侯梅迪契出资建造的。老的那一所，建于约翰·梅迪契及其儿子科西莫·梅迪契的时代（十四世纪），里面陈列着多那太罗的雕塑、有名的铜门和约翰·梅迪契的坟墓。

一五二一年左右，大主教尤里乌斯·梅迪契决意在洛伦佐教堂中另建一所新的祭司更衣室，命米开朗琪罗主持。建筑的用意亦无非是想借了艺术家的作品，夸耀他们梅迪契族的功业而已。最初的计划是要把这座祭司更衣所造成一组伟大庄严的坟墓，它的数目先是定为四座，以后又增至六座。米开朗琪罗更把这计划扩大，加入代表"节季""时刻""江河"等等的雕像。如果这件工作幸能完成，那么，在今日亦将是和西斯廷礼拜堂天顶画同样伟大的作品，不过是在白石上表现的罢了。

一五二二年，尤里乌斯·梅迪契被举为教皇克雷芒七世（Climent Ⅶ），他是第一个发起造这所更衣所的人，他既然登了大位做了教皇，似乎权力所及，更易实现这件事业了，然而直至一五二七年还未动工。而且那一年，罗马给法国波旁（Bourbon）王族攻下，教皇克雷芒七世也被囚于圣安越宫。三个月中间，罗马城被外来民族大肆焚掠，文明精华，损失殆尽。

接着，翡冷翠梅迪契族的统治亦被当地的民众推翻了，代以临时民主政府。但不久罗马解围，教皇克雷芒七世大兴讨伐之师来攻打翡冷翠的革命党。一年之后，翡冷翠终被攻下，梅迪契的统治权重新恢复了，并且为复仇起见，由教皇敕封为翡冷翠大公。这时候，意大利半岛上，自由是毁灭了，人民重又堕入专制的压迫之下。

在这两件重大的战乱中，米开朗琪罗并没有安分蛰居，他一开始就加入民主党方面，在围城时，他还是防守工程的总工程师。因此，在翡冷翠民主党失败时，他是处于危境中的一个人物，然而教皇保护他，终于没有获罪，这大概是教皇虽在戎马倥偬之际仍未忘怀他建造坟墓的计划之故。

就在这时候，米开朗琪罗完成了那著名的洛伦佐·梅迪契与朱利阿诺·梅迪契墓上的四座雕像——《日》《夜》《晨》《暮》，以及在这四座像上面的《思想者》与《力行者》。

米开朗琪罗五十五岁。一个人到了这年纪必定要回顾他以往的历程，并且由于过去的经验，自然而然地产生一种哲学。那么，米开朗琪罗在追忆或在故国——翡冷翠，或在罗马的生活时，脑海中又浮现什么往事呢？他年轻时，曾目击帕齐（Pazzi）族与梅迪契族的政争，以后，他曾做过多明我派（Dominician）教士萨伏那洛拉（Savonarola，1452—1498）的信徒，眼见这教士在诸侯宫邸广场上受火刑。他又亲见他的故国被北方的野蛮民族蹂躏劫掠，以致逃到威尼斯。他到罗马，和教皇尤里乌斯二世屡次冲突，又是一段痛苦的历史。尤里乌斯二世的坟墓中途变卦，又怀疑他的敌人要谋害他，逃回翡冷翠。不久又在博洛尼亚向教皇求和，随后便是五年的台架生活，等到西斯廷天顶画完工，他的身体也衰颓了。一五一三年二月，教皇尤里乌斯二世薨逝。米氏回至翡冷翠，重新想着尤里乌斯二世的坟墓。他于同年三月签了合同，答应以七年的时间完成这工作，他的计划较尤里乌斯二世最初的计划还要伟大，共有三十二座雕像。此后三年中，米氏一心一意从事于这件工程，他的《摩西》（现存罗马文科利的圣彼得罗寺）与《奴隶》（现存巴黎卢浮美术馆）也在这时期完成。这是把他的热情与意志的均衡表现得最完满的两座雕像。但不久新任教皇利奥十世把他召去，委任他建造翡冷翠圣洛伦佐教堂的正面，事实上米氏不得不第二次放弃尤里乌斯二世的坟墓。一五三〇年翡冷翠革命失败后，米氏受教皇尤里乌斯之托，动手继续那梅迪契墓。原定的六座坟墓只完成了两座。所谓"节季""时刻""江河"等的雕像只是一些雏形。原定的一个壮丽的墓室变成了冷酷的祭司更衣所。

这是面积不广的一间方形的屋子，两端放着两座相仿的坟墓。一个是洛伦佐·梅迪契的，一个是朱利阿诺·梅迪契的；其他两端则一些装饰也没有，显然是一间没有完成的祭司更衣所。

虽然如此，我们仍旧可以看出这所屋子的建筑原来完全与雕刻相协调的。米开朗琪罗永远坚执他的人体至上、雕塑至高的主张，故他竟欲把建筑归雕刻支配。屋子的采光亦有特殊的设计，我们只需留神《思想者》与《夜》的头部都在阴影中这一点便可明白。

坟墓上面放着两座人像，他们巨大的裸体倾斜地倚卧着，仿佛要坠下地去。他们似乎都十二分瞌睡，沉浸在那种险恶的噩梦中一般。全部予人以烦躁的印象。这是人类痛苦的象征。米氏有一段名言，便是这两座像的最好的注解：

"睡眠是甜蜜的，成了顽石更是幸福，只要世上还有羞耻与罪恶存在着的时候。不见不闻，无知无觉，便是我最大的幸福；不要来惊醒我！啊，讲得轻些罢！"

"白天"醒来了，但还带着宿梦未醒的神气。他的头，在远景，显得太大，向我们射着又惊讶又愤怒的目光，似乎说："睡眠是甜蜜的！为何把我从忘掉现实的境界中惊醒？"

使这痛苦的印象更加鲜明的，还有这《日》的拘挛的手臂的姿势与双腿的交叉；《夜》的头深深地垂向胸前，肢体与身材的巨大，胸部的沉重，思想也显得在大块的白石中迷蒙。上面的两个人像应该是死者（即洛伦佐与朱利阿诺）的肖像，然而它们全然不是。我在上一讲中所提及的"千百年之后，谁还去留神他们的肖似与否"那句话，便是米开朗琪罗为了这两座像说的。我们知道米氏最厌恶写实的肖像，以为"美"当在理想中追求。他丢开了洛伦佐与朱利阿诺·梅迪契的实际的人格，而表现米氏个人理想中的境界——行动与默想。梅迪契是当日的统治者、胜利者，然而行动与默想的两个形象，和这胜利的意义并不如何协调，却与其他四座抑郁悲哀的像构成"和谐"。

进一层说，这座纪念像大体的布局除了表现一种情操以外，并亦顾到造型上的统一，和西斯廷天顶画中的奴隶有同样的用意。墙上的两条并行直线和墓上的直线是对称的。人体的线条与四肢的姿势亦是形成一片错综的变化。朱利阿诺墓上的《日》是背向的，《夜》是正面的，这是对照；两个像的腿的姿势，却是对称的。当然，这些构图上的枝节、对照、对称、呼应、隔离，都使作品更明白，更富丽。

然而作品中的精神颤动表现得如是强烈，把欢乐的心魂一下就摄住了，必须最初的激动稍微平息之后，才能镇静地观察到作品的造型美。

我们看背上强有力的线条，由上方来的光线更把它扩张、显明，表出它的深度。《日》与《夜》的身体弯折如紧张的弓；《晨》与《暮》的姿势则是那么柔和，那么哀伤，由了阴影愈显得惨淡。在《日》与《夜》的人体上，是神经的紧张，在《晨》与《暮》，是极度的疲乏。前者的线条是斗争的、强烈的，后者的线条是调和的、平静的。此外，在米氏的作品中，尤其要注意光暗的游戏，他把人体浴于阴影之中，形成颤动的波纹，或以阴影使肌肉的拗折，构成相反的对照。

至于两位梅迪契君主的像，虽然标着《思想者》与《力行者》的题目，但显然不十分吸引我们的注意。他们都坐着，腿的姿态与《摩西》的相同。表情沉着、严肃，恰与全部的雕塑一致。两个像的衣饰很难确定，朱利阿诺的前胸披着古代的甲胄，然而胸部的肌肉又是裸露的；他的大腿上似乎缠着希腊武士的绑带，但脚是跣裸的。

我们不能忘记米开朗琪罗除了雕刻家与画家之外，还是一个抒情诗人。在长久的痛苦生涯之后，他把个人的烦闷、时代的黑暗具体地宣泄了。这梅迪契墓便是最好的凭证。

拉斐尔:《美丽的女园丁》与《西斯廷圣母》

一、《美丽的女园丁》

莱奥纳多·达·芬奇、米开朗琪罗、拉斐尔,原是文艺复兴期鼎足而立的三杰。他们三个各有各的面目与精神,各自实现文艺复兴这个光华璀璨的时代的繁复多边的精神之一部。

莱奥纳多的深,米开朗琪罗的大,拉斐尔的明媚,在文艺上各自汇成一支巨流;综合起来造成完满宏富、源远流长的近代文化。

拉斐尔在二十四岁上离开了他的故乡乌尔比诺(Urbino),接着离开他老师佩鲁吉诺(Pérugino)的乡土佩鲁贾(Perugia)到翡冷翠去。因为当时意大利的艺术家,不论他生长何处,都要到翡冷翠来探访"荣名"。在这豪贵骄矜的城里,住满着名满当世的前辈大师。他是一个无名小卒,他到处寻觅工作,投递介绍信。可是他已经画过不少圣母像,如《索莉圣母》(Madone Solly)、《圣母加冕》(Couronnement de la Vierge),还有那著名的《格兰杜克的圣母》(Madone du Grand Duc)等,为今日的人们所低徊叹赏的作品。但那时候,他还得奋斗,以便博取声名。这个等待的时间,在艺人的生涯中往往最能产生杰作。在翡冷翠住了一年,他转赴罗马。正当一五○八年前后,教皇尤里乌斯二世当道,这是拉斐尔装饰教皇宫的时代,光荣很快地,出于意外地来了。

现藏巴黎卢浮宫的《美丽的女园丁》(La Belle Jardiniere),一幅圣母与耶稣的合像,便是这时期最好的代表作。

在一所花园里，圣母坐着，看护两个在嬉戏的孩子，这是耶稣与施洗者圣约翰（他身上披着的毛氅和手里拿着有十字架的杖，使人一见就辨认出）。耶稣，站在母亲身旁，脚踏在她的脚上，手放在她的手里，向她望着微笑。圣约翰，一膝跪着，温柔地望着她。这是一幕亲切幽密的情景。

题目——《美丽的女园丁》——很娇艳，也许有人会觉得以富有高贵的情操的圣母题材加上这种娇艳的名称，未免冒渎圣母的神明的品格。但自阿西西的圣方济各以来，由大主教圣波拿文都拉（Saint Bonaventure，1221—1274）的关于神学的著作和乔托的壁画的宣传，人们已经惯于在耶稣的行述中，看到他仁慈的、人的（humain）气息。画家、诗人，往往把这些伟大的神秘剧，缩成一幅亲切的、日常的图像。

可是拉斐尔，用一种风格和形式的美，把这首充溢着妩媚与华贵的基督教诗，在简朴的古牧歌式的气氛中表现了。

第一个印象，统辖一切而最持久的印象，是一种天国仙界中的平和与安静。所有的细微之处都有这印象存在，氛围中，风景中，平静的脸容与姿态中，线条中都有。在这翁布里亚（佩鲁贾省的古名）的幽静的田野，狂风暴雨是没有的，正如这些人物的灵魂中从没有掀起过狂乱的热情一样。这是缭绕着荷马诗中的奥林匹亚，与但丁《神曲》中的天堂的恬静。

这恬静尤有特殊的作用，它把我们的想象立刻摄引到另外一个境界中去，远离现实的天地，到一个为人类的热情所骚扰不及的世界。我们隔离了尘世。这里，它的卓越与超迈非一切小品画所能比拟的了。

因为这点，一个英国批评家，一个很大的批评家，罗斯金（Ruskin），不能宽恕拉斐尔。他屡次说乔托把耶稣表现得不复是"幼年的神——基督"、圣约瑟与圣母，而简直是爸爸、妈妈、宝宝！这岂非比拉斐尔的表现要自然得多吗？

许多脸上的恬静的表情，和古代（希腊）人士所赋予他们的神道的

197

一般无二，因为这恬静正适合神明的广大性。小耶稣向圣母微笑，圣母向小耶稣微笑，但毫无强烈的表现，没有凡俗的感觉：这微笑不过是略略标明而已。孩子的脚放在母亲的脚上，表示亲切与信心；但这慈爱仅仅在一个幽微的动作中可以辨识。

背后的风景更加增了全部的和谐。几条水平线，几座深绿色的山岗，轻描淡写的；一条平静的河，肥沃的、怡人的田畴，疏朗的树，轻灵苗条的倩影；近景，更撒满着鲜花。没有一张树叶在摇动。天上几朵轻盈的白云，映着温和的微光，使一切事物都浴着爱娇的气韵。

全幅画上找不到一条太直的僵硬的线，也没有过于尖锐的角度，都是幽美的曲线，软软的，形成一组交错的线的形象。画面的变化只有树木、圣约翰的杖、天际的钟楼是垂直的，但也只是些隐晦的小节。

我们知道从浪漫派起，风景才成为人类心境的表白；在拉斐尔，风景乃是配合画面的和谐的背景罢了。

构图是很天真的。圣约翰望着耶稣，耶稣望着圣母：这样，我们的注意自然会集中在圣母的脸上，圣母原来是这幅画的真正的题材。

人物全部组成一个三角形，而且是一个等腰三角形。这些枝节初看似乎是很无意识的；但我们应该注意拉斐尔作品中三幅最美的圣母像，《美丽的女园丁》、《金莺与圣母》(*Vierge au Chardonnet*)、《田野中的圣母》(*Madone aux Champs*)，都有同样的形式，即莱奥纳多的《岩间圣母》(*Vierge aux Rochers*)、《圣安妮》(*Saint Anne*) 亦都是的，一切最大的画家全模仿这形式。

用这个方法支配的人物，不特给予整个画面以统一的感觉，亦且使它更加稳固。再没有比一幅画中的人物好像要倾倒下去的形象更难堪的了。在圣彼得大教堂中的《哀悼基督》(*Pieta*) 上，米开朗琪罗把圣母的右手故意塑成那姿势，目的就在于压平全体的重量，维持它的均衡；因为在白石上，均衡，比绘画上尤其显得重要。在《美丽的女园丁》中，拉斐尔很细心地画出圣母右背的衣裾，耶稣身体上的线条与圣约翰的成为对称：这样一个二等边三角形便使全部人物站在一个非常稳固的基础上。

像他许多同时代的人一样，拉斐尔很有显示他的素描的虚荣。——我说虚荣，但这自然是很可原恕的——他把透视的问题加多：手、足，几乎全用缩短的形式表现，而且是应用得十分巧妙。这时候，透视、明暗，还是崭新的科学，拉斐尔只有二十四岁。这正是一个人欢喜夸示他的技能的年纪。

在一封有名的信札里，拉斐尔自述他往往丢开活人模型，而只依着"他脑中浮现的某种思念"工作。他又说："对于这思念，我再努力给它以若干艺术的价值。"这似乎是更准确，如果说他是依了对于某个模特儿的回忆而工作（因为他所说的"思念"实际上是一种回忆），再由他把自己的趣味与荒诞情去渲染。

他曾经从乌尔比诺与佩鲁贾带着一个女人脸相的素描，为他永远没有忘记的。这是他早年的圣母像的脸庞：是过于呆滞的鹅蛋脸，微嫌细小的嘴的乡女。但为取悦见过波提切利的圣母的人们，他把这副相貌变了一下，改成更加细腻。只要把《美丽的女园丁》和稍微前几年画的《索莉圣母》作一比较，便可看出《美丽的女园丁》的鹅蛋脸拉长了，口也描得更好，眼睛，虽然低垂着，但射出较为强烈的光彩。

从这些美丽的模型中化出这面目匀正细致幽美的脸相，因翁布里亚轻灵的风景与缥缈的气氛衬托出来。

这并非翡冷翠女子的脸，线条分明的肖像，聪明的，神经质的，热情的。这亦非初期的恬静而平凡的圣母，这是现实和理想混合的结晶，理想的成分且较个人的表情尤占重要。画家把我们摄到天国里去，可也并不全使我们遗失尘世的回忆：这是艺术品得以永生的秘密。

《索莉圣母》和《格兰杜克的圣母》中的肥胖的孩子，显然是《美丽的女园丁》的长兄；后者是在翡冷翠诞生的，前者则尚在乌尔比诺和佩鲁贾。这么巧妙地描绘的儿童，在当时还是一个新发现！人家还没见过

199

如此逼真、如此清新的描写。从他们的姿势、神态、目光看来，不令人相信他们是从充溢着仁慈博爱的基督教天国中降下来的么？

全部枝节，都汇合着使我们的心魂浸在超人的神明的美感中，这是一阕极大的和谐。可是艺术感动我们的，往往是在它缺乏均衡的地方。是颜色，是生动，是妩媚，是力。但这些元素有时可融化在一个和音（accord）中，只有精细的解剖才能辨别出，像这种作品我们的精神就不晓得从何透入了，因为它各部元素保持着极大的和谐，绝无丝毫冲突。在莫扎特的音乐与拉辛（Racine）的悲剧中颇有这等情景。人家说拉斐尔的圣母，她的恬静与高迈也令人感到几分失望。因为要成为"神的"（divin），《美丽的女园丁》便不够成为"人的"（humain）了。人家责备她既不能安慰人，也不能给人教训，为若干忧郁苦闷的灵魂做精神上的依傍；这就因为拉斐尔这种古牧歌式的超现实精神含有若干东方思想的成分，为热情的西方人所不能了解的缘故。

二、《西斯廷圣母》

拉斐尔三十三岁。距离他制作《美丽的女园丁》的时代正好九年。这九年中经过多少事业！他到罗马，一跃而为意大利画坛的领袖。他的大作《雅典学派》、《圣体争辩》（Dispute de Saint Sacrement）、《巴尔纳斯山》（La Parnasse）、《惩罚赫利奥多罗斯》（Chatiment d'Hélidore）、《迦拉丹》（La Galacte）、《教皇尤里乌斯二世肖像》，都在这九年中产生。他已开始制作毡幕装饰的底稿。他相继为尤里乌斯二世与利奥十世两代圣主的宫廷画家。他的学生之众多几乎与一位亲王的护从相等。米开朗琪罗曾经讥讽这件事。

但在这么许多巨大的工作中，他时常回到他癖爱的题材上去，他从不能舍去"圣母"。从某时代起，他可以把实际的绘事令学生工作，他只是给他们素描的底稿。可是《西斯廷圣母》（La Vierge de Saint Sixte）一画——现存德国萨克森邦（Sachsen）首府德累斯顿（Dresden）——是他亲手描绘的最后的作品。

在这幅画面上，我们看到十二分精练圆熟的手法与活泼自由的表情。对于其他的画，拉斐尔留下不少铅笔的习作，可见他事前的准备。但《西斯廷圣母》的原稿极稀少。没有一些踌躇，也没有一些懊悔。艺术家显然是统辖了他的作品。

因此，这幅画和《美丽的女园丁》一样是拉斐尔艺术进程中的一个重要证人。

《雅典学派》和《圣体争辩》的作者，居然会纯粹受造型美本能（pur instinct des beautes plastiques）的驱使，似乎是很可怪的事。这些巨大的壁画所引起的高古的思想，对于我们的心灵没有相当长久的接触，又转换了方向。由此观之，《西斯廷圣母》一作在拉斐尔的许多圣母像中占有特殊的地位。

幕帘揭开着，圣母在光明的背景中显示，她在向前，脚踏着迷漫的白云。左右各有一位圣者在向她致敬，这是两个殉教者：圣西克斯图斯与圣女巴尔勃。下面，两个天使依凭着画框，对这幕情景出神：这是画面的大概。

我们在上一讲中用的"牧歌"这字眼在此地是不适用了：没有美丽的儿童在年轻的母亲膝下游戏，没有如春晓般的清明与恬静，也没有一些风景、一角园亭或一朵花。画面上所代表的一幕是更戏剧化的。一层坚劲的风吹动着圣母的衣裾，宽大的衣褶在空中飘荡，这的确是神的母亲的显示。

脸上没有仙界中的平静的气概。圣母与小耶稣的唇边都刻着悲哀的皱痕。她抱着未来的救世主往世界走去。圣西克斯图斯，一副粗野的乡人的相貌，伸出着手仿佛指着世界的疾苦；圣女巴尔勃，低垂着眼睛，双手热烈地合十。

这是天国的后，可也是安慰人间的神。她的忧郁是哀念人类的悲苦。

两个依凭着的天使更令这幕情景富有远离尘世的气息。

这里，制作的手法仍和题材的阔大相符。素描的线条形成一组富丽奔放的波浪，全个画面都充满着它的力量。圣母的衣饰上的线条，手臂的线条，正与耶稣的身体的曲线和衣裾部分的褶痕成为对照。圣女巴尔勃的长袍向右曳着，圣西克斯图斯的向左曳着：这些都是最初吸引我们的印象。天使们，在艺术家的心中，也许是用以填补这个巨大的空隙的；然竟成为极美妙的穿插，使全画的精神达到丰满的境界。他们的年轻和爱娇仿佛在全部哀愁的调子中，加入一个柔和的音符。

从今以后拉斐尔丢弃了少年时代的习气，不再像画《美丽的女园丁》或"签字厅"（Chambre de la signature）时卖弄他的素描的才能。他已经学得了大艺术家的简洁、壮阔、省略局部的素描。他早年的圣母像上的繁复的褶皱，远没有这一幅圣母衣饰的素描有力。像这一类的素描，还应得在西斯廷天顶上的耶和华和亚当像上寻访。

拉斐尔在画这幅圣母时，他脑海中一定有他同时代画的女像的记忆。他把它内在的形象变得更美，因为要使它的表情格外鲜明。把这两幅画做一个比较，可见它们的确是同一个鹅蛋形的脸庞，只是后者较前者的脸在下方拉长了些，更加显得严肃；也是同一副眼睛，只是睁大了些，为的要表示痛苦的惊愕。额角宽广，露出深思的神态：与翡冷翠型的额角高爽的无邪的女像，全然不同。它是画得更低，因为要避免骄傲的神气而赋予它温婉和蔼的容貌。嘴巴也相同，不过后者的口唇更往下垂，表现悲苦。这是慈祥与哀愁交流着的美。

如果我们把圣母像和圣女巴尔勃相比。那么还有更显著的结果。圣母是神的母亲，但亦是人的母亲；耶稣是神但亦是人。耶稣以神的使命来拯救人类，所以他的母亲亦成为人类的母亲了。西方多少女子，在遭遇不幸的时候，曾经祈求圣母！这就因为她们在绝望的时候，相信这位超人间的慈母能够给予她们安慰，增加她们和患难奋斗的勇气。圣女巴尔勃并没有这等伟大的动人的力，所以她的脸容亦只是普通的美。她仿佛是一个有德性的贵妇，但她缺少圣母所具有的人间性的美。这还因为拉斐尔在画圣女巴尔勃的时间只是依据理想，并没像在描绘圣母时脑海中蕴藏某个真实的女像的憧憬。

和波提切利的圣母与耶稣一样，《西斯廷圣母》一画中的耶稣，在愁苦的表情中，表示他先天已经知道他的使命。他和他的母亲，在精神上已经互相沟通，成立默契。他的手并不举起着祝福人类，但他的口唇与睁大的眼睛已经表示出内心的默省。

因此，在这幅画中，含有前幅画中所没有的"人的"气氛。一五〇七年的拉斐尔（二十四岁）还是一个青年，梦想着超人的美与恬静的魅力，画那些天国中的人物与风景，使我们远离人世。一五一六年的拉斐尔（三十三岁）已经是在人类社会和哲学思想中成熟的画家。他已感到一切天才作家的淡漠的哀愁。也许这哀愁的时间在他的生涯中只有一次，但又何妨？《西斯廷圣母》已经是艺术史上最动人的作品之一了。

拉斐尔：毡幕图稿

在西斯廷礼拜堂内，一般翡冷翠画家，如波提切利、吉兰达约、佩鲁吉诺们的壁画下面，留着一方空白的墙壁，上面描着一幅很单纯的素描，形象是衣褶。一五一五年左右，教皇利奥十世曾想用比这更美的图案去垫补。

这方墙壁，既然很低，离开地面很近，壁画自然是不相宜了：于是人们想到毡幕装饰。这还是为意大利所不熟知的艺术。可是佛兰德斯（Flanders）的匠人已经那样精明，在毡幕上居然能把一幅画上的一切细腻精微的地方表达出来。那时爱好富丽堂皇的风尚也得到了满足，因为毡幕在原质上更能容纳高贵的材料，羊毛上可以绣丝、金线、银线。

拉斐尔那时就被委托描绘毡幕装饰的图稿。织毡的工作却请布鲁塞尔的工人担任。

一五二〇年，毡幕织好了挂上墙去，当时的人们都记载过这事实，并都表示惊异叹赏。

这些毡幕的遭遇很奇怪：利奥十世薨逝后六年，一五二七年时，它们忽然失踪了。一五五四年，重又回到梵蒂冈宫内。一七九八年被法国军队抢去。一八〇八年又回至原处，留至今日，可已不是在它们应该悬挂的地位，而是在梵蒂冈博物馆的一室；且也只是些残迹：羊毛已褪了色，纤维已分解；金线银线都给偷完了。

至于拉斐尔的图稿，却留在布鲁塞尔的制毡厂里。一世纪后由鲁本斯为英王查理一世购去，自此迄今，这些图稿便留在伦敦。

现在留存的还有九幅毡幕，第十幅给当时侵略意大利的法国兵割成片片，为的要更易出售。图稿中三幅已经失踪，但现存的图稿却有一幅失去的毡幕的图稿。把拉斐尔的原稿和佛兰德斯工人的手艺做一比较的事已经是不可能了，因为毡幕已经破敝不堪。

全部毡幕——其中两个除外——都是取材于使徒的行述，或是记述基督教义起源的故事。其他两幅则取材于《福音书》。由此可言，这些图稿是一种历史画。

关于历史画，乔托曾在阿西西的圣方济各的行述画上做过初步试验。像我在第一讲中所特别指出的一般，乔托尤其注意在一件事变中抓住一个为全部故事关键的时间，用一个姿势、一个动作来表现整个史实的经过。其后，整个十四世纪的画家努力于研究素描：拉斐尔更利用他们的成绩来构成一片造型的和谐，并赋以一种高贵的气概以别于小品画。

我们晓得，历史画是一向被视为正宗的画，在一切画中占有最高的品格。而所有的历史画中，在欧洲的艺术传统上，又当以拉斐尔的为典型。例如法国十七、十八两世纪王家画院会员的资格，第一应当是历史画家。勒布朗、格勒兹都是这样。即德拉克鲁瓦画《十字军侵入君士坦丁堡》，虽然他在其中掺入新的成分，如色彩、情调等等，但其主要规条，仍不外把全幅画面，组成一片和谐，而特别标明历史画的伟大性。

我们此刻来研究拉斐尔十余幅毡幕装饰中的两幅，因为我们要在细微之处去明了拉斐尔究曾用了怎样的准备、怎样的方法，才能表白这高贵性与伟大性。在梵蒂冈宫室内装饰上，作者的目的，尤其在颂扬历代圣父们（那些教皇便是他的恩主）的德行与功业，在篇幅广大的壁画上表现宗教史上的几个重要时期与史迹（例如《圣体争辩》），使作品具有宗教的象征意味，但缺乏历史画所必不可少的人间的真实性。那些过于广大的题目（例如《雅典学派》）离开人类太远了。

毡幕图稿中最美的一幅是描写基督在巴勒斯坦太巴列亚海（Lac de Tibériade）旁第三次复活显灵，庄严地任命圣彼得为全世界基督徒的总牧师（即后来的教皇）的那个故事。耶稣和圣彼得说"牧我的群羊"（Pasee oves）！那幕情景真是伟大得动人。使徒们正在捕鱼。突然有一个人站在河畔，他们都不认识他。可是这陌生人说道："孩子们，把你们的网投在渔船的右侧，你们便会捕得鱼了。"他们照样做，他们拉起来，满网是鱼。于是那为基督钟爱的使徒约翰向彼得说："这是主啊！"

他们上岸，在岸旁发现鱼已经煮好。耶稣分给他们面包，像从前一样。他们用完了那餐，耶稣和彼得说："西门，约翰的儿子，你比他们更爱我吗？"彼得答道："是的，我主，你知道我是爱你的。"耶稣和他说："牧我的群羊！"他又第二次问："西门，约翰的儿子，你爱我吗？"彼得答："是，我主，你知道我爱你。"于是耶稣又说："牧我的群羊！"第三次，耶稣问："西门，约翰的儿子，你爱我吗？"彼得仍答道："主，你知道一切，你知道我爱你！"耶稣说："牧我的群羊！"

这些庄严的问句重复了三次，也许因为彼得曾三次否认耶稣之故，也许因为耶稣要对于人的意志和忠实有一个确切的保障，才能把这主宰基督教的重大使命托付与他。而且同一问句的重复三次，更可使彼得深切感觉他的使命之严重与神圣，所谓"牧我的群羊"，即是保护全世界基督徒的意思，故实际上彼得是基督教的第一任教皇。

除掉了这象征的意义，这幕情景还是庄严美丽。在使徒们日常经过的河畔，在捕鱼的时节突然发现他们的圣主显灵，这背景，这最后的叮咛，一切枝节都显得是悲怆的。

现在我们来看拉斐尔如何构成这幕历史剧。风景是代表意大利佩鲁贾省特拉西梅诺湖（Lac de Trasimèno）的一角，这很可能是依据某个确切的回忆描绘的十一个使徒——犹大已经不在其中了——站在离开基督相当距离的地方，他们的姿势正明白表现他们的情操。基督，高大的，白色的，像一个灵魂的显形，向彼得指着群羊，象征他言语中的意义。

彼得跪在他膝前，手执着耶稣从前给予他的天堂之钥匙。圣约翰在他后面，做着扑向前去的姿态。但耶稣的姿态却那么庄严，那么伟大，令使徒们不敢逼近前去，站在相当距离之外。他不复是亲切而慈和的"主"，而是复活的神了。

在这等情景中，一个艺术家可以在故事的悲怆的情调与人物的衣饰上，寻觅一种对照的效果。如果把耶稣描得非常庄严，而把渔夫们描得非常可怜，那么，将是怎样动人的刺激！写实主义的手法，固有色彩的保持，原来最富感动的力量，因为它可以激醒我们每个人心中的感伤性。

拉斐尔却采用另一种方法。他认为这一幕的主要性格是"伟大"：耶稣的言辞中，圣彼得的答语中，托付的使命中，都藏着伟大性。他要用包含在一切枝节中的高贵性来表现这伟大性。他并不想用对照来引起一种强烈的感情；而努力在这幅画上造成一片和谐，以诞生比较静谧的情调。因此，一切举止、动作、衣褶、风景，都蒙着静谧的伟大性。这是史诗的方法：是拉丁诗人蒂德·李佛（Tite-Live）讲述罗马人，高乃依、拉辛讲他们的悲剧中英雄的方法。

固有色彩没有了。可是这倒是极端"现代的"面目。心魂的真实性比物质的真实性更富丽，更高越。

构图和《圣体争辩》有同样的严肃性，但更自由：艺术家对于他的手法更能主宰了。耶稣独自占据画的一端，很显著的地位。一群使徒另外站在一边。这是主要人物，他的精神上的重要性使这种布局不会破坏全面的均衡与和谐。这种格局，拉斐尔在《捕鱼奇迹》一画中，也曾用过：耶稣站在远离着其他的人物的地位。在别的只有使徒们的毡幕图稿中，构图是比较对称。这里，却是一个和使徒们隔离得极远的神的显灵：对称的构图在此自然与精神上的意义不符合了。

使徒们脸上受感动的表情，依着先后的次序而渐渐显得淡漠。距离耶稣愈近的使徒，表情愈强烈；距离较远的，表情较淡漠。彼得跪在地下听耶稣嘱咐，约翰全身扑上前去。后面几个却更安静。这情调的程序，不独在脸部上，即在素描的线条上也有表现。只要把跪着的彼得的线条和最远的、靠在画的边缘上的使徒的线条做比较便可懂得。彼得的衣褶是一组交错的线条（所谓 arabesque）；耶稣的衣褶，却是垂直的水平的，简单而大方：这显然是有意的对照。

十一使徒的次序又是非常明显。彼得是独立的，因为他和耶稣两人是这幕剧的主角。其他十个分成四个人的二组，二组中间更由二人的一组作为联络。仔细观察这些小组，便可发现各个脸相分配得十分巧妙：表情和姿势中间同时含有变化与自然。

这些组合不只由画面上的空隙来分离。我们在上一讲《圣体争辩》中所注意到的方法在此重复发现。在每一组人物中，拉斐尔总特别标出一个主要人物，占在领袖全组的地位。

素描是很灵活，很谨严，可是很自然，毫无着力的气概。拉斐尔不再想起他青年时的夸耀本领。它是素朴、豪阔、简洁到只是最关紧要的大体的线条。壁画的教训使他懂得综合的力量与可爱。这还是从古代艺术上拉斐尔学得这经济的秘诀，也是古代艺术使他懂得包裹肉体的布帛可以形成一片和谐。耶稣的身体，高大、细长、直立着，在环绕着他周围的渔夫们的坚实的体格中间十分显著。外衣的直线标明身体之高大与贵族气息。同样，约翰的衣褶和他向前的姿势相协调。耶稣的脸相并不是根据了某个模特儿的回忆而作，换言之，是理想的产物。因此耶稣更富有特殊动人的性格。

笼罩全画的情调是静谧。在此，绝对找不到伦勃朗作品中那种悲怆的空气。原来，在拉斐尔的任何画幅之前，必得要在静谧的和谐中去寻求它的美。

可是我们不能误会这"静谧"与"和谐"的意义。所谓"静谧"，是情调上没有紧张、没有狂乱之谓，而所谓"和谐"亦绝非"丑恶"的对待名词。拉斐尔的毡幕图稿中，有一幅描写圣彼得与圣约翰医愈一个跛者的灵迹，就应该列入拉斐尔其他的作品以外了。在此，我们更可看到，在一个美丽的作品中，一切共通的枝节，甚至是丑恶的，亦有它应得的位置而不会丧失高贵性。

灵迹的故事载在"使徒行述"中。有一个生来便残废的人，由别人天天抬到教堂门口去请求布施。当彼得与约翰来到堂前的时候，他瞥见了，向他们求施舍。

彼得说道："看我们。"那个人便望他们，想要接受银钱。但彼得和他说："金和银，我没有，但我所有的，便给了你罢：以耶稣基督的名号，你站起来，走。"于是他牵着他的手搀扶他起来。立刻，他的手和脚觉得有了气力。他居然站起而能举步了。他便进入教堂感谢神恩。群众都看他行走。

因此，这幅画应该表现不少群众蜂拥着走向教堂大门，其中杂着盲人、残废者，在呼喊他们的痛苦，要求布施。

地点是在耶路撒冷。画面用教堂的巨大的柱分成相等的三部分。正中，我们看到教堂内部，光线微弱，前景，圣彼得搀着跛者的手助他起身。

右方，另外一个跛者，扶着杖目击这灵迹，看得发呆了。左方是无数的群众奔向教堂；前景更有一对美丽的裸露的儿童。

这幅画，完全用对照来组成这三部分：中间，一组单纯的交错的线条填满了柱子中间的空隙，但其间有一种故意的反照，如圣彼得的高大的身材、宽大的外衣、美丽的头颅，和残废者的孱弱的体格正是一个强烈的对照。左方的两个儿童和右方的跛者又是一个同样的对照。

至于这画的精神上的意义，还在构图以外。拉斐尔在此给予我们一个教训，便是：在描写人类的疾苦残废的时候，并不会在我们的精神上引起不健全、不道德的影响。例如两个世纪后西班牙画家委拉斯开兹（Velásquez）所描绘的西班牙历代君主像，客观地写出他们精神的颓废和人生地位的冲突与苦闷。拉斐尔则把那残废者画得鼻歪、口斜，目光完全是白痴式的呆钝；然而这等身体极端残缺的人往往藏有更深刻的内生命。跛者的严肃的素描，和冷酷的写实手法更使全画加增其美的严重性。

因此更可证实丑恶和病态并不减损历史画的高贵性。

犹有进者,艺术家在此和诗人一般,创造一个典型,一个综合且是象征全人类疾苦的典型。委拉斯开兹的西班牙君王,各个悲剧家的人物都是属于这一类型的。

在这两个可怜的跛者周围,拉斐尔画了不少美丽的人物,如圣彼得的雕像般的身材,圣约翰的和善慈祥的脸容,右面一个抱着小孩的美妇,左面两个活泼的裸儿:这一切都是使观众的精神稍得宁息的对象,并也是希腊艺术的细腻之处——例如悲剧家索福克勒斯（Sophocles）往往在紧张的幕后,加上温柔可爱的一幕,以弛缓观众的神经。

从这个研究,我们可以获得两个结论。一是很普遍地说来,无论是最极端的写实主义,或是像拉斐尔般的理想主义,一种艺术形式实际上不啻是美的衣饰。我们不能因为拉斐尔绘画与拉辛悲剧中的人物过于伟大高贵、不近现实而加以指责。现实的暴露往往会令人明白日常所认为不近实际的事态实在是可能存在的。

第二个结论是历史画在拉斐尔的时代已经达到成功的顶点,十六世纪以后的艺术家在这方面都受拉斐尔之赐,以至近世欧洲各国的画院,一致尊崇历史画,奉为古典的圭臬,风尚所至,流弊所及,遂为一般庸俗艺人,专以窃古仿古为能,古典其名,平庸其实,既无拉斐尔之高越伟大,更无拉斐尔之构图的动人的和谐:这便是十八世纪末期的法国艺坛的现象,也就是世称为官学派的内容。

伦勃朗的"光暗"艺术

伦勃朗（Rembrandt，1606—1669）在绘画史——不独是荷兰的而是全欧的绘画史上所占的地位，是与意大利文艺复兴诸巨匠不相上下的。拉斐尔辈所发现阐发的是南欧的民族性、南欧的民族天才，伦勃朗所代表的却是北欧的民族性与民族天才。造成伦勃朗的伟大的面目的，是表现他的特殊心魂的一种特殊技术：光暗。这名词，一经用来谈到这位画家时，便具有一种特别的意义。换言之，伦勃朗的光暗和文艺复兴期意大利作家的光暗是含着截然不同的作用的。法国十九世纪画家兼批评家弗罗芒坦（Fromentin）目他为"夜光虫"。又有人说他以黑暗来绘成光明。

卢浮宫中藏有两幅被认为代表作的画，我们正可把它们用来了解伦氏的"光暗"的真际。

《木匠家庭》是一幅小型的油画，高仅四寸。伦勃朗如他许多同时代的人一样，喜欢作这一类小型的东西。他的群众，那些荷兰的小资产阶级与工业家，原来不爱购买鲁本斯（Rubens，1577—1640）般的鲜明灿烂的巨幅之作。那时节，荷兰人的宗教生活非常强烈。他们都是些新教徒，爱浏览《圣经》，安分守己，循规蹈矩地过着小康生活，他们更爱把含有幽密亲切的性格和他们灵魂上沉着深刻的情操一致的作品来装饰他们的居处。

《木匠家庭》实在就是圣家庭，即耶稣（基督）诞生长大的家庭。小耶稣为圣母抱在膝上哺乳；圣女安妮在他们旁边；圣约瑟在离开这群中心人物较远之处，锯一块木材。这一幅画，在意大利画家手里，定会把这四个人物填满了整个画面。他们所首先注意的，是美丽的姿态、安插得极妥帖的衣褶。有时，他们更加上一座壮丽的建筑物，四面是美妙的圆柱，或如米开朗琪罗般，穿插入若干与本题毫无关系的故事，只是为了要填塞画幅，或以术语来说，为了装饰趣味。全部必然形成一种富丽的阿拉伯风格，线条的开展与动作直及于画幅四缘。然而伦勃朗另有别的思虑。人物只占着画中极小的地位。他把这圣家庭就安放在木匠家中，在这间工作室兼厨房的室内。他把房间全部画了出来，第一因为一切都使他感兴趣，其次因为这全部的背景足以令人更了解故事。他如小说家一般，在未曾提起他书中的英雄之前，先行描写这些英雄所处的环境，因为一个人的灵魂，当它沉浸于日常生活的亲切的景象中时，更易受人了解。

在第一景上，他安放着摇篮与襁褓；稍远处，我们看到壁炉，悬挂着的釜锅和柴薪；木料堆积在靠近炉灶的地下；一串葱蒜挂在一只钉上。还有别的东西，都是他在贴邻木匠家里观察得来的。观众的目光，从这些琐屑的零件上自然而然移注到梁木之间。在阴暗中我们窥见屋椽、壁炉顶，以及挂在壁上的用具。在这木匠的工房中，我们觉得呼吸自由，非常舒服，任何细微的事物都有永恒的气息。

在此，光占有极大的作用，或竟是最大的作用，如一切荷兰画家的作品那样。但伦勃朗更应用一种他所独有的方法。不像他同国的画家般把室内的器具浴着模糊颤动的光，阴暗亦是应用得非常细腻，令人看到一切枝节，他却使阳光从一扇很小的窗子中透入，因此光烛所照到的，亦是室内极小的部分。这束光线射在主要人物身上，射在耶稣身上，那是最强烈的光彩，圣母已被照射得较少，圣女安妮更少，而圣约瑟是最少了，其余的一切都埋在阴暗中了。

画上的颜色，因为时间关系，差不多完全褪尽了。它在光亮的部分当是琥珀色，在幽暗的部分当是土黄色。在相当的距离内看来，这幅画几乎是单色的，如一张镌刻版印成的画，且因对比表现得颇为分明，故阴暗更见阴暗，而光明亦更为光明。

但伦勃朗的最大的特点还不只在光的游戏上。有人且说伦勃朗的光的游戏实在是从荷兰的房屋建筑上感应得来的。幽暗的，窗子极少，极狭，在永远障着薄雾的天空之下，荷兰的房屋只受到微弱的光。室内的物件老是看不分明，但反光与不透明的阴影却是十分显著，在明亮的与阴暗的部分之间也有强烈的对照。这情景不独于荷兰为然，即在任何别的国家，光暗的作用永远是相同的。莱奥纳多·达·芬奇，在他的《绘画论》中已曾劝告画家们在傍晚走进一间窗子极少的屋子时，当研究这微弱的光彩的种种不同的效果。由此可见伦勃朗的作品的价值并非在此光暗问题上。如果这方法不是为了要达到一种超出光暗作用本身的更高尚的目标，那么，这方法只是一种无聊的游戏而已。

强烈的对照能够集中人的注意与兴趣，能够用阴暗来烘托出光明，这原是伟大的文人们和伟大的画家们同样采用的方法。它的功能在于把我们立刻远离现实而沉浸于艺术领域中，在艺术中的一切幻象原是较现实本身含有更丰富的真实性的一种综合。这是法国古典派文学家波舒哀（Bossuet）、浪漫派大师雨果们所惯用的手法。这亦是莎士比亚所以能使他的英雄们格外活泼动人的秘密。

伦勃朗这一幅小画可使我们看到这种方法具有何等有力的暗示性。在这幕充满着亲密情调的家庭景色中，这光明的照射使全景具有神明显灵般的奇妙境界。这自然是伦勃朗的精心结构而非偶然获得的结果。

而且，这阴暗亦非如一般画家所说的"空洞的""闷塞的"阴暗。仅露端倪的一种调子、一道反射、一个轮廓，令人觉察其中有所蕴藏。受着这捉摸不定的境界的刺激，我们的想象乐于唤引起种种情调。画中的景色似乎包裹在神秘的气氛之中，我们不禁联想到罗丹所说的话："运用阴暗即是使你的思想活跃。"

但在这满布着神秘气息的环境中，最微细的部分亦是以客观的写实主义描绘的，亦是用非常的敏捷手腕抓握的。在此，毫无寻求典雅的倩影或绮丽的景色的思虑。画中人物全是平民般的男子与妇人。平民，伦勃朗曾在他的作品中把他们的肖像描绘过多少次！这里，他是到他邻居的木匠家中实地描绘的。这里是毫无理想毫无典型的女性美。圣女安妮是一个因了年老而显得臃肿的荷兰妇人。圣母绝无妩媚的容仪；她确是一个木匠的妻子，而那木匠亦完全是一个现实的工人，他尽管做他的工，不理会在他背后的事情。即是小耶稣亦没有如鲁本斯在同时代所绘的那般丰满高贵的肉体。

各人的姿势非常确切，足证作者没有失去适当的机会在现实的家庭中用铅笔几下子勾成若干动作。伦勃朗遗留下来的无数的速写即是明证。因此，他的绘画，如他的版画一般，在琐细的地方，亦具有令人百看不厌的真实性。圣母握着乳房送入婴儿口中的姿态，不是最真实么？圣女安妮，坐着，膝上放着一部巨大的书。她在阅书的时候突然中辍了来和小耶稣打趣，一只手提着他的耳朵。另一只手，她抓住要往下坠的书，手指间还夹着刚才卸下的眼镜。书，眼镜，在比例上都是画得不准确的，但这些错误并未减少画幅的可爱。当然，画中的圣约瑟亦不是一个犹太人，而是一个穿着十七世纪服饰的荷兰工人，所用的器具，亦是十七世纪荷兰的出品。我们可以这样地检阅整个画幅上的一切枝节部分。伦勃朗的一件作品，可比一部常为读者翻阅的书，因为人们永远不能完全读完它。

一幕如此简单的故事，如此庸俗的枝节（因为真切故愈见庸俗），颇有使这幅画成为小品画的危险。是光暗与由光暗造成的神秘空气挽救了它。靠了光暗，我们被引领到远离现实的世界中去，而不致被这些准确的现实所拘囚，好似伦勃朗的周围的画家，例如杜乌（Gerrit-Dou）、梅曲（Metsu）、霍赫（Peter de Hooch）、奥斯塔德（Van Ostade）之流所予我们的印象。

实在，他并不能如那些画家般，以纯属外部的表面的再现，只要纯熟的手腕便够的描绘自满。从现实中，他要表出其亲切的诗意，因为这诗意不独能娱悦我们的眼目，且亦感动我们的心魂。在现实生活的准确的视觉上，他更以精神生活的表白和它交错起来。这样，他的作品成为自然主义与抒情成分的混合品，成为客观的素描与主观的传达的融合物。而一切为读者所挚爱的作品（不论是文学的或艺术的）的秘密，便在于能把事物的真切的再现和它的深沉的诗意的表白融合得恰到好处。

伦勃朗作品中的光暗的主要性格，亦即在能使我们唤引起这种精神生活或使我们发生直觉。这半黑暗常能创出一神秘的世界，使我们的幻想把它扩大至于无穷，使我们的幻梦处于和这幅画的主要印象同样的境域。因为这样，这种变形才能取悦我们的眼目，同时取悦我们的精神与我们的心。

我在此再申引一次英国罗斯金说乔托的话："乔托从乡间来，故他的精神能发现微贱的事物所隐藏着的价值。他所画的圣约瑟、圣母、耶稣，简直是爸爸、妈妈与宝宝。"是啊，圣家庭是圣约瑟、圣母与耶稣，历史上最大的画家所表现的亦是圣约瑟、圣母与耶稣；而如果我们站在更为人间的观点上，确只是"爸爸、妈妈与宝宝"，乔托所怀的观念当然即是如此，因为他还是一个圣方济各教派的信徒呢。至于伦勃朗的圣家庭，却亦充满着《圣经》的精神：这是拿撒勒（Nazareth）的木匠的居处；这是圣家庭中的平和；这是在家事与工作之间长大的耶稣童年生活；这是耶稣与他的父母所度的三十年共同生活。

这确是作者的精神感应。他所要令我们感到的确是这种诗意，而他是以光与暗的手段使我们感到的。在从窗中射入的光明中，是圣母、小耶稣、圣女安妮与圣约瑟；在周围的阴影中，是睡在椅上的狗，是在锅子下面燃着的火焰，是耶稣刚才在其中睡觉的摇篮，还有一切琐碎的事物。这不是乔托的作品般的单纯与天真的情调，这是一个神明的童年的史诗般的单纯。它的写实气氛是人间的，但它的精神表现却是宗教的、虔敬的。

卢浮宫中的另一张作品更比较能表显伦勃朗怎样地应用光暗法以变易现实，并令人完满地感到这《圣经》故事的伟大。这是以画家们惯用的题材，"以马忤斯的晚餐"所作的绘画。

这个故事载于《福音书》中的《路加福音书》，原文即是简洁动人的。

复活节的晚上。早晨，若干圣女发现耶稣的坟墓已经成为一座空墓，而晚上，耶稣又在圣女抹大拉的马利亚之前显现了。两个信徒，认为这些事故使他们感到非常懊丧，步行着回到以马忤斯，这是离开耶路撒冷不远的一个小城。路上，他们谈论着日间所见的一切，突然有另一个行人，为他们先前没有注意到的，走近他们了。

他们开始向他叙述城中所发生的、一般人所谈论的事情，审判、上十字架与尸身的失踪等等。他们也告诉他，直到最近，他们一直相信他是犹太人的解放者，故目前的这种事实令他们大为失望。于是，那个不相识的同伴便责备他们缺少信心，他引述《圣经》上的好几段箴言，从摩西起的一切先知者的预言，末了他说："耶稣受了这么多的苦难之后，难道不应该这样地享有光荣么？"

到了以马忤斯地方，他们停下，不相识的同伴仍要继续前进。他们把他留着说："日暮途远，还是和我们一起留下罢。"他和他们进去了。但当他们同席用膳时，不相识者拿起面包，他祝福了，分给他们。于是他们的眼睛张开来了，他们认出这不相识者便是耶稣，而耶稣却在他们惊惶之际不见了。

他们互相问："当他和我们谈话与申述《圣经》之时，难道我们心中不是充满着热烈的火焰么？"

在这桩故事中，含有严肃的、动人的单纯，如一切述及耶稣复活后的显灵故事一样。在此，耶稣（基督）不独是一个神人，且即是为耶路撒冷人士所谈论着的人，昨日死去而今日复活的人。这故事的要点是突然的启示和两个行人的惊骇。我们想来，这情景所引起的必是精神上的骚乱。但伦勃朗认为在剧烈的骚动中，艺术并未有何得益。他的画中既无一个太剧烈的动作，亦无受着热情激动的表现。这些人不说一句话，全部的剧情只在静默中演展。

旅人们在一所乡村宿店的房间中用餐。室内除了一张桌子、支架桌子的十字叉架和三张椅子外别无长物。即是桌子上也只有几只食钵、一只杯子和一把刀。墙壁是破旧的，绝无装饰物。且也没有一盏灯、一扇窗或一扇门之类供给室内的光亮。

《木匠家庭》中的一切日常用具在此一件也没有了。伦勃朗所以取消这些琐物当然有他的理由。在前幅画中，他要令人感到微贱的家庭生活的诗意，而事物和人物正是具有同样传达这种诗意的力量。在《以马忤斯的晚餐》中，他要令人唤起一幕情景和这幕情景的一刹那：作者致力于动作与面部的表情。其他的一切都是不必要的。

在此，我得把一幅提香（Titian）对于同一题材所作的大画拿来做一比较。虽然两件作品含有深刻的不同点，虽然它们在艺术上处于两个相反的领域之内，但这个比较一方面使我们明了两个气质虽异，天才富厚则一的画家，一方面令我们在对比之下更能明白伦勃朗这幅小型的画的亲切的美。这种研究的结果一定要超出这两件作品以外，因为它们虽然是两件作品，但确是两种平分天下的画派的代表作。

在两件作品中，人物的安插是相同的。耶稣在中间，信徒们坐在两旁。所要解决的问题亦是相同的；艺术家应用姿势与面部的表情，以表达由一件事实在几个人的心魂中所引起的热情。提香与伦勃朗所选择的时间亦同是耶稣拿起面包分给信徒而被他们认出的时间。

但两件作品的类似点只此而已。在解决问题时，两个画家采取了绝然异样的方法，所追求的目标亦是绝不相同。

提香努力要表达这幕景象之伟大，使他的画面成为一幅和谐的形象。一切枝节都是雄伟壮大的：建筑物之庄丽堂皇，色彩之鲜明夺目，巧妙无比的手法，严肃的韵律，人物的容貌与肉体的丰美，衣帛褶皱的巧妙的安置，处处表现热情的多变与丰富。这是两世纪文物的精华荟萃，即在意大利本土，亦不易觅得与提香此作相媲的绘画。

伦勃朗既不知有此种美，亦不知有此种和谐。两个信徒和端着菜盆的仆役的服装，臃肿的体格，都是伦勃朗从邻居的工人那里描绘得来的。他们惊讶的姿态是准确的，但毫无典雅的气概。这些写实的枝节，在《木匠家庭》中我们已经注意到；但在此另有一种新的成分，为提香所没有应用的：即是把这幕情景从湫隘的乡村宿店中移置到离开尘世极远的一个世界中去，而这世界正是意大利艺人从未窥测到的。正当耶稣分散面包的时候，信徒们看到他的面貌周围突然放射出一道光明，照耀全室。在此之前，事实发生在世上，从此起，事实便发生在世外了。在这个信号上，信徒们认出了耶稣，可并非是他们所熟识的，和他一起在犹太境内奔波的耶稣，而是他们刚才所讲的，已经死去而又复活的耶稣。他的脸色在金光中显得苍白憔悴；他的巨大的眼睛充满了热情望着天，恰如三日之前他在最后之晚餐中分散面包时同样的情景。垂在面颊两旁的头发非常稀少，凌乱不堪，令人回忆他在橄榄山上于十字架上所受的苦难。他身上所穿的白色的长袍使他具有一种凄凉的美，和两个信徒的粗俗的面貌与十七世纪流行的衣饰成为对照。

伦勃朗是这样地应用散布在全画面上的光明来唤引这幕情景的悲怆与伟大。

在这类作品之前所感到的情操是完全属于另一种的。提香的作品首先魅惑我们的眼目；我们的情绪是由于它的外形、素描、构图的"庄严的和谐"所引起的。而且我们所感到的，更准确地说是一种惊佩，至于故事本身所能唤引的情绪倒是次要的。

伦勃朗的作品却全然不同。它所抓握的第一是心。这出乎意料的超自然的光，这苍白的容颜，无力地放在桌子上的这双手，使我们感到悲苦的凄怆的情绪。只当我们定了心神的时候，我们方能鉴赏它的技巧与形式的美。

这是两个人，两个画家，两种不同的绘画。伦勃朗的两幅《自画像》还可使我们明白，在一件性格表现为要件的作品中，光暗具有何等可惊的力量。

一六三四年肖像：这是青年时代的伦勃朗，他正二十七岁。他离开故乡莱顿（Leiden）到荷兰阿姆斯特丹（Amsterdam），心中充满着无穷的希望。他的名字开始传扬出去。他刚和一个少女结婚，她带来了丰富的妆奁、舒适的生活与完满的幸福。年轻的夫妇购置了一所屋子、若干珍贵的家具、稀有的美术品和古董。伦勃朗精力丰满、身体康健，实现了一切大艺术家的美梦：他依了灵感而制作，不受任何物质的约束。他做了许多研究，尤其是肖像。他选择他的模特儿，因为他更爱画没有酬报的肖像，他的家人与他的朋友，他的年轻的妻子，他的父亲，他自己。他在欢乐中工作，毫无热情的激动。

这种幸福便在他的肖像上流露出来。面貌是年轻的，可爱的。全体布满着爱与温情。眼睛极美，目光是那么妩媚。头发很多，烫得很讲究。胡须很细，口唇的线条很分明。画家穿着一套讲究的衣服，丝绒的小帽，肩上挂着一条金链。

然而，幸福并不能造成一个心灵。伦勃朗这一时期的自画像，为数颇不少，都和上述之作大体相同。虽然技术颇为巧妙，但缺少在以后的作品中成为最高性格的这种成分。这时期，光暗还应用得非常谨慎，还不是以后那种强有力的工具：他只用以特别表现有力的线条，勾勒轮廓和标明口与下巴的有规则的典雅的曲线。那时节，伦勃朗心目中的人生是含着微笑的。患难尚未把他的心魂磨折成悲苦惨痛。

一六六〇年。他的年轻夫人萨斯基亚（Saskia）已于一六四二年去世。无边的幸福只有几年的光阴。此后十六年中，他如苦役一般在悲哀中工作。他穷了，穷得人们把他的房屋和他在爱情生活中所置的古玩一齐拍卖。他有一个儿子，叫作提杜斯（Titus），而伦勃朗续娶了这孩子的保姆。虽然一切都拍卖了，虽然经过了可羞的破产，虽然制作极多，他仍不能偿清他所有的债务。刚刚画完，他的作品已被债主拿走了。他不得不借重利的债，他为了他的妻子与儿子度着工人般的生活。在卢浮宫中的他的第二幅《自画像》，便是在破产以后最痛苦的时节所作的。在此，他不复是我们以前所见的美少年了：在憔悴的面貌上，艰苦的阅历已留下深刻的痕迹。

这一次，光暗是启示画家的心魂的主要工具。阴暗占据了全个画幅的五分之四。全部的人沉浸在黑暗中；只有面貌如神明的显现一般发光。手的部位只有极隐微的指示；画幅的下部全是单纯的色彩。笼罩着额角的皱痕描绘得如此有力，宛如大风雨中的乌云。技术，虽然很是登峰造极，可已没有前一幅肖像中的平和与宁静了。这件作品是在凄怆欲绝的情况中完成的。我们感到他心中的痛苦借了画笔来尽情宣泄了。他的眼睛，虽不失其固有的美观，但在深陷的眼眶中，明明表现着惊惶与恐怖的神情。

我愿借了这些例子来说明伦勃朗作品中的光暗所产生的富丽的境界。

无疑地，在这些作品之前，我们的眼目感到愉快，因为阴影与光明，黑与白的交错，在本身便形成一种和谐。这是观众的感觉所最先吸收的美感；然而光暗的性格还不在此。

由了光暗，伦勃朗使他的画幅浴着神秘的气氛。把它立刻远离尘世，带往艺术的境域，使它更伟大，更崇高，更超自然。

由了光暗，画家能在事物的外表之下，令人窥测到亲切的诗意，意识到一幕日常景象中的伟大和心灵状态。

因此，所谓光暗，绝非是他的画面上的一种技术上的特点，绝非是荷兰的气候所感应给他的特殊视觉，而是为达到一个崇高的目标的强有力的方法。

伦勃朗之刻版画

在一切时代最受欢迎的雕版艺术家中,伦勃朗占据了第一位。

他一生各时代都有铜版雕刻的制作。我们看到有一六二八年份的他22岁;也有一六六一年份的。至于这些作品的总数却很难说了:批评家们在这一点上从未一致。

解释、考证这些作品的人,和解释、考证荷马或柏洛德公元前三世纪时的拉丁诗人的同样众多。人们把各类作品分门别类,加以详细的描写。大半作品的名称对于鉴赏家们都很熟知了。当人们提起《大各贝诺》或《小各贝诺》《百弗洛令》《三个十字架》或《三棵树》这些名称时,大家都知道是在讲什么东西,正如提起荷马或柏洛德作品中的名字一般。大家知道每张版画有多少印版,也知道这些作品现属何人所有。每件作品都有它特殊的历史。大家知道它所经历的主人翁和一切琐事。

对于伦勃朗的雕版作品关心最早而最著名的批评家是维也纳图书馆馆长巴尔施(Adam Bartsch,1757—1821,奥地利学者和艺术家)。他生存于十八世纪,自己亦是一个雕版家。他对于这个研究写了两册巨著。

他的工作直到今日仍旧保有它的权威,因为在他之后的诠释和他的结论比较起来只有细微的变更。如荷马的著作般,成为定论的还是公元前三世纪的亚历山大派。

但在一八七七年时,也有一个批评家,如沃尔夫(Friedrich August Wolf,1759—1824)之于荷马一样,对于伦勃朗雕版作品的真伪引起重大的疑问。这个批评家也是一个雕版家——英国人西摩尔·哈顿(Francis

Seymour Haden，1818—1910）。他的辨伪工作很困难，制造赝品的人那么多，而且颇有些巧妙之士。他们可分为两种：一是伪造者，即伦勃朗原作的临摹者；一是依照了伦勃朗的作风而作的，冒充为伦氏的版画。然赝品制造者虽然那么巧妙，批评家们的目光犀利也不让他们。他们终于寻出若干枝节不符的地方以证明它的伪造。

巴尔施把伦勃朗的原作统计为三七五件。在他以后，人们一直把数目减少，因为虽然都有伦勃朗的签名，但若干作品显得是可疑的。俗语说，人们只肯借钱给富人，终于把许多于他不相称的事物亦归诸他了。柏洛德便遭受到这类情景。他的喜剧的数量在他死后日有增加。这是靠了批评家华龙之力才把那些伪作扫除清净。

一八七七年，西摩尔·哈顿靠了几个鉴赏家的协助，组织了一个伦勃朗版画展览会。结果是一场剧烈的争辩。否定伦勃朗的大部分的版画，在当时几乎成为一种时髦的风气。人们只承认其中的百余件。

这场纠纷与关于荷马事件的纠纷完全相仿。当德国哲学家沃尔夫认为《伊利亚特》与《奥德赛》的真实性颇有疑问时，在半世纪中，没有一个批评家不以摧毁这两件名著为乐，他们竭力要推翻亚历山大派的论断。有一个时期，荷马的作品竟被公认为只是一部极坏的通俗诗歌集。同样，一个法国画家勒格罗（AlphonseLegros，1837—1911）和一个艺术批评家贡斯（Louis Gonse，1846—1921）把大部分的伦勃朗的雕版作品完全否定了。

但现在的批评界已经较有节度了。他们既不完全承认巴尔施所定的数目，亦未接受西摩尔·哈顿的严格的论调。他们认为伦氏之作当在二五○至三○○件之间。

这数量的不定似乎是很奇怪的：这是因为伦勃朗在这方面的制作素无确实的记录可考之故，而且这些作品亦是最多边的。有些是巨型的完成之作，在细微的局部也很周密；有些却是如名片一般大小的速写。为何伦勃朗把这些只要在纸上几笔便可成功的东西费心去作铜版雕刻呢？

关于这个疑问的答复，只能说他是为大型版画所做的稿样，或是为教授学生的样本。

以上所述的伦勃朗的版画的数目，只是用以表明伦氏此种作品使艺术家感到多么浓厚的兴趣而已。

在最初，收藏此类作品的人便不少。在他生前，他的友人们已在热心搜觅。在他经济拮据最为穷困的时代，曾有一个商人向他提出许多建议，说依了他的若干条件，伦勃朗可以完全了清债务。这些条件中有一条是：伦勃朗应承允为商人的堂兄弟作一幅肖像，和他做约翰·西斯（Jan Six, 1618—1700）那幅雕版同样精细。这件琐事足已证明他的雕版之作在当时受到何等推崇了。

十八世纪时，收藏家更多了。其中不少历史上著名的人物。今日人们往往谈起罗斯柴尔德与迪蒂两家的珍藏，其实收藏最富的还推各国国家美术馆。荷京阿姆斯特丹当占首位，其次要算是巴黎、伦敦、法兰克福等处了。

全部的目录，编制颇为完善，因为伦氏的版画市价日见昂贵。一七八二年，一张《法官西斯肖像》的印版为维也纳美术馆收买时售价五百弗洛令（即盾，古代德国货币）。而夏尔丹的画，在当时却不值此数四分之一。一八六八年，《百弗洛令》一作的一张印版值价二万七千五百法郎。一八八三年，《多冷克斯医生肖像》值价三万八千法郎。在今日，这些印版又将值得多少价钱！

伦勃朗绘画上的一切特点，在他的铜版雕刻上可完全找到，只是调子全然不同。

铜版雕刻是较金属版画更为自由。金属版画须用腕力，故荒诞情与幻想的运用已受限制。在铜版雕刻中，艺术家不必在构图上、传达上保持何等严重的态度。若干宗教故事、世纪传说、一切幻想可以自由活动的东西都可作为题材。这使不测的思想、偶然的相值、滑稽与严肃的成

223

分在其中可以融合在一起。诗人可以有时很深沉，有时很温柔，有时很滑稽，但永远不涉庸俗与平凡的理智。

我们可把那幅以"百弗洛令"这名字著称的版画为例，它真正的题目是《耶稣为人治病》。我们立可辨别出伦勃朗运用白与黑的方式。耶稣处在最光亮的地位，在画幅中间，病人群散布在他的周围。戏剧一般的场面在深黑的底面上显得非常分明。

在《木匠家庭》中，构图是严肃的：围绕在主要人物旁边的阴暗确很符合实在的阴暗：这是可怜的小家庭中的可怜的厨房，只有一扇小窗，故显得黝暗。这里，光暗的支配完全合乎情理，即合乎现实。但在这幅版画中，黑暗除了要使中心场面格外明显，使对照格外强烈之外更无别的作用，或别的理由。这一大片光亮的地方是娱悦眼目的技术，这是一切版画鉴赏家都明白的。而且，黑暗的支配，其用意在于使局面具有一种奇特的性格。在耶稣周围的深黑色，只是使耶稣的形象更显得伟大，使耶稣身上的光芒更为炫目。他的白色长袍上沾有一点儿污点，似乎是在他前面的病人的手所沾污的。总而言之，光暗的游戏，黑白的对照，在此是较诸在绘画上更自由更大胆。

但在这表现神奇故事的场合，伦勃朗仍保有他的写实手法。在人物的姿态、容貌，以及一切表达思想情绪的枝节上，都有严格的真实性；而其变化与力强且较他的绘画更进一层。

在此是全班人物在活动：在耶稣周围，有一直在迦里莱省跟随着他的，把他当做治病的神人的病苦者，也有在耶路撒冷街道中讥讽嘲弄他的市民。但这不像那幅名闻世界的《夜巡》一画那样，各个人物的面部受着各种不同的光彩的照射，但内心生活上是绝无表白的。在此，每个人物都扮演一个角色，都有一个性格，代表《福音书》上所说的每个阶级。版画是比绘画更能令人如读书一般读尽一本从未读完的书的全部，在版画中，思想永远是深刻的，言语是准确而有力的。

在群众中向前走着的耶稣，和我们在《以马忤斯的晚餐》中所见的一样，并非是意大利派画家目光中的美丽的人物，而是一个困倦的旅人，为默想的热情磨折到瘦弱的，不复是此世的而是一个知道自己要死——且在苦难中死的人。他全身包裹在光明之中；这是从他头上放射出来的天国之光。他的手臂张开着，似乎预备仁慈地接待病人，但他的眼睛却紧随着一种内心的思想，他的嘴巴亦含着悲苦之情。这巨大的白色的耶稣，不是极美么？

但在他的周围，是人类中何等悲惨的一群！在他左侧，瞧那些伸张着的瘦弱的手，在褴褛的衣衫中举起着的哀求的脸。似乎艺术家用这几个前景的人物代表了全部的病人。

在他脚下，一个风瘫的人睡在一张可以扛运的小床上，她已不像一个人而像一头病着的野兽了。这是一个壮年的女人；但一只手下垂着不能动弹，而另一只亦仅能稍举罢了。她的女儿跪着祈求耶稣做一个手势或说一句话使她痊愈。在她旁边，有一个侏儒，一个无足的残疾者，肋下支撑着木杖。他的后面，还有两个可怜的老人。瘫痪的人不复能运用他的手臂，他的女人把它举着给耶稣看。前面，人们抬来一个睡着不动的女人。左角远处，是沉没在黑暗中的半启的门，群众拥挤着要上前来走近耶稣，想得到他的一瞥、一个手势或一句说话。而在这些群众中，没有一个不带着病容与悲惨的情况。

右侧是婴儿群。一个母亲在耶稣脚下抱着她的孩子；这是一个青年妇人，梳着奇特的发髻，为伦勃朗所惯常用来装饰他的人物的。在她周围还有好几个，都在哀求与期待的情态中。

病人后面，在画幅的最后景上，是那些路人与仇敌。他们的脸容亦是同样复杂。伦勃朗往往爱在耶稣旁边安插若干富人，轻蔑耶稣而希望他失败的恶徒。这和环绕着他的平民与信徒形成一种精神上的对照。这是强者的虚荣心，是世上地位较高的人对于否认他们的人的憎恨与报复，是对于为平民申诉、为弱者奋斗的人的仇视。前景上有一个转背的胖子。他和左右的人交谈着，显然是在嘲笑耶稣。他穿着一件珍贵的皮大衣，一顶巍峨的绒帽，他的手在背后反执着手杖。这是阿姆斯特丹的富有的犹太人。伦勃朗在这些宗教画取材上，永远在现实的环境中观察：我们在他所有的作品中都可找到例证。

高处站着似乎在辩论着的一群。这是些犹太的教士与法官，将来悬赏缉捕他的人物。他们的神情暴露出他们的嫉妒，政治的与社会的仇恨。在前景上，在执着手杖的胖子后面，那些以轻灵的笔锋所勾描着的脸容，却是代表何等悲惨的世界！在此，伦勃朗才表现出他的伟大。在画家之外，我们不独觉得他是一个明辨的观察者，抓握住准确的形式，抒发心灵的秘密，抑且发见他是一个思想家，是一个具有伟大情操的诗人。

在这组人物中，有一个面貌特别富有意味。这是一个青年人，坐着，一手支着他的头，仿佛在倾听着。是不是耶稣的爱徒圣约翰？这是一个仁慈慷慨的青年人，满怀着热爱，跟随着耶稣，在这群苦难者中间，体味着美丽的教义。

这样的一幅版画，可以比之一本良好的读物。它具有一切吸引读者的条件：辞藻，想象，人物之众多与变化，观察之深刻犀利，每个人有他特殊的面貌，特殊的内心生活，纯熟的素描有表达一切的把握，思想之深沉，唤引起我们伟大的心灵与人群的博爱，诗人般的温柔对着这种悲惨景象发生矜怜之情；末了，还有这光与暗、这黑与白的神奇的效用，引领我们到一个为诗人与艺术家所向往的理想世界中去。

《三个十字架》那幅版画似乎更为大胆。从上面直射下来的一道强烈的白光照耀着卡尔凡（Calvaire）山的景象。在三具十字架下一具十字架是钉死耶稣的，其他二具是钉死两个匪徒的，群众在骚动着。

大片的阴影笼罩着。在素描上，原无这阴影的需要。这全是为了造型的作用，使全个局面蒙着神奇的色彩。我们的想象很可在这些阴影中看到深沉的黑夜，无底的深渊，仿佛为了基督的受难而映现出来的世界的悲惨。法国十九世纪的大诗人雨果，亦是一个版画家，他亦曾运用黑白的强烈的对照以表现这等场面的伟大性与神秘性。

三个十字架占着对称的地位，耶稣在中间，他的瘦削苍白的肉体在白光中映现出几点黑点：这是他为补赎人类罪恶所流的血。十字架下，我们找到一切参与受难一幕的人物：圣母晕过去了，圣约翰在宗主脚下，叛徒犹大惊骇失措，犹太教士还在争辩，而罗马士兵的枪矛分出了光暗的界线。

技巧更熟练但布局上没有如此大胆的，是《基督下十字架》已死的耶稣被信徒们从十字架上释放下来一画。在研究人物时，我们可以看到伦勃朗绝无把他们理想化的思虑。他所描绘的，是真的扛抬一个死尸的人，努力支持着不使尸身堕在地下。至于尸身，亦是十分写实的作品。十字架下，一个警官般的人监视着他们的动作。旁边，圣女们——都是些肥胖的荷兰妇人——在悲苦中期待着。但在这幕粗犷的景象中，几道白光从天空射下，射在基督的苍白的肉体上。

《圣母之死》表现得尤其写实。这个情景，恰和一个目击亲人或朋友易篑的情景完全一样。一个男子，一个使徒，也许是圣约翰捧着弥留者的头。一个医生在诊她的脉搏。穿着庄严的衣服的大教士在此准备着为死者做临终的礼节，交叉着手静待着。一本《圣经》放在床脚下，展开着，表明人们刚才读过了临终祷文。周围是朋友、邻人，好奇地探望着，有些浮现着痛苦的神情。

这是一幅充满着真实性的版画。格勒兹（Jean-Baptiste Greuze，1725—1805）在《风瘫的父亲》中，亦曾搜寻同样的枝节。但格勒兹的作品，不能摆脱庸俗的感伤情调，而伦勃朗却以神秘的风格使《圣母之死》具有适如其分的超自然性。一道光明，从高处射下，把这幕情景全部包裹了：这不复是一个女人之死，而是神的母亲之死。勾勒出一切枝节的轮廓的，是一个熟练的素描家，孕育全幅的情景的，却是一个大诗人。

在伦勃朗全部版画中最完满的当推那幅巨型的《耶稣受审》。贵族们向统治者彼拉多要求把耶稣处刑。群众在咆哮，在大声呼喊。彼拉多退让了，同时声明他不负判决耶稣的责任。一切的枝节，在此还是值得我们加以精细的研究。彼拉多那副没有决断的神气，的确代表那种不愿多事的老人。他宛如受到群众的威胁而失去了指挥能力的一个法官。在他周围的一切鬼怪的脸色上，我们看出仇恨与欲情。

这幅版画的技术是最完满的，但初看并未如何摄引我们，这也许是太完满之故吧？在此没有大胆的黑白的对照，因此，刺激的力量减少了，神秘的气息没有了。我们找不到如在其他的版画上的出世之感。

经过了这番研究之后，可以懂得为何伦勃朗的铜版镌刻使人获得一种特殊性质的美感，为何这种美感与由绘画获得的美感不同。

仔细辨别起来，版画的趣味，与速写的趣味颇有相似之处。在此，线条含有最大的综合机能。艺术家在一笔中便慑住了想象力，令人在作品之外，窥到它所忽略的或含蓄的部分。在版画之前，如在速写之前一样，制作的艺术家与鉴赏的观众之间有一种合作的关系。观众可各以个人的幻想去补充艺术家所故意隐晦的区处。因为这种美感是自动的，故更为强烈。

我们可以借用版画来说明中国水墨画的特别美感之由来，但这是超出本文范围以外的事，姑置不论。

至于版画在欧洲社会中所以较绘画具有更大的普遍性者，虽然由于版画可有复印品，值价较廉，购置较易之故；但最大的原由还是因为这黑白的单纯而又强烈的刺激最易取悦普通的观众之故。

塞尚：现代艺术之父

印象派的绘画，大家都知道是近代艺术史上一朵最华美的花。毕沙罗、吉约曼、雷诺阿、西斯莱、莫内等仿佛是一群天真的儿童，睁着好奇的慧眼，对于自然界的神奇幻变感到无限的惊讶，于是靠了光与色的灌溉滋养，培植成这个繁荣富丽的艺术之园。无疑的，这是一个奇迹。然而更使我们诧异的，却是在这群园丁中，忽然有一个中途倚铲怅惘的人，满怀着不安的情绪，对着园中鲜艳的群花，渐渐地怀疑起来，经过了长久的徘徊踌躇之后，决然和毕沙罗们分离了，独自在花园外的荒芜的硬土中，播着一颗由坚强沉着的人格和赤诚沸热的心血所结晶的种子。他孤苦地垦植着，受尽了狂风骤雨的摧残，备尝着愚庸冥顽的冷嘲热骂的辛辣之味，终于这颗种子萌芽生长起来，等到这园丁六十余年的寿命终了的时光，已成了千尺的长松，挺然直立于悬崖峭壁之上，为现代艺术的奇花异草拓殖了一个簇新的领土。这个奇特的思想家，这个倔强的画人，便是伟大的塞尚。

真正的艺术家，一定是时代的先驱者。他有敏慧的目光，使他一直遥瞩着未来；有锐利的感觉，使他对于现实时时感到不满；有坚强的勇气，使他能负荆冠，能上十字架，只要是能满足他艺术的创造欲。至于世态炎凉，那于他更有什么相干呢？在这一点上，塞尚又是一个大勇者，可与德拉克鲁瓦照耀千古。

他的一生，是全部在艰苦的奋斗中牺牲的：他不仅要和他所不满的现实战（即要补救印象派的弱点），而且还要和他自己的视觉、手腕及色感方面的种种困难作战。固然，他有他独特的环境，使他能纯为艺术而艺术地制作，然而他不屈不挠的精神、超然物外的人格，实在是举世不多见的。

塞尚名保罗（Paul），于一八三九年生于普罗旺斯地区艾克斯（Aixen-Provence）。这是法国南方的一个首府。他的父亲是一个帽子匠出身的银行家，母亲是一位躁急的妇人。但她的热情，她的无名的烦闷，使她十分钟爱她的儿子，因为这儿子在先天已承受了她这部分精神的遗产，也全靠了她的回护，塞尚才能战胜了他父亲的富贵梦，完成他做艺人的心愿。

他十岁时，就进当地的中学，和左拉同学，两人的交谊一天天浓厚起来，直到左拉的小说成了名，渐渐想做一个小资产者的时候，才逐渐疏远。这时期两位少年朋友在校内、课外，已开始认识大自然的壮美了。尤其是在假中，两人徜徉山巅水涯，左拉念着浪漫派诸名家的诗，塞尚滔滔地讲着韦罗内塞、鲁本斯、伦勃朗，那些大画家的作品。他终身为艺者的意念，就这样地在充满着幻想与希望的少年心中酝酿成熟了。

在中学时代，他已在当地的美术学校上课，十九岁中学毕业时，他同时得到美术学校的素描（dessin）二等奖。这个荣誉使他的父亲不安起来，他对塞尚说："孩子，孩子，想想将来吧！天才是要饿死的，有钱才能生活啊！"

服从了父亲，塞尚无可奈何地在艾克斯大学法科听了两年课；终于父亲拗他不过，答应他到巴黎去开始他的艺术生涯。他一到巴黎就去找左拉。两人形影不离地过了若干时日，但不久，他们对于艺术的意见日渐龃龉，塞尚有些厌倦巴黎，忽然动身回家去了。这一次他的父亲想可把这儿子笼络住了，既然是他自己回来的，就叫他在银行里做事。但这种枯索的生活，叫塞尚怎能忍受呢？于是账簿上，墙壁上都涂满了塞尚的速写或素描。末了，他的父亲又不得不让步，任他再去巴黎。

这回他结识了几位知己的艺友，尤其是毕沙罗与吉约曼（Guillaumin）和他最为契合。塞尚此时的绘画也颇受他们的影响。他们时常一起在巴黎近郊的欧韦（Auvers）写生。但年少气盛、野心勃勃的塞尚，忽然去投考巴黎美专；不料这位艾克斯美术学校的二等奖的学生在巴黎竟然落第。气愤之余，又跑回了故乡。

等到他第三次来巴黎时他换了一个研究室，一面仍在卢浮宫徜徉踯躅，站在鲁本斯或德拉克鲁瓦的作品面前，不胜低回激赏。那时期他画的几张大的构图（composition）即是受德氏作品的感应。左拉最初怕塞尚去走写实的路，曾劝过他，此刻他反觉他的朋友太倾向于浪漫主义，太被光与色所眩惑了。

然而就在此时，他的被称为太浪漫的作品，已绝不是浪漫派的本来面目了。我们只要看他临摹德拉克鲁瓦的《但丁的渡舟》一画便可知道。此时人们对他作品的批评是说他好比把一支装满了各种颜色的手枪，向着画布乱放，于此可以想象到他这时的手法及用色，已绝不是拘守绳墨而在探寻新路了。

人们曾向当时的前辈大师马奈征求对于塞尚的画的意见，马奈回答说："你们能欢喜龌龊的画么？"这里，我们又可看出塞尚的艺术，在成形的阶段中，已不为人所了解了。马奈在十九世纪后叶被视为绘画上的革命者，尚且不能识得塞尚的摸索新路的苦心，一般社会，自更无从谈起了。

总之，他是从德拉克鲁瓦及他的始祖威尼斯诸大家那里悟到了色的错综变化，从库尔贝那里找到自己性格中固有的沉着，再加以纵横的笔触，想从印象派的单以"变幻"为本的自然中，搜求一种更为固定、更为深入、更为沉着、更为永久的生命。这是塞尚洞烛印象派的弱点，而为专主"力量""沉着"的现代艺术之先声。也就为这一点，人家才称塞尚的艺术是一种回到古典派的艺术。我们切不要把古典派和学院派这两个名词相混了，我们更不要把我们的目光专注在形式上（否则，你将永远找不出古典派和塞尚的相似之处）。古典的精神，无论是文学史或艺术史都证明是代表"坚定""永久"的两个要素。塞尚采取了这种精神，站

231

在他自己的时代思潮上为二十世纪的新艺术行奠基礼，这是他尊重传统而不为传统所惑，知道创造而不是以架空楼阁冒充创造的伟大的地方。

再说回来，印象派是主张单以七种原色去表现自然之变化，他们以为除了光与色以外，绘画上几没有别的要素，故他们对于色的应用，渐趋硬化，到新印象派，即点描派，差不多用色已有固定的方式，表现自然也用不到再把自己的眼睛去分析自然了。这不但已失了印象派分析自然的根本精神，且已变成了机械、呆板、无生命的铺张。印象派的大功在于外光的发现，故自然的外形之美，到他们已表现到顶点，风景画也由他们而大成；然流弊所及，第一是主义的硬化与夸张，造成新印象派的徒重技巧；第二是印象派绘画的根本弱点，即是浮与浅，美则美矣，顾亦止于悦目而已。塞尚一生便是竭全力与此"浮浅"二字战的。

所谓浮浅者，就是缺乏内心。缺乏内心，故无沉着之精神，故无永久之生命。塞尚看透这一点，所以用"主观地忠实自然"的眼光，把自己的强毅浑厚的人格全部灌注在画面上，于是近代艺术就于萎靡的印象派中超拔出来了。

塞尚主张绝对忠实自然，但此所谓忠实自然，绝非模仿抄袭之谓。他曾再三说过，要忠实自然，但用你自己的眼睛（不是受过别人影响的眼睛）去观察自然。换言之，须要把你视觉净化，清新化，儿童化，用着和儿童一样新奇的眼睛去凝视自然。

大凡一件艺术品之成功，有必不可少的一个条件，即要你的人格和自然合一（这所谓自然是广义的，世间种种形态色相都在内）。因为艺术品不特要表现外形的真与美，且要表现内心的真与美；后者是目的，前者是方法，我们决不可认错了。要达到这目的，必要你的全人格，透入宇宙之核心，悟到自然的奥秘，再把你的纯真的视觉，抓住自然之外形，这样的结果，才是内在的真与外在的真的最高表现。塞尚平生绝口否认把自己的意念放在画布上，但他的作品，明明告诉我们不是纯客观的照相，可知人类的生命——人格——是不由你自主地、不知不觉地、无意识地,透入艺术品之心底。因为人类心灵的产物,如果灭掉了人类的心灵,还有什么呢?

以上所述是塞尚的艺术论的大概及他与现代艺术的关系。以下想把他的技巧约略说一说。

塞尚全部技巧的重心,是在于中间色。此中间色有如音乐上的半音,旋律的谐和与否,全视此半音的支配得当与否而定。绘画上的色调亦复如是。塞尚的画,不论是人物,是风景,是静物,其光暗之间的冷色与热色都极复杂。他不和前人般只以明暗两种色调去组成旋律,只用一二种对称或调和的色彩去分配音阶,他是用各种复杂的颜色,先是一笔一笔地并列起来,再是一笔一笔地加叠上去,于是全画的色彩愈为鲜明,愈为浓烈,愈为激动,有如音乐上和声之响亮。这是塞尚在和谐上成功之秘诀。

有人说塞尚是最主体积的,不错,但体积从什么地方来的呢?也即因了这中间色才显出来的罢了。他并不如一般画家去斤斤于素描,等到他把颜色的奥秘抓住了的时候,素描自然有了,轮廓显著,体积也随着浮现。要之,塞尚是一个最纯粹的画家(peintre),是一个大色彩家(coloriste),而非描绘者(dessinateur),这是与他的前辈德拉克鲁瓦相似之处。

至此,我们可以明了塞尚是用什么方法来达到补救印象派之弱点的目的,而建树了一个古典的、沉着的、有力的、建筑他的现代艺术。在现代艺术中,又可看出塞尚的影响之大。大战前极盛的立方派,即是得了塞尚的体积的启示,再加以科学化的理论作为一种试验(essai)。在其他各画派中,塞尚又莫不与他同时的高更与凡·高三分天下。在艺术史上他是一个承前启后的旋转中枢的画人。

这样一个奇特而伟大的先驱者,在当时之不被人了解,也是当然的事。他一生从没有正式入选过官立的沙龙。几次和他朋友们合开的或个人的画展,没有一次不是他为众矢之的。每个妇女看到他的浴女,总是切齿痛恨,说这位拙劣的画家,毁坏了她们美丽的肉体。大小报章杂志,都一致认为他是一个变相的泥水匠,把什么白垩啊、土黄啊、绿的红的乱涂一阵,又哪知十年之后,大家都把他奉为偶像,敬之如神明呢?这种无聊的毁誉,在塞尚眼里当看作同样是愚妄吧?!

要知道塞尚这般放纵大胆的笔触,绝非随意涂抹,他每下一笔,都经过长久的思索与观察。他画了无数的静物,但他画每一只苹果,都是画第一只苹果时一样地细心研究。他替沃拉尔画像,画了一百零四次还嫌没有成功,我真不知像他这样热爱艺术、苦心孤诣的画家在全部艺术史中能有几人!然而他到死还是口口声声说:"唉,我是不能实现的了,才窥到了一线光明,然而毫矣……上天不允许我了……"话未完已老泪纵横,悲抑不胜……

一九〇六年十月二十一日他在野外写生,淋了冷雨回家,发了一晚的热,翌日支撑起来在家中作画,忽然又倒在画架前面,人们把他抬到床上,从此不起。

我再钞一个公式来做本篇的结束罢。

要了解塞尚之伟大,先要知道他是时代的人物,所谓时代的人物者,是=永久的人物+当代的人物+未来的人物。

一九三〇年一月七日于巴黎

音乐之史的发展

一

晚近以来，音乐才开始取得它在一般历史上应占的地位。忽视了人类精神最深刻的一种表现，而谓可以窥探人类精神的进化，真是一件怪事。一个国家的政治生命，只是它的最浅薄的面目。要认识它内心的生命和行动的渊源，必得要从文学、哲学、艺术，那些反映着这个民族的思想、热情与幻梦的各方面，去渗透它的灵魂。

大家知道文学所贡献于历史的资料，例如高乃依的诗、笛卡尔的哲学，可以帮助我们了解三十年战争结束后的法国民族。假使我们没有熟悉百科全书的主张，及十八世纪的沙龙的精神，那末，一七八九年的法国大革命，将成为毫无生命的陈迹。

大家也知道，形象美术对于认识时代这一点上，供给多少宝贵的材料：它不啻是时代的面貌，它把当时的人品、举止、衣饰、习尚、日常生活的全部，在我们眼底重新映演。一切政治革命都在艺术革命中引起反响。一国的生命是全部现象——经济现象和艺术现象——联合起来的有机体，哥特式建筑的共同点与不同点，使十九世纪的维奥莱·勒·杜克追寻出十二世纪各国通商要道。对于建筑部分的研究，例如钟楼，就可以看出法国王朝的进步，及首都建筑对于省会建筑之影响。但是艺术的历史效用，尤在使我们与一个时代的心灵，及时代感觉的背景接触。在表面上，文学与哲学所供给我们的材料，最为明白，而它们对于一个时代的性格，也能归纳在确切不移的公式中，但它们的单纯化的功效是勉强的，不自然的，而我们所得的观念，也是贫弱而呆滞；至于艺术，却是依了活动的人生模塑的。而且艺术的领域，较之文学要广大得多。法国的艺术，已经有十个世纪的历史，但我们往常只是依据了四世纪文学，来判断法国思想。法国的中古艺术所显示我们的内地生活，并没有被法国的古典文学所道及。世界上很少国家的民族，像法国那般混杂。它包含着意大利人的、西班牙人的、德国人的、瑞士人的、英国人的、佛兰德斯人的种种不同，甚至有时相反的民族与传统。这些互相冲突的文化都因了法国政治的统一，才融合起来，获得折衷，均衡。法国文学，的确表现了这种统一的情形，但它把组成法国民族性格的许多细微的不同点，却完全忽视了。我们在凝视着法国哥特式教堂的玫瑰花瓣的彩色玻璃时，就想起往常批评法国民族特性的论见之偏执了。人家说法国人是理智而非幻想，乐观而非荒诞，他的长处是素描而非色彩的。然而就是这个民族，曾创造了神秘的东方的玫瑰。

由此可见，艺术的认识可以扩大和改换对于一个民族的概念。单靠文学史不够的。

这个概念，如果再由音乐来补充，将更怎样的丰富而完满！

音乐会把没有感觉的人弄迷糊了。它的材料似乎是渺茫得捉摸不住，而且是无可理解，与现实无关的东西。那么，历史又能在音乐中间，找到什么好处呢？

然而，第一，说音乐是如何抽象的这句话是不准确的；它和文学、戏剧、一个时代的生活，永远保持着密切的关系。歌剧史对于风化史及交际史的参证是谁也不能否认的。音乐的各种形式，关联着一个社会的形式，而且使我们更能了解那个社会。在许多情形之下，音乐史并且与其他各种艺术史有十分密切的联络。各种艺术往往互相影响，甚至因了自然的演化，一种艺术常要越出它自己的范围而侵入别种艺术的领土中去。有时是音乐成了绘画，有时是绘画成了音乐。弥盖朗琪罗曾经说过：

"好的绘画是音乐，是旋律。"各种艺术，并没像理论家所说的，有怎样不可超越的樊篱。一种艺术，可以承继别一种艺术的精神，也可以在别种艺术中达到它理想的境界：这是同一种精神上的需要，在一种艺术中尽量发挥，以致打破了一种艺术的形式，而侵入其他一种艺术，以寻求表白思想的最完满的形式。因此，音乐史的认识，对于造型美术史常是很需要的。

可是，就以音乐的元素来讲，它的最大的意味，岂非因为它能使人们内心的秘密，长久地蕴蓄在心头的情绪，找到一种藉以表白的最自由的言语？音乐既然是最深刻与最自然的表现，则一种倾向往往在没有言语、没有事实证明之前，先有音乐的暗示。日耳曼民族觉醒的十年以前，就有《英雄交响曲》；德意志帝国称雄欧洲的前十年，也先有了瓦格纳的《齐格弗里德》(*Siegfried*)。

在某种情况之下，音乐竟是内心生活的惟一的表白——例如十七世纪的意大利与德国，它们的政治史所告诉我们的，只有宫廷的丑史、外交和军事的失败、国内的荒歉、亲王们的婚礼……那么，这两个民族在十八、十九两个世纪的复兴，将如何解释？只有他们音乐家的作品，才使我们窥见他们一二世纪后中兴的先兆。德国三十年战争的前后，正当内忧外患，天灾人祸相继沓来的时候，约翰·克里斯托夫·巴赫（Johann Christoph Bach）、约翰·米夏埃尔·巴赫（JohannMichael Bach）（他们就是最著名的音乐家约翰·塞巴斯蒂安·巴赫（JohannSebastian Bach）的祖先），正在歌唱他们伟大的坚实的信仰。外界的扰攘和纷乱，丝毫没有动摇他们的信心。他们似乎都感到他们光明的前途。意大利的这个时代，亦是音乐极盛的时代，它的旋律与歌剧流行全欧，在宫廷旖旎风流的习尚中，暗示着快要觉醒而奋起的心灵。

此外，还有一个更显著的例子。是罗马帝国的崩溃，野蛮民族南侵，古文明渐次灭亡的时候，帝国末期的帝王，与野蛮民族的酋长，对于音乐，抱着同样的热情。第四世纪起，开始酝酿那著名的《格列高利圣歌》

（*Gregorian Chant*）。这是基督教经过二百五十年的摧残以后，终于获得胜利的凯旋歌。它诞生的确期，大概在公元五四〇年至六〇〇年之间，正当高卢人与龙巴人南侵的时代。那时的历史，只是罗马与野蛮民族的不断的战争、残杀、抢掠，那些最惨酷的记载；然而教皇格列高利手订的宗教音乐已在歌唱未来的和平与希望了。它的单纯、严肃、清明的风格，简直像希腊浮雕一样的和谐与平静。瞧，这野蛮时代所产生的艺术，哪里有一份野蛮气息？而且，这不是只在寺院内唱的歌曲，它是五六世纪以后，罗马帝国中通俗流行的音乐，它并流行到英、德、法诸国的民间。各国的皇帝，终日不厌地学习，谛听这宗教音乐。从没有一种艺术比它更能代表时代的了。

　　由此，文明更可懂得，人类的生命在表面上似乎是死灭了的时候，实际还是在继续活跃。在世界纷乱、瓦解，以致破产的时候，人类却在寻找他的永永不灭的生机。因此，所谓历史上某时代的复兴或颓唐，也许只是文明依据了一部分现象而断言的。一种艺术，可以有萎靡不振的阶段，然而整个艺术绝没有一刻是死亡的。它跟了情势而变化，以找到适宜于表白自己的机会。当然，一个民族困顿于战争、疫疠之时，它的创造力很难由建筑方面表现，因为建筑是需要金钱的，而且，如果当时的局势不稳，那就绝没有新建筑的需求。即其他各种造型美术的发展，也是需要相当的闲暇与奢侈，优秀阶级的嗜好，与当代文化的均衡。但在生活维艰、贫穷潦倒、物质的条件不容许人类的创造力向外发展时，它就深藏涵蓄；而他寻觅幸福的永远的需求，却使他找到了别的艺术之路。这时候，美的性格，变成内心的了；它藏在深邃的艺术——诗与音乐中去。我确信人类的心灵是不死的，故无所谓死亡，亦无所谓再生。光焰永无熄灭之日，它不是照耀这种艺术，就是照耀那种艺术；好似文明，如果在这个民族中绝灭，就在别个民族中诞生的一样。

　　因此，文明要看到人类精神活动的全部，必须把各种艺术史做一比较的研究。历史的目的，原来就在乎人类思想的全部线索啊！

二

我们现在试把音乐之历史的发展大略说一说吧。它的地位比一般人所想象的重要得多。在远古，古老的文化中，音乐即已产生。希腊人把音乐当作与天文、医学一样可以澄清人类心魂的一种工具。柏拉图认为音乐家实有教育的使命。在希腊人心目中，音乐不只是一组悦耳的声音的联合，而是许多具有确切内容的建筑。"最富智慧性的是什么？——数目；最美的是什么？——和谐"。并且，他们分别出某种节奏的音乐令人勇武，某一种又令人快乐。由此可见，当时人士重视音乐。柏拉图对于音乐的审美趣味尤其卓越，他认为公元前七世纪奥林匹克曲调后，简直没有好的音乐可听的了。然而，自希腊以降，没有一个世纪不产生音乐的民族；甚至我们普遍认为最缺少音乐天禀的英国人，迄一六八八年革命时止，也一直是音乐的民族。

而且，世界上除了历史的情形以外，还有什么更有利于音乐的发展？音乐的兴盛往往在别种艺术衰落的时候，这似乎是很自然的结果。我们上面讲述的几个例子，中世纪野蛮民族南侵时代，十七世纪的意大利和德意志，都足令我们相信这情形。而且这也是很合理的，既然音乐是个人的默想，它的存在，只需一个灵魂与一个声音。一个可怜虫，艰苦穷困，幽锢在牢狱里，与世界隔绝了，什么也没有了，但他可以创造出一部音乐或诗的杰作。

但这不过是音乐的许多形式中之一种罢了。音乐固然是个人的亲切的艺术，可也算社会的艺术。它是幽思、痛苦的女儿，同时也是幸福、愉悦，甚至轻佻浮华的产物。它能够适应、顺从每一个民族和每一个时代的性格。在我们认识了它的历史和它在各时代所取的种种形式之后，我们再不会觉得理论家所给予的定义之矛盾为可异了。有些音乐理论家说音乐是动的建筑，又有些则说音乐是诗的心理学。有的把音乐当作造型的艺术；有的当作纯粹表白精神的艺术。对于前者——音乐的要素是旋律（melodie 或译曲调），后者则是和声（harmonie）。实际上，这一切都对的，他们一样有理，历史的要点，并非使人疑惑一切，而是使人部分地相信一切，使人懂得在许多相互冲突的理论中，某一种学说是对于历史上某一个时期是准确的，另一学说又是对于历史上另一时期是准确的。在建筑家的民族中，如十五、十六世纪的法国与佛兰德斯民族音乐是音的建筑。在具有形的感觉与素养的民族，如意大利那种雕刻家与画家的民族中，音乐是素描、线条、旋律、造型的美。在德国人那种诗人与哲学家的民族中，音乐是内心的诗、抒情的告白、哲学的幻想。在佛朗索瓦一世与查理九世的朝代（十五、十六世纪），音乐是宫廷中风雅与诗意的艺术。在宗教革命的时代，它是歌舞升平的艺术。十八世纪则是沙龙的艺术。大革命前期，它又成了革命人格的抒情诗。总而言之，没有一种方式可以限制音乐。它是世纪的歌声，历史的花朵；它在人类的痛苦与欢乐下面同样地滋长蓬勃。

三

我们在上面已经讲过音乐在希腊时代的发展过程。它不独具有教育的功用，并且和其他的艺术、科学、文学，尤其是戏剧，发生密切的关系。渐渐地，纯粹音乐——器乐，在希腊时代占据了主要地位。罗马帝国的君主，如尼禄（Nero）、狄托（Titus）、哈德良（Hadrianus）、卡里古拉（Caligula）……都是醉心音乐的人。

随后，基督教又借了音乐的力量去征服人类的心灵。公元四世纪时的圣安布鲁瓦兹（Saint Ambroise）曾经说过："它用了曲调与圣诗的魔力去蛊惑民众。"的确，我们看到在罗马帝国的各种艺术中，只有音乐虽然经过多少变乱，仍旧完美地保存着，而且，在罗马与哥特时代，更加突飞猛进。圣多玛氏说："它在七种自由艺术中占据第一位，是人类的学问中最高贵的一种。"在沙特尔（Chartres）城，自十一至十四世纪，存在着一个理论的与实习的音乐学派。图卢兹（Toulouse）大学，在十三世纪已有音乐的课程。十三至十五世纪的巴黎，为当时音乐的中心，大学教授的名单上，有多少是当代的音乐理论家！但那时音乐美与现代的当然不同，他们认为音乐是无个性的艺术（L'artimpersonnel），需要清明镇静的心神与澄澈透辟的理智。十三世纪的理论家说："要写最美的音乐的最大的阻碍，是心中的烦愁。"这是遗留下来的希腊艺术理论。它的精神上的原因，是合理的而非神秘的，智慧的而非抒情的；社会的原因，是思想与实力的联合，不论是何种特殊的个人思想，都要和众人的思想提携。但对于这种古典的学说，老早就有一种骑士式诗的艺术，一种热烈的情诗与之崛起对抗。

十四世纪初，意大利已经发生文艺复兴的先声，在但丁、彼得拉克（Petratque）、乔托的时代，翡冷翠的马德里加尔（madrigal）式的情歌、猎曲，流传于欧洲全部。十五世纪初叶，产生了用于伴奏的富丽的声乐。轻佻浮俗的音乐中的自由精神，居然深入宗教艺术，以致在十五世纪末，音乐达到与其他的艺术同样光华灿烂的顶点。佛兰德斯的对位学家是全欧最著名的技术专家。他们的作品都是华美的音的建筑，繁复的节奏，最初并不是侧重于造型的。可是到了十五世纪最后的二十五年，在别种艺术中已经得势的个人主义，亦在音乐中苏醒了；人格的意识，自然的景慕，一一回复了。

自然的模仿，热情的表白：这是在当时人眼中的文艺复兴与音乐的特点；他们认为这应该是这种艺术的特殊的机能。从此以后，直至现代，音乐便继续着这条路径在发展。但那时代音乐的卓越的优长，尤其是它的形象美除了韩德尔和莫扎特的若干作品以外，恐怕从来没有别的时代的音乐足以和它媲美。这是纯美的世纪，它到处都在，社会生活的各方面，精神科学的各门类，都讲究"纯美"。音乐与诗的结合从来没有比查理九世朝代更密切的了。十六世纪的法国诗人多拉（Dorat）、若代尔（Jodelle）、贝洛（Belleau），都唱着颂赞自然的幽美的诗歌；大诗人龙萨（Ronsard）说过："没有音乐性，诗歌将失掉了它的妩媚；正如没有诗歌一般的旋律，音乐将成为僵死一样。"诗人巴伊夫（Baif）在法国创力诗与音乐学院，努力想创造一种专门歌唱的文字，把他自己用拉丁和希腊韵所作的诗来试验：他的大胆与创造力实非今日的诗人或音乐家所能想象。法国的音乐性已经达到顶点，它不复是一个阶级的享乐，而是整个国家的艺术，贵族、知识阶级、中产阶级、平民，旧教和新教的寺院，都一致为音乐而兴奋。亨利八世和伊丽莎白女王（十五——十六世纪）时代的英国，马丁路德（十五——十六世纪）时代的德国，加尔文时代的日内瓦，利奥十世治下的罗马，都有同样昌盛的音乐。它是文艺复兴最后一枝花朵，也是最普及于欧罗巴的艺术。

情操在音乐上的表白，经过了十六世纪幽美的，描写的情歌、猎曲等等的试验，逐渐肯定而准确了，其结果在意大利有音乐悲剧的诞生。好像在别种意大利艺术的发展与形成中一样，歌剧也受了古希腊的影响。在创造者心中，歌剧无异是古代悲剧的复活；因此，它是音乐的，同时亦是文学的。事实上，虽然以后翡冷翠最初几个作家的戏剧院里被遗忘了，音乐和诗的关系中断了，歌剧的影响却继续存在。关于这一点，我们对于十七世纪末期起，戏剧思想所受到的歌剧的影响还没有完全考据明白。我们不应当忽视歌剧在整个欧洲风靡一时的事实，认为是毫无意义的现象。因为没有它，可以说时代的艺术精神大半要淹没；除了合理化的形象以外，将看不见其他的思想。而且，十七世纪的淫乐、肉感的幻想，感伤的情调，也再没有比在音乐上表现得更明白，接触到更深奥的底蕴的了。这时候，在德国，正是相反的情况，宗教改革的精神正在长起它的坚实的深厚的根底。英国的音乐经过了光辉的时代，受着清教徒思想的束缚，慢慢地熄灭了。意大利的文艺复兴已经在迷梦中睡去，只在追求美丽而空洞的形象美。

十八世纪，意大利音乐继续反映生活的豪华、温柔与空虚。在德国，蕴蓄已久的内心的和谐，由了韩德尔（Handel）与巴赫（J.S.Bach），如长江大河般突然奔放出来。法国则在工作着，想继续翡冷翠人创始的事业——歌剧，以希腊古剧为模型的悲剧。欧洲所有的大音乐家都聚集在巴黎，法国人、意大利人、德国人、比国人，都想造成一种悲剧的或抒情的喜剧风格。这工作正是十九世纪音乐革命的准备。十八世纪德意两国的最大天才是在音乐上，法国虽然在别种艺术上更为丰富，但其成功，实在还是音乐能够登峰造极。因为，在路易十五治下的画家与雕刻家，没有一个足以与拉摩（Rameau，一六八三——一七六四）的天才相比的。拉摩不独是吕里（Lully，一六三三——一六八七）的继承者，并且奠定了法国歌剧，创造了新和音，对于自然的观察，尤有独到处，到了十八世纪末叶，格鲁克（Gluck，一七一四——一七八七）的歌剧出现，把全欧的戏剧都掩蔽了。他的歌剧不独是音乐上的杰作，也是法国十八世纪最高的悲剧。

十八世纪终，全欧受着革命思潮的激荡，音乐也似乎苏醒了。德法两国音乐家研究的结果，与交响乐的盛行，使音乐大大地发展它表情的机能。三十年中，管弦乐合奏与室内音乐产生了空前的杰作。过去的乐风由海顿和莫扎特放发了一道最后的光芒之后，慢慢地熄灭了。一七九二年法国革命时代的音乐家戈塞尔（Gossec）、曼于（Mehul）、勒絮尔（Lesueur）、凯鲁比尼（Cherubini）等，已在试作革命的音乐；到了贝多芬，唱出最高亢的《英雄曲》，才把大革命时代的拿破仑风的情操，悲怆壮烈的民气，完满地表现了。这是社会的改革，亦是精神的解放，大家都为狂热的战士情调所鼓动，要求自由。

末了，便是一片浪漫底克的诗的潮流。韦伯（Weber）、舒伯特（Schubert）、萧邦（Chopin）、门德尔松（Mendelssohn）、舒曼（Schumann）、柏辽兹（Berlioz）等抒情音乐家，新时代的幻梦诗人，慢慢地觉醒，仿佛被一种无名的狂乱所鼓动。古意大利，懒懒地，肉感地产生了它最后两大家——罗西尼（Rossini）与贝利尼（Bellini）；新意大利则是犷野威武的威尔地（Verdi）唱起近世意大利统一的雄壮的曲子。德国则以强力著称的瓦格纳（Wagner）预示德意志民族统治全欧的野心。德国人沉着固执、强毅不屈的精神，与幻想抑郁、神秘莫测的性格，都在瓦格纳的悲剧中具体地吐露出来了。从犷野狂乱、感伤多情的浪漫主义转变到深沉的神秘主义，这一种事实，似乎令人相信音乐上的浪漫主义的花果，较之文学上的更丰富庄实。这潮流随后即产生了法国的赛查·弗兰卡（Cesar Franck），意大利与比利时的宗教歌剧（oratorio）以及回复古希腊与伯利恒的乐风。现代音乐，一部分虽然应用十九世纪改进了的器乐，描绘快要破落的优秀阶级的灵魂，一部分却在提倡采取通俗的曲调，以创造民众音乐。自比才（Bizet）至穆索尔斯基（Moussórgsky），都是努力于表现民众情操的作家。

以上所述，只是对于广博浩瀚的音乐史的一瞥，其用意不过要藉以表明音乐和社会生活等等其他方面，怎样的密切关联而已。

我们看到，自有史以来，音乐永远开着光华妍丽的花朵：这对于我们的精神，是一个极大的安慰，使我们在纷纭扰攘的宇宙中，获得些微安息。政治史与社会史是一片无穷尽的争斗，朝着永远成为问题的人类的进步前去，苦闷的挣扎只赢得一分一寸的进展。然而，艺术史却充满了平和与繁荣的感觉。这里，进步是不存在的。我们往后了望，无论是如何遥远的时代，早已到了完满的境界。可是，这也不能使我们有所失望或胆怯，因为我们再不能超越前人。艺术是人类的梦，光明、自由、清明而和平的梦。这个梦永不会中断。无论哪一个时代，我们总听到艺术家在叹说："一切都给前人说完了，我们生得太晚了。"一切都说完了，也许是吧！然而，一切还待说，艺术是发掘不尽的，正如生命一样。

（本文取材，大半根据罗曼·罗兰著的《古代音乐家》"导言"。）

贝多芬的作品及其精神

一、贝多芬与力

十八世纪是一个兵连祸结的时代，也是歌舞升平的时代，是古典主义没落的时代，也是新生运动萌芽的时代。——新陈代谢的作用在历史上从未停止：最混乱最秽浊的地方就有鲜艳的花朵在探出头来。法兰西大革命，展开了人类史上最惊心动魄的一页：十九世纪！多悲壮，多灿烂！仿佛所有的天才都降生在同一时期……从拿破仑到俾斯麦，从康德到尼采，从歌德到左拉，从达·芬奇到塞尚，从贝多芬到俄国五大家；北欧多了一个德意志，南欧多了一个意大利，民主和专制的搏斗方终，社会主义的殉难生活已经开始：人类几曾在一百年中走过这么长的路！而在此波澜壮阔、峰峦重叠的旅程的起点，照耀着一颗巨星：贝多芬。在音响的世界中，他预言了一个民族的复兴——德意志联邦；他象征着一个世纪中人类活动的基调——力！

一个古老的社会崩溃了，一个新的社会在酝酿中。在青黄不接的过程内，第一先得解放个人（这是文艺复兴发轫而未完成的基业）。反抗一切约束，争取一切自由的个人主义，是未来世界的先驱。各有各的时代。第一是：我！然后是：社会。

要肯定这个"我"，在帝王与贵族之前解放个人，使他们承认个个人都是帝王贵族，或个个帝王贵族都是平民，就须先肯定"力"，把它栽培、扶养、提出，具体表现，使人不得不接受。每个自由的"我"要指挥。倘他不能在行动上，至少能在艺术上指挥。倘他不能征服王国，像拿破仑，至少他要征服心灵、感觉和情操，像贝多芬。是的，贝多芬与力，这是一个天生就的题目。我们不在这个题目上做一番探讨，就难能了解他的作品及其久远的影响。

从罗曼·罗兰所作的传记里，我们已熟知他运动家般的体格。平时的生活除了过度艰苦以外，没有旁的过度足以摧毁他的健康。健康是他最珍视的财富，因为它是一切"力"的资源。当时见过他的人说"他是力的化身"，当然这是含有肉体与精神双重的意义的。他的几件无关紧要的性的冒险，（这一点，我们无须为他隐讳。传记里说他终生童贞的话是靠不住的，罗曼·罗兰自己就修正过。贝多芬一八一六年的日记内就有过性关系的记载）既未减损他对于爱情的崇高的理想，也未减损他对于肉欲的控制力。他说："要是我牺牲了我的生命力，还有什么可以留给高贵与优越？"力，是的，体格的力，道德的力，是贝多芬的口头禅。"力是那般与寻常人不同的人的道德，也便是我的道德。"（一八〇〇年语）这种论调分明已是"超人"的口吻。而且在他三十岁前后，过于充溢的力未免有不公平的滥用。不必说他暴烈的性格对身份高贵的人要不时爆发，即对他平辈或下级的人也有枉用的时候。他胸中满是轻蔑：轻蔑弱者，轻蔑愚昧的人，轻蔑大众，然而他又是热爱人类的人！甚至轻蔑他所爱好而崇拜他的人。（在他致阿门达牧师信内，有两句说话便是诬蔑一个对他永远忠诚的朋友的。参看《贝多芬传之书信集》。）在他青年时代帮他不少忙的李希诺夫斯基公主的母亲，曾有一次因为求他弹琴而下跪，他非但拒绝，甚至在沙发上立也不立起来。后来他和李希诺夫斯基亲王反目，临走时留下的条子是这样写的："亲王，您之为您，是靠了偶然的出身；我之为我，是靠了我自己。亲王们现在有的是，将来也有的是。至于贝多芬，却只有一个。"这种骄傲的反抗，不独用来对另一阶级和同一阶级的人，且也用来对音乐上的规律：

——"照规则是不许把这些和弦连用在一块的……"人家和他说。

——"可是我允许。"他回答。

然而读者切勿误会，切勿把常人的狂妄和天才的自信混为一谈，也切勿把力的过剩的表现和无理的傲慢视同一律。以上所述，不过是贝多芬内心蕴蓄的精力，因过于丰满之故而在行动上流露出来的一方面；而这一方面，——让我们说老实话——并非最好的一方面。缺陷与过失，在伟人身上也仍然是缺陷与过失。而且贝多芬对世俗对旁人尽管傲岸不逊，对自己却竭尽谦卑。当他对车尔尼谈着自己的缺点和教育的不够时，叹道："可是我并非没有音乐的才具！"二十岁时摒弃的大师，他四十岁上把一个一个的作品重新披读。晚年他更说："我才开始学得一些东西……"青年时，朋友们向他提起他的声名。他回答说："无聊！我从未想到声名和荣誉而写作。我心坎里的东西要出来，所以我才写作！"（这是邱尼的记载。——这一段希望读者，尤其是音乐青年，作为座右铭。）

可是他精神的力，还得我们进一步去探索。

大家说贝多芬是最后一个古典主义者，又是最先一个浪漫主义者。浪漫主义者，不错，在表现为先、形式其次上面，在不避剧烈的情绪流露上面，在极度的个人主义上面，他是的。但浪漫主义的感伤气氛与他完全无缘。他是生平最厌恶女性的男子。和他性格最不相容的是没有逻辑和过分夸张的幻想。他是音乐家中最男性的。罗曼·罗兰甚至不大受得了女子弹奏贝多芬的作品，除了极少的例外。他的钢琴即兴，素来被认为具有神奇的魔力。当时极优秀的钢琴家里斯和车尔尼辈都说："除了思想的特异与优美之外，表情中间另有一种异乎寻常的成分。"他赛似狂风暴雨中的魔术师，会从"深渊里"把精灵呼召到"高峰上"。听众号啕大哭，他的朋友雷夏尔特流了不少热泪，没有一双眼睛不湿……当他弹完以后看见这些泪人儿时，他耸耸肩，放声大笑道："啊，疯子！你们真不是艺术家。艺术家是火，他是不哭的。"（以上都见车尔尼记载。）又有一次，他送一个朋友远行时，说："别动感情。在一切事情上，坚毅和勇敢才是男儿本色。"这种控制感情的力，是大家很少认识的！"人家想把他这株橡树当作萧飒的白杨，不知萧飒的白杨是听众。他是力能控制感情的。"（罗曼·罗兰语。）

音乐家，光是做一个音乐家，就需要有对一个意念集中注意的力，需要西方人特有的那种控制与行动的铁腕：因为音乐是动的构造，所有的部分都得同时抓握。你的心灵必须在静止（immobilité）中作疾如闪电的动作。清明的目光，紧张的意志，全部的精神都该超临在整个梦境之上。那么，在这一点上，把思想抓握得如是紧密，如是恒久，如是超人式的，恐怕没有一个音乐家可和贝多芬相比。因为没有一个音乐家有他那样坚强的力。他一朝握住一个意念时，不到把它占有决不放手。他自称那是"对魔鬼的追逐"。——这种控制思想、左右精神的力，我们还可从一个较为浮表的方面获得引证。早年和他在维也纳同住过的赛弗里德曾说："当他听人家一支乐曲时，要在他脸上去猜测赞成或反对是不可能的，他永远是冷冷的，一无动静。精神活动是内在的，而且是无时无息的，但躯壳只像一块没有灵魂的大理石。"

要是在此灵魂的探险上更往前去，我们还可发现更深邃更神化的面目。如罗曼·罗兰所说的：提起贝多芬，不能不提起上帝。（注意：此处所谓上帝系指十八世纪泛神论中的上帝。）贝多芬的力不但要控制肉欲，控制感情，控制思想，控制作品，且竟与运命挑战，与上帝搏斗。"他可把神明视为平等，视为他生命中的伴侣，被他虐待的；视为磨难他的暴君，被他诅咒的；再不然把它认为他的自我之一部，或是一个冷酷的朋友，一个严厉的父亲……而且不论什么，只要敢和贝多芬对面，他就永不和它分离。一切都会消逝，他却永远在它面前。贝多芬向它哀诉，向它怨艾，向它威逼，向它追问。内心的独白永远是两个声音。从他初期的作品起，（作品第九号之三的三重奏的 Allegro；作品第十八号之四的四重奏的第一章，及《悲怆奏鸣曲》等）我们就听见这些两重灵魂的对白，时而协和，时而争执，时而扭殴，时而拥抱……但其中之一总是主子的声音，绝不会令你误会。"（以上引罗曼·罗兰语。）倘没有这等持久不屈的“追逐魔鬼”，挝住上帝的毅力，他哪还能在“海林根施塔特遗嘱”之后再写《英雄交响乐》和《命运交响乐》？哪还能战胜一切疾病中最致命的——耳聋？

耳聋，对平常人是一部分世界的死灭，对音乐家是整个世界的死灭。整个的世界死灭了而贝多芬不曾死！并且他还重造那已经死灭的世界，重造音响的王国，不但为他自己，而且为着人类，为着“可怜的人类！”这样一种超生和创造的力，只有自然界里那种无名的、原始的力可以相比。在死亡包裹着一切的大沙漠中间，唯有自然的力才能给你一片水草！

一八〇〇年，十九世纪第一页。那时的艺术界，正如行动界一样，是属于强者而非属于奥妙的机智的。谁敢保存他本来面目，谁敢威严地主张和命令，社会就跟着他走。个人的强项，直有吞噬一切之势；并且有甚于此的是：个人还需要把自己溶化在大众里，溶化在宇宙里。所以罗曼·罗兰把贝多芬和上帝的关系写得如是壮烈，绝不是故弄玄妙的文章，而是窥透了个人主义的深邃的意识。艺术家站在“无意识界”的最高峰上，他说出自己的胸怀，结果是唱出了大众的情绪。贝多芬不曾下功夫去认识的时代意识，时代意识就在他自己的思想里。拿破仑把自由、平等、博爱当作幌子踏遍了欧洲，实在还是替整个时代的“无意识界”做了代言人。感觉早已普遍散布在人们心坎间，虽有传统、盲目的偶像崇拜，竭力高压也是徒然，艺术家迟早会来揭幕！《英雄交响乐》！即在一八〇〇年以前，少年贝多芬的作品，对于当时的青年音乐界，也已不下于《少年维特之烦恼》那样的诱人。（莫舍勒斯说他少年时在音乐院里私下向同学借抄贝多芬的《悲怆奏鸣曲》，因为教师是绝对禁止“这种狂妄的作品”的。）然而《第三交响曲》是第一声宏亮的信号。力解放了个人，个人解放了大众——自然，这途程还长得很，有待于我们，或以后几代的努力，但力的化身已经出现过，悲壮的例子写定在历史上，目前的问题不是否定或争辩，而是如何继续与完成……

当然，我不否认力是巨大无比的，巨大到可怕的东西。普罗米修斯的神话存在了已有二十余世纪。使大地上五谷丰登、果实累累的，是力；移山倒海，甚至使星球击撞的，也是力！在人间如在自然界一样，力足以推动生命，也能促进死亡。两个极端摆在前面：一端是和平、幸福、进步、文明、美；一端是残杀、战争、混乱、野蛮、丑恶。具有"力"的人宛如执握着一个转折乾坤的钟摆，在这两极之间摆动。往哪儿去？……瞧瞧先贤的足迹吧。贝多芬的力所推动的是什么？锻炼这股力的洪炉又是什么？——受苦，奋斗，为善。没有一个艺术家对道德的修积，像他那样的兢兢业业，也没有一个音乐家的生涯，像贝多芬这样的酷似一个圣徒的行述。天赋给他的犷野的力，他早替它定下了方向。它是应当奉献于同情、怜悯、自由的；它是应当教人隐忍、舍弃、欢乐的。对苦难、命运，应当用"力"去反抗和征服；对人类，应当用"力"去鼓励，去热烈地爱——所以《弥撒曲》里的泛神气息，代卑微的人类呼吁，为受难者歌唱……《第九交响乐》里的欢乐颂歌，又从痛苦与斗争中解放了人，扩大了人。解放与扩大的结果是人与神明迫近，与神明合一。那时候，力就是神，神就是力，无所谓善恶，无所谓冲突，力的两极性消灭了。人已超临了世界，跳出了万劫，生命已经告终，同时已经不朽！这才是欢乐，才是贝多芬式的欢乐！

二、贝多芬的音乐建树

现在，我们不妨从高远的世界中下来，看看这位大师在音乐艺术内的实际成就。

在这件工作内，最先仍须从回顾以往开始。一切的进步只能从比较上看出。十八世纪是讲究说话的时代，在无论何种艺术里，这是一致的色彩。上一代的古典精神至此变成纤巧与雕琢的形式主义，内容由微妙而流于空虚，由富丽而陷于贫弱。不论你表现什么，第一要"说得好"，要巧妙、雅致。艺术品的要件是明白、对称、和谐、中庸；最忌狂热、真诚、固执，那是"趣味恶劣"的表现。海顿的宗教音乐也不容许有何神秘的气氛，它是空洞的、世俗气极浓的作品。因为时尚所需求的弥撒曲，实际只是一个变相的音乐会，由歌剧曲调与悦耳的技巧表现混合起来的东西，才能引起听众的趣味。流行的观念把人生看作肥皂泡，只顾享受和鉴赏它的五光十色，而不愿参透生与死的神秘。所以海顿的旋律是天真地、结实地构成的，所有的乐句都很美妙和谐，它特别魅惑你的耳朵，满足你的智的要求，却从无深切动人的言语诉说。即使海顿是一个善良的、虔诚的"好爸爸"，也逃不出时代感觉的束缚：缺乏热情。幸而音乐在当时还是后起的艺术，连当时那么浓厚的颓废色彩都阻遏不了它的生机。十八世纪最精彩的面目和最可爱的情调，还找到一个旷世的天才做代言人：莫扎特。他除了歌剧以外，在交响乐方面的贡献也不下于海顿，且在精神方面还更走前了一步。音乐之作为心理描写是从他开始的。他的《g小调交响曲》在当时批评界的心目中已是艰涩难解之作。但他的温柔与妩媚，细腻入微的感觉，匀称有度的体裁，我们仍觉是旧时代的产物。

而这是不足为奇的。时代精神既还有最后几朵鲜花需要开放，音乐曲体大半也还在摸索着路子。所谓古典奏鸣曲的形式，确定了不过半个世纪。最初，奏鸣曲的第一章只有一个主题（thème），后来才改用两个基调（tonalité）不同而互有关连的主题。当古典奏鸣曲的形式确定以后，就成为三鼎足式的对称乐曲，主要以三章构成，即：快—慢—快。第一章 Allegro 本身又含有三个步骤：（一）破题（exposition），即披露两个不同的主题；（二）发展（développement），把两个主题做种种复音的配合，做种种的分析或综合——这一节是全曲的重心；（三）复题（récapitulation），重行披露两个主题，而第二主题（亦称副句，第一主题亦称主句）以和第一主题相同的基调出现，因为结论总以第一主题的基调为本（这第一章部分称为奏鸣曲典型：formesonate）。第二章 andante

或adagio，或larghetto，以歌（lied）体或变奏曲（variation）写成。第三章allegro或presto，和第一章同样用两句三段组成；再不然是rondo，由许多复奏（répétition）组成，而用对比的次要乐句作穿插。这就是三鼎足式的对称。但第二与第三章间，时或插入menuet舞曲。

这个格式可说完全适应着时代的趣味。当时的艺术家首先要使听众对一个乐曲的每一部分都感兴味，而不为单独的任何部分着迷。（所以特别重视均衡。）第一章allegro的美的价值，特别在于明白、均衡和有规律：不同的乐旨总是对比的，每个乐旨总在规定的地方出现。它们的发展全在典雅的形式中进行。第二章andante，则来抚慰一下听众微妙精练的感觉，使全曲有些优美柔和的点缀；然而一切剧烈的表情是给庄严稳重的menuet挡住去路的——最后再来一个天真的rondo，用机械式的复奏和轻盈的爱娇，使听的人不致把艺术当真，而明白那不过是一场游戏。渊博而不过腐，敏感而不着魔，在各种情绪的表皮上轻轻拂触，却从不停留在某一固定的感情上：这美妙的艺术组成时，所模仿的是沙龙里那些翩翩蛱蝶，组成以后所供奉的也仍是这般翩翩蛱蝶。

我所以冗长地叙述这段奏鸣曲史，因为奏鸣曲（尤其是其中奏鸣曲典型那部分）是一切交响乐、四重奏等纯粹音乐的核心。贝多芬在音乐上的创新也是由此开始。而且我们了解了他的奏鸣曲组织，对他一切旁的曲体也就有了纲领。古典奏鸣曲虽有明白与构造结实之长，但有呆滞单调之弊。乐旨（motif）与破题之间，乐节（période）与复题之间，凡是专司联络之职的过板（conduit）总是无美感与表情可言的。当乐曲之始，两个主题一经披露之后，未来的结论可以推想而知：起承转合的方式，宛如学院派的辩论一般有固定的线索，一言以蔽之，这是西洋音乐上的八股。

贝多芬对奏鸣曲的第一件改革，便是推翻它刻板的规条，给以范围广大的自由与伸缩，使它施展雄辩的机能。他的三十二阕钢琴奏鸣曲中，十三阕有四章，十三阕只有三章，六阕只有两章，每阕各章的次序也不依"快—慢—快"的成法，两个主题在基调方面的关系，同一章内各个不同乐旨间的关系，都变得自由了。即是奏鸣曲的骨干——奏鸣曲典型——也被修改。连接各个乐旨或各个小段落的过板，到贝多芬手里大为扩充，且有了生气，有了更大的和更独立的音乐价值，甚至有时把第二主题的出现大为延缓，而使它以不重要的插曲的形式出现。前人作品中纯粹分立而仅有乐理关系（即副句与主句互有关系，例如以主句基调的第五度音作为副句的主调音等等）的两个主题，贝多芬使它们在风格上统一，或者出之以对照，或者出之以类似。所以我们在他作品中常常一开始便听到两个原则的争执，结果是其中之一获得了胜利；有时我们却听到两个类似的乐旨互相融和（这就是上文所谓的两重灵魂的对白），例如作品第七十一号之一的《告别奏鸣曲》，第一章内所有旋律的元素，都是从最初三音符上衍变出来的。奏鸣曲典型部分原由三个步骤组成（详见前文），贝多芬又于最后加上一节结论（coda），把全章乐旨作一有力的总结。

贝多芬在即兴（improvisation）方面的胜长，一直影响到他奏鸣曲的曲体。据约翰·桑太伏阿纳（近代法国音乐史家）的分析，贝多芬在主句披露完后，常有无数的延音（point d'orgue），无数的休止，仿佛他在即兴时继续寻思，犹疑不决的神气。甚至他在一个主题的发展中间，会插入一大段自由的诉说，缥缈的梦境，宛似替声乐写的旋律一般。这种作风不但加浓了诗歌的成分，抑且加强了戏剧性。特别是他的adagio，往往受着德国歌谣的感应——莫扎特的长句令人想起意大利风的歌曲（aria）；海顿的旋律令人想起节奏空灵的法国的歌（romance）；贝多芬的adagio却充满着德国的歌谣（lied）所特有的情操：简单纯朴，亲切动人。

在贝多芬心目中，奏鸣曲典型并非不可动摇的格式，而是可以用作音乐上的辩证法的：他提出一个主句，一个副句，然后获得一个结论，结论的性质或是一方面胜利，或是两方面调和。在此我们可以获得一个理由，来说明为何贝多芬晚年特别运用赋格曲（Fugue，这是巴赫以后在奏鸣曲中一向遭受摒弃的曲体，贝多芬中年时亦未采用。）由于同一乐旨以音阶上不同的等级三四次地连续出现，由于参差不一的答句，由于这个曲体所特有的迅速而急促的演绎法，这赋格曲的风格能完满地适应作者的情绪；或者，原来孤立的一缕思想慢慢地渗透了心灵，终而至于占据全意识界；或者，凭着意志之力，精神必然而然地获得最后胜利。

总之，由于基调和主题的自由的选择，由于发展形式的改变，贝多芬把硬性的奏鸣曲典型化为表白情绪的灵活的工具。他依旧保存着乐曲的统一性，但他所重视的不在于结构或基调之统一，而在于情调和口吻（accent）之统一，换言之，这统一是内在的而非外在的。他是用内容来确定形式的，所以当他觉得典雅庄重的menuet束缚难忍时，他根本换上了更快捷、更欢欣、更富于诙谑性、更宜于表现放肆姿态的scherzo。（此字在意大利语中意为joke，贝多芬原有粗犷的滑稽气氛，故在此体中的表现尤为酣畅淋漓。）当他感到原有的奏鸣曲体与他情绪的奔放相去太远时，他在题目下另加一个小标题："quasi una fantasia"。（意为："近于幻想曲"。）（作品第二十七号之一、之二——后者即俗称《月光曲》）

此外，贝多芬还把另一个古老的曲体改换了一副新的面目。变奏曲在古典音乐内，不过是一个主题周围加上无数的装饰而已。但在五彩缤纷的衣饰之下，本体（即主题）的真相始终是清清楚楚的。贝多芬却把它加以更自由的运用，（后人称贝多芬的变奏曲为大变奏曲，以别于纯属装饰味的古典变奏曲）甚至使主体改头换面，不复可辨。有时旋律的线条依旧存在，可是节奏完全异样。有时旋律之一部被作为另一个新的乐思的起点。有时，在不断地更新探险中，单单主题的一部分节奏或是主题的和声部分，仍和主题保持着渺茫的关系。贝多芬似乎想以一个题目为中心，把所有的音乐联想搜罗净尽。

至于贝多芬在乐器配合法（orchestration）方面的创新，可以粗疏地归纳为三点：（一）乐队更庞大，乐器种类也更多；（但庞大的程度最多不过六十八人：弦乐器五十四人，管乐、铜乐、敲击乐器十四人。这是从贝多芬手稿上——现存柏林国家图书馆——录下的数目。现代乐队演奏他的作品时，人数往往远过于此，致为批评家诟病。桑太伏阿纳有言："扩大乐队并不使作品增加伟大。"）（二）全部乐器的更自由的运用——必要时每种乐器可有独立的效能；（以《第五交响乐》为例，andante 里有一段，basson 占着领导地位。在 allegro 内有一段，大提琴与 doublebasse 又当着主要角色。素不被重视的鼓，在此交响曲内的作用，尤为人所共知。）（三）因为乐队的作用更富于戏剧性，更直接表现感情，故乐队的音色不独变化迅速，且臻于前所未有的富丽之境。

在归纳他的作风时，我们不妨从两方面来说：素材（包括旋律与和声）与形式（即曲体，详见本文前段分析）。前者极端简单，后者极端复杂，而且有不断的演变。

以一般而论，贝多芬的旋律是非常单纯的；倘若用线来表现，那是没有多少波浪，也没有多大曲折的。往往他的旋律只是音阶中的一个片段（a fragment of scale），而他最美最知名的主题即属于这一类：如果旋律上行或下行，也是用整音音程的（diatonic interval）。所以音阶组成了旋律的骨干。他也常用完全和弦的主题和转位法（inverting）。但音阶、完全和弦、基调的基础，都是一个音乐家所能运用的最简单的元素。在旋律的主题（melodic theme）之外，他亦有交响的主题（symphonic theme）作为一个"发展"的材料，但仍是绝对的单纯；随便可举的例子，有《第五交响乐》最初的四音符（solsol-sol-mib）或《第九交响乐》开端的简单的下行五度音。因为这种简单，贝多芬才能在"发展"中间保存想象的自由，尽量利用想象的富藏。而听众因无须费力就能把握且记忆基本主题，所以也能追随作者最特殊最繁多的变化。

贝多芬的和声，虽然很单纯很古典，但较诸前代又有很大的进步。不和谐音的运用是更常见更自由了：在《第三交响乐》《第八交响乐》《告别奏鸣曲》等某些大胆的地方，曾引起当时人的毁谤（！）。他的和声最显著的特征，大抵在于转调（modulation）之自由。上面已经述及他在奏鸣曲中对基调间的关系，同一乐章内各个乐旨间的关系，并不遵守前人规律。这种情形不独见于大处，亦且见于小节。某些转调是由若干距离弯远的音符组成的，而且出之以突兀的方式，令人想起大画家所常用的"节略"手法，色彩掩盖了素描，旋律的继续被遮蔽了。

至于他的形式，因繁多与演变的迅速，往往使分析的工作难于措手。十九世纪中叶，若干史家把贝多芬的作风分成三个时期（大概是把《第三交响乐》以前的作品列为第一期，钢琴奏鸣曲至全集卷二十二为止，两部奏鸣曲至全集三十为止。《第三交响乐》至《第八交响乐》被列入第二期，又称为贝多芬盛年期，钢琴奏鸣曲至全集卷九十为止。全集卷一百以后至贝多芬死的作品为末期），这个观点至今非常流行，但时下的批评家均嫌其武断笼统。一八五二年十二月二日，李斯特答复主张三期说的史家兰兹时，曾有极精辟的议论，足资我们参考，他说：

> 对于我们音乐家，贝多芬的作品仿佛云柱与火柱，领导着以色列人在沙漠中前行——在白天领导我们的是云柱，在黑夜中照耀我们的是火柱，使我们夜以继日地趱奔。他的阴暗与光明同样替我们划出应走的路；它们俩都是我们永久的领导，不断的启示。倘使要我把大师在作品里表现的题旨不同的思想加以分类的话，我决不采用现下流行（按系指当时）而为您采用的三期论法。我只直截了当地提出一个问题，那是音乐批评的轴心，即传统的、公认的形式，对于思想的机构的决定性，究竟到什么程度？
>
> 用这个问题去考察贝多芬的作品，使我自然而然地把它们分做两类：第一类是传统的公认的形式包括而且控制作者的思想的；第二类是作者的思想扩张到传统形式之外，依着他的需要与灵感而把形式与风格或是破坏，或是重造，或是修改。无疑的，这种观点将使我们涉及"权威"与"自由"这两个大题

目。但我们无须害怕。在美的国土内，只有天才才能建立权威，所以权威与自由的冲突，无形中消灭了，又回复了它们原始的一致，即权威与自由原是一件东西。

这封美妙的信可以列入音乐批评史上最精彩的文章里。由于这个原则，我们可说贝多芬的一生是从事于以自由战胜传统而创造新的权威的。他所有的作品都依着这条路线进展。

贝多芬对整个十九世纪所发生的巨大的影响，也许至今还未告终。上一百年中面目各异的大师，门德尔松、舒曼、勃拉姆斯、李斯特、格勒兹、瓦格纳、勃鲁克纳、法朗克，全都沾着他的雨露，谁曾想到一个父亲能有如许精神如是分歧的儿子？其缘故就因为有些作家在贝多芬身上特别关切权威这个原则，例如门德尔松与勃拉姆斯；有些则特别注意自由这个原则，例如李斯特与瓦格纳。前者努力维持古典的结构，那是贝多芬在未曾完全摒弃古典形式以前留下最美的标本的。后者，尤其是李斯特，却继承着贝多芬在交响乐方面未完成的基业，而用着大胆和深刻的精神发现交响诗的新形体。自由诗人如舒曼，从贝多芬那里学会了可以表达一切情绪的弹性的音乐语言。最后，瓦格纳不但受着《菲岱里奥》的感应，且从他的奏鸣曲、四重奏、交响乐里提炼出"连续的旋律"（mélodie continue）和"领导乐旨"（leit-motiv），把纯粹音乐搬进了乐剧的领域。

由此可见，一个世纪的事业，都是由一个人撒下种子的。固然，我们未遗忘十八世纪的大家所给予他的粮食，例如海顿老人的主题发展，莫扎特的旋律的广大与丰满。但在时代转捩之际，同时开下这许多道路，为后人树立这许多路标的，的确除贝多芬外无第二人。所以说贝多芬是古典时代与浪漫时代的过渡人物，实在是估低了他的价值，估低了他的艺术的独立性与特殊性。他的行为的光轮，照耀着整个世纪，孵育着多少不同的天才！音乐，由贝多芬从刻板严格的枷锁之下解放了出来，如今可自由地歌唱每个人的痛苦与欢乐了。由于他，音乐从死的学术一变而为活的意识。所有的来者，即使绝对不曾模仿他，即使精神与气质和他的相反，实际上也无异是他的门徒，因为他们享受着他用痛苦换来的自由！

独一无二的艺术家莫扎特

在整部艺术史上,不仅仅在音乐史上,莫扎特是独一无二的人物。

他的早慧是独一无二的。

四岁学钢琴,不久就开始作曲;就是说他写音乐比写字还早。五岁那年,一天下午,父亲利奥波德带了一个小提琴家和一个吹小号的朋友回来,预备练习六支三重奏。孩子挟着他儿童用的小提琴要求加入。父亲呵斥道:"学都没学过,怎么来胡闹!"孩子哭了。吹小号的朋友过意不去,替他求情,说让他在自己身边拉吧,好在他音响不大,听不见的。父亲还咕噜着说:"要是听见你的琴声,就得赶出去。"孩子坐下来拉了,吹小号的乐师慢慢地停止了吹奏,流着惊讶和赞叹的眼泪,孩子把六支三重奏从头至尾都很完整地拉完了。

八岁,他写了第一支交响乐;十岁写了第一出歌剧。十四至十六岁之间,在歌剧的发源地意大利(别忘了他是奥地利人),写了三出意大利歌剧在米兰上演,按照当时的习惯,由他指挥乐队。十岁以前,他在日耳曼十几个小邦的首府和维也纳、巴黎、伦敦各大都市作巡回演出,轰动全欧。有些听众还以为他神妙的演奏有魔术帮忙,要他脱下手上的戒指。

正如他没有学过小提琴而就能参加三重奏一样,他写意大利歌剧也差不多是无师自通的。童年时代常在中欧西欧各地旅行,孩子的观摩与听的机会多于正规学习的机会;所以莫扎特的领悟与感受的能力,吸收与消化的迅速，是近乎不可思议的。我们古人有句话，说："小时了了，大未必佳"；欧洲人也认为早慧的儿童长大了很少有真正伟大的成就。的确，古今中外，有的是神童；但神童而卓然成家的并不多，而像莫扎特这样出类拔萃、这样早熟的天才而终于成为不朽的大师，为艺术界放出万丈光芒的，至此为止还没有第二个例子。

他的创作数量的巨大，品种的繁多，质地的卓越，是独一无二的。

巴赫、韩德尔、海顿，都是多产的作家；但韩德尔与海顿都活到七十岁以上的高年，巴赫也有六十五岁的寿命；莫扎特却在三十五年的生涯中完成了大小六百二十二件作品，还有一百三十二件未完成的遗作，总数是七百五十四件。举其大者而言，歌剧有二十二出，单独的歌曲、咏叹调与合唱曲六十七支，交响乐四十九支，钢琴协奏曲二十九支，小提琴协奏曲十三支，其他乐器的协奏曲十二支，钢琴奏鸣曲及幻想曲二十二支，小提琴奏鸣曲及变奏曲四十五支，大风琴曲十七支，三重奏四重奏五重奏四十七支。没有一种体裁没有他登峰造极的作品，没有一种乐器没有他的经典文献，在一百七十年后的今天，还像灿烂的明星一般照耀着乐坛。在音乐方面这样全能，乐剧与其他器乐的制作都有这样高的成就，毫无疑问是绝无仅有的。莫扎特的音乐灵感简直是一个取之不竭、用之不尽的水源，随时随地都有甘泉飞涌，飞涌的方式又那么自然、安详、轻快、妩媚。没有一个作曲家的音乐比莫扎特的更近于"天籁"了。

融和拉丁精神与日耳曼精神，吸收最优秀的外国传统而加以丰富与提高，为民族艺术形式开创新路而树立几座光辉的纪念碑，在这些方面，莫扎特又是独一无二的。

文艺复兴以后的两个世纪中，欧洲除了格鲁克为法国歌剧辟出一个途径以外，只有意大利歌剧是正宗的歌剧。莫扎特却做出了双重的贡献：

他既凭着客观的精神、细腻的写实手腕、刻画性格的高度技巧，创造了《费加罗的婚礼》与《唐璜》，使意大利歌剧达到空前绝后的高峰[1]，又以《后宫诱逃》[2]与《魔笛》两件杰作为德意志歌剧奠定了基础，预告了贝多芬的《菲岱里奥》、韦伯的《自由射手》和瓦格纳的《歌唱大师》。

他在一七八三年的书信中说："我更倾向于德意志歌剧：虽然写德意志歌剧需要我费更多气力，我还是更喜欢它。每个民族有它的歌剧，为什么我们德意志人就没有呢？难道德文不像法文英文那么容易唱吗？"一七八五年他又写道："我们德意志人应当有德意志式的思想、德意志式的说话、德意志式的演奏、德意志式的歌唱。"所谓德意志式的歌唱，特别是在音乐方面的德意志式的思想，究竟是指什么呢？据法国音乐学者加米叶·裴拉格的解释："在《后宫诱逃》中，男主角倍尔蒙唱的某些咏叹调，就是第一次充分运用了德意志人谈情说爱的语言。同一歌剧中奥斯门的唱词，轻快的节奏与小调（mode mineure）的混合运用，富于幻梦情调而甚至带点儿凄凉的柔情，和笑吟吟的天真的诙谐的交错，不是纯粹德意志式的音乐思想吗？"（见裴拉格著：《莫扎特》，巴黎一九二七年版）

和意大利人的思想相比，德意志人的思想也许没有那么多光彩，可是更有深度，还有一些更亲切更通俗的意味。在纯粹音响的领域内。德意志式的旋律不及意大利的流畅，但更复杂更丰富，更需要和声（以歌唱而言是乐队）的衬托。以乐思本身而论，德意志艺术不求意大利艺术的整齐的美，而是逐渐以思想的自由发展，代替形式的对称与周期性的重复。这些特征在莫扎特的《魔笛》中都已经有端倪可寻。

交响乐在音乐艺术里是典型的日耳曼品种。虽然一般人称海顿为交响乐之父，但海顿晚年的作品深受莫扎特的影响；而莫扎特的降E大调、

---

[1] 瓦格纳提到莫扎特时就说过："意大利歌剧倒是由一个德意志人提高到理想的完满之境的。"
[2]《后宫诱逃》的译名与内容不符，兹为从俗起见，袭用此名。

g小调、C大调（朱庇特）交响乐，至今还比海顿的那组《伦敦交响乐》更接近我们。而在交响乐中，莫扎特也同样完满地熔拉丁精神（明朗、轻快、典雅）与日耳曼精神（复杂、谨严、深思、幻想）于一炉。正因为民族精神的觉醒和对于世界性艺术的领会，在莫扎特心中同时并存，互相攻错，互相丰富，他才成为音乐史上承前启后的巨匠。以现代词藻来说，在音乐领域之内，莫扎特早就结合了国际主义与爱国主义，虽是不自觉的结合，但确是最和谐最美妙的结合。当然，在这一点上，尤其在追求清明恬静的境界上，我们没有忘记伟大的歌德；但歌德是经过了六十年的苦思冥索（以《浮士德》的著作年代计算），经过了狂飙运动和骚动的青年时期而后获得的；莫扎特却是自然而然的，不需要做任何主观的努力，就达到了拉斐尔的境界，以及古希腊的雕塑家菲狄阿斯的境界。

莫扎特之所以成为独一无二的人物，还由于这种清明高远、乐天愉快的心情，是在残酷的命运不断摧残之下保留下来的。

人家都熟知贝多芬的悲剧而寄以极大的同情，关心莫扎特的苦难的，便是音乐界中也为数不多。因为贝多芬的音乐几乎每页都是与命运肉搏的历史，他的英勇与顽强对每个人都是直接的鼓励；莫扎特却是不声不响地忍受鞭挞，只凭着坚定的信仰，像殉道的使徒一般唱着温馨甘美的乐句安慰自己、安慰别人。虽然他的书信中常有怨叹，也不比普通人对生活的怨叹有什么更尖锐更沉痛的口吻。可是他的一生，除了童年时期饱受宠爱，像个美丽的花炮以外，只有比贝多芬更艰苦。《费加罗的婚礼》与《唐璜》在布拉格所博得的荣名，并没给他任何物质的保障。两次受雇于萨尔茨堡的两任大主教，结果受了一顿辱骂，被人连推带踢地逐出宫廷。从二十五岁到三十一岁，六年中间没有固定的收入。他热爱维也纳，维也纳只报以冷淡、轻视、嫉妒；音乐界还用种种卑鄙的手段打击他几出最优秀的歌剧的演出。一七八七年，奥皇约瑟夫终于任命他为宫廷作曲家，年俸还不够他付房租和仆役的工资。

  为了婚姻，他和最敬爱的父亲几乎决裂，至死没有完全恢复感情。而婚后的生活又是无穷无尽的烦恼：九年之中搬了十二次家；生了六个孩子，夭殇了四个。公斯当斯·韦伯产前产后老是闹病，需要名贵的药品，需要到巴登温泉去疗养。分娩以前要准备迎接婴儿，接着又往往要准备埋葬。当铺是莫扎特常去的地方，放高利贷的债主成为他唯一的救星。

  在这样悲惨的生活中，莫扎特还是终生不断地创作。贫穷、疾病、妒忌、倾轧，日常生活中一切琐琐碎碎的困扰都不能使他消沉，乐天的心情一丝一毫都没受到损害。所以他的作品从来不透露他的痛苦的消息，非但没有愤怒与反抗的呼号，连挣扎的气息都找不到。后世的人单听他的音乐，万万想象不出他的遭遇而只能认识他的心灵——多么明智、多么高贵、多么纯洁的心灵！音乐史家都说莫扎特的作品所反映的不是他的生活，而是他的灵魂。是的，他从来不把艺术作为反抗的工具，作为受难的证人，而只借来表现他的忍耐与天使般的温柔。他自己得不到抚慰，却永远在抚慰别人。但最可欣幸的是他在现实生活中得不到的幸福，他能在精神上创造出来，甚至可以说他先天就获得了这幸福，所以他反复不已地传达给我们。精神的健康，理智与感情的平衡，不是幸福的先决条件吗？不是每个时代的人都渴望的吗？以不断的创造征服不断的苦难，以永远乐观的心情应付残酷的现实，不就是以光明消灭黑暗的具体实践吗？有了视患难如无物，超临于一切考验之上的积极的人生观，就有希望把艺术中美好的天地变为美好的现实。假如贝多芬给我们的是战斗的勇气，那么莫扎特给我们的是无限的信心。把他清明宁静的艺术和侘傺一世的生涯对比之下，我们更确信只有热爱生命才能克服忧患。莫扎特几次说过："人生多美啊！"这句话就是了解他艺术的钥匙，也是他所以成为这样伟大的主要因素。

  虽然根据史实，莫扎特在言行与作品中并没表现出法国大革命以前的民主精神（他的反抗萨尔茨堡大主教只能证明他艺术家的傲骨），也谈不到人类大团结的理想，像贝多芬的合唱交响乐所表现的那样；但一切大艺术家都受时代的限制，同时也有不受时代限制的普遍性——人间性。莫扎特以他朴素天真的语调和温婉蕴藉的风格，所歌颂的和平、友爱、幸福的境界，正是全人类自始至终向往的最高目标，尤其是生在今日的我们所热烈争取、努力奋斗的目标。

因此，我们纪念莫扎特二百周年诞辰的意义绝不止一个：不但他的绝世的才华与崇高的成就使我们景仰不止，他对德意志歌剧的贡献值得我们创造民族音乐的人揣摩学习，他的朴实而又典雅的艺术值得我们深深地体会；而且他的永远乐观，始终积极的精神，对我们是个极大的鼓励；而他追求人类最高理想的人间性，更使我们和以后无数代的人民把他当作一个忠实的、亲爱的、永远给人安慰的朋友。

萧邦的少年时代[①]

从十八世纪末期起,到二十世纪第一次大战为止,差不多一个半世纪,波兰民族都是在亡国的惨痛中过日子。一七七二年,波兰被俄罗斯、普鲁士、奥地利三大强国第一次瓜分;一七九三年,又受到第二次瓜分。一八〇七年,拿破仑把波兰改作一个"华沙公国"。一八一五年,拿破仑失败,波兰又被分作四个部分,最大的一部分受俄国沙皇的统治,这是弗雷德里克·萧邦出生前后的祖国的处境。

一八一〇年,贝多芬正在写他的《第十弦乐四重奏》和《告别奏鸣曲》,他已经发表了《第六交响曲》《热情奏鸣曲》《克勒策小提琴奏鸣曲》。一八一〇年,舒伯特十三岁,舒曼还差十个月没有出世,李斯特、瓦格纳都快要到世界上来了。一八一〇年,歌德还活着,拜伦才发表了他早期的诗歌;雪莱刚刚在动笔;巴尔扎克、雨果、柏辽兹,正坐在小学校里的凳子上念书。而就在这一八一〇年二月二十二日的下午六时,在华沙附近的乡下,一个叫作热拉佐瓦·沃拉——为方便起见,我们以下简称为沃拉——的村子里,弗雷德里克·萧邦诞生了。

一八八六年出版的一部萧邦传记,有一段描写沃拉的文字,说道:"波兰的乡村大致都差不多。小小的树林,环抱着一座贵族的宫堡。谷仓和马房,围成一个四方的大院子;院子中央有几口井,姑娘们头上绕着

[①] 本文及后文《萧邦的壮年时代》系作者为纪念萧邦诞辰,为上海市广播电台写的广播稿,均未以文字发表。

红布，提着水桶到这儿来打水。大路两旁种着白杨，沿着白杨是一排草屋；然后是一片麦田，在太阳底下给微风吹起一阵阵金黄色的波浪。再远一点儿，田里一望无际的都是油菜、金花菜、紫云英，开着黄的、紫的小花。天边是黑压压的森林，远看只是一长条似蓝非蓝的影子——这便是沃拉的风光。"作者又说："离开宫堡不远，有一所小屋子，顶上盖着石板做的瓦片，门前有几级木头的阶梯。进门是一条黝黑的过道，左手是用人们纺纱的屋子，右手三间是正房，屋顶很矮，伸手出去可以碰到天花板——这便是萧邦诞生的老家。"也就是现在的萧邦纪念馆，当然是修得更美丽了。它离开华沙五十四公里，每年都有从波兰各地来的以及从世界各国来的游客和艺术家，到这儿来凭吊瞻仰。

弗雷德里克·萧邦的父亲叫作米科瓦伊·萧邦，是法国东北部的苏兰省人，一七八七年到华沙，先在一个法国人办的烟草工厂里当出纳员，后来改当教员，在波兰住下了；一八〇六年娶了一个波兰败落贵族的女儿，生了一个女孩子卢德维卡，第二个便是我们的音乐家，以后还生了两个女儿，伊扎贝拉和爱弥莉亚。萧邦一家人都很聪明，很有文艺修养。十一岁的爱弥莉亚和十四岁的弗雷德里克合作，写了一出喜剧，替父亲祝寿。长姐卢德维卡和妹妹伊扎贝拉，也写过儿童读物。弟兄姐妹还常在家里演戏。

一八一〇年十月，米科瓦伊·萧邦搬到华沙城里，除了在学校里教法文，还在家里办了一个学生寄宿舍。萧邦小时候性情温和，活泼，同时又像女孩子一般敏感。他只有两股热情：热爱母亲和热爱音乐。到了六岁，正式跟一个捷克籍的音乐家齐夫尼学琴。八岁，第一次出台演奏。十四岁，进了华沙中学，同时也换了一个音乐教师，叫作埃斯纳，他不但教钢琴，还教和声跟作曲。这个老师有个很大的功劳，就是绝对尊重萧邦的个性。他说："假如萧邦越出规矩，不走从前人的老路，尽管由他去好了，因为他有他自己的路。终有一天，他的作品会证明他的特点是前无古人的。他有的是与众不同的天赋，所以他自己就走着与众不同的路。"

一八二五年，萧邦十五岁，在华沙音乐院参加了两次演奏会，印出了一支《回旋曲》，这是他的作品第一号。十七岁中学毕业。到十八岁为止，他陆续完成的作品有：一支两架钢琴合奏的《回旋曲》，一支《波洛奈兹》，一支《奏鸣曲》，还有根据莫扎特的歌剧的曲调写的《变奏曲》。十九岁写了《e小调钢琴协奏曲》。二十岁写了《f小调钢琴协奏曲》，一支《圆舞曲》，几支《夜曲》和一部分《练习曲》。

少年时代的萧邦，是非常快乐、开朗、讨人喜欢的，天生的爱打趣、说笑话、作打油诗、模仿别人的态度动作。这个脾气他一直保持到最后，只要病魔不把他折磨得太厉害。但是快乐和欢谑，在萧邦身上是跟忧郁的心情轮流交替着。那是斯拉夫民族所独有的，一种莫名其妙的悲哀。他在乡下过假期的时候，一忽儿嘻嘻哈哈，拿现成的诗歌改头换面，作为游戏，一忽儿沉思默想的出神。他也跟乡下人混在一起，看民间的舞蹈，听民间的歌谣。这里头就包含着波兰民族独特的诗意，而萧邦就是这样一点一滴的、无形之中积聚这个诗意的宝库，成为他全部创作的主要材料。

一位叫伏秦斯基的波兰作家曾经说过："我们对诗歌的感觉完全是特殊的，和别的民族不同。我们的土地有一股安闲恬静的气息。我们的心灵可不受任何约束，只管逗着自己的意思，在广大的平原上飞奔跳跃；阴森可怖的岩石，明亮耀眼的天空，灼热的阳光，都不会引起我们心灵的变化。面对着大自然，我们不会感到太强烈的情绪，甚至也不完全注意大自然，所以我们的精神常常会转向别的方面，追问生命的神秘。因为这缘故，我们的诗歌才这样率直，这样不断地追求美、追求理想。我们的诗的力量，是在于单纯朴素，在于感情真实，在于它的永远崇高的目标，同时也在于奔放不羁的想象力。"这一段关于波兰诗歌的说明，正好拿来印证萧邦的作品。

萧邦与自然界的关系，他自己说过一句话："我不是一个适合过乡间生活的人。"的确,他不像贝多芬和舒曼那样,在痛苦的时候会整天在山林之中散步、默想,寻求安慰。萧邦以后写的《玛祖卡》或《波洛奈兹》中间所描写的自然界,只限于童年的回忆和对波兰乡土的回忆,而且仿佛是一幅画的背景,作用是在于衬托主题、创造气氛。例如他的《升F调夜曲》(作品第十五号第二首),并不描写什么明确的境界,只是用流动的、灿烂的音响,给你一个黄昏的印象,充满着神秘气息。

伏秦斯基还有一段讲到风格的朴素的话,也可以帮助我们了解萧邦的艺术特色。他说:"我们的风格是那样朴素,好比清澈无比的水里的珍珠……这首先需要你有一颗朴素和纯洁的心,一种富于诗意的想象力和细腻微妙的感觉。"

正如波兰的风景和波兰民族的灵魂一样,波兰的舞蹈也是一个重要的因素,促成萧邦的音乐风格。他不但接受了民间的玛祖卡舞、克拉可维克舞、波洛奈兹舞的节奏,并且他的旋律的线条也带着舞蹈的姿态,迂回曲折的形式,均衡对称的动作,使我们隐隐约约有舞蹈的感觉。但是步伐的缓慢,乐句的漫长,节奏跟和声方面的修饰,教人不觉得萧邦的音乐是真的舞蹈,而是带有一种理想的、神秘的哑剧意味。

可是波兰的民间舞蹈在萧邦的音乐中成为那么重要的因素,我们不能不加几句说明。玛祖卡原是一种集体与个人交错的舞蹈,伴奏的音乐还由跳舞的人用合唱表演,萧邦不但拿这个舞曲的节奏来尽量变化,还利用原来的合唱的观念,在《玛祖卡》中插入抒情的段落。十八世纪的波兰舞的音乐,是庄重的、温和的,有些又像送葬的挽歌。后来的作者加入一种凄凉的柔情。到了萧邦,又充实了它的和声,使内容更动人,更适合于诉说亲切的感情;他大大地减少了集体舞蹈音乐的性质,只描写其中几个人物突出的面貌。另外一种古代波兰舞蹈叫作克拉可维克,是四分之二的拍子,重拍在第二拍上。萧邦的作品第十四号《回旋舞》和作品第十一号《e小调钢琴协奏曲》的第三乐章,都是利用这个节奏写的。

一八二八年，萧邦十八岁，到柏林旅行了一次。一八二九年到维也纳住了一个多月，开了两次音乐会，受到热烈的欢迎。报上谈论说："他的触键微妙到极点，手法巧妙，层次的细腻反映出他感觉的敏锐，加上表情的明确，无疑是个天才的标记。"

十八岁去柏林以前，萧邦便写了以莫扎特的歌剧《唐璜》中的歌词为根据的《变奏曲》。关于这个少年时代的作品，舒曼有一段很动人的叙述，他说："前天，我们的朋友于赛勃轻轻地溜进屋子，脸上浮着那副故弄玄虚的笑容。我正坐在钢琴前面，于赛勃把一份乐谱放在我们面前，说道：'把帽子脱下来，诸位先生，一个天才来了！'他不让我们看到题目。我漫不经心地翻着乐谱，体会没有声音的音乐，是另有一种迷人的乐趣。而且我觉得，每个作曲家所写的音乐，都有一个特殊的面目：在乐谱上，贝多芬的外貌就跟莫扎特不同……但是那天我觉得从谱上瞧着我的那双眼睛完全是新的：一双像花一般的、蜥蜴一般的、少女一般的眼睛，表情很神妙地瞅着我。在场的人一看到题目：《萧邦：作品第二号》，都大大地觉得惊奇。萧邦？萧邦？我从来没听见过这个名字。"

近代的批评家，认为那个时期萧邦的作品已经融合了强烈的个性和鲜明的民族性。舒曼还说他受到了几个最好的大师的影响：贝多芬、舒伯特和斐尔德。"贝多芬培养了他大胆的精神，舒伯特培养了他温柔的心，斐尔德培养了他灵巧的手。"大家知道，斐尔德是十八世纪的爱尔兰作曲家，"夜曲"这个体裁，就是经他提倡而风行到现在的。

萧邦十九岁那一年，爱上了华沙音乐院的一个学生，女高音公斯当斯·葛拉各夫斯加。爱情给了他很多痛苦，也给了他很多灵感。一八二九年九月，他在写给好朋友蒂图斯的信中说："我找到了我的理想，而这也许就是我的不幸。但是我的确很忠实地崇拜她。这件事已经有六个月了，我每夜梦见她有六个月了，可是我连一个字都没出口。我的《协奏曲》中间的《慢板》，还有我这次寄给你的《圆舞曲》，都是我心里想着那个美丽的人而写的。你该注意《圆舞曲》上面画着十字记号的那一段。

除了我自己，谁也不知道那一段的意义。好朋友，要是我能把我的新作品弹给你听，我会多么高兴啊！在《三重奏》里头，低音部分的曲调，一直过渡到高音部分的降 E。其实我用不着和你说明，你自己会发觉的。"这里说的《协奏曲》，就是《f 小调钢琴协奏曲》；《圆舞曲》是遗作第七十号第三首；《三重奏》是作品第八号的《钢琴三重奏》。

就在一八二九年的九月里，有一天中午，他连衣服也没穿好，连那天是什么日子都不知道，给蒂图斯写了一封极痛苦的信，说道："我的念头越来越疯狂了。我恨自己，始终留在这儿，下不了决心离开。我老是有个预感：一朝离开华沙，就一辈子也不能回来的了。我深深地相信，我要走的话，便是和我的祖国永远告别。噢！死在出生以外的地方，真是多伤心啊！在临终的床边，看不见亲人的脸，只有一个漠不关心的医生，一个出钱雇用的仆人，岂不惨痛？好朋友，我常常想跑到你的身边，让我这悲痛的心得到一点儿安息。既然办不到，我就莫名其妙的，急急忙忙地冲到街上去。胸中的热情始终压不下去，也不能把它转向别的方面；从街上回来，我仍旧浸在这个无名的、深不可测的欲望中间煎熬。"

法国有一位研究萧邦的专家说道："我们不妨用音乐的思考，把这封信念几遍。那是由好几个互相联系、反复来回的主题组织成功的：有彷徨无助的主题，有孤独与死亡的主题，有友谊的主题，有爱情的主题，忧郁、柔情、梦想，一个接着一个在其中出现。这封信已经是活生生的一支萧邦的乐曲了。"

一八二九年十月，萧邦给蒂图斯的信中又说："一个人的心受着压迫，而不能向另一颗心倾吐，那真是惨呢！不知道有多少回，我把我要告诉你的话，都告诉了我的琴。"

华沙对于萧邦已经太狭小了，他需要见识广大的世界，需要为他的艺术另外找一个发展的天地。第一次的爱情没有结果，只有在他浪漫底克的青年时代，挑起他更多的苦闷，更多的骚动。终于他鼓足勇气，在一八三〇年十一月一日，从华沙出发，往维也纳去了。送行的人一直陪他到华沙郊外的一个小镇上，大家都在那儿替他饯行。他的老师埃斯纳，特意写了一支歌，由一般音乐院的学生唱着。他们又送他一只银杯，里面装着祖国的泥土。萧邦哭了。他预感到这一次的确是一去不回的了。多少年以后，他听到他的学生弹他的作品第十号第三首《练习曲》的时候，叫了一声："噢！我的祖国！"

当时的维也纳是欧洲的音乐中心，也是一个浮华轻薄的都会。一年前招待萧邦的热情已冷下去了。萧邦虽然受到上流社会的邀请，到处参加晚会；可是没有一个出版商肯印他的作品，也没有人替他发起音乐会。在茫茫的人海中，远离乡井的萧邦又尝到另外一些辛酸的滋味。在本国，他急于往广阔的天空飞翔，因为下不了决心高飞远走而苦闷；一朝到了国外，斯拉夫人特别浓厚的思乡病，把一个敏感的艺术家的心刺伤得更厉害了。一八三〇年十一月二十九日，华沙民众反抗俄国专制统治的革命爆发了。萧邦一听到消息，马上想回去参加这个英勇的斗争。可是雇了车出了维也纳，绕了一圈又回来了；父亲也写信来要他留在国外，说他们为他所做的牺牲，至少要得到一点儿收获。但是萧邦整天整月地想念亲友，为他们的生命操心，常常以为他们是在革命中牺牲了。

一八三一年七月二十日，他离开维也纳往南去。护照上写的是：经过巴黎，前往伦敦。出发前几天，他收到了一个老世交的信，那是波兰的一个作家，叫作维脱维基，他信上的话正好说中了萧邦的心事。他说："最要紧的是民族性，民族性，最后还是民族性！这个词儿对一个普通的艺术家差不多是空空洞洞的，没有什么意义的，但对一个像你这样的人才，可并不是。正如祖国有祖国的水土与气候，祖国也有祖国的曲调。山岗、森林、水流、草原，自有它们本土的声音，内在的声音；虽然那不是每个心灵都能抓住的。我每次想到这问题，总抱着一个希望，亲爱的弗雷德里克，你，你一定是第一个会在斯拉夫曲调的无穷无尽的财富中间，汲取材料的人。你得寻找斯拉夫的民间曲调，像矿物学家在山顶上，在山谷中，采集宝石和金属一样……听说你在外边很烦恼，精神萎靡

271

得很。我设身处地为你想过：没有一个波兰人，永别了祖国能够心中平静的。可是你该记住，你离开乡土，不是到外边去萎靡不振的，而是为培养你的艺术，来安慰你的家属、你的祖国，同时为他们增光的。"

一八三一年九月八日，正当萧邦走在维也纳到巴黎去的半路上，听到俄国军队进攻华沙的消息。于是全城流血、亲友被杀戮、同胞被屠杀的一幅惨不忍睹的画面，立刻摆在他眼前。他在日记上写道："噢！上帝，你在哪里呢？难道你眼看着这种事，不出来报复吗？莫斯科人这样的残杀，你还觉得不满足吗？也许，也许，你自己就是一个莫斯科人吧？"那支有名的《革命练习曲》，作品第十号第十二首的初稿，就是那个时候写的。

就在这种悲愤、焦急、无可奈何的心情中，萧邦结束了少年时代，也就在这种国破家亡的惨痛中，像巴特洛夫斯基说的，"这个贩私货的天才"，在暴虐的敌人铁蹄之下，做了漏网之鱼，挟着他的音乐手稿，把在波兰被禁止的爱国主义，带到国外去发扬光大了。

一九五六年一月四日作

萧邦的壮年时代

一八三一年，法国的政局和社会还是动荡不定的。经过一八三〇年的七月革命。新兴的布尔乔亚夺取了政权，可是极右派的保皇党、失势的贵族、始终受着压迫的平民，都在那里挣扎，反抗政府。各党各派经常在巴黎的街上游行示威。偶尔还听得见"波兰万岁"的口号。因为有个拿破仑的旧部，意大利籍的将军拉慕里奴，正在参加华沙革命。在这种人心骚动的情况之下，萧邦在一八三一年的秋天到了巴黎。

那个时期，凯鲁比尼、贝里尼、罗西尼、梅耶贝尔都集中在巴黎。号称钢琴之王的卡克勃兰纳，号称钢琴之狮的李斯特，还有许多当年红极一时、而现在被时间淘汰了的演奏家，也都在巴黎。萧邦写信给朋友，说："我不知道世界上还有什么地方，会比巴黎的钢琴家更多。"

法国的文学家勒哥回，跟着柏辽兹去访问萧邦以后，写道："我们走上一家小旅馆的三楼，看见一个青年脸色苍白，忧郁，举动文雅，说话带一点儿外国的口音，棕色的眼睛又明净又柔和，栗色的头发几乎跟柏辽兹的一样长，也是一绺一绺地挂在脑门上。这便是才到巴黎不久的萧邦。他的相貌，跟他的作品和演奏非常调和，好比一张脸上的五官一样分不开。他从琴上弹出来的音，就像从他眼睛里放射出来的眼神。有点儿病态的、细腻娇嫩的天性，跟他《夜曲》中间的富于诗意的悲哀，是融合一致的；身上的装束那么讲究，使我们了解到，为什么他有些作品在风雅之中带着点儿浮华的气息。"

同是那个时代，李斯特也替萧邦留下一幅写照，他说："萧邦的眼神，灵秀之气多于沉思默想的成分。笑容很温和,很俏皮,可没有挖苦的意味。皮肤细腻,好像是透明的。略微弯曲的鼻子,高雅的姿态,处处带着贵族气味的举动,使人不由自主地会把他当作王孙公子一流的人物。他说话的音调很低,声音很轻;身量不高,手脚都长得很单薄。"

凭了以上两段记载,我们对于二十多岁的萧邦,大概可以有个比较鲜明的印象了。

到了巴黎四个月以后,一八三二年一月,他举行了第一次音乐会,听众不多,收入还抵不了开支。可是批评界已经承认,他把大家追求了好久而没有追求到的理想,实现了一部分。李斯特尤其表示钦佩,他说:"最热烈的掌声,也不足以表示我心中的兴奋。萧邦不但在艺术的形式方面,很成功地开辟了新的境界,同时还在诗意的体会方面,把我带进了一个新的天地。"

萧邦在巴黎遇到很多祖国的同胞。从华沙革命失败以后,亡命到法国来的波兰人更多了。在政治上对于波兰的同情,连带引起了巴黎人对波兰艺术的好感。波兰的作家开始把本国的诗歌译成法文。萧邦由于流亡贵族的介绍,很快踏进了法国的上流社会,受到他们的尊重,被邀请在他们的晚会上演奏。请他教钢琴的学生也很多,一天甚至要上四五课。一八三三年,他和李斯特及另一个钢琴家希勒分别开了两次演奏会。一八三四年他上德国,遇到了门德尔松,门德尔松在家信中称他为当代第一个钢琴家。一八三五年,柏辽兹在报纸上写的评论,说:"不论作为一个演奏家还是作曲家,萧邦都是一个绝无仅有的艺术家。不幸得很,他的音乐只有他自己所表达出的那种特殊的、意想不到的妙处。他的演奏,自有一种变化无穷的波动,而这是他独有的秘诀,没法指明的。他的《玛祖卡》中间,又有多多少少难以置信的细节。"

虽则萧邦享了这样的大名,他自己可并不喜欢在大庭广众之间露面。他对李斯特说:"我是天生不宜于登台的,群众使我胆小。他们急促的呼吸,教我透不过气来。好奇的眼睛教我浑身发抖,陌生的脸教我开不得口。"的确，从一八三五年四月以后，好几年他没有登台。

一八三二年至一八三四年间，萧邦把华沙时期写的、维也纳时期写的和到法国以后写的作品，陆续印出来了，包括作品第六号到第十九号。种类有《圆舞曲》《回旋曲》《钢琴三重奏》、十三支《玛祖卡》、六支《夜曲》、十二支《练习曲》。

在不熟悉音乐的人，《练习曲》毫无疑问只是练习曲，但熟悉音乐的人都知道，萧邦采用这个题目实在是非常谦虚的。在音乐史上，有教育作用而同时成为不朽的艺术品的，只有巴赫的四十八首《平均律钢琴曲集》，可以和萧邦的《练习曲》媲美。因为巴赫也只说，他写那些乐曲的目的，不过是为训练学生正确的演奏，使他们懂得弹琴像唱歌一样。在巴赫过世以后七十年，萧邦为钢琴技术开创了一个新的学派，建立了一套新的方法，来适应钢琴在表情方面的新天地。所以我们不妨反过来说，一切艰难的钢琴技巧，只是萧邦《练习曲》的外貌，只是学者所能学到的一个方面；《练习曲》的精神和初学者应当吸收的另一个方面，却是各式各种的新的音乐内容：有的是像磷火一般的闪光，有的是图画一般幽美的形象，有的是凄凉哀怨的抒情，有的是慷慨激昂的呼号。

另外一种为萧邦喜爱的形式是《夜曲》。那个体裁是十八世纪爱尔兰作曲家斐尔德第一个用来写钢琴曲的。萧邦一生写了不少《夜曲》，一般群众对萧邦的认识与爱好，也多半是凭了这些比较浅显的作品。近代的批评家们都认为，《夜曲》的名气之大，未免损害了萧邦的艺术价值；因为那些音乐只代表作者一部分的精神，而且那种近于女性的、感伤的情调，是很容易把萧邦的真面目混淆的。

一八三五年夏天，萧邦到德国的一个温泉浴场去，跟他的父母相会；秋天到德累斯顿，在一个童年的朋友伏秦斯基家里住了几天。伏秦斯基伯爵和萧邦两家，是多年的至交。他们的小女儿玛丽，还跟萧邦玩过捉迷藏呢。一八三五年的时候，玛丽对于绘画、弹琴、唱歌、作曲都能来一点儿。在德累斯顿的几天相会，她居然把萧邦的心俘虏了。临别的前夜，玛丽把一朵玫瑰递在萧邦的手里；萧邦立刻坐在钢琴前面，当场作了一支《f小调圆舞曲》。某个批评家认为，其中有絮絮叨叨的情话，有一下又一下的钟声，有车轮在石子路上碾过的声音，把两人竭力压着的抽噎声盖住了。

萧邦回到法国，继续和伏秦斯基一家通信。玛丽对他表示非常怀念。第二年，一八三六年七月，萧邦又到奥国的一个避暑胜地和玛丽相会，八月里陪着她回德累斯顿。九月七日，告别的前夜，萧邦正式向玛丽求婚，并且征求伯爵夫人的同意。伯爵夫人答应了，但是要他严守秘密；因为她说，要父亲让步，必须有极大的耐性和相当的时间。萧邦回去的路上，在莱比锡和舒曼相见，给他看一支从爱情中产生的作品——《g小调叙事曲》，作品第二十三号。

叙事曲原来是替歌唱作伴奏的一种曲子，到萧邦手里才变作纯粹的钢琴乐曲，可是原有的叙事性质和重唱的形式，都给保存了。作者借着古代的传说或故事的气氛，表达胸中的欢乐和痛苦。萧邦的传记家尼克斯认为，《g小调叙事曲》含有最强烈的感情的波动，充满着叹息、哭泣、抽噎和热情的冲动。舒曼也肯定这是一个大天才的最好的作品。

一八三五年二月，萧邦发表了第一支《诙谐曲》，作品第二十号。诙谐曲的体裁，当然不是萧邦首创的，但在贝多芬的笔下，表现的是健康的幽默，快乐的兴致，嬉笑的游戏；在门德尔松的笔底下，是一种轻松愉快的心情，灵动活泼、秀美无比的节奏；到了萧邦手里，却变成了内心的戏剧，表现的多半是情绪骚动、痛苦狂乱的境界。关于他的第一支《诙谐曲》，两个传记家有两种不同的了解：尼克斯认为开头的两个不协和弦，大概是绝望的叫喊；后面的骚动的一段，是一颗被束缚的灵魂拼命要求解放。相反，伏秦斯基觉得这支《诙谐曲》应当表现萧邦在维也纳的苦闷与华沙隐落的悲痛以后，一个比较平静时期的心境。因为第一个狂风暴雨般的主题，忽然之间停下来，过渡到一段富于诗意的、温柔的歌唱，描写他童年时代所爱好的草原风景。但是萧邦所要表现的，究竟是什么心情，恐怕永远是一个谜了。

一八三六年，爱情的梦做得最甜蜜的一年，萧邦还发表了两支《夜曲》、两支《波洛奈兹》。从一八三七年春天起，伏秦斯基伯爵夫人信中的态度，越来越暧昧了，玛丽本人的口气也越来越冷淡。快到夏天的时候，隔年订的婚约，终于以心照不宣、不了了之的方式，给毁掉了。为什么呢？为了门第的关系吗？为了当时的贵族和布尔乔亚对一般艺术家的偏见吗？这两点当然是毁约的原因。但主要还在于玛丽本人，她一开头就没有像萧邦一样真正动情。跟萧邦整个做人的作风一样，失恋的痛苦在他面上是看不出的，可是心里永远留下了一个深刻的伤痕。他死了以后，人家发现一沓玛丽写给他的信，扎着粉红色的丝带，上面有萧邦亲手写的字："我的苦难"。

一八三七年七月，他上伦敦去了一次，一八三八年二月，又在伦敦出现，不久回到法国，在里昂城由一个波兰教授募捐，开了一个音乐会。勒哥回写道："萧邦！萧邦！别再那么自私了，这一回的成功应该使你打定主意，把你美妙的天才献给大众了吧？所有的人都在争论，谁是欧洲第一个钢琴家？是李斯特还是塔尔堡？只要让大家像我们一样听到你，他们就会毫不迟疑地回答：是萧邦！"同时，德国的大诗人海涅在德国的杂志上写道："波兰给了他骑士的心胸和年深月久的痛苦；法国给了他潇洒出尘、温柔蕴藉的风度；德国给了他幻想的深度；但是大自然给了他天才和一颗最高尚的心。他不但是个大演奏家，同时是个诗人，他能把他灵魂深处的诗意，传达给我们。他的即兴演奏给我们的享受是无可比拟的。那时他已不是波兰人，也不是法国人，也不是德国人，他的出身比这一切都要高贵得多：他是从莫扎特、从拉斐尔、从歌德的国土中来的；他的真正的家乡是诗的家乡。"

就在那个时代，一八三八年的夏天，失恋的萧邦和另外一个失恋的艺术家乔治·桑交了朋友。奇怪的是，一八三六年底，萧邦第一次见到她以后和朋友说："乔治·桑真是一个讨厌的女人。她能不能算一个真正的女人，我简直有点儿怀疑。"可是，友谊也罢，爱情也罢，最初的印象，往往并不能决定以后的发展。隔了一年的时间，萧邦居然和乔治·桑来往了，不久又从朋友进到了爱人的阶段。萧邦第三次，也是最后一次的恋爱，维持了九年。

乔治·桑是个非常男性的女子，心胸宽大豪爽，热情真诚，纯粹是艺术家本色；又是酷爱自由平等，醉心民主，赞成革命的共和党人。巴尔扎克说过："她的优点都是男人的优点，她不是一个女人，而且她有意要做男子。"关于她和萧邦的恋爱，萧邦的传记家和乔治·桑的传记家，都写过不少文章讨论，可以说议论纷纷，莫衷一是。我们现在不需要，也没有能力来追究这桩文艺史上的公案。但有一点是肯定的：这九年的罗曼史并没给萧邦什么坏影响，不论在身心的健康方面，还是在写作方面；相反，在萧邦身上开始爆发的肺病，可能还因为受到看护而延缓了若干时候呢。

一八三九年冬天，萧邦跟着乔治·桑和她的两个孩子，到地中海的一个西班牙属的玛略卡岛上去养病。不幸，他们的地理知识太差了：岛上的冬天正是气候恶劣的雨季。不但病人的身体受到严重的损害，神经也变得十分紧张，往往看到一些可怕的幻象。有一天，乔治·桑带着孩子们在几十里以外的镇上买东西，到晚上还不回来；外边是大风大雨，山洪暴发。萧邦一个人在家，伏在钢琴上，一忽儿担心朋友一家的生命，一忽儿被种种可怖的幽灵包围。久而久之，他仿佛觉得自己已经死了，沉在一口井里，一滴一滴的凉水掉在他身上。等到乔治·桑回来，萧邦面无人色站起来说："啊！我知道你们已经死了！"原来他以为这是死人的幽灵出现呢！那天晚上作的乐曲，有的音乐学者说是第六首《前奏曲》，有的说是第十五首，李斯特说是第八首。今天我们所能肯定的，只是作品第二十八号的二十四首《前奏曲》中的一大部分，的确是在玛略卡岛上作的。这部作品，被公认为萧邦艺术的精华，因为音乐史上没有一个人能够用这么少的篇幅，包括这么丰富的内容。固然，《前奏曲》是萧邦个人最复杂、最戏剧化的情绪的自由，但也是大众的感情的写照，因为他在表白自己的时候，也说出了我们心中的苦闷、怅惘、悔恨、快乐和兴奋。

一八三九年春天，他们离开了玛略卡岛，回到法国。萧邦病得很重，几次吐血，不得不先在马赛休养。到夏天，大家才回到乔治·桑的乡间别庄，就在法国中部偏西的诺昂。从那时起，七年工夫，萧邦的生活过得相当平静。冬天住巴黎，夏天住诺昂。乔治·桑给朋友的信中提到他说："他身体一忽儿好，一忽儿坏；可是从来不完全好，或者完全坏。我看这个可怜的孩子要一辈子这样憔悴的了。幸而精神并没受到影响，只要略微有点儿力气，他就很快活了。不快活的时候，他坐在钢琴前面，作出一些神妙的乐曲。"的确，那时医生也没有把萧邦的病看得严重，而萧邦的工作也没有间断：七年之中发表的，有二十四支《前奏曲》，三首《即兴曲》，不少的《圆舞曲》《玛祖卡》《波洛奈兹》《夜曲》，两首《奏鸣曲》，三支《诙谐曲》，三支《叙事曲》，一支《幻想曲》。

可是，七年平静的生活慢慢地有了风浪。早在一八四四年，父亲米科瓦伊死了，这个七十五岁的老人的死讯，给了萧邦一个很大的打击。他的健康始终没有恢复，心情始终脱不了斯拉夫族的那种矛盾：跟自己从来不能一致，快乐与悲哀会同时在心中存在，也能够从忧郁突然变而为兴奋。一八四六年下半年，他和乔治·桑的感情不知不觉地有了裂痕。比他大七岁的乔治·桑，多少年来已经只把他当作孩子看待，当作小病人一般爱护和照顾，那在乔治·桑也是一个沉重的负担。何况她的儿女都已长大，到了婚嫁的年龄；家庭变得复杂了，日常琐碎的纠纷和不可避免的摩擦，势必牵涉到萧邦。萧邦的病一天一天在暗中发展，脾气的越变越坏，也在意料之中。一八四七年五月，为了乔治·桑跟新出嫁的女儿和女婿冲突，萧邦终于离开了诺昂。多少年的关系斩断了，根深蒂固的习惯不得不跟着改变，而萧邦的脆弱的生命线也从此斩断了。

一八四七年，萧邦发表了最后几部作品，从作品第六十三号的《玛祖卡》起，到六十五号的《钢琴与大提琴奏鸣曲》为止。从此以后，他搁笔了。凡是第六十六号起的作品，都是他死后由他的朋友冯塔那整理出来的。他的病一天天地加重，上下楼梯连气都喘不过来。李斯特说，那时候的萧邦只剩下个影子了。可是，一八四八年二月十六日，他还在巴黎举行了最后一次音乐会。一八四八年四月，他上英国去，在伦敦、爱丁堡、曼彻斯特各地的私人家里演奏。这次旅行把他最后一些精力消耗完了。一八四九年一月回到巴黎。六月底，他写信给姊姊卢德维卡，要她来法国相会。姊姊来了，陪了他一个夏天。可是一个夏天，病状只有恶化。他很少说话，只用手势来表示意思。十月中旬，他进入弥留状态。十月十五日，他要波托茨卡伯爵夫人为他唱歌，他是一向喜欢伯爵夫人的声音的。大家把钢琴从客厅推到卧房门口，波托茨卡夫人带着抽搐的喉咙唱到一半，病人的痰涌上来了，钢琴立刻推开，在场的朋友都跪在地下祷告。十六日整天他都很痛苦，晕过去几次。在一次清醒的时候，他要朋友们把他未完成的乐稿全部焚毁。他说："因为我尊重大众。我过去写完的作品，都是尽了我的能力的。我不愿意有辜负群众的作品散播在人间。"然后他向每个朋友告别。十七日清早两点，他的学生兼好友古特曼喂他喝水，他轻轻地叫了声："好朋友！"过了一会儿，就停止了呼吸。

在玛格达兰纳教堂举行的丧礼弥撒，由巴黎最著名的四个男女歌唱家领唱，唱了莫扎特的《安魂曲》，大风琴上奏着萧邦自己作的《葬礼进行曲》，第四和第六两首《前奏曲》。

正当灵柩在拉希士公墓上给放下墓穴的时候，一个朋友捧着十九年前的那只银杯，把里头的波兰土倾倒在灵柩上。这个祖国的象征，追随了萧邦十九年，终于跟着萧邦找到了最后的归宿，完成了它的使命。另一方面，葬在巴黎地下的，只是萧邦的身体，他的心脏被送到了华沙，保存在圣·十字教堂。这个美妙的举动当然是符合这位大诗人的愿望的，因为十九年如一日，他永远是身在异国，心在祖国。

第二次世界大战期间,波兰国土被希特勒匪徒占领了,波兰人民把萧邦的心从教堂里拿出来,藏在别处。直到一九四九年十月十七日,萧邦逝世一百周年纪念日,才由波兰人民共和国当时的部长会议主席贝鲁特,把珍藏萧邦心脏的匣子,交给华沙市长,由华沙市长送回到圣·十字教堂。可见波兰人民的心,在最危急的关头,也没有忘了这颗爱国志士的心!

一九五六年

乐曲说明（之一）

为了使爱好音乐的听众对于萧邦的《玛祖卡》有个比较清楚的观念，我们今天在播送傅聪弹的七支《玛祖卡》以前，先把作品的来源和内容介绍一下。

玛祖卡是波兰民间最风行的一种舞蹈，也是一种很复杂的舞蹈。跳这个舞的时候，开头由一对一对的男女舞伴，手拉着手绕着大圈儿打转。接着，大家散开来，由一对舞伴带头，其余的跟在后面，在观众前面排着队走。然后，每一对舞伴分开来轮流跳舞。女的做着各式各样花腔的舞蹈姿势；男的顿着脚，加强步伐，好像在那里鼓动女的；一会儿，男的又放开女的手，站在一边去欣赏他的舞伴，接着那男的也拼命打转，表示他快乐得像发狂一般；转了一会儿，男的又非常热烈地向女的扑过去，两个人一块儿跳舞。这样跳了一两个钟点以后，大家又围成一个大圈儿打转，作为结束。伴奏的乐队所奏的曲调，往往由全体舞伴合唱出来，因为民间的玛祖卡音乐，是有歌词的。歌词中间充满了爱情的倾诉，也充满了国家的遭难，民族被压迫的呼号。匈牙利的大作曲家兼大钢琴家李斯特，和萧邦是好朋友，他说："玛祖卡的音乐与歌词，就是有这两种相反的情绪：一方面是爱情的欢乐，一方面是民族的悲伤，仿佛要把心中的痛苦，细细体味一番，从发泄痛苦上面得到一些快感。那种效果又是悲壮，又是动人。"正当一对舞伴在场子里单独表演的时候，其余的舞伴都在旁边谈情说爱，可以说，同时有许多小小的戏剧在那里扮演。萧邦一生所写的五十六支《玛祖卡》，就是把这种小小的戏剧作为内容的。

　　在形式方面，《玛祖卡》是三拍子的舞曲，动作并不很快，重拍往往在第二拍上，但第一拍也常常很突出，或是分作长短不同的两个音。这是《玛祖卡》的基本节奏，萧邦用自然而巧妙的手法，把这个节奏尽量变化，使古老的舞曲恢复了它的梦境与诗意。萧邦年轻的时代，在华沙附近的农民中间，收集了很多玛祖卡的音乐主题，以后他就拿这些主题作为他写作的骨干。可是正如李斯特说过的："萧邦尽管保存了民间玛祖卡的节奏，却把曲调的境界和格调都变得高贵了、精练了，把原来的比例扩大了，还加入忽明忽暗的和声，跟题材一样新鲜的和声。"李斯特又说："萧邦把这个舞蹈作成一幅图画，写出跳舞的时候，在人们心里波动的、无数不同的情绪。"

　　可是所有这种舞曲的色调、情感、精神，基本上都是斯拉夫民族所独有的；所以萧邦的《玛祖卡》的特色，可以说是民族的诗歌，不但表现作曲家具备了诗人的灵魂，而且具备了纯粹波兰民族的灵魂。同时，要没有萧邦那样细微到极点的感觉、那样精纯的艺术修养和那种高度的艺术手腕，也不可能使那些单纯的民间音乐的素材，一变而为登峰造极的艺术品。因为萧邦在《玛祖卡》中所表现的情感是多种多样的，有讥讽，有忧郁，有温柔，有快乐，有病态的郁闷，有懊恼，有意气消沉的哀叹，也有愤怒，也有精神奋发的表现。总而言之，波兰人复杂的性格，和几百年来受着外来民族的统治，受封建地主、贵族阶级压迫的悲愤的心情，都被萧邦借了这些短短的诗篇表白出来了。萧邦所以是个伟大的、爱国的音乐家，这就是一个最有力的证明。

　　以上我们说明了《玛祖卡》的来源，和萧邦的《玛祖卡》的特色。以下我们谈谈傅聪对《玛祖卡》的体会，和外国音乐界对傅聪演奏的评论。

　　表达《玛祖卡》，首先要掌握它复杂的节奏、复杂的色调，要体会到它丰富多彩的诗意和感情。傅聪到了波兰两个月以后，在一九五四年的十月，就说："《玛祖卡》里头那种微妙的节奏，只可以心领神会，而无法用任何规律来把它肯定的。既要弹得完全像一首诗一般，又要处处显出节奏来，真是难。而这个难是难在不是靠苦练练得出的，只有心中有了那境界才行。这不但是音乐的问题，而是跟波兰的气候、风土、人情、整个波兰的气息有关。"傅聪又说："萧邦的《玛祖卡》，一部分后期作品特别有种哲学意味，有种沉思默想的意味。演奏《玛祖卡》就得把节奏、诗意、幽默、典雅、哲学气息，全部融合在一起，而且要融合得恰到好处。"

今天播送的《玛祖卡》，头上几支，傅聪特别有些体会。他说："作品第五十六号第三首，哲学气息极重，作品大，变化多，不容易领会，因此也是最难弹的一首《玛祖卡》。作品五十九号第一首，好比一个微笑，但是带一点儿忧郁的微笑。作品第六十八号第四首，是萧邦临终前的作品，整个曲子极其凄怨，充满了一种绝望而无力的情感。只有中间一句，音响是强的，好像透出了一点儿生命的亮光，闪过一些美丽的回忆，但马上又消失了，最后仍是一片黯淡的境界。作品六十三号第二首和这一首很像，而且同是 f 小调。作品四十一号第二首，开头好几次，感情要冒上来了，又压下去了，最后却是极其悲怆地放声恸哭。但这首《玛祖卡》主要的境界也是回忆，有时也有光明的影子，那都是萧邦年轻时代，还没有离开祖国的时代的那些日子。"以上是傅聪对他弹的七首《玛祖卡》中的五首的说明，就是今天播的前面的五首。最初三首也就是他去年比赛时弹的。五首以外的两首，是《我们的时代》第二首，作品第三十三号第一首。

在第五届萧邦国际钢琴比赛的时候，苏联评判员、著名钢琴家奥勃林，很赞成傅聪的萧邦风格。巴西评判、年龄很大的女钢琴家塔里番洛夫人说："傅聪的音乐感，异乎寻常地敏感，同时他具备一种热情的、戏剧式的气质，对于悲壮的境界，体会得非常深刻，还有一种微妙的对于音色的感受能力；而最可贵的是那种细腻的、高雅的趣味，在傅聪演奏

《玛祖卡》的时候，表现得特别明显。我从一九三二年起，参加了第二、第三、第四、第五前后四届比赛会的评判，从来没有听到这样纯粹的、货真价实的《玛祖卡》。一个中国人创造了真正《玛祖卡》的演奏水平，不能不说是有历史意义的。"

英国的评判、钢琴家路易士·坎特讷对他自己的学生说："傅聪弹的《玛祖卡》，对我简直是一个梦，不大能相信那是真的。我想像不出，他怎么能弹得这样奇妙，有那么浓厚的哲学气息，有那么多细腻的层次，那么典雅的风格，那么完满的节奏，典型的波兰《玛祖卡》的节奏。"

匈牙利的评判、钢琴家思格说："在所有的选手中，没有一个有傅聪的那股吸引力，那种突出的个性。最难得的是他的创造性。傅聪的演奏处处教人觉得是新的，但仍然是合于逻辑的。"

意大利的评判、老教授阿高斯蒂说："只有一个古老的文化，才能给傅聪这么多难得的天赋。萧邦的艺术的格调，是和中国艺术的格调相近的。"现在我们再介绍一支萧邦的《摇篮曲》。这个曲子大家是比较熟悉的，很多学音乐的人都弹过。傅聪对这个曲子也有一些体会，他说："我弹《摇篮曲》和我在国内弹的完全变了，应该说我以前的风格是错误的。这个乐曲应该从头至尾，维持同样的速度，右手的伸缩性（就是音乐术语说的 rubato，读如'罗巴多'）要极其微妙、细微，决不可过分。开头的旋律尤其要简单朴素。这曲子难就难在这里：要极单纯朴素，又要极有诗意。"

（一九五六年春为上海电台播送傅聪演奏唱片撰写的说明）

乐曲说明（之二）

现在音乐学者一致认为，莫扎特艺术的最高成就是在歌剧与钢琴协奏曲方面。他写的二十七支钢琴协奏曲大半都是杰作。

内容复杂的协奏曲是奏鸣曲、大协奏曲（concerto grosso）和间奏曲（ritornello）的混合品。莫扎特把这个形式尽量发展，使乐队与钢琴各司其职，各尽其妙。在他以后，有多少美妙的作品称为钢琴协奏曲；但除了勃拉姆斯的以外，大多建筑在两个主题的奏鸣曲形式上，结构也就比较简单。莫扎特从成熟时期起，在钢琴协奏曲中至少用到四个重要的主题，多则六个八个不等；有些主题仅仅由钢琴奏出，有些仅仅由乐队奏出；各个主题的衔接与相互关系都用巧妙的手腕处理。所以莫扎特的协奏曲，与贝多芬、舒曼等等的协奏曲，在组织上可以说属于两种不同的类型。

音乐学者哈钦斯（A. Hutchings）认为莫扎特兼擅歌剧与协奏曲的创作，不是一件偶然的事：歌剧里有众多的人物，既需要从头至尾保持各人的个性，又需要共同合作，帮助整个剧情的发展；协奏曲中的许多主题也需要用同样的手法处理。

二十余支钢琴协奏曲所表达的意境与情绪各各不同：有的温婉熨帖，有的典雅华赡（如降E大调），有的天真活泼（如降B大调），有的聪明机智（如G大调），有的诙谐幽默（如F大调），有的极热情（如d小调），有的极悲壮（如c小调），总之，处处显出歌剧家莫扎特的心灵。一个长于戏剧音乐的作曲家必然是感觉敏锐，观察深刻，懂得用音乐来描写人物的心理的，所以莫扎特的协奏曲决不限于主观情绪的流露，而往往以广大的群众作为刻画的对象。这也是他的协奏曲内容丰富、面目众多的原因之一。

但十九世纪的演奏家是不大能欣赏机智、幽默、细腻、含蓄等等的妙处的，风气所趋，除了d小调、D大调、A大调、c小调等三五支以外，莫扎特其余的协奏曲都不为世人所熟知，直到最近才有人重视那些湮没的宝藏。著名的音乐学者阿尔弗雷德·爱因斯坦（Alfred Einstein，一八八〇——一九五二，德国音乐家）说："就因为莫扎特是古典的，又是现代的，才更显出他的不朽与伟大。"在举世纪念莫扎特诞生二百周年的时节，介绍这三支在国内都是首次演出的协奏曲（F大调、G大调、降B大调），也是我们对莫扎特表示一些敬意。

一七八四年年终（莫扎特二十八岁）写成的《F大调协奏曲》（KV459），是一件轻松愉快的作品。三个乐章都很精致完美：快乐而不流于甜俗，抒情而没有多余的眼泪。充沛的元气与妩媚的风度交错之下，使全曲都有一股健康的气息。

第一乐章快板：前奏部分即包括六个主题，以后又陆续加入四个主题，而以第一主题的强烈的节奏控制全章。这种节奏虽是进行曲式的，但作者表现的音乐却是婀娜多姿、流畅自如的。

第二乐章快板：前奏部分即包括六个主题，以后又陆续加入四个主题，而以第一主题的强烈的节奏控制全章。这种节奏虽是进行曲式的，但作者表现的音乐却是婀娜多姿、流畅自如的。

第三乐章加快板：是莫扎特所写的最活泼的回旋曲。借用莫扎特自己的话，其中"有些段落只有识者能欣赏，但写作的方式使一般的听众也能莫名其妙地感到满足"。结尾部分在欢乐中常常露出嘲弄的口吻与俏皮的姿态。

《G大调协奏曲》（KV453）作于一七八四年春，受喜剧的影响特别显著。第一和第三乐章中许多主题的出现，就像不同角色的登场，短促的休止仿佛是展开新的局势的前兆。情调各别的旋律，构成温柔与华彩的对比，诙谐与矜持的对比，柔媚与活泼的对比；色彩忽明忽暗；女性的妩媚与小丑式的俏皮杂然并呈，管乐器与钢琴或是呼应，或是问答，给我们描画出形形色色的人物。作者的技巧主要是在于应付变化频繁的情绪与场面，而不是像贝多芬那样以一个主题一种情绪来控制全局。

第二乐章行板：是歌咏调的体裁，表达的感情极其深刻：先是沉思默想，然后是惆怅、凄惶、缠绵、幽怨、激昂、热烈的曲调相继沓来。

第三章小快板：是以加伏特舞曲的节奏写成的回旋曲。轻灵而富于机智的主题，好似小鸟的歌声。从这个主题发展而成的五个变奏曲，不但各有特色，而且内容变幻不定，最后一个变奏曲的情调更为特殊。终局的急板，除了兴高采烈以外，兼有放荡不羁与滑稽突梯的风趣。

莫扎特的最后一支《降 B 大调钢琴协奏曲》（KV595），是他去世那一年——一七九一年写的。同一年上他还完成了两件不朽的作品：歌剧《魔笛》与《安魂曲》。但据阿尔弗雷德·爱因斯坦的意见，莫扎特真正的精神遗嘱应当是这支协奏曲。在三十五年短促的生涯中，他已经进入秋季，自有一种慈悲的智慧，心灵也已达到无挂无碍的化境。他虽然超临生死之外，但不能说是出世精神，因为在他和平恬静的心中，对人间始终怀着温情。他用艺术来把他的理想世界昭示后世，又是何等的艺术！既看不见形式与格律的规范，也找不出斧凿的痕迹：乐思的出现像行云流水一般自然。

第一乐章快板：一开始便是许多清丽与轻灵的线条。中段（b 小调）流露出迷惘的情绪，然后来一些意想不到的转调，好像作者的思想走得很远很远了；不料峰回路转，又回到原来那个明朗的天地。全章到处显出飘逸的丰采与高度的智慧。

第二乐章小广板：用一个明净如水的、深邃沉着的主题，借回旋曲的形式一再出现，写出清明高远的意境：胸怀旷达而仍不失亲切温厚的情致，作者一方面以善意的目光观照人生，一方面歌咏他的理想世界是多么和谐、纯洁、宁静、高尚,只有智慧而没有机心,只是恬淡而不是隐忍。莫扎特在这里的确表达了古希腊艺术的精神。

第三乐章快板:节奏生动活泼,通篇是快乐的气氛和青春的活力,绝不沾染一点儿庸俗的富贵气。在我们的想象中,只有奥林匹克山上神明的舞蹈,才能表现这种净化的喜悦。

(一九五六年九月傅聪与上海乐团合作演出莫扎特的三首钢琴协奏曲,这是为该音乐会写的乐曲说明;这几首钢琴协奏曲当时在国内均为首次演出。)

从"工部局中国音乐会"
说到中国音乐与戏剧的前途

我一向怀着这个私见：中国音乐在没有发展到顶点的时候，已经绝灭了；而中国戏剧也始终留在那"通俗的"阶段中，因为它缺少表白最高情绪所必不可少的条件——音乐。由是，我曾大胆地说中国音乐与戏剧都非重新改造不可。

中国民族的缺乏音乐感觉，似乎在历史上已是很悠久的事实，且也似乎与民族的本能有深切关连。我们可以依据雕塑、绘画来推究中国各个时代的思想与风化，但艺术最盛的唐宋两代，就没有音乐的地位。不论戏剧的形式，从元曲到昆曲到徽剧而京剧，有过若何显明的变迁，音乐的成分，却除了几次掺入程度极低的外国因子以外，在它的组成与原则上，始终没有演化，更谈不到进步。例如，昆曲的最大的特征，可以称为高于其他剧曲者，还是由于文字的多，音乐的少。至于西乐中的奏鸣曲、两重奏（due）、三重奏（trio）、四重奏（quarto）、五重奏以至交响乐（symphonie）一类的纯粹音乐，在中国更从未成立。

音乐艺术的发展如是落后，实在有它深厚的原因。

第一是中国民族的"中庸"的教训与出世思想。中国所求于音乐的，和要求于绘画的一样，是超人间的和平（也可说是心灵的均衡）与寂灭的虚无。前者是儒家的道德思想（《礼记》中的《乐记》便是这种思想的最高表现），后者是儒家的形而上精神（以《淮南子》的《论乐》为证）。所以，最初的中国音乐的主义和希腊的毕达哥拉斯（Pythagoras）、柏拉图辈的不相上下。它的应用也在于祭献天地,以表现"天地协和"的精神(如"八佾之舞")。至于道家的学说,则更主张"视于无形,则得其所见矣;听于无声,则得其所闻矣。至味不慊,至言不文,至乐不笑,至音不叫……听有音之音者聋,听无音之音者聪,不聪不聋,与神明通"的极端静寂、极端和平、"与神明通"的无音之音。

由了这儒家和道家的两重思想,中国音乐的领域愈来愈受限制,愈变狭小:热情与痛苦表白是被禁止的,卒至远离了"协和天地"的"天地",用新名词来说便是自然——艺术上的广义的自然,而成为停滞的、不进步的、循规蹈矩、墨守成法的(conventional)艺术。

其次,在一般教育与中国的传统政治上,"中庸"更把中国人养成并非真如先圣先贤般的恬淡宁静,而是小资产阶级的麻木不仁的保守性,于是,内心生活,充其极,亦不过表现严格的伦理道德方面(如宋之程朱,明之王阳明及更早的韩愈等),而达不到艺术的领域,尤其是纯以想象为主的音乐艺术的领域。天才的发展既不倾向此方面,民众的需求亦在婉转悦耳、平板单纯的通俗音乐中已经感到满足。

以"天地协和"为主旨的音乐,它的发展的可能性,我们只消以希腊为例,显然是不能舒展到音乐的最丰满的境界。以"无音之音"为尚的音乐,更有令人倾向于"非乐"的趋势。《淮南子》:"道德定于天下而民纯朴,则目不营于色,耳不谣于声,坐俳而歌谣,披发而浮游。虽有王嫱西施之色,不知说也;掉羽武象,不知乐也;淫佚无别,不得生焉。由此观之,礼乐不用也;是故德衰然后仁生,行沮然后义立,和失然后声调,礼淫然后容饰。"这一段论见,简直与十八世纪卢梭为反对戏剧致达朗伯书相仿佛。

由是,中国音乐在先天、在原始的主义上,已经受到极大的约束,成为它发展的阻碍,而且儒家思想的音乐比希腊的道德思想的音乐更狭窄:除了"八佾之舞"一类的偏于膜拜(culte)的表现外,也没有如希腊民族的宏壮的音乐悲剧。因为悲剧是反中庸的,正为儒家排斥。道家思想的音乐也因为执着虚无，不能产生如西方的以热情为主的、神秘色彩极浓厚的宗教音乐。那末，中国没有音乐上的王维、李思训、米襄阳，似乎是必然的结果。驯至今日，纯正的中国音乐，徒留存着若干渺茫的乐器、乐章的名字和神话般的传说；民众的音乐教育，只有比我们古乐的程度更低级的胡乐（如胡琴、锣鼓之类），现代的所谓知识阶级，除了赏玩西皮二簧的平庸、凡俗的旋律而外，更感不到音乐的需要。这是随着封建社会同时破产的"书香""诗礼"的传统修养。

然而，言为心声，音乐是比"言"更直接、更亲切、更自由、更深刻的心声。中国音乐之衰落——简直是灭亡，不特是艺术丧失了一个宝贵的、广大的领土，并亦是整个民族、整个文化的灭亡的先兆。

在这样一个时代，我们连《易水歌》似的悲怆的恸哭都没有，这不是"哀莫大于心死"的征象吗？

在这一个情景中，一九三三年五月二十一日晚，在大光明戏院演奏的音乐会，尤其具有特别重大的意义。这个音乐会予未来的中国音乐与中国戏剧一个极重要的——灵迹般的启示。从此，我们得到了一个强有力的证实——至少在我个人是如此（以上所述的那段私见，已怀抱了好几年，但到昨晚才给我找到一个最显著的证据）——中国音乐与中国戏剧已经到了绝灭之途，必得另辟园地以谋新发展，而开辟这新园地的工具是西洋乐器，应当播下的肥料是和声。

盲目地主张国粹的先生们，中西音乐，昨晚在你们的眼前、你们的耳边，开始第一次接触。正如甲午之役是东西文化的初次会面一样，这次接触的用意、态度，是善意的、同情的，但结果分明见了高下：中国音乐在音色本身上就不得不让西洋音乐在富丽（richesse）、丰满（plénitude）、洪亮（sonorité）、表情机能（pouvoir expressif）方面完全占胜。即以最为我人称道的琵琶而论，在提琴旁边岂非立刻黯然失色（或说默然无声更确切些）？《淮阴平楚》的列营、擂鼓三通、吹号、排队、埋伏中间，在情调上有何显著的不同，有何进行的次序？《别姬》应该是最富感伤性（sentimental）的一节，如果把它作为提琴曲的题材，那么，定会有如《克勒策奏鸣曲》(Sonata à Kreutzer)的 adagio sostenuto（稍慢的柔板）最初两个音（notes）般的悲怆；然而昨晚在琵琶上，这段《别姬》予人以什么印象？这，我想，一个感觉最敏锐的听众也不会有何激动。可是，琵琶在其乐器的机能上，已经尽了它的能力了；尽管演奏者有如何高越的天才，也不会使它更生色了。

至于中国乐合奏，除了加增声流的强度与繁复外，更无别的作用。一个乐队中的任何乐器都保存着同一个旋律、同一个节奏，旋律的高下难得越出八九个音阶；节奏上除了缓急疾徐极原始的、极笼统的分别外，从无过渡（transition）的媒介……中国古乐之理论上的、技巧上的缺陷是无可讳言的事实，不必多举例子来证明了。

改用西洋乐器、乐式及和声、对位的原理，同时保存中国固有的旋律与节奏（纯粹是东方色彩的），以创造新中国音乐的试验，原为现代一般爱好音乐的人士共同企望，但由一个外国作家来实现这理想的事业，却出乎一般企望之外了。在此，便有一个比改造中国音乐的初步成功更严重的意义：我们中国人应该如何不以学习外表的技术、演奏西洋名作为满足，而更应使自己的内生活丰满、扩实，把自己的人格磨炼、升华，观察、实现、体会固有的民族之魂以努力于创造！

阿夫沙洛莫夫氏的成功基于两项原则：一、不忘传统；二、返于自然。这原来是改革一切艺术的基本原则，而为我们的作家所遗忘的。

《晴雯绝命辞》的歌曲采取中国旋律而附以和音的装饰与描写；由此，以西皮二簧或其他中国古乐来谱出的，只有薄弱的、轻佻的、感伤的东西，以此成为更生动、更丰满、更抒情、更颤动的歌词，并且沐浴于浓厚的空气之中。这空气，或言气氛（atmosphère），又是中国音乐所不认识的成分。这一点并是中国音乐较中国绘画退化的特征，因为中国画，不论南宗北宗，都早已讲究气韵生动。

《北京胡同印象记》，在形式上是近代西乐自李斯特（Liszt）与德彪西（Debussy）以后新创的形式，但在精神上纯是自然主义的结晶。作者在此描写古城中一天到晚的特殊情趣，作者利用京剧中最通俗的旋律唱出小贩的叫卖声，皮鞋匠、理发匠、卖花女的呼喊声，更利用中国的喇叭、铙钹的吹打，描写丧葬仪仗。仪仗过后是一种沉静的哀思，但生意不久又重新蓬勃，粉墙一角的后面，透出一阵凄凉哀怨的笛声，令人幻想古才子佳人的传奇。终于是和煦的阳光映照着胡同，恬淡的宁静笼罩着古城。它有生之丰满、生之喧哗、生之悲哀、生之怅惘，但更有一个统辖一切的主要性格：生之平和。这不即是古老的北平的主要性格吗？

这一交响诗，因为它的中国音律的引用、中国情调的浓厚、取材感应的写实成分，令人对于中国音乐的前途，抱有无穷的希望。

艺术既不是纯粹的自然，也不是纯粹的人工，而是自然与人工结合后的儿子，一般崇奉京剧的人，往往把中国剧中一切最原始的幼稚性，也认作是最好的象征。例如，旧剧家极反对用布景，以为这会丧失了中国剧所独有的象征性，这真所谓"坐井观天"的短视见解了。现在西洋歌剧所用的背景，亦已不是写实的衬托，而是综合的（synthétique）、风格化的（stylisé），加增音乐与戏剧的统一性的图案。例如梅特林克的神秘剧（我尤其指为德彪西谱为歌剧的如《佩利亚斯与梅丽桑德》），它的象征的高远性与其所涵的形而上的暗示，比任何中国剧都要丰富万倍。然而它演出时的布景，正好表现戏剧的象征意味到最完善的境界。《琴心波光》的布景虽然在艺术上不能令人满意，但已可使中国观众明了所谓布景。在"活动机关"等等魔术似的把戏外，也另有适合"含蓄""象征""暗示"等诸条件的面目。至于布景、配光、音乐之全用西洋式，而动作、衣饰、脸谱仍用中国式的绘法，的确不失为使中西歌剧获得适当的调和的良好方式。作者应用哑剧，而不立即改作新形式的歌词，也是极聪明的表现。改革必得逐步渐进，中国剧中的歌唱的改进，似乎应当放在第二步的计划中。

也许有人认为，中国剧的歌音应该予以保存，但中国人的声音和音乐同样单纯，旧剧的唱最被赏鉴、玩味的 virtuosité（艺术技巧），在西洋歌词旁边，简直是极原始的"卖弄才能"。第一，中国歌音受了乐音的限制，不能有可能范围以内的最高与最低的音；第二，因为中国音乐没有和音，故中国歌唱就不能有两重唱、三重唱……和数十人、数百人的合唱。这种情形证明中国的歌音在表白情感方面，和中国音乐一样留存在原始的阶段，而需要改造。但我在前面说过，这已是改革中国音乐与戏剧的第二步了。

以全体言，这个工部局音乐会的确为中国未来的音乐与戏剧辟出一条大路。即在最微细的地方，如节目单的印刷、装订、封面、内面的文字等等，对于沉沦颓废的中国艺坛也是一个最有力的刺激。

然而我们不愿过分颂扬作者，因为我们的心底，除了感激以外，还怀有更强烈的情操——惶愧。我们亦不愿如何批评作者，因为改革中国的音乐与戏剧的问题尚多，而是应由我们自己去解决的。

关于改革中国音乐的问题，除了技巧与理论方面应由专家去在中西两种音乐中寻出一个可能的调和（如阿氏的尝试）外，更当从儒家和道家两种传统思想中打出一条路来。我们的时代是贝多芬、威尔地的时代，我们得用最敏锐的感觉与最深刻的内省去把握住时代精神，我们需要中国的《命运交响乐》，我们需要中国的罗西尼（Rossini）式的 crescendo（渐强），我们需要中国的 *Marseillaise*（即《马赛曲》），我们需要中国的《伏尔加船夫曲》。

歌剧方面，我们有现成的神话、传说、三千余年的历史，为未来的作家汲取不尽的泉源。但我们绝非要在《诸葛亮招亲》《狸猫换太子》《封神榜》之外，更造出多少无聊的、低级的东西，而是要能藉以表达人类最高情操的历史剧。在此，我们需要中国的《浮士德》、中国的《特利斯当与伊瑟》（*Tristan und Isolde*）、中国的《女武神》（*Walküre*）。

然而，改造中国音乐与戏剧最重要的，除了由对于中西音乐、中西戏剧极有造诣的人士来共同研究［我在此向他们全体做一个热烈的呼唤

（appeal）]外，更当着眼于教育，造就专门人才的音乐院，负有培养肩负创造新中国艺术天才的责任；改造社会的民众教育和一般教育，负有扶植以音乐为精神食粮的民众的使命。

在这个社会科学与自然科学风靡一时的时代与场合（虽然我们至今还未产生一个大政治家、大……家），我更得补上一句：人并非只是政治的或科学的动物，整个民族文化也并非只有社会科学或自然科学可以形成的。人，第一，应当成为一个人，健全的，即理智的而又感情的人。

而且拯救国家，拯救民族的根本办法，尤不在政治、外交、军事，而在全部文化。我们目前所最引以为哀痛的是"心死"，而挽救这垂绝的心魂的是音乐与戏剧！

（原载一九三三年五月《时事新报·星期学灯》第三十一号）

2